느낌스럽다

일러두기
1. ( ) 안의 글은 지은이의 글이나 주이며, [ ] 안의 글은 옮긴이의 주입니다.
2. 독자의 이해를 돕기 위해 필요에 따라 네덜란드 어를 병기하였습니다.

청춘이 머무는 곳 POSTCARDS FROM NO MAN'S LAND

노맨스랜드

에이단 체임버스 지음

고정아 옮김

생각과느낌

제이콥

암스테르담은 오래된 도시이지만
젊은이들로 가득하다.

— 새라 토드

어디를 어떻게 둘러보아야 할지 알 수가 없어, 그는 그대로 돌아가려고 했다. 하지만 아직은 하를렘으로 돌아갈 준비가 안 된 것 같아, 전차를 타고 바로 기차역으로 가려던 결심을 돌려 프린센 운하로 걸어갔다. 어쨌거나 그는 조금 전의 일로 너무 심란해져서 눈앞의 풍경이나 앞으로의 일정이 머리에 들어오지 않았다.

10분가량 걸었더니 전차가 쩔렁거리며 길을 가로막고 지나갔다. 갑자기 그는 사람들 틈에 섞이고 싶었다. 이리저리 밀쳐지고 싶었고, 소음과 법석과 어수선함 속에 있고 싶었고, 다른 곳으로 생각을 돌리고 싶었고(지난 24시간은 너무 혼란스러웠다.), 무언가 마시고 싶었고, 그것도 관광객을 위한 야외 탁자에 앉아서 거리를 지나는 행인들을 바라보며 마시고 싶었다. 그리고 스스로 인정할 수는 없었겠지만, 그 순간 그는 모험을 원했다.

파르르 소름이 돋아 그는 몸을 부르르 떨었다. 알 수 없는 일이었다. 하늘은 곧 비가 올 듯 찌푸려 있었지만 9월 중순의 기온은 온화했고, 그는 두툼한 방한 점퍼 차림에 땀까지 나 있었다. 차라리 입지 않고 올걸 싶기도 했지만, 어쨌건 그 점퍼는 주머니가 많아서 돈이며 주소록, 네덜란드 어 회화책이나 지도처럼 외국 거리를 혼자 다닐 때 필요한 것들을 잔뜩 넣어 둘 수 있었다.

운하에 가로놓인 다리를 건너서 오른쪽으로 도니, 극장 전면이 우람하게 솟은 널따란 광장이 나타났다. 도로와 전차 선로들이 그리로 흘러들고 있었다. 레이제 광장이었다. 광장을 객석처럼 거느린 극장의 한쪽 옆면에는 작은 광장이 또 하나 있었고, 그 광장에는 천막을 친 노천카페가 있었다. 새들이 둥지를 드나들듯 웨이터들이 노천카페 탁자 사이를 드나들며 차와 음식을 대접했다.

그는 극장에서 볼 때 세 번째 줄 가장자리에 놓인 탁자에 앉아 주문을 기다렸다.

그런데 기다려도 아무도 오지 않았다. 어떻게 해야 하지? 넌 손님이야, 손님. 그리고 손님에게 서비스를 하는 게 종업원의 본분이라고. 그렇게 나약하게 굴지 말고, 네 주장을 확실히 해. 아버지의 목소리가 들렸다. 몸을 조이는 듯한 소심함을 쉽게 떨칠 수는 없었다. 그러나 그는 말없이 그저 기다릴 뿐 크게 개의치 않았다. 광장에는 볼거리가 많았기 때문이다. 광장 한가운데에서는 3인조 악단이 음악을 연주하고 있었다. 셋 중 둘은 그와 비슷한 또래의 남장 소녀였는데 백인 소녀는 바이올린을 켰고, 흑인 소녀는 양철 피리를 불었다. 그러나 가장 눈길을 끄는 것은 거꾸로 뒤집은 쓰레기통에 쭈그리고 앉아 봉고 두 대를 정신없이 두드리는 육감적인 소녀였다. 휘날리는 긴 금발 머리, 질끈 감은 두 눈, 훤히 드러난 그을린 팔뚝, 두 손의 놀라운 움직임, 딱 달라붙는 검은 탱크톱 안에서 탱탱하게 흔들리는 젖가슴, 흰색 스판 바지 속의 튼실한 두 허벅지로 감싼 낡은 북들, 그는 갑자기 그 북이 누군가 쑥 내민 엉덩이처럼 보였다. 그건 어쩌면 내 엉덩이인지도 몰라. 이봐, 도대체 왜 그런 생각을 하는 거지? 갑자기 웬 엉덩이며, 거기다 내 엉덩이라니 너무 엉뚱하잖아.

그는 자리에서 몸을 조금 움직이며 조용히 웃었다. 또 하나의 자기 발견이로군.

기다리고 기다려도, 웨이터는 오지 않네. 그는 봉고의 리듬에 맞추어 조용히 읊조렸다. 그때 가죽 옷에 싸인 가느다란 팔이 그의 눈앞에 나른해 보이는 손가락을 내밀었다. 어떤 소녀가 미소 띤 얼굴로 그를 내려다보고 있었다. 신비로운 표정에, 봉고 소녀보다도 한층 더 매력을 풍기는 소녀였다. 옆의 빈자리에 앉겠다는 건가 싶어서 다리를 당겨 주자, 소녀는 낡은 가죽과 부드러운 진 바지 냄새를 풍기면서 사뿐히 그의 앞을 지나갔다.

그녀가 상대적으로 긴 다리를(키는 별로 큰 편이 아니었으니까.) 작은 탁자 밑으로 밀어 넣으며 앉는 순간, 그녀의 다리가 그의 다리를 스쳤다. 더, 조금 더. 그의 마음속 목소리가 간청했다. 짧게 자른 검은 머리 때문에 소녀는 마치 소년처럼 보였다. 화장기 없는 창백한 얼굴. 흰색 티셔츠와 그 위에 덧입은 검은색의 헐렁한 가죽 재킷, 그리고 말끔한 블랙 진.

그녀가 고맙다는 미소를 지어 보였다.

"영국 사람?"

"잉글랜드."

"아, 이해해. 하지만 나는 그냥 네덜란드 사람이야."

그는 괜히 복잡하게 대답해서 미안하다는 표시로 어깨를 으쓱 들어 보였다. 어떤 사람들은(아버지와 누나 퍼넬러피 같은) 정확성에 대한 그의 이런 고집을 책벌레들의 따분한 속성이라며 비웃었다. 그는 얼른 덧붙여 말했다.

"그러니까 웨일즈나 아일랜드나 스코틀랜드 사람이 아니라는 뜻이야."

"나도 다행히 프리즐란드나 플랑드르 사람은 아니야. 그 사람들이 싫은 건 아니지만……."

그러더니 그녀는 탁자 위를 쓱 훑어보고 물었다.

"주문했어?"

"아직."

그녀는 고개를 돌려 뒤쪽을 둘러보았다. 그녀가 나른해 보이는 기다란 손가락을 들어 올리자, 손에 민감한 편인 그는 눈앞이 아찔해질 지경이었다. 그녀의 여유로운 태도에 그의 부실한 자신감은 한풀 더 꺾였지만, 욕망의 수위는 더 높아졌다. 게다가 그녀에게서는 뭔가 알쏭달쏭한 분위기가 났다. 무언지 쉽게 파악되지 않는 독특함이.

"휴가 온 거야?"

그녀가 물었다. 휴가라는 말인 '홀리데이즈'가 '홀리데이슈'로 들렸다. 실수였을 수도 있고, 네덜란드 어의 특성상 그랬을 수도 있을 것이다. 어쨌건 그는 그것도 마음에 들었다.

"비슷해."

거짓말이었지만, 복잡한 이야기를 다 하고 싶지는 않았다.

"같이 이야기 좀 할까?"

그 목소리의 낮고 깊은 어조가 매력을 더해 주었다.

"그래, 좋아."

웨이터가 다가오자 그녀는 네덜란드 어로 말했다.

웨이터가 그에게 물었다.

"메네르[영어의 '미스터']?"

"콜라 한 잔이오."

"맥주 안 마셔?"

그녀가 말했다.

"괜찮은 네덜란드 맥주를 마셔 봐."

술은 피하는 편이었지만, 어쨌건 로마에서는 로마법을 따를 수밖에.

"좋아, 맥주."

'트라피스트?' 웨이터의 말이 그의 귀에 이렇게 들렸지만, 수도회의 이름을 딴 맥주가 있을 리 없다고 생각했다.

그녀가 고개를 끄덕이자 웨이터는 사라졌다.

갑자기 그는 방한 점퍼를 입고 있는 게 바보처럼 느껴져서, 자리에서 일어나 점퍼를 벗고 의자 등받이에 걸쳐 놓았다. 다시 자리에 앉는 순간 이번에는 그의 다리가 그녀의 다리를 건드렸다. 시도해 봐도 될까? 그러면 그녀는 어떻게 나올까? 여자를 유혹하는 건 그의 스타일이 아니었다. 그러기 싫어서가 아니라 거절당할 것이 두려워서였다. 그는 여자 사냥 따위는 짐승 같은 스포츠라고 여겼다. 거기에 혈안이 된 친구들을 볼 때마다 언제나 거부감을 느꼈다. 이런 그의 결벽증을 아버지는 나약함의 한 증거라며 비웃었다.

그는 그녀를 똑바로 바라보고 싶었지만, 속마음이 드러날까 봐 억지로 광장 쪽으로 눈길을 돌려(봉고 트리오가 짐을 싸고 있었다.) 끝이 뾰족한 네덜란드의 옛 건물들을 장식하거나 망치고 있는 각종 광고물과 버거킹, 펩시 콜라, 하이네켄 같은 익숙한 다국적 아이콘들을 바라보았다.

다행히 그녀가 말을 걸었다.

"네덜란드에는 처음이야?"

그는 자연스럽게 다시 시선을 그녀에게 돌렸다.

"응, 어제 왔어."

"여기 어때? 그러니까 네덜란드 말이야, 이곳 말고."

그녀는 턱짓으로 광장을 가리켰다.

"여긴 여행객들이 잘 빠지는 함정 같은 곳이거든."

"너는 여행객이 아니잖아."

움찔한 미소.

"물론 아니지. 난 그냥……. 영어로 뭐라고 하지? 돌아가다? 돌아가다가 맥주 한잔이 생각나서."

"지나가다겠지. 돌아가다는 죽는다는 뜻이니까."

그녀의 얼굴에 미소가 지나갔다.

"아직은 그럴 때가 아니겠지?"

"내가 봐도 생명에는 지장이 없어 보이네."

그녀는 안도하는 시늉을 했다.

"다행이네!"

그리고 그에게 손을 내밀었다.

"어쨌거나 내 이름은 톤이야."

"잭."

그가 대답하며 두 손의 짧은 접촉을 즐겼다. 영국식 악수와는 다른, 손을 잡는다기보다 살짝 대는 듯한 악수였다.

"자크?"

"그게 더 좋다면."

"자크가 좋아."

웨이터가 다가와서 짙은 밤색 맥주 두 잔을 내려놓았다. 제이콥은 점퍼에서 돈을 꺼내려고 의자에 앉은 채 허리를 비틀었다. 속주머니의 지퍼를 열고 지갑을 끄집어내서 지폐를 꺼내고 보니, 톤이 이미 맥줏값을 치렀고 웨이터는 갔다.

"이봐, 그러면 안 되지."

그가 항변했지만, 목소리는 그다지 강하지 않았다. 그녀가 이번에 돈을 내면 그녀에게 빚을 지는 셈이니까, 그걸 갚는다는 핑계로 이 자리를 좀 더 오래 가질 수도 있겠다 싶었기 때문이다.

"우리 나라에 처음 왔으니까. 내가 대접할게."

"그래도……."

"다음에는 네가 사."

그래, 그러니까 다음번에 또 만날 수 있는 거야.

"그럴까?"

그는 지갑을 다시 주머니에 넣고 잔을 들었다.

"고마워."

"프로스트Proost[건배]."

"프로스트[Prost]."

그가 따라했다.

둘은 함께 마셨다.

"어때?"

"아주 강한데! 이거 이름이 정말 트라피스트야?"

"그래, 수도사들이 만들거든. 순수할 수밖에."

둘은 웃었다.

"일행 있어?"

"혼자야."

"그럼 호텔에 묵어?"

"아니, 하를렘 시에 아는 사람이 있어."

"잘됐네."

톤이 말했다.

"그런 거지?"

"응."

그건 거짓말이었다. 하지만 그 문제를 가지고 이야기하고 싶지 않아서 여태껏 마셔 본 맥주 가운데 가장 입맛에 안 맞는 진한 맥주를 길게 들이켰다. 벌써부터 배 속이 엉기는 것 같았다. 톤도 맥주를 길게 들이켰다.

톤이 물었다.

"암스테르담 여행 일정은 정해졌어?"

"아니. 사실 여기가 어디인지도 몰라."

"지도 있어?"

"있지."

"내가 일러 줄게."

몇 분 동안 톤은 암스테르담의 전차 운행 체계를 설명하고, 가 볼 만한 곳들에 제이콥의 펜으로 표시를 했다.

"거미집을 반으로 자른 모양의 도시라고 생각하면 돼. 가운데 있는 게 기차역이고, 운하들이 반원 모양으로 겹겹이 흐르고, 길들은 그걸 가로질러서 끈? 뭐라고 하지?"

"실?"

"그래, 실처럼 뻗어 있지."

"내 눈에는 거미집보다는 차라리 미로 같은걸."

"그럴 수도 있어."

"막다른 곳에 갇히거나 길을 잃기가 십상일 것 같은데."

지도를 들여다보다 보니, 두 사람의 머리가 한데 모이고 어깨와 어깨가 나란히 닿았다. 그녀의 감질나는 미소가 겨우 주먹 하나 거리에 있었다. 톤이 팔꿈치로 제이콥을 가볍게 찌르며 말했다.

"자크, 너는 비관주의자구나."

그는 톤의 초록색 눈동자에 사로잡힌 채 미소로 응답했다. 그녀의 커다란 입에 키스하고 싶은 마음이 간절했지만, 꾹 참고 말했다.

"전형적인 사고방식 아닌가? 여자들은 거미집을 떠올리고, 남자들은 미로를 떠올리는 거 말이야."

"아! 너……."

그러더니 그녀는 고개를 숙여 다시 지도를 들여다보았다.

"왜 그래?"

"아냐."

그는 그녀가 왜 그러는지 알 수가 없어서 가만히 그녀의 말을 기다렸다.

"가야겠어."

그녀가 몸을 돌리면서 말했다.

"정말? 그렇다면 서운한걸."

그녀는 남은 맥주를 마저 비웠다.

"아냐, 가야 돼."

그는 황급해졌다.

"또 만날 수 없을까? 그러니까……, 한 번 더."

그녀는 무표정한 표정으로 물었다.

"정말 그러고 싶어?"

"정말이야. 너는?"

그녀는 다시 웃었지만, 입꼬리는 씁쓸하게 내려갔다.

"내 전화번호를 가르쳐 줄게. 생각이 바뀌지 않는다면 전화해."

그녀는 주머니를 뒤지더니 종이로 만든 납작한 성냥갑을 꺼내고, 탁자에 놓인 펜을 집어 들었다. 그녀가 전화번호를 적는 사이, 그는 지도를 접어서—펼친 지도를 원래대로 접는 일은 왜 이렇게 어려운 거지?—점퍼 앞에 달린 큰 주머니에 넣었다.

그가 돌아서자 톤은 그의 손을 잡고 탁자 아래에서 힘을 꽉 주더니, 얼굴을 가까이 대고 말했다.

"나도 널 다시 만나고 싶어. 평범한 여행객들은 모르는 그런 곳을 보여 주고 싶어. 진심이야. 하지만 이렇게 짧은 만남은 아무래도……넌 아마 실수했다고 생각할 거야."

"아, 아냐……."

그 순간 두 가지 행동이 제이콥의 입을 다물게 했다. 하나는 톤이 제이콥의 입술에 아주 살짝 키스를 한 것이고, 또 하나는 그녀가 그의 손을 자신의 바지 앞섶에 갖다 댔는데, 거기에 불룩한 페니스와 고환이 역력히 느껴진 것이다.

그가 얼떨떨해하는 사이, 톤은 자리에서 일어나서 "전차가 왔네." 하고 말했다. 제이콥이 자리에서 일어서자 그녀(그)는 그의 앞을 빠져나가 '굿 싱슈.'처럼 들리는 말을 하고, 사람들 사이를 빠져나가 전차에 올랐다. 전차 문이 닫힐 때 그녀(그)가 손을 흔들었고, 종소리를 딸랑거리며 전차는 떠나갔다. 그제서야 그는 힘없이 늘어져 있던 손을 들어 올리며 자신도 모르게 소리쳤다.

"이봐, 내 펜을 가져갔잖아!"

펜을 가져갔다고? 탁자 위를 보니 그 말이 맞기는 했다. 하지만 그녀(그)가 마신 맥주잔 옆에는 종이 성냥갑이 놓여 있었다. 그는 무슨 생각을 할 겨를도 없이 성냥갑을 집어 들었지만, 앞에도 뒤에도 아무것도 적혀 있지 않았다. 성냥갑 뚜껑을 열어 보려는 순간, 의자가 그의 무릎 안쪽을 치는 바람에 그는 의자 위로 털썩 주저앉았다. 본능적으로 돌아보니, 점퍼가 누군가의 손에 낚여서 그의 눈앞에서 휙 날아갔다. 빨간색 야구 모자를 뒤집어쓴 깡마른 청년이었다. 혼잡한 인파를 헤치고 청년이 달아나는 길을 빨간 모자가 횃불처럼 보여 주었다.

그는 "야, 그거 내 점퍼야! 내놔!" 하고 버럭 소리를 지르면서 허겁지겁 일어났다. 그 바람에 탁자에 놓인 유리잔들이 바닥에 떨어져 깨졌지만, 일단 도둑부터 잡아야 했다. 도둑은 광장 가운데에 멈춰 서더니, 좀 전까지 봉고 연주자가 앉아 있던 뒤집힌 쓰레기통에 올라서서 뻔뻔한 웃음을 날리며(그런 모습이 제이콥을 더 화나게 했다.) 제이콥과 시선이 마주칠 때까지 기다렸다. 따라올 테면 따라오라는 듯한 기색이었다.

"저놈 잡아요!"

제이콥이 사람들 틈을 헤치고 도둑을 가리키며 소리쳤다. 하지만 사람들은 놀란 눈길로 그를 바라보며 길만 착착 비켜 줄 뿐이었다.

제이콥이 3, 4미터 앞으로 다가오자, 도둑은 다시 뛰기 시작했다. 이번에는 광장 구석으로 달려가, 술집과 카페와 기념품 상점이 가득한 좁은 길로 들어섰다. 빨간 모자는 번개처럼 빨랐고, 제이콥과 거리를 벌리는 솜씨가 아주 능숙했다. 제이콥이 좁은 길로 서너 발 뛰어들었을 때, 사냥감은 다시 왼쪽으로 돌아들었다. 제이콥이 그 골목을 향해 달려가자 도둑은 골목 반대편 끝, 20미터가량 떨어진 곳에서 손에 쥔 점퍼를 들어 올렸다. 제이콥이 따라잡기를 기다리는 게 분명했다. 하지만 이내 다시 달아나기 시작해서, 맨 처음에 들어선 거리와 나란히 뻗은 다른 거리로 뛰어들었다.

그렇게 추격은 계속되었다. 두 번째 거리 끝에서 오른쪽으로 돌더니, 연결된 운하로 들어서서 왼쪽에 있는 다리를 건너고, 중간 왼쪽으로 난 좁은 주택가로 들어가서 왼쪽, 오른쪽, 그리고 다시 왼쪽으로 빠져서, 상점들이 가득하고 가운데에는 전찻길까지 난 넓은 거리로 나갔다. 빨간 모자는 경주하는 개처럼 날렵하게 뛰고 또 뛰었다. 제이콥은 옆구리가 당기고 숨이 가빠졌다. 커다란 운하 위로 뻗은 다리 앞에서 빨간 모자는 도로를 가로지르며 한 블록을 더 뛰어가더니, 오른쪽으로 돌아 또 다른 거리로 들어섰다. 주변은 주택가이면서도 가게나 화랑이 드문드문 박힌 아주 긴 거리였는데, 그곳은 한적하기 이를 데 없어서 제이콥의 발길을 가로막을 만한 사람도 차도 드물었다. 그는 마지막으로 사력을 다해 달렸고, 그 거리 끝에 이르자 도둑은 거의 잡힐 듯 가까운 거리에 다가왔다. 하지만 빨간 모자는 오른쪽으로 휙 뛰어들어 다른 운하 옆길로 접어들더니 자신만만한 태도로 속도를 올렸다.

숨이 가쁘고 화가 나서 제이콥은 참을 수가 없었다. 운하 옆길의 가로수를 붙들고 겨우 숨을 고르며 분노에 찬 눈으로 빨간 모자를 바라보자, 빨간 모자는 백 미터가량 앞에 있는 둥글게 솟은 다리 위에 멈추어 '안녕' 인사를 하듯 의기양양하게 손을 흔들어 보이고는 제이콥 옆을 흐르는 운하와 교차하는 다른 운하 쪽으로 사라졌다. 빨간 모자는 내내 제이콥을 바보처럼 가지고 논 것이다. 하지만 왜? 어처구니가 없었다.

시큼한 맥주가 식도를 역류해 올라왔고, 제이콥은 그걸 모두 운하에 쏟았다. 이런 수치스런 장면을 본 사람이 아무도 없다는 게 그나마 다행이었다. 운하에는 아무도 없었다. 그렇다 보니 여기가 어디인지를 물어볼 사람도 없었다.

가랑비가 힘없이, 우울하게 뿌리기 시작했다. 그는 얼굴이라도 적시고 입이라도 씻고 싶었지만, 스웨터와 청바지뿐인 지금 상태로는 곧 비에 쫄딱 젖을 것 같았다. 둘러보니 비를 피할 곳이라고는 운하 저편 널따란 빈터에 있는, 식당인지 뭔지 알 수 없는 이상한 목조 건물뿐이었지만, 돈도 없고 이렇게 후줄근한 차림으로는 그곳에 들어갈 수 있을 것 같지 않았다.

어떻게 해야 한다? 지금 여기가 어디인지도 모르니, 어디로 가야 할지도 알 수 없었다.

미약한 공황감에 가슴이 오그라들었다.

그는 곤경에 처하면 아무 일이라도 하고 뒤로 돌아가지 않는 편이었기 때문에, 깊은 숨을 쉬고 침을 꿀꺽 삼킨 뒤 트림을 하고 교차되는 운하를 향해 갔다. 그 운하는 방금 떠나온 운하에 비해 폭도 더 넓고 주변의 집들도 더 큰 걸로 보아, 주요 운하 중 하나인 것 같았다. 그는 주변을 둘러보다가, 길모퉁이 건물의 2층과 3층 사이에 걸린 표지판을 보았다. 프린센 운하로.

그래!

암스테르담뿐 아니라, 네덜란드 전체를 통틀어서도 그가 외우고 있는 주소는 단 하나뿐이었다. 프린센 운하로 263번지, 바로 안네 프랑크네 가족이 2차 대전 동안 나치를 피해 숨어 살던 은신처가 있던 집이다. 안네는 그곳에서 그 유명한 일기를 썼고(그 책은 제이콥의 애독서였다.) 그 집은 이제 집이라기보다는 박물관이 되어서 제이콥도 오늘 아침에 그곳을 둘러보았다. 그리고 거기서 본 것에 깊이 상심해서 도망치듯 거리로 나온 참이었다.

뒤엉킨 듯 복잡한 머리로도 그는 이 운하로를 계속 걸으면 263번지가 나올 것이고, 그곳 직원들에게 물어보면 도움을 받을 수 있을 거라는 생각이 들었다. 아니면 관람객들한테서라도. 관람객이야 많고 많았다. 대부분은 그 또래의 젊은 배낭 여행객이었고, 그처럼 영어를 사용했다. 아까 그는 그들 틈에서 오래도록 줄을 서 있었다.

오그라든 가슴이 펴지는 것 같았다.

그 길모퉁이 건물은 번지수가 없었지만, 그 다음 건물은 1045번지였고, 그 옆은 1043번지였다. 맞는 방향이었다. 그는 발걸음을 빨리했다. 하지만 빗줄기가 거세져서 이대로 가다가는 263번지에 이르기 전에 흠뻑 젖을 게 분명했다. 지나가는 비일지도 몰라. 어디서 잠깐 비를 피할 수 있을까. 길가를 살펴보니 대문 위에 작은 지붕을 친 집이 하나 있었다. 여섯 개의 계단 위에 육중한 나무 대문이 버티고 서 있었다. 어쨌건 그 밑에서 비를 좀 피할 수 있을 것 같았다.

그는 도피처를 찾는 쥐라기 시대의 개처럼 계단 꼭대기에 올라 주변을 두어 차례 돌아본 뒤, 자리에 앉아 손수건으로 목덜미에 흐르는 빗물을 닦아 냈다. 그런 뒤 손수건을 말리려고 대문 손잡이에 널고 보니, 바지 주머니에는 혹시 쓸 만한 게 있을까 하는 생각이

들었다. 돈은 한 푼도 없을 게 분명했다. 돈은 전부 점퍼에 넣어 두었으니까. 뒷주머니에는 늘 그렇듯이 빗이 있었다. 그는 머리를 한 번 슥 빗고 빗을 제자리에 넣었다. 손수건을 꺼낸 오른쪽 앞주머니에는 아무것도 없었다. 왼쪽 앞주머니에서는 종이 성냥갑이 나왔다. 거기 넣어 두었다는 것조차 잊고 있었는데.

그는 다시 성냥갑을 살펴보았다. 바깥쪽에는 아무것도 없었다. 뚜껑 날개를 펼쳐 보았다. 그런데 안쪽에 종이 성냥은 없고, 그 자리에는 동그랗고 오돌토돌한 분홍색 비닐 같은 게 있었다. 이게 뭔가 하고 꺼내 보니, 다름 아닌 콘돔이었다. 그제야 그는 성냥갑 안쪽에 가늘게 적힌 톤의 필적을 알아볼 수 있었다. 전화번호로 여겨지는 숫자 밑에는 이런 글이 적혀 있었다.

준비하라
NIETS IN
AMSTERDAM
IS WAT
HET LIJKT

02

헤르트라위

맑고 푸른 하늘에서 낙하산이 색종이 가루처럼 떨어진다. 그가 도착한 날의 가장 선명한 기억이다.

1944년 9월 17일 일요일이었다.

"비행기를 띄우기에 좋은 날이로구나."

아버지가 말했다.

"공습이 더 있을 게다."

일주일 내내 영국 비행기들이 인근에 폭격을 퍼부었다. 아른헴의 철로는 레지스탕스가 파괴했고, 토요일에 독일 당국은 철로 파괴자들이 일요일 열두 시까지 자수하지 않으면 많은 주민을 총살하겠다고 발표했다. 모두가 긴장해서 한순간 한순간 희망과 절망을 넘나들었다. 영국군이 네덜란드 국경에 도착했다는 건 알고 있었다. 그러니 여기도 이제 금방일 거라고 사람들은 말했다. 하지만 독일 군인들은 계속해서 돌아다녔고, 오히려 전보다 더 많은 수가 우리 마을에 진을 쳤다.

"자유를 위해 모든 것을 바칠 각오가 되어 있는가?"

우리의 지하신문인 〈더 즈바르테 옴루프〉는 우리에게 그렇게 묻고 "속옷과 식량, 귀중품을 넣은 가방을 준비해 두라."고 일렀다. 아버지는 최악의 상황이 닥치거나 우리 가족이 헤어졌을 경우 취해야 할 행동에 대해 이미 지시해 주었다. 최악의 상황이란 물론 아버지가 죽는 경우를 말하는 것이었다.

나는 바로 얼마 전에 열아홉 생일이 지났고, 그 일요일 아침에는 원래 부모님과 함께 교회에 있어야 했다. 하지만 오빠 헹크와 그의 친구 디르크 베셀링이 시골에 있는 디르크 부모님의 농장에 숨어 있었다. 독일군에 의해 강제 징용되기 싫었기 때문이다. 이미 많은 젊은이들이 끌려갔다. 나는 헹크가 걱정되었다. 그래서 아빠의 만류를 물리치고, 아침 일찍 자전거를 타고 오스테르베크의 우리 집에서 디르크의 농장으로 갔다.

그리고 집에 돌아오는 길에 비행기 소리를 듣고 낙하산이 떨어지는 것을 본 것이다.

"저것 좀 봐!"

주변에 사람이 아무도 없는데도 나는 소리쳤다.

"정말 예쁘지?"

그런 뒤 집으로 서둘러 돌아가면서 혼잣말을 하고 하고 또 했다.

"영국군이 왔어! 영국군이 왔어! 이제 해방이야! 해방!"

아버지의 말이 옳았다. 내가 집을 비운 사이 폭격이 또 한차례 지나갔다. 이번에는 우리 집에서 가까운 철로가 표적이었다. 철길 둑 근처의 집들은 유리창이 부서졌다. 스핏파이어 전투기 한 대가 초원에서 독일군 대공포를 박살 내면서 많은 병사가 죽고 다쳤다. 내가 마을에 들어섰을 때 독일군은 떠나기 위해 줄을 서 있었고, 집에 도착했을 때는 이미 트럭이 군인들을 실어 나르기 시작했다. 집에서는 아버지가 내가 죽었을 거라는 생각에 안절부절못하고 있었다. 엄마는 언제나처럼 차분한 태도로 지하실로 바삐 식량을 날랐다. 하지만 나는 엄마가 겉보기만큼 차분하지는 않다는 걸 알았다. 지하실에 갈 때마다 계단 꼭대기에 멈춰 서서 안경을 열심히 닦았기 때문이다. 어머니는 불안하면 언제나 그렇게 안경을 닦았다. 나는 이불을 가득 안고 내려가다가 멈추어 서서 어머니에게 키스했다.

"4년 동안, 4년 동안 이날을 기다렸구나."

어머니가 말했다. 나는 어머니를 존경하고 사랑했지만, 그 순간 만큼 그 감정이 뜨거웠던 적은 없었다. 돌이켜보면 그 순간은, 여러 주가 지나 모든 일이 끝나기 전에 우리가 마지막으로 함께 가졌던 조용한 시간이었다.

두 번인가 세 번 지하실을 드나들었을 때, 독일 군인 한 명이 "디 엥글렌더, 디 엥글렌더[영국인들, 영국인들]!" 하고 소리치며 지나가는 소리가 들렸다. 나는 나가 보고 싶었지만, 아빠는 겁먹은 군인만큼 무서운 것은 없다며 안에서 기다리라고 했다. 우리 가족 셋, 그러니까 엄마, 아버지, 내가 현관 앞에 모여 앉은 지 얼마 지나지 않아 사람들이 아른헴 쪽으로 가는 소리가 들렸다. 그들의 말소리는 독일어도 네덜란드 어도 아니었다. 우리는 무수히 많은 시간을 라디오 앞에 앉아서 몰래 BBC 뉴스를 들었다. 아빠와 나는 이곳이 해방되었을 때를 대비해서 함께 영어를 연습하기도 했다. 하지만 갑자기 우리 집 현관 밖에서 영어가 들리는 것은 충격이었다. 그게 무슨 말인지 알아들은 것은 아니었다. 하지만 독일어나 네덜란드 어와는 너무도 다른 소리였기에, 우리는 그것이 영어임을 알았다. 아빠는 나에게 영어로 말했다.

"내 귀에는 음악이로구나!"

그것은 우리가 '흔히 쓰는 속담'이라는 항목에 적어 놓고 연습하던 말 가운데 하나였다. 우리는 기다리던 파티를 앞둔 어린아이들처럼 킥킥거렸다. 그러자 어머니가 "두 사람! 점잖게 좀 못 있어요?" 하고 말했다. 전에 학교 선생님으로 일했던 어머니는 언제나, 심지어 식구들만 있을 때도 예의를 지켰다. 하지만 그것은 일종의 놀이이기도 했다. 엄마는 아빠와 나를 말썽꾸러기처럼 여기는 걸 좋아했다.

그 순간 대포 소리가 우르릉 울렸고, 쾅 하고 감자 자루 두어 개가 우리 현관에 던져진 것 같은 소리가 나더니 정적이 이어졌다. 우리 세 식구는 서로를 꼭 끌어안았다. 오랫동안 아무 일도 일어나지 않았다. 그런 뒤 한 남자의 목소리가 들렸다. 갑작스러운 말에 얼마나 놀랐던지, 나는 아직도 그 말을 정확히 기억한다.

"어이쿠! 재코, 목이 말라서 침도 뱉지 못하겠다."

그 말소리가 현관에서 너무도 가까운 곳에서 들려서 우리는 모두 벌떡 몸을 일으켰다. 그런 뒤 잠시 시간이 흐르자 우리는 비로소 그 말의 의미를 이해했고, 나는 부엌으로 가서 물 주전자와 컵을 들고 현관 앞으로 달려갔다.

"조심해요. 조심."

어머니가 조그맣게 말했고, 아빠는 나에게 뒤로 물러서라고 한 뒤 문을 아주 조금 열고 밖을 내다보았다. 그리고 거기 두 명의 영국 군인이 서 있는 것을 보자, 문을 활짝 열어젖히고 환영한다는 뜻으로 두 팔을 내밀었다. 하지만 우리는 혀가 굳기라도 한 것처럼 아무 말도 하지 못했다. 군인들은 아까 우리가 그들의 출현에 놀란 것만큼이나 우리 집 현관이 열린 데에 놀랐다. 그들은 총을 잡고 휙 돌아섰다. 하지만 아버지가 두 팔을 내밀고 있고, 어머니가 뒤에서 엄격하지만 미소 띤 표정을 짓고 있으며, 내가 한 손에는 물

주전자를, 다른 한 손에는 컵을 든 채 바보처럼 웃고 있는 것을 보자 조금 전에 말했던 사람이 다시 말했다.

"이야, 이런 걸 가리켜서 서비스라고 하는 거야!"

그 말에 아버지는 혀가 풀린 듯 아버지가 할 수 있는 가장 훌륭한 영어로 말했다.

"네덜란드에 온 걸 환영합니다. 오스테르베크에 온 것도 환영하고, 우리 집에 온 것도 환영합니다!"

우리는 웃었고, 두 손에 다 물건을 든 나만 빼고 모두가 악수를 나누었다. 나는 컵에 물을 따랐고, 인사가 끝난 뒤 아직 아무 말도 하지 않은 군인에게 컵을 내밀자 군인이 말했다.

"고마워요, 아가씨. 자비의 천사로군요."

그의 눈을 보니 마음이 뭉클해졌다. 물을 마시는 동안 우리는 서로 이름을 말했다. 그들은 맥스 코드웰과 제이콥 토드였다.

이때쯤 되자 다른 집들도 문을 열었고, 사람들이 꽃과 음식, 음료수를 들고 주황색 리본을 흔들며 밖으로 나왔다. 어떤 사람은 네덜란드 깃발도 흔들었다. 그것은 독일인들이 철저하게 페어보텐[금제]하던 것이었다. 사방에서 키스와 포옹이 일었다.

군인들은 물을 마신 뒤 아른헴까지는 거리가 얼마나 되느냐고 물었다.

"5킬로미터입니다."

아버지가 말했다. 그때 지프차 한 대가 와 서더니, 장교 한 명이 일어서서 뭐라고 소리쳐 명령을 전했다.

"죄송합니다. 이제 가야겠네요."

맥스가 말했다.

"펠 쉬크세스Veel succes[성공을 빕니다]."

아버지가 영어로 말하는 걸 잊고 말했다.

"쉬크세스!"

어머니도 말했다.

"잘 있어요, 아가씨."

제이콥이 말했다.

"물 고마웠어요."

그들이 떠나려고 돌아설 때 공습 경계 대원 한 명이 쿵쿵 걸어오면서 소리쳤다.

"모두 안으로 들어가요! 안으로! 아직 위험해요!"

군인들은 떠났고, 아버지는 문을 닫았다. 엄마는 내가 본 그 어느때보다 더 열심히 안경을 닦았다. 그때서야 나는 내가 말을 한마디도 안 했다는 걸 깨달았다.

"아, 아빠."

나는 웃어야 할지 울어야 할지 알 수 없었다.

"'할로'란 말도 안 했네요!"

아버지와 어머니는 저 애가 미쳤나 하는 눈길로 나를 보았다. 그러더니 아버지가 크게 웃음을 터뜨렸고, 어머니는 우리 두 사람을 끌어안고 빙글빙글 돌면서 "프레이Vrij, 프레이, 프레이, 자유, 자유, 자유!" 하고 말했다. 우리는 금세 서 있기도 어려울 만큼 어지러워졌다. 내 인생에서 그 순간만큼 마음이 가벼웠던 적은 그전에도 이후에도 없었던 것 같다.

이 모든 일이 놀랍도록 선명하게 떠오르고, 지금도 그때를 생각하면 눈물이 고인다.

다음 날인 월요일에는 더 많은 영국 군인이 낙하산과 글라이더를 타고 내려왔다. 우리는 볼프헤제 숲 하늘 위로 날아가는 비행기들을 보았다. 전날처럼 붉은색, 흰색, 갈색, 녹색, 파란색의 낙하산들이 하늘을 가득 메웠다. 가슴 뛰는 광경이었다.

하지만 그때는 이미 일요일에 마을을 지나간 군인 중 일부가 피로와 먼지에 싸인 채 돌아와 교회 근처 초원에 대포를 설치해 두고, 아른헴을 향해 쉴 새 없이 포격을 퍼붓고 있었다. 우리는 어머니가 만든 샌드위치를 가지고 나갔다. 군인들에게 식량이 모자랐기 때문이다. 군인들은 그들 표현대로라면 '2차 진격'으로 지원군과 보급품이 조달된 데 아주 들떠 있었다.

"이제 괜찮을 거예요."

군인들은 말했다.

"이제 저 훈 족을 몰아낼 거예요!"

군인들의 설명에 따르면, 그들의 임무는 아른헴의 다리를 확보해서 네이메헌에서 올라오는 주력 부대가 강을 건너 네덜란드를 점령한 독일군을 차단하도록 지원하는 것이었다. 그 일은 종전을 앞당기는 데 중요한 역할을 할 거라고 군인들은 말했다. 그들은 유쾌하게 농담을 하고, 서로를 놀리고 나를 놀렸으며, 샌드위치 앞에 모여들었다. 독일군과는 너무도 달랐다. 하지만 물론 영국군은 우리가 환영하는 사람들이었고, 그것은 중대한 차이였다. 모두 행복한 안도감에 휩싸여 전기와 가스가 끊어진 것도, 우리의 아름답고 유서 깊은 마을이 포탄에 두드려 맞은 것도 상관하지 않았다.

"자유의 대가지."

아빠가 말했다. 아빠는 돕고는 싶은데 방법을 몰라서 답답해했다. 공습 경계 대원들이 주의를 늦추지 말고 집 안에 머물러 있으라고 이르고 다녔다. 안전을 확신하기에 아직은 너무 일렀다. 독일군은 전투가 벌어지는 북쪽 지방에 있었다. 그리고 레지스탕스의 보고에 따르면, 아른헴 다리를 둘러싸고 치열한 전투가 벌어지고 있었다.

저녁이 되었을 때, 이웃 한 명이 마을 중심부 교차로의 위트레히트 거리에 있는 스호노르트 호텔—독일군에게 징발당하기 전까지 우리 마을에서 매우 훌륭한 호텔 중 하나였던—을 영국 부상병을 위한 병원으로 개조할 예정이고, 그 일을 도와줄 자원 봉사자가 필요하다고 말했다. 이미 부상자들이 그곳으로 옮겨지고 있었다. 나는 가고 싶었지만 아빠가 안 된다고 했다. 요즘 시대라면 그런 건 물어보지도 않고 갔겠지만, 그 시절에는 생활 방식이 달랐다. 스무 살이 되지 않은 여자는 부모님 말씀에 따라야 했고, 내가 아무리 졸라도 아빠는 딱 잘라서 안 된다고 했다. 전날 밤부터 아빠는 엄마와 나만큼 상황을 낙관적으로 보지 않았다.

"왜 군인들이 돌아왔을까?"

아빠가 물었다.

"왜 들판에 대포를 설치했을까? 왜 포격도 쉬지 않고 계속되는 거지? 호텔은 또 왜 병원으로 개조할까? 내일이면 남쪽에서 지원병이 올 텐데? 모든 게 잘되고 있다면 왜 이 모든 일이 벌어지는 걸까?"

"전투라는 게 깔끔한 놀이처럼 모든 걸 완벽하게 계획할 수 있는 건 아니에요."

엄마가 아빠에게 말했다.

"그건 어수선하고 예측 불가능해요. 밀물과 썰물이 있고, 다치는 사람도 생겨요."

"그럴지도 모르지만."

아버지가 말했다.

"어느 쪽이 밀물이고 어느 쪽이 썰물인지, 또 우리 집이 어느 쪽 해변에 있는지를 확실히 알 때까지는 우리 딸을 내보낼 수 없어."

하나뿐인 딸을 위험한 곳에 보내지 않더라도 우리는 이미 충분히 괴로움을 겪고 있어, 라고 아버지는 덧붙였다. 아들을 떠나보내고 죽었는지 살았는지도 모르고 있잖소. 당신은 아이들 없는 노년을 보내고 싶소? 그때는 누가 우리를 돌보아 준단 말이오?

아버지가 그토록 결연하고 비관적일 때는 반대해 봐야 소용없다는 걸 어머니는 알았다. 그래서 나는 집에 남아 어린 시절의 곰 인형 소이만을 간호하면서, 내 방 창밖으로 군인들이 지나가는 것을 보았다. 포격이 일 때마다, 집이 흔들리고 창문이 덜거덕거리며 먼지가 날아올랐다.

그날 밤 우리는 두 번째로 옷을 입고 잤다. 또는 자려고 했다. 전투 소리가 우리를 완전히 에워싼 것 같았다. 잠시 후 더 많은 군인과 지프차, 그리고 무한궤도식 트럭들까지 우리 마을을 지나갔다.

화요일 아침 여섯 시 무렵이 되자 바깥이 시끌시끌했다. 포격을 하던 군인들이 물을 얻으러 와서, 독일군의 공격이 다시 시작될지 모르니 조심하라고 일러 주었다. 그 말이 맞았다. 들판에서 포탄들이 터지기 시작하더니 이어 더욱 가까운 곳에서 터졌다. 처음으로 우리는 지하실로 대피했다. 공격은 오래 가지 않았지만, 이 일로 어머니마저 자신감을 조금 잃었다.

하지만 우리는 우울해할 겨를도 없었다. 포격 소리가 그치고 나서 곧바로 지하실 위쪽에서 요란한 소리가 났다. 올라가 보니, 두 군인이 옆구리를 다쳐 피를 심하게 흘리는 군인을 양쪽에서 부축한 채 거실에 들어와 있었다. 세 사람의 모습—흙투성이가 된 전투복에 무거운 장비를 메고 무기들을 덜그럭거리며 진흙투성이 군화 차림으로, 게다가 그중 한 명은 피를 뚝뚝 흘리며 우리 집 가장 좋은 가구들 틈에 거대하게 서 있는 그 모습—은 충격이었다.

그 순간까지 나는 어떻게 해서인지 전쟁과 전투를 우리와 떨어진 바깥세상의 일로 여겼던 것 같다. 하지만 이제 그것은 바로 우리 집 안에서 일어나는 일이 되었다. 아빠와 나는 돌기둥이 되기라도 한 것처럼 현관 앞에 멍하니 서서 그들을 바라보기만 했다. 하지만 어머니는 그러지 않았다. 어머니는 언제나 위기에 강했다. 위기가 닥치면 어머니는 최고의 능력을 발휘했다. 전에 나는 어머니가 우리 집에 와서 자기가 여기서 지낼지 말지를 결정하려고 둘러보는 독일 장교를 꾸짖는 모습도 보았다. 군화도 안 닦고 모자도 벗지 않은 채 들어왔다며 말썽꾸러기 나무라듯 호되게 다그쳐서, 그 사람은 우리 집에 머무는 은혜를 베풀지 않기로 결심하고 대신 하사관 한 명을 보냈는데, 그 사람도 날마다 어머니의 꾸지람을 듣느니 마당의 창고가 더 편하다며 그리로 나갔다. 어머니는 한순간도 망설이지 않았다.

"헤르트라위."

어머니가 말했다.

"따뜻한 물과 소독약을 가져오렴."

그리고 아버지에게도 말했다.

"바렌트, 구급약 상자를 가지고 와요."

그러면서 소파에 놓인 쿠션을 정돈하고, 영어를 거의 몰랐기 때문에 "코멘Komen, 코멘[이리 와요]."이라고 말하며, 군인들에게 부상병을 눕히라고 손짓했다.

내가 물을 가지고 갔을 때, 군인들은 부상병의 장비를 모두 내리고 외투도 벗겨 놓고 있었다. 부상병은 소파에 누워 격렬한 고통으로 얼굴을 찡그렸다. 어머니는 옆에 무릎을 꿇고 앉아서 상처를 살펴보았다. 아버지는 구급약 상자를 가지고 와서 부상병의 군화를 벗겼다. 불쌍한 부상병은 우리 오빠 헹크 또래로밖에 보이지 않았다. 얼굴이 흙과 땀으로 범벅이었는데도 지독하게 창백한 걸 알 수 있었다. 두 친구가 기운을 북돋아 주고자 이제 괜찮아질 거라고 속삭였다. 그중 한 명이 담배에 불을 붙여서, 손을 안 쓰고도 피울 수 있도록 입에 대 주었다. 그는 미소를 지으려고 했지만 눈에 두려움이 깃들었고, 어머니의 손길이 닿을 때마다 몸을 움찔거렸다. 상처는 아주 심했다.

독일군에 점령당한 지 4년이 지났지만, 내가 부상병들을 본 것은 최근의 공습 이후였고 그것도 언제나 먼 거리에서였다. 이렇게 가까이서 본 것은 처음이었다. 게다가 그냥 가까운 것도 아니고 바로 우리 집 안, 우리 집 거실에서였다. 이전까지 우리 집 거실에는 언제나 정장 입은 점잖은 손님들만 찾아왔고, 성 니콜라스 축일이나 가족 생일, 부모님 결혼기념일 잔치만이 벌어졌다. 행복한 시간들이었다. 가족애가 흐르는 시간. 따뜻한 축하. 하지만 이제 여기 이렇게 가슴이 아플 정도로 어린 남자가 우리 집 소파에 피를 흘리며 누워 있었다. 그의 고통과 땀과 먼지 냄새와 낯선 영국 담배의 달짝지근한 향기가 거실을 가득 채웠다. 나는 그렇게 힘없이 누워 있는 부상병이 너무도 불쌍해서, 그를 꼭 끌어안고 요술이라도 부려 고통을 몰아내고, 그에게 한 시간 전의 건강하고 생기 넘치는 육체를 돌려주고 싶었다. 그리고 바로 그 순간, 나는 지금 벌어지고 있는 일들과 지난 공포의 시간 동안 벌어진 일들을 처음으로 제대로 인식할 수 있었다.

어머니가 일어서서 내게 말했다.

"가서 다른 군인 한 명을 이리로 불러 오너라."

나는 좀 더 나이가 많아 보이는 사람에게 내가 할 수 있는 최고의 영어로 어머니가 하실 말씀이 있다고 전했다. 그 사람과 아버지와 내가 어머니를 따라 부엌으로 들어갔다. 어머니는 내게 부상병의 상처가 너무 깊어서 더 이상 도움을 줄 수 없다고, 자신이 의사는 아니지만 얼른 적절한 치료를 받지 않으면 죽을 것 같다는 말을 전해 달라고 했다. 내가 그 말을 옮겨 주자, 군인은 고개를 끄덕였다. 이제 동료를 위해서 억지로 밝은 표정을 지을 필요가 없어지자, 그의 얼굴은 지치고 힘없어 보였다. 다친 군인은 조디고, 다른 친구는 노먼이고, 자신은 론이라고 했다. 그들은 우리 집을 감시 초소로 쓸 수 있게 부탁해 달라는 명령을 받았다고 했다. 우리 집 이층은 들판과 거리 쪽 전망이 좋았기 때문이다. 그들은 독일군이 이쪽으로 올 것을 두려워했다. 하지만 오는 길에 포격을 만났고, 조디가 파편에 맞아 버렸다. 그들은 초소에서 머물러야 했다. 이제 그가 할 수 있는 일은 부대에 연락해서 의무병을 보내 달라고 하는 것뿐이었다.

상처에 붕대를 매는 것만으로는 부족해요, 어머니가 말했다. 수술을 해야 돼요. 아버지도 동의했다.

"우리 마을의 호텔이 병원으로 개조되었다고 들었어요."

아버지가 말했다.

"거기로 가야 할 것 같습니다."

론이 호텔의 위치를 몰라서 내가 설명해 주었다.

"오르막길을 따라 마을 중심부로 가면 돼요. 1킬로미터도 안 돼요."

"그렇게 멀리까지 가려면 노먼하고 내가 둘 다 가야 할 거예요."

론이 말했다.

"하지만 우리 둘이 모두 초소를 비울 수는 없습니다. 심각한 부상병 때문이라고 해도요."

"그러면 저 친구는 죽어요."

엄마의 말을 내가 옮겨 주었다.

"지금은 어떻게든 치료할 방법이 있을 거예요."

"우리가 부상병을 데리고 갈게요."

내가 말했다.

"아빠하고 내가요. 마당 수레에 싣고 가면 돼요."

"안 돼."

아빠가 잘라 말했다.

"너무 위험해."

내가 말했다.

"포격은 그쳤어요. 그리고 어쨌건 포격은 대포를 겨냥한 거예요. 우리는 대포들하고는 반대 방향으로 간다고요. 위험할 일 없어요,

아빠."

"안 돼."

아빠가 말했다.

"나 혼자 가겠다. 너는 여기 어머니랑 남아 있어."

"엄마, 아빠한테 뭐라고 얘기 좀 해 줘요."

어머니가 단호한 눈빛으로 아버지를 바라보며 말했다.

"헤르트라위 말이 맞아요. 두 사람이 함께 가야 돼요. 헤르트라위가 정 안 된다면 내가 당신이랑 가겠어요."

"안 돼, 안 돼."

아빠가 흥분해서 말했다.

"군인들 곁에 헤르트라위 혼자 둘 수는 없소. 그건 옳지도 않고, 안전하지도 않아. 절대로 허락할 수 없소."

어머니는 아버지의 손을 잡고 부드럽게 말했다.

"여보, 생각해 봐요. 우리는 이 사람들한테 빚을 지고 있어요. 이 사람들은 우리를 도우러 왔다고요. 그리고 우리 딸을 생각해 봐요. 자기 역할을 하고 싶어 하는 건 당연한 일 아닌가요? 이 재난이 모두 끝났을 때, 이 애가 뭐라고 말했으면 좋겠어요? 다른 사람들이 전부 목숨을 걸 때 자기는 가만히 구경만 했다고 말하게 할 참인가요? 그리고 우리가 이 불쌍한 군인을 병원에 데리고 가는 일이 옳은 일 아닌가요? 이 사람이 헹크라고 생각해 봐요."

어머니가 아버지의 굳은 결심을 이기지 못하듯이, 아버지는 어머니의 애정 어리고 논리적인 설득을 이기지 못했다. 아버지는 늘 자신은 어머니 없이는 못 산다고 말했다. 두 분은 금슬이 정말 좋아서 무슨 일이 있어도 헤어질 수 없는 그런 부부였다. 아빠의 가장 큰 두려움은 엄마를 잃는 일이었다. 점령 기간 동안 아버지는 용감하게 버텼다. 하지만 자유가 눈앞에 다가오자(어쨌건 그 순간에는 그렇게 보였다.) 갑자기 용기를 잃는 것 같았다. 나는 그런 아버지에게 놀랐고, 심지어 나약하다고까지 느꼈다. 하지만 내가 이렇게 늙고 그때보다 훨씬 많은 인생 경험을 쌓고 보니, 지금은 이해할 수 있을 것 같다. 목표가 눈앞에 들어오면, 인간은 비로소 자기 존재의 유약함과 거의 불가피해 보이는 온갖 실패의 가능성을 의식하게 된다. 그리고 망설이게 된다.

아버지는 잠시 가만히 있다가 깊은 한숨을 쉬고 말했다.

"당신 말이 맞아요."

아버지는 두 손으로 어머니의 얼굴을 잡고 부드럽게 키스했다. 그 키스가 너무 다정해서 나는 고개를 돌렸다. 아빠가 조용히 말하는 소리가 들렸다.

"이 세월을 견딘 건 오직 당신 때문이오. 나는 당신 없이 혼자서는 살 수 없소."

이어 어머니가 나직하게 대답했다.

"그런 일은 없을 거예요."

그런 뒤, 법석이 벌어졌다. 우리는 조디의 이동을 최대한 편안하게 해 주기 위해 수레에 이불과 쿠션을 깔았다. 론과 노먼이 조디를 수레에 태웠다. 그런 뒤 최선을 다해 밝은 표정으로 작별 인사를 나누었다. 이어 아빠와 나는 위트레흐트 거리에 있는 스호노르트 호텔을 향해 출발했다.

가는 길에 우리는 짐 가방들을 들고 가는 주민들을 만났다. 그들은 다리에서 벌어지는 영국군의 전투가 그렇게 희망적이지 않다는 소식에 집을 떠나고 있다고 했다. 이제 분명히 마을도 전쟁터가 될 텐데, 그러면 지하실에 있어도 안전하지 않을 거라고 했다. 길을 더 가니 짐을 잔뜩 지고 가는 사람들도 있었다. 모두 아른헴에서 멀지 않은, 철길 건너편 클링겔베크 거리의 사람들이었다. 독일군이 그곳 주민들에게 떠날 것을 명령했다고 했다. 하지만 어디로 가야 하나요? 그들이 물었다. 철길 이쪽 편인 베네덴도르프 거리의 사람들도 떠나기 시작했다는 말도 있었다. 아빠는 불안한 얼굴로 나를 보았다. 아빠도 나도 이게 모두 나쁜 소식이라는 걸 알았다. 독일군이 영국군을 밀고 우리 마을 쪽으로 다가오고 있다는 뜻이었기 때문이다.

"서두르자."

아빠가 말했다.

"얼른 엄마에게 돌아가야 해."

위트레흐트 거리에 다가갔을 때 대포 소리는 더욱 커졌고, 동쪽의 아른헴뿐 아니라 마을 북쪽으로 1킬로미터쯤 떨어진 철길 반대편에서도 울렸다. 우리 두 사람은 수레를 미는 수고에 두려움과 불안이 더해져서 숨을 가쁘게 헐떡이며 땀을 줄줄 흘렸다. 자갈길 위로 수레를 서둘러 밀고 가다 보니, 불쌍한 조디는 덜컹덜컹 튀었다. 하지만 그가 눈을 감은 채 아무 소리도 내지 않았기에 나는 그가 의식을 잃었다고 생각했다.

스호노르트 호텔은 끔찍했다. 우리가 종종 커피를 마시던 베란다에는 치료를 기다리는 부상병들의 들것이 가득했다. 영국 군인들 틈에 가끔 독일 군인도 섞여 있는 것에 나는 놀랐다. 어떻게 영국 군인들은 독일 군인 옆에 그렇게 차분히 누워 있을 수 있는 걸까?

한 사람은 독일 군인에게 담배까지 건네고 있었다. 나로서는 기절할 일이었다! 호텔 방들은 모두 들것과 매트리스에, 심지어는 그냥 맨바닥에 누운 남자들로 가득했다. 부상병이 너무 많아서 길 건너편 호텔도 병원이 되어 있었다. 피와 흙과 땀 냄새에 숨이 막힐 지경이었다. 속이 울렁거렸다. 마을 여자들뿐 아니라 젊은 남자들까지 최선을 다해 부상병들을 도왔다. 나는 학창 시절 친구인 메이크와 요티가 부상병들을 씻겨 주는 걸 보았다. 메이크는 언제나처럼 허둥지둥했고 요티는 밝은 표정이었다. 군인들 중에는 분명히 참을 수 없는 고통에 휩싸인 사람도 있을 텐데, 모두 놀라울 만큼 차분하고 의젓했다. 나이가 내 또래 정도밖에 안 되어 보이는 한 청년은 팔에 다섯 군데 총상을 입었다. 호텔 주인의 딸이며 평소에는 학교 선생님으로 일하는 헨드리카가 그 불쌍한 군인을 씻겨 주는데, 그를 수술실로 데리고 갈 사람들이 왔다. 그녀는 수건으로 물기를 닦아 주고, 수술실로 들어가는 그에게 희망과 용기를 불어넣어 주려고 했다.

나는 헨드리카를 데리고 밖으로 나와서 아빠가 조디와 기다리는 곳으로 갔다. 그녀는 조디에게 당장 치료가 필요하다는 걸 알고 몇몇 청년을 불렀다. 그들이 조디를 들것에 실어 안으로 데리고 들어갔다. 그것이 우리가 본 그의 마지막 모습이었다. 전쟁이 끝난 뒤, 우리는 그가 그날 죽었다는 걸 알게 되었다.

나는 거기 남아서 돕고 싶었지만, 아버지는 어머니와 약속했으니 곧장 돌아가야 한다고 했다. 그때 얼마나 아버지가 밉던지! 만약 헨드리카가 병원에는 지금 도와주는 사람이 많고, 부족한 것은 숙련된 간호사―당연히 나는 아닌―뿐이라고 말하지 않았다면, 나는 아버지의 말을 듣지 않았을지도 모른다. 나는 그때도 지금도 헨 드리카가 그렇게 말한 건 내가 걱정 없이 집에 가도록 배려해 준 거라고 생각한다. 그래서 우리는 빈 수레를 끌고 돌아섰다. 언덕길 아래로 힘껏 내달리는데, 그 길을 올라갈 때보다 전투 소리가 더 커져 있었다. 공기를 지지는 것 같던 포화의 쓰디쓴 단내가 아직도 기억에 남아 있다.

집에 와 보니, 어머니는 위층에서 경계를 보는 론과 노먼을 위해 차가운 돼지고기와 사과 소스를 곁들인 감자 요리를 준비해 놓고 있었다. 아버지와 나는 그걸 먹으면서 어머니에게 우리가 보고 들 은 일들을 이야기해 주었다. 오후가 지나는 동안 지친 표정의 군인 들이 아른헴 쪽에서 물결처럼 밀려왔다. 장교 한 명이 우리 집에 와서 론과 노먼의 경계 상태를 점검했다. 그들은 거실에서 몇 분 동안 이야기를 나누었다. 장교가 떠나자 론은 표정이 우울해졌지 만, 말을 아끼며 그저 상황이 희망했던 대로 돌아가고 있지 않다고 만 했다. 다른 군인들이 와서 마실 물을 부탁하고 씻어도 좋은지 물었다. 우리는 당연히 도움을 베풀었다. 얼마 후 땅거미가 진 밖 으로 나가서 네이메헨이 있는 남쪽을 바라보며, 그곳 하늘에 타오 르는 불꽃과 끊임없이 울려 퍼지는 거대한 포성을 보고 들었다. 론 은 주력 부대가 우리 쪽으로 밀고 오고 있다고 말했다. 론과 노먼 은 사흘 동안 잠 한숨 자지 못해서 극도로 피곤해 있었다. 아버지 가 자신과 내가 함께 경계를 설 테니 그 사이 잠을 좀 자라고 했다. 하지만 론은 근무 중 둘이 함께 잠을 자다 걸리면 '끝장'이라고 했 다. 그래서 아버지는 내가 론과 함께 경계를 서는 동안 노먼이 자고, 그런 뒤 아빠와 노먼이 뒤를 이어받아 경계를 서는 동안 론이 자는 건 어떻겠느냐고 제안했다. 노먼이 론에게 그게 좋겠다고 설득했다. 그래서 밤이 되자 나는 먼저 어머니와 함께 뒤쪽 창문에 앉아 경계를 보았고, 론은 앞쪽 창문을 내다보았다.

수요일에 최악의 시간이 시작되었다. 그때까지 모든 전투는 아른헴에서 벌어졌다. 이제는 오스테르베크로 전장이 옮겨졌다. 그때는 몰랐지만, 아른헴 다리에는 천 명가량의 소규모 병력만이 남아 중과부적의 상태로 그곳을 지키고 있었다. 또한 독일군은 오스테르베크를 차단해서, 8천 명가량 되는 영국군을 우리 마을 서쪽과 그 너머 삼림이 동쪽과 서쪽 경계를 이루고, 철로와 강이 북쪽과 남쪽 경계를 이루는 직사각형 안에 포위해 넣고 있었다.

독일군은 아침에 일제히 포격을 시작했고, 이번에는 우리 동네도 포화를 피할 수 없었다. 우리 집은 창문이 모두 박살났고, 굴뚝 한 곳도 포탄에 맞았다. 유탄이 벽에서 터져 사방으로 튀며 떨어졌다. 이런 일이 있을 때마다 우리는 지하실로 대피했다. 곧이어 우리 동네에 저항선을 친 군인들도 지하실에 합류했다. 포격이 잠시 멈추면 그들은 우리 집 뒷마당에 참호를 팠지만, 포격이 시작되면 포탄이나 유산탄을 막아 줄 어떤 장치도 없이 땅속 구멍에 자신들끼리 있는 것보다는 우리 곁에 있는 편이 더 좋다면서 함께 지하실에 들어가기를 청했다.

저녁이 되자 독일 탱크가 보였고, 모두 음식과 물, 그 밖에 포위되었을 때 필요한 물품을 가지고 지하실로 들어가라는 명령을 받았다. 지하실에는 모두 스물일곱 명이 누구 하나 누울 자리도 없이 빼곡히 들어앉았고, 머리 위에서는 세상이 무너져 내리는 듯한 소리가 났다. 전등은 없었지만 초는 많았다. 군인들이 자신들의 장비 가방에서 하나씩 꺼내 놓았기 때문이다. 하지만 가장 큰 괴로움은 화장실이 없다는 것이었다. 지하실 석탄 저장칸에 있는 양동이 하나가 전부였다. 나는 그걸 쓰는 게 너무 괴로웠고, 저장칸에 가는 일을 줄이려고 되도록 물을 마시지 않았다. 하지만 두려움과 불안에 사로잡히면 오줌이 잦아지는 법이다. 다음 날 아버지는 창고에 처박아 둔 뚜껑 있는 금속 통을 찾아냈다. 그걸 석탄 저장칸에 가져다 놓고 앞쪽에 모포를 못으로 박아 걸어 약간이라도 체면을 차릴 수 있게 했다. 양동이에 볼일을 보고 나서 안에 든 것을 금속 통에 비울 수 있게 되면서 지하실 생활은 조금 개선되었다.

심각한 부상자들은 그리 멀지 않은 곳에 마련된 치료소로 갔다. 경미한 부상자들은 우리와 함께 있었고, 어머니와 내가 그들의 상처를 닦고 붕대를 감아 주었다. 그래서 결국 나는 간호사가 되었다. 처음에는 구역질이 났지만, 선택의 여지가 없는 상황에서 인간은 끔찍한 일에도 놀라울 만큼 빨리 적응한다는 걸 깨달았다. 그리고 나는 다행히 어머니에게서 현실적인 태도를 물려받았다. 우리가 간호하는 동안 군인들은 자기 집과 가족, 친구들과 여자 친구들 이야기를 하며 사진을 보여 주었다. 그들은 대부분 젊디젊은 열아홉, 스무 살이었고 어머니의 손길을 무엇보다 그리워하는 것 같았다.

그러는 동안 사방의 소음은 한시도 끊이지 않고 혼을 빼놓았다. 처음에 나는 겁이 났다. 하지만 곧 그러지 않게 되었다. 아마도 군인들의 쾌활한 태도와 그들 가운데 내 또래가 많다는 사실 때문에 그랬던 것 같다. 나처럼 부모님의 견고한 보호 속에 얌전히 자란 여자아이가 다른 나라에서 온 청년들 틈에 끼여 앉아서 인생을 이야기하고, 나란히 먹고 자고, 가장 은밀한 일을 함께 하는 건 일종의 해방감을 안겨 주었다. 나는 날이 갈수록 대담해졌다. 악취와 소음이 진동하고 먼지가 날아다니건 말건, 유탄이 터질 때마다 벽에서 석회가 떨어져 우리를 분홍색 가루로 덮어 버리건 말건, 나의 미래가 이 복작대는 전쟁 중의 지하실에 있다는 느낌이 들었다.

이따금 포격이 멈추었다.

"독일군이 힘을 내려고 슈납스[독한 독일 술]를 마시나 봐!"

군인들이 말했고, 노먼이 히틀러를 아주 비슷하고도 재미있게 흉내 냈다. 그러면 우리는 마당으로 쏟아져 나가서 삐걱대는 팔다리를 펴고, 신선한 공기를—물론 그 공기를 '신선하다'고 말하는 것은 조금 문제가 있지만—마셨다. 거리의 집들 가운데는 불에 탄 것도 있었고, 어떤 집은 너무도 심하게 파손되어서 철거를 하고 있는 것처럼 보였다. 우리 집도 지붕과 벽이 구멍투성이가 되었고, 굴뚝은 무너졌으며, 집 앞쪽의 윗부분 귀퉁이도 떨어져 나가서 구멍 사이로 부모님 방과 부서진 침대와 바람에 나부끼는 찢어진 이불들이 보였다. 나는 부모님이 떨어진 속옷만 입고 사람들 앞에 나타나기라도 한 것 같은 민망함을 느꼈다.

"이제 전쟁이 무언지 알겠구나."

어머니가 말했다. 나는 눈물을 참으려고 했지만, 부서진 집을 보고 눈물을 흘리지 않을 수 없었다. 곁에 있던 론이 아무 말 없이 내 어깨에 팔을 두르고 나를 따뜻하게 안아 주었다.

제이콥

글을 쓰면 모든 걸 떨쳐 낼 수 있다.
슬픔은 사라지고
다시 용기가 생긴다.

― 안네 프랑크

그는 이곳이 싫어지기 시작했다.

어제의 입국은 당혹스러웠다. 그가 가장 열렬하게 기대했던 안네 프랑크의 집 방문은 혼란만을 안겨 주었다. 남자를 여자로 착각한 일은 어이가 없었다. 점퍼 날치기는 그를 바보로 만들었다. 더욱이 날치기를 쫓다가 그는 녹초가 되었다. 그 뜀박질과 아직도 찔끔찔끔 뿌리는 비로 인해 몸은 축축해졌다. 그런데 거기 이어서 가짜 성냥갑과 콘돔, 그리고 알 수 없는 글이 나왔다.

성냥갑은 성냥갑이 아니었고, 콘돔은 어쩌면 불량품일지 몰랐고, 글은 그가 모르는 언어로 쓰여 있었다. 물론 하나도 모르는 건 아니었다. 숫자는 아마도 전화번호일 것이다. 하지만 톤의 번호일까? 아니면 역시 가짜일까? 'Niets'는 아마도 아니라는 뜻인 것 같았다. 네덜란드 어의 'in'은 영어의 'in'과 똑같은 뜻인가? 암스테르담이라는 말은 알 수 있었지만, 그가 암스테르담에 대해 지금까지 깨달은 바는 마음에 전혀 들지 않는다는 것뿐이었다. 'is'는 영어의 'is'와 똑같은가? 설마 그렇게 간단할 리가! Wat het lijkt? 이게 무얼까? 아무려면 어때! 이러건 저러건 상관없어!

왜 늘 너무 늦게야 반응하는 걸까? 왜 무슨 일이 끝나고 나서야 그게 좋았는지 안 좋았는지를 알고, 아무 상관없어진 다음에야 자기 생각이 어땠는지 깨닫는 걸까? 어제 일을 예로 들어 보자. 문제가 있다는 걸 알았을 때, 그는 고맙지만 괜찮다고 말하고 집으로 돌아가야 했다. 하지만 그는 잠자리에 누운 뒤에야 자신의 상황이 얼마나 어색한지를 느꼈다. 뼈저리게. 그리고 제길, 어떻게 톤이 남자라는 걸 모를 수 있었을까? 그런데 이제 생각해 보니 처음부터 알았던 것 같다. 감지하고 있었다. 하지만 톤이 여자이기를 바랐고, 그 바람이 너무 간절한 나머지 여자가 아니라는 사실을 받아들이지 않았다. 그러니까 사실은 자신을 속인 것이다. 그리고 톤이, 자신이 원하는 그런 사람이 아니라는 걸 확실히 알았을 때는 어떻게 반응해야 할지, 뭐라고 말해야 할지, 어떻게 해야 할지 몰라 그냥 마네킹처럼 멍하니 서 있었다.

그를 태생적 겁쟁이라고 놀리는 아버지의 말이 맞는 건지도 모른다.

몇 분 동안 그는 자기혐오를 깊이 탐닉했고, 비는 그런 기분을 힘껏 북돋아 주었다. 햄릿의 말은 정말로 옳았다. 이 세상은 얼마나 지겹고 한심하고 재미없고 헛된 것인가. 자신은 얼마나 비루한가. 이 속세의 괴로움을 떨쳐 버리는 게 옳을지도 모른다. 물론 한 자루의 단검은 아니고 좀 더 현대적인 방법이 필요하겠지. 약물 과용이나 자동차―당연히 아버지의 자동차―의 매연을 담배 연기처럼 들이마시는 것 같은.

그는 잠시 그런 명상을 한 뒤, 자신은 순연한 쓰레기의 역겨운 변형물이라고 혼잣말을 했다.(거기에 그의 방대한 어휘집에서 뽑은 감미로운 자기 비하가 더해졌다.) 하지만 그런 생각은 그가 정말로 겁쟁이, 칠푼이, 얼간이라는 사실을 확인시켜 줄 뿐이었으니, 자신에 대한 지독한 우울감이 밀려든 것도 당연한 일이었다. 그렇게 해서 한 바퀴 완벽한 순환이 이루어지고, 그의 우울증은 스스로를 먹이 삼아서 자생력을 키웠다.

집에서는 그런 기분에 사로잡혔을 때 그 악순환의 고리를 깨고 나가도록 도와주는 사람이 둘 있었다. 한 사람은 안네 프랑크였다. 『안네의 일기』를 읽으면 언제나 힘이 났다. 하지만 지금은 그 책도 곁에 없고, 그건 나름 다행이었다. 가지고 왔으면 함께 도둑을 맞았을 텐데, 그 책을 잃었다면 감당하기 힘들었을 것이다. 또 한 사람은 할머니 새라였다. 할머니는 이런 기분을 '생쥐 기분'이라고 부르며, 그런 기분에 빠지는 건 그의 잘못이 아니고 죄의식을 느낄 일도 아니며―그런 기분이 지나가면 그는 언제나 죄의식을 느꼈다.―청소년기에 겪는 성장통일 뿐이라고 말했다. 그것은 근시라거나 집 먼지로 인한 알레르기성 비염처럼 태생적으로 또는 일상적으로 겪는 고통으로, 평생토록 조심스레 다스리며 살아야 할 일일 뿐이라고 했다.

그는 쥐구멍 밖을 내다보는 쥐가 된 것 같은 기분으로 피난처에 앉아 눈앞의 풍경을 바라보며, 기억하고 싶지 않은 그 일을 떠올렸다. 그것 때문에 할머니가 그의 발작에 생쥐 기분이라는 이름을 붙여 주었다. 그 기억은 그가 자주 꾸는 꿈과 함께 나타났고, 어젯밤에 그 꿈을 꾸었으니 오늘 이런 생쥐 기분이 나타나리라는 건 익히 예상해야 했다. 그 꿈이 괴로운 건 우울한 기분의 예고편이 되기 때문이기도 했지만, 그 내용이 자신과 관련되어 무언가 중대한 이야기를 해 주는 것 같은데 그게 무엇인지 좀처럼 이해하기 어렵기 때문이었다. 기분 좋고 유쾌하고 마음이 가벼울 때도 그 꿈은 이렇다 할 이유 없이 그의 정신에 침입해서 온 정신을 수수께끼로 가득 채우곤 했다.

비가 그치기를 기다리며 그는 다시 그 일을 기억했다.

사랑하는 할머니와 함께 산 지 얼마 지나지 않던 어느 날 저녁, 제이콥은 생쥐 한 마리가 벽을 따라 쪼르르 달려가는 걸 보았다. 할머니가 비명을 지르며 의자 위로 올라갔다. 할머니는 얌전한 척 하는 성격은 아니지만, 쥐에 대한 공포증이 있었다. 그것은 어린 시절의 비위생적인 환경과 질병의 기억 때문이기도 했고, 어디로 갈지 모르는 쥐들의 재빠른 동작에 대한 두려움 때문이기도 했고, 그것들을 만지거나, 더 나쁘게는 그것들이 할머니를 건드릴 수 있 다는 생각을 견디지 못하는 예민함 때문이기도 했다. 그건 제이콥 도 마찬가지였고, 그는 이것을 비롯한 여러 가지 점에서 할머니와 매우 닮았다. 그는 반사적으로 펄쩍 뛰어 일어나서 그 매끄럽고 겁 많은 동물을 쫓아가며 저주를 퍼붓고, 읽고 있던 책을 들어 흔들었 다.(정말로 기가 막힐 만큼 전형적인 행동이야, 할머니는 나중에 그렇게 말했다. 여자는 다리를 오므려서 위험에서 벗어나려고 하 고, 남자는 욕을 하면서 역공을 퍼부어 적을 쫓는단 말이지.)

쥐는 그들이 자기를 보고 놀란 만큼이나 사람을 보고 놀라서 꼬 리를 홱 돌리고 가장 먼저 눈에 띄는 안전한 장소로 뛰어들었는데, 그것은 아귀가 잘 맞지 않는 책장과 벽 사이의 틈새였다.

정적. 쥐는 어쩌고 있냐? 할머니가 물었다. 제이콥은 안전거리를 확보하고 허리를 굽혀 들여다보려고 했다. 어두워서 안 보여요. 손 전등을 비춰 보렴. 할머니가 말했다.

손전등을 비추면서 틈새 안이 보이도록 뺨을 바닥에 붙이니, 조그만 회갈색 쥐가 결연한 태도로 뒤쪽 구석에 틀어박혀 있었다. 거의 투명한 귀, 크고 검고 아기 같은 눈, 분홍빛에 꼭 미니어처 원숭이 발처럼 생긴 털 없는 앞발. 녀석은 그렇게 책장 밑에 웅크린 채 숨을 헐떡이고(아, 작은 가슴이 얼마나 놀랐을까!) 수염을 닦으며 그를 노려보았다.

그냥 들쥐예요, 그는 말했다. 종류는 상관없어, 할머니가 말했다. 그게 여기 있는 게 싫고, 들쥐가 맞다면 더욱 여기 있으면 안 되는 거 아니니? 녀석을 없애지 않으면 내가 잠을 못 잘 게다. 막대기가 있으면 우벼 내서 수건으로 둘둘 말아다가 밖으로 내갈 수 있을 텐데, 제이콥이 말했다.

그의 눈에 띈 꼬챙이는 가느다란 대나무 자루가 달린 솔뿐이었다. 그 자루는 유연해서 좁은 틈바구니로도 쏙 들어갔다. 하지만 그저 바닥에서 피스톤처럼 앞뒤로 찔렀다 뺐다 할 수 있을 뿐이었다.

그 다음에 일어난 일은 정말로 기억하고 싶지 않았다. 그는 생쥐를 빼내는 대신 대나무 자루를 너무 세게 찔렀다. 자루가 쥐의 몸을 퍽 찌르고 들어가던 그 느낌은 그 후로도 며칠 동안 그의 손에 남아 있었다.

그로부터 며칠 뒤에 그 꿈을 처음으로 꾸었다. 당시 제이콥은 불행했던 것도 아니고, 그 꿈도 독자적인 꿈이 아니라 어떤 긴 꿈의 뒷부분이었다. 하지만 앞부분은 전혀 기억나지 않는 데 반해 그 부분은 또렷이 새겨졌다.

그는 이야기를 하고 있다. 누구한테 무슨 이야기를 하는지는 모르지만, 어쨌거나 즐겁게 이야기를 한다. 장소는 어둠침침하고도 좁다. 아마도 커다란 벽장인 것 같다. 창문은 없다. 이야기를 하면서 곁눈질로 오른쪽을 힐끔 보니, 가슴 높이에 달린 널따란 나무 선반에 남자 주먹만 한 크기의 우둘투둘한 고동색 꾸러미가 놓여 있다. 자세히 보려고 고개를 돌려 보니 어느새 그의 오른손에 윗입술 모양의 고정쇠가 달린 짧고 가는 쇠꼬챙이가 들려 있고, 그는 그걸로 꾸러미를 찌른다. 꾸러미는 꼬챙이가 닿자마자 부서져서 토끼만 한 크기의 큼직한 생쥐 두 마리로 변한다. 하나는 배를 긁어 달라고 하는 개처럼 네 발을 활짝 펴고 드러눕는데, 분홍색 배에 보드라운 연회색 털이 드문드문 나 있다. 하지만 그의 관심은 다른 쥐에게 쏠린다. 그 쥐는 모로 누워서 머리를 앞발 사이에 넣고 태아처럼 웅크리고 있다. 녀석은 아주 고요하다. 살아 있나? 그가 쇠꼬챙이의 입술 부분으로 찔러 본다. 아무 일도 없다. 꼬챙이를 머리 옆에 살짝 대 본다. 그랬더니 그것은 쥐가 아니라 아이가, 머리가 지나치게 큰 아이가 되는데 그는 그 얼굴을 보고 당황한다. 그가 꼬챙이를 다시, 이번에는 관자놀이에 조금 더 세게 대 본다. 아이는 칭얼거리지만 눈은 뜨지 않는다. 다시 또 다시, 점점 더 힘을 더해 가며 때려 본다. 그 힘이 손과 팔을 지나 이두근에도 전해진다. 때린 뒤에는 아이의 반응을 유심히 관찰한다. 아이는 괴로운 신음 속에 점점 커져서 거의 제이콥만 해진다. 두 사람 다 가만히 있는데도 아이가 그에게 바짝 다가온 것 같다. 영화처럼 장면이 점점 크게 클로즈업된다. 네 번째인가 다섯 번째로 아이를 때리자, 아이의 관자놀이에 상처가 생기고 피가 흘러나온다. 진한 선홍색이지만 그리 많은 양은 아니다. 철철 쏟아져 나오지도 않고 얼굴 위로 흘러내리지도 않고, 아이의 관자놀이에 반짝이는 마름모꼴로 얼어붙는다. 제이콥은 피를 보고 흥분해서 더욱 세게, 더욱 더 세게 때린다. 하지만 때리는 사이 차츰 정신이 든다. 내가 지금 무얼 하고 있는 거지? 이런 일을 하면 안 돼! 내가 왜 이러고 있는 거지? 이러고 싶지 않아! 하지만 그러면서도 그는 계속 때리고, 아이는 점점 클로즈업되어서 제이콥은 이제 피 흘리는 머리 외에는 아무것도 볼 수 없다. 그리고 한 번씩 때릴 때마다 아이의 칭얼거리는 울음은 비명보다도 더 괴롭고 끔찍하게 들린다. 하지만 그러면서도 아이는 내내 잠을 자듯이 눈을 감고 있다.

그러다 아이가 눈을 떴을 때, 제이콥은 그 아이가 자신이라는 것을 깨닫는다.

04

제이콥

늙은이건 젊은이건
우리는 모두 마지막 항해 중이다.

– R. L. 스티븐슨

BE READY
NIETS IN
AMSTERDAM
IS WAT
HET LIJKT

"**바트** 이스 에르 안 더 한트Wat is er aan de hand? 칸 이크 예 헬펀 Kan ik je helpen?"

계단 아래쪽에서 노부인이 그에게 말을 걸었다. 동그란 얼굴에 다정한 눈, 볼품없는 녹색의 긴 코트, 쪽을 찐 반백의 곱슬머리 위로 치켜든 하늘색 우산, 우산을 들지 않은 손에 쥔 빈 리넨 장바구니.

"풀 예 니트 후트Voel je niet goed?"

"네, 뭐라고요?"

"영국인인가?"

그는 고개를 끄덕였다.

"괜찮아?"

그는 다시 고개를 끄덕이고 어깨를 으쓱해 보였다가, 부인이 거기 있으면 안 된다고 말했을 거라는 생각에 벌떡 일어섰다.

"제가 길을 막고 있었네요?"

"아니, 아냐."

"비를 피하고 있었어요."

"표정이 아주 안 좋아 보였어."

"괜찮아요. 그게, 날치기를 당했어요."

"이런! 다치지는 않았어?"

"네, 하지만 화가 났어요."

"뭘 빼앗아 갔지?"

"점퍼하고 돈. 사실 제가 가진 것 전부요."

"저런!"

그는 계단을 내려가다가 밑에서 두 번째 칸에 멈춰 섰다. 부인이 "내가 도와줄 일은 없을까?" 하고 물었기 때문이다.

그는 안네 프랑크의 집에 가서 물으려고 했던 질문을 했다.

"혹시 전화번호부가 있으시다면……."

"그래, 있지."

"저는 하를렘에 있는 아는 분 집에 머물고 있는데요, 거기로 돌아가는 기차표가 점퍼에 있었어요. 그런데 그분들이 저한테 암스테르담에 사는 아들의 주소와 전화번호를 일러 주었거든요. 그것도 점퍼에 있었죠. 하지만 전화번호부에는 이름이 나와 있을 거예요."

"찾아볼게. 이름이 어떻게 돼?"

"판 리트요. 단 판 리트. 기차역 근처에 산다고 했던 것 같아요."

"판 리트. 기차역 근처. 그래, 찾아볼게."

"고맙습니다."

"여기서 기다려 봐."

부인은 계단을 올라가지 않고, 다른 집으로 가는 것처럼 돌아섰다. 어디로 가는 걸까? 궁금해진 제이콥이 보도에 내려서서 보니, 부인은 집 뒤쪽으로 돌아서 담쟁이와 덩굴장미, 그리고 붉고 흰 꽃 화분들이 지하실 창문을 화려하게 장식한 틈새로 사라졌다. 부인은 창문 하나를 열고 지하로 내려갔다. 방범망이 달린 창문은 이제 보니 길 쪽으로 열리는 문이었다. 그는 그 창문이 문이 있는 동굴이나 마법 석굴의 입구 같다고 생각했다.

얼마 지나지 않아 부인이 다시 나타나서, 길에서 약간 올라온 곳에서 밖을 내다보았다.

"할로!"

부인이 불렀다. 그러다가 제이콥이 무성한 이파리 틈새로 자신을 들여다본다는 걸 깨닫자, "여기 있어!" 하며 전화번호부를 펼친 채로 내밀었다.

"판 리트라는 성이 굉장히 많아. 하지만 기차역 근처에 이름이 D로 시작하는 사람은 아우데제이즈 운하 근처의 한 사람뿐이야."

그 지명은 제이콥에게 뭉개진 모음과 술 취한 자음들의 결합처럼 들렸다.

"내가 전화를 해 보마."

부인이 다시 말했다.

"계단에서 기다려. 비가 계속 오니까 말이야."

빗발이 가늘어지고 하늘이 밝아지고 있기는 했지만, 그 말은 사실이었다. 그는 노부인의 지하 주택을 좀 더 보고 싶었지만, 부인이 시킨 대로 현관으로 돌아갔다.

거기서 기다리는 동안, 제이콥은 유리 지붕에 옆구리에는 연인들 [Lovers]이라는 글자를 큼직하게 새긴 매끈한 흰색 유람선이 운하를 천천히 지나가는 걸 보았다. 입을 벌린 관광객들이 배 안의 작은 4인용 탁자들을 절반쯤 채우고 있었고, 그들 중 일부는 사진기나 캠코더를 얼굴에 동물 주둥이마냥 대고 있었다. 카메라 돼지들이 먹이 수집을 나왔군, 그는 생각했다. 배 뒤쪽에는 가닥가닥 많은 머리를 한 제이콥 또래의 아름다운 흑인 소녀가 한 손에 얼굴을 괸 채 그를 멍하니 바라보았다. 그러다가 배가 거의 지나갈 무렵에 갑자기 밝은 미소를 지으며 손을 살짝 흔들었다. 그도 손을 들어 답했고, 그러자 금세 기분이 좋아졌다.

이제 비는 그쳤다.

다리가 길고 피부가 검게 탄 젊은이가 몸에 꼭 붙는 흰색 반바지를 입고 분홍색 티셔츠를 펄럭이며 자전거를 타고 지나갔다. 작은 퍼그 개 한 마리가 핸들 바에 달린 바구니에 앉아서 귀를 뒤로 젖힌 채 기분 좋은 표정으로 바람에 얼굴을 맡기고 있었다.

붉은색 알파 로메오 자동차 한 대가 반대편을 질주하자, 오만한 소음이 운하를 울렸다.

마침내 부인이 계단 앞에 다시 나타났다. 한 손에는 여전히 빈 리넨 가방이 들려 있었지만 우산은 없었다.

"반지를 않네. 세 번 걸어 봤는데 말이야."

"고맙습니다."

"주소하고 전화번호는 적었어."

부인은 그에게 종이쪽지를 건넸다.

"정말 고맙습니다."

그러고는 무어라 말해야 할지를 몰라 그는 눈길을 옆으로 돌렸다. 도움이 간절했지만 더 이상 부탁하고 싶지는 않았다. 모르는 사람 사이에서 한쪽이 다른 쪽을 도와주려다 잘되지 않았을 때 생겨나는, 죄의식과 초조함을 동반한 어색한 침묵이 흘렀다.

그는 안네 프랑크의 집에 가기로 마음먹었다.

하지만 그가 움직이기 전에 노부인이 말했다.

"여기 있는 건 안 좋아. 장을 보러 가기 전에 커피를 할 생각인

데, 나랑 같이 커피 한잔 안 하겠어? 카페에서 다시 한번 전화해 볼
수도 있고 말이야."

제이콥은 노부인의 제안을 받아들일 수밖에 없었다.

"이름은 어떻게 돼?"

"제이콥이오. 제이콥 토드."

"내 이름은 알마야."

그는 미소를 띠고 고개를 끄덕였다.

두 사람은 카페 파니니의 2층 탁자에 마주 앉았다. 카페 앞은 전
찻길이 딸린 큰길이었는데, 그가 빨간 모자를 쫓아 지나온 길이기
도 했다. 젊고 발랄한 여종업원이 커피와 따뜻한 크루아상을 가져
왔다. 그녀는 짧은 머리를 적갈색으로 염색했고, 하얀 얼굴에, 입
술은 자주색으로 칠했으며, 브래지어 없는 작은 가슴 위로는 민소
매의 얇은 셔츠를 걸치고, 검은 가죽 미니스커트에 검은 스타킹과
닥터마틴 부츠를 신고 있었다. 알마와 둘이 이야기하는 모습을 보
니, 둘은 서로 잘 아는 것 같았고 또 지금 제이콥에 대해 이야기하
는 게 분명했다. 종업원은 떠나면서 제이콥에게 장난기 어린 미소
를 던졌고, 그게 유람선 위 소녀가 손을 흔들어 준 일보다 훨씬 더
그의 기분을 밝게 했다.

"학생이야."

알마가 두 사람의 시선 교환에 즐거워하며 말했다.

"여기서 일해서 학비를 마련하지. 이제 커피를 마신 뒤 판 리트
에게 다시 전화를 해 볼게. 만약 그 사람이 집에 있다면 내가 가는
방법을 일러 주지. 만약 없다면……아니다. 우리는 성공해서 저 다

리를 다시 건너게 될 거야. 어때?"

"좋아요."

제이콥이 부인의 밝은 어조에 맞추어서 말했다.

그는 축축하게 젖은 스웨터 안에서 어깨의 힘을 빼고 크루아상을 지나치다 싶을 만큼 열심히 먹었다. 그러다가 알마가 커피를 천천히 마시면서 자신을 유심히 관찰한다는 걸 느끼고는 최선을 다해 감사의 미소를 지은 채 조심스런 태도로 따뜻한 커피를 마시고 말했다.

"이렇게까지 해 주셔서 고맙습니다. 커피도 빵도 좋네요."

"나는 아침마다 여기 와. 커피를 마시고 신문을 읽고 아는 사람들이랑 잡담을 하지. 여기 있으면 재미있는 사람을 많이 만나. 이 집은 작가, 배우, 음악가 들한테 아주 인기거든. 나처럼 늙어서 혼자 산다면 세상과 소통하는 일이 중요하지."

제이콥은 주변을 둘러보았다. 뚱뚱한 중년 남자 둘이 따로 앉아서 담배를 피우며 신문을 읽을 뿐이었다. 세련된 색조의 파랑, 초록, 노랑, 주황색을 띤 포마이카 상판의 탁자들. 검은 금속제 의자. 노랗게 칠한 천장의 두꺼운 들보. 미색 벽에는 진본 미술품들이 걸렸는데, 동판화도 있고 붓으로 그린 말 드로잉도 있었다. 제이콥 쪽의 벽은 천장에서 바닥까지 전체가 거울이라서 그와 알마, 그리고 맞은편의 탁자들을 비추었다. 이탈리아 디자이너 버전으로 만든 노동자 카페인가? 부르주아적인 호사스러움에 반대한다는 주장, 내지는 그러는 시늉?

"이제 네 얘기를 해 보렴."

알마가 말했다.

"여기는 놀러 온 거야?"

"비슷해요. 할아버지가 아른헴 전투에서 부상을 입으셨어요. 그 때 그곳 분들이 할아버지를 돌봐 주셨어요. 하지만 돌아가셨죠. 군인 묘지에 있는 할아버지 무덤을 찾아갈 예정이에요."

"전에 네덜란드에 온 적 있어?"

"아뇨. 그러니까, 아기였을 때 부모님이 데리고 오신 적이 있다는데, 전혀 기억나지 않아요."

"그러면 하를렘에 있는 친지는?"

"할아버지를 돌봐 주신 분의 가족이에요. 그분하고 우리 할머니가 계속 연락을 하셨어요. 원래는 할머니가 오시기로 했는데, 그럴 수 없는 사정이 생겼어요. 넘어져서 엉덩이를 다치셨거든요."

"저런. 그러면 다음 주 일요일의 기념식에 참석하겠네."

"할머니는 그래야 한다고 하세요."

그는 어깨를 으쓱해 보였다.

"제이콥이라는 제 이름은 할아버지 이름을 딴 거예요."

집을 떠올리자 그는 갑자기 마음이 움츠러들면서 더 이상 그 이야기를 하고 싶지 않았다. 그는 손가락 끝으로 크루아상 부스러기를 찍어서 핥아 먹었다.

"내 걸 먹어."

알마가 자신의 접시를 밀었다.

"난 별로 배가 고프지 않으니까."

그리고 제이콥이 우물우물 고맙다는 말을 하는 동안 가만히 기다렸다가 물었다.

"그런데 어떻게 해서 날치기를 당한 거지?"

"술을 마시고 있었어요. 레이제 광장인가 하는 곳에서."

알마가 '레이제' 발음을 다시 했고, 이어서 제이콥이 따라하자 웃었다.

"훨씬 좋아졌는걸!"

"그래요, 하여간 거기에서였어요!"

제이콥이 어물쩍 넘기자 두 사람은 함께 웃었다.

"의자 등받이에 외투를 걸쳐 놓고 있었어요. 그런데 갑자기 옷이 제 옆을 날아가는 거예요. 저는 도둑의 뒤를 쫓았어요. 어린애였어요. 그러니까, 제 또래였죠. 머리에는 빨간 야구 모자를 쓰고 있었어요. 뒤집어서요, 당연히요!"

"당연하지!"

"도둑은 이리저리 뛰어갔어요. 이 운하, 저 운하, 이 거리, 저 거리를 오르락내리락했죠. 저는 완전히 길을 잃었어요. 이 길로도 왔어요. 저쪽 저 다리가 생각나요."

"페이젤 운하."

"아, 어려운 이름이에요!"

알마는 부드러운 미소를 지었다.

"노력은 해 봐야지."

"네, 네, 그럴게요. 약속해요!"

이렇게 장난기가 이는 건 어쩌면 커피 때문인지도 몰랐다. 아니 안도감 때문이라는 게 더 맞을 것 같았다. 하지만 알마도 기분이 좋은 게 분명했다.

"어쨌건 잡지는 못했어요. 나는 달리기가 별로인데, 녀석은 엄청나게 빨랐거든요. 그런데 웃기는 건 그 녀석이 나한테 추격을 받고 싶어 했다는 거예요."

"왜 그렇게 생각하지?"

"내가 따라잡을 때까지 기다리다가 가까이 가면 다시 달아났어요. 도대체 왜 그랬을까요? 되도록 빨리 달아나서 나중에 다시 못알아보게 하는 게 정상 아닌가요?"

"재미로 그랬나 보지."

"재미로요?"

"내가 볼 때 그 친구는 도둑질이 직업인 것 같아. 그러니까 약 살 돈을 구하려고 날치기를 하는 그런 사람이 아니라는 거지. 암스테르담의 날치기는 대개 그런 이유로 일어나고, 안타깝지만 그 횟수도 많지. 하지만 직업으로 날치기를 하면, 뭐랄까 좀 페르벨렌트 vervelend, 따분해지지 않을까?"

"지루해진다고요?"

"그래 맞아, 지루해지는 거야. 날마다 하는 일은 지루해질 때가 있어. 도둑에게도 말이야. 추격을 당한다면, 잡힐지도 모르는 상황을 만든다면, 그러면 재미가 생기지. 어쩌면 네 외모가 마음에 들었을 수도 있어. 너한테 모험을 걸어 봐도 좋다고 생각했을지 몰라. 그러니까 영광스럽게 느껴야 해."

"아, 고마워요! 대단한 영광이네요. 가진 것 전부를 빼앗겼으니 말이에요."

"그리고 돈을 찾으려 달리기까지 했지."

그는 웃었다.

"영어를 아주 잘하세요."

"영국 사람들이란! 모국어 아닌 말을 할 줄 아는 사람을 만나면

늘 놀란다니까."

"제가 할 줄 아는 외국어는 여행용 프랑스 어뿐이에요."

"필요하면 배우게 마련이야. 영국인들은 자기 언어가 국제어라서 아주 편하지. 우리 네덜란드 어는 주요 언어들에 둘러싸인 소수 언어야. 그리고 역사적으로 우리 나라는 무역을 해서 살았어. 우리는 살아남기 위해서 외국어를 배워야 해."

"그래도 저는……."

"노력의 문제일 뿐이야. 그 나라에서 좀 살면 더 쉬워지겠지."

"어쩌면 그럴지도 몰라요. 학교를 졸업하고 장래를 결정하기 전에 무언가 해 보고 싶어요."

"아직 결정 안 했어?"

"제가 하고 싶은 일요? 아직은 몰라요."

알마는 커피를 살짝 들이켰다.

"그 도둑 생각이 자꾸 나네. 어쩌면 그 도둑은 자기가 도둑질을 한다고는 생각하지 않았을지도 몰라."

"그러면요?"

"일종의 놀이로, 경쟁하는 게임으로 만든 거지. 너한테 겨루어 볼 기회를 준 거야. 하지만 도둑이 이겼지. 그러니까 상을 가져간 거야."

"할머니, 누구 편을 드시는 거예요?"

농담이었지만, 목소리가 좀 날카로웠다.

"물론 네 편이지. 아닌 것 같니?"

그는 질책의 기미를 느꼈다.

"죄송해요. 저를 이렇게 도와주셨는데."

"네 마음 알아. 이런 일은 충격이지. 하지만 내 말은, 네가 다치지는 않았다는 거야. 돈을 좀 잃고 별로 중요하지 않은 물건 몇 개를 잃었지. 자존심도 좀 다쳤지만, 자존심이 뭐 그렇게 중요하니? 내가 너를 그 친지분들에게 보내 줄 거야. 그러면 문제가 다 해결되고, 오늘 일은 재미있는 이야깃거리가 되지. 하지만 네 물건을 훔친 아이, 그 아이를 생각해 봐. 그 아이는 어떻게 살까? 누가 그 아이를 돌볼까?"

"할머니가 집 앞에서 그 녀석을 만났으면 저를 도와주신 만큼 도와주셨을 것 같네요."

"그 아이는 제 꾀를 수완으로 살아가는 거리의 소년일 거야. 너에게는 훔쳐 갈 만한 물건이 있었지만, 그 아이에게는 아무것도 없었겠지. 내가 너만 돕고 그 아이는 돕지 않을 이유가 어디 있겠니?"

"꼭 저희 할머니 같으세요. 저희 할머니도 언제나 다른 편의 이야기를 하시거든요."

"그게 그렇게 나쁜 일인가?"

"아니요. 하지만 그런 이야기를 계속 듣다 보면 좀 괴롭기도 해요."

"설교를 하려는 건 아니야. 늙은이들의 단점이지."

"설교라고 생각하지 않아요. 다른 사람 이야기였다면 기꺼이 동의했을 거예요."

"자기가 개입되지 않은 일에는 지혜를 발휘하기가 쉽지. 커피 한 잔 더 마시지 않겠니?"

그가 망설이자 알마가 덧붙였다.

"나는 보통 두 잔을 마시거든."

주문을 마친 뒤 알마가 말했다.

"나는 전쟁을 겪었어. 그러니까 독일군 점령 시기를 말이야. 특히 해방 직전의 겨울이 기억에 생생해. 우리는 그 시절을 '대기근의 겨울'이라고 불러. 참담했어. 식량은 귀하고 연료도 거의 없었지. 사람들은 가구를 부수어서 불을 지피고, 문, 판자 벽 같은 집의 일부, 심지어 마룻바닥도 뜯어서 땠어. 아무것도 없었어. 독일군도 굶주렸어. 그래서 아주 거칠어질 때도 있었지. 그전까지는 그러지 않았어. 점령 초기에는, 적어도 내가 살던 이곳 암스테르담에서 나는 독일군을 겁내지 않고 혼자 다닐 수 있었어. 그때 나는 열여덟, 열아홉쯤 하던 젊은 나이였지만, 그래도 겁먹지 않았어. 그 사람들이 좋았던 건 아냐. 아주 싫어했지. 하지만 그들은 우리를 대하는 규율이 아주 엄격했어. 지금 사람들은 그 일을 잊었지. 물론 유대인한테는 달랐지만. 그 사람들한테 그 시절은 언제나 두려움뿐이었으니까. 그 사람들이 겪은 일은……."

알마는 손을 들었다가 탁자에 내려놓았다.

"용서할 수 없는 일이지."

알마는 잠시 입을 다물고 마음을 가라앉혔다.

"하지만 내가 하려던 말은, 그 시절은 혹독했지만 어쨌건 모두가 함께 겪었다는 거야. 요즘은 다르지. 너희 나라나 우리 나라나 대부분 그 시절에 비하면 풍족하고 안락하게 살아. 그런데도 많은 젊은이가 집도 없이 살도록 방치되어 있지. 버려져서 거리에 살도록. 젊은 세대를 잘 돌본다고 자부하는 우리 네덜란드에서도 그런 젊은이가 점점 더 늘어나고 있어. 그런 친구들이 구걸을 하거나 쓰레기봉투처럼 남의 집 문간에 앉아 있는 모습을 자주 봐. 사람들은 그들에게 돈을 주지 말라고 해. 그들은 위험하고, 우리가 돈을 주면 계속 그런 행동을 하고, 돈은 버는 족족 마약을 사는 데 쓴다고. 하지만 그러건 말건 상관없어. 가능하다면 나는 돈을 줘. 모두에게 주지는 못해. 너무 많으니까. 그냥 도움이 될 것 같은 친구들에게 줘."

"하지만 그런 사람을 어떻게 구별해요?"

"그냥 내 직감에 따를 뿐이야."

제이콥은 알마의 열렬한 태도, 창백한 얼굴에 떠오른 홍조, 눈물이 살짝 고인 연청색 눈동자, 그리고 분노의 떨림이 깃든 목소리에 감동을 받기도 했지만 약간 어색하기도 했다. 알마는 계속 말을 이어 갈 기세였지만, 커피가 나왔다. 알마는 한숨을 쉬고 평정을 되찾은 뒤 커피를 마셨고, 다시 한 번 본래의 차분하고 자신감 있는 모습으로 돌아갔다. 하지만 그는 알마가 젊은 날에 얼마나 열정적이었을지 알 것 같았고, 그 시절의 알마를 만났다면 정말로 좋아했을 거라는 생각이 들었다. 물론 지금도 좋지만.

젊은 시절의 알마와 지금의 알마를 생각하면서 그가 말했다.

"전쟁 당시의 암스테르담에 대해서는 『안네의 일기』 덕분에 조금 알아요. 제가 무척 좋아하는 책 가운데 하나거든요. 아니 사실은, 가장 좋아하는 책이에요."

"그러면 안네가 숨어 살면서 일기를 쓴 은신처가 보고 싶겠네. 여기서 별로 멀지 않아."

"알아요."

그는 그날 아침에 방문했던 일을 이야기하고 싶지 않았다.

"일기에서 안네는 젊은 시절이 노년보다 외롭다고 하잖아요. 그게 맞다고 생각하세요?"

"그 생각은 안 해 봤는걸. 너는 그렇다고 생각하니?"

"어떻게 알겠어요? 저는 늙어 보지 않았는걸요."

"그건 안네도 마찬가지 아니니? 그 아이는 어떻게 알았을까?"

그는 빙긋 웃었다.

"그런 생각도 했어요. 하지만 안네의 글 가운데는 어떻게 그런 생각을 했을까 싶은 내용이 아주 많아요."

"너는 외롭다고 생각하니?"

그는 이야기가 그런 방향으로 흘러가는 게 싫어서 잠시 망설였지만, 곧 솔직하게 말했다.

"네."

"그 책은 워낙 오래 전에 읽어서 기억이 안 나는걸. 왜 젊은 시절이 노년보다 더 외롭다고 생각하는지 그 이유는 없었니?"

"그 내용은 외우고 있어요. 주황색 문장이거든요. 들어 보실래요?"

"주황색 문장?"

"그 책을 읽을 때마다 마음에 드는 문장은 주황색으로 표시해 두거든요. 바보 같지만요."

"바보 같기는. 나는 그렇게 화려한 색은 쓰지 않아. 책을 읽을 때는 그저 연필로 밑줄만 긋지. 그런데 너는 주황색을 쓴다고?"

"그 이유는……."

"네덜란드의 상징 색이라서."

"맞아요!"

"그럼 그렇지!"

둘은 다시 함께 웃었다.

"책을 좋아하나 보네."

알마가 말했다.

"네, 할머니랑 같이 살면서 그렇게 됐어요."

"원래 여기 오시기로 했던 분 말이니?"

"네, 할머니는 늘 책을 읽으세요. 그래서 저한테도 그 병이 옮았어요."

"그건 너한테 행운이네. 이제 그 노년에 대한 구절을 좀 들어 볼까? 어쨌거나 나하고 관련이 있는 일이니까."

"그러니까, 이런 구절이에요."

제이콥은 잠시 기억을 더듬어 본 뒤 입을 열었다.

"'깊디깊은 내면을 살펴보면, 청춘은 노년보다 외롭다.' 나는 어떤 책에서 이런 글을 보았고, 아직까지 기억하고 있다. 그리고 사실이라고 생각한다. 이곳에서 어른들이 우리보다 힘들게 지내는 게 사실일까? 아니다. 분명히 그렇지 않다. 어른들은 모든 것에 자신의 의견이 있고, 행동하기 전에 흔들리지 않는다. 하지만 아직 어린 우리는 이렇게 모든 이상이 산산이 부서지고, 사람들이 자신이 가진 최악의 모습을 보이고, 진실과 정의와 신을 믿어야 할지 어쩔지 모르는 시절에, 자기 입장을 가지고 의견을 주장하기가 두 배로 어렵다."

알마는 기도문이라도 듣듯이 커피 잔 위로 고개를 숙이고 잠시 침묵을 지키다가 나직하게 말했다.

"안네는 모든 것이 참담하던 전쟁 중에 글을 썼지."

"맞아요."

제이콥은 팔꿈치를 탁자에 대고 몸을 기울여서 오직 알마만이 든
도록 작은 소리로 말했다.

"지금은 그때만큼 참담하지 않다는 걸 알아요. 하지만 어떻게 보
면 그다지 달라진 게 없지 않나요? 보스니아나 아프리카의 몇몇 나
라들, 캄보디아, 그 밖의 다른 나라들, 핵 오염 물질, 마약, 에이즈,
거리의 아이들. 일일이 꼽자면 한이 없죠."

"나도 그런 일들이 괴로워."

"게다가 아직도 인종 차별이 있어요. 사방에요. 제가 볼 때는 아
직도 나치들이 넘쳐 나요. 사람들은 자신이 가진 최악의 모습을 보
여 주고 있어요."

"뉴스는 날마다 그런 이야기로 가득 차 있지."

"그러니까, 안네는 이상을 이야기했어요. 하지만 우리가 믿을 이
상이란 게 있나요? 그리고 아직도 진실이 무언지 말할 수 있는 사
람이 있나요?"

알마는 고개를 들어 그를 평가하듯 살펴보더니 차갑고도 확고한
목소리로 말했다.

"너 자신의 진실을 알고 그걸 지키면 돼. 절망하지 말고. 포기하
지 말고. 희망은 언제나 있으니까."

그러더니 그 말이 엄격하게 들렸다는 걸 안다는 듯 미소를 짓고
어깨를 가볍게 들었다 놓으며 덧붙여 말했다.

"전쟁 동안 내가 배운 게 바로 그거야."

제이콥이 고개를 끄덕였다.

"그러면 안네의 말이 맞는 거네요."

"모르겠다. 나이가 들면 의지할 것들이 많아지지. 경험도 많아지고. 그건 도움이 돼."

제이콥은 참지 못하고 말했다.

"하지만 살아갈 날은 더 적잖아요."

알마는 굳은 눈길로 그를 보았다.

"맞아. 하지만 그렇다고 인생이 더 쉬워지는 건 아냐."

그리고 남은 커피를 모두 마셨다.

"그렇다고 해도, 대부분 선량하다는 게 내 생각이란다."

그는 곧 다른 문구도 기억해 냈다.

"이런 모든 일 가운데서도 나는 아직 사람들의 본심은 착하다고 믿는다. 나는 수백만 명의 고통을 느낄 수 있고, 모든 것이 잘될 거라고, 이런 야만 행위도 끝날 거라고 생각한다."

"역시 안네 프랑크니?"

그는 고개를 끄덕였다.

"정말 그 책을 좋아하는구나."

"솔직히 말씀드리면, 저는 안네를 사랑하는 것 같아요."

그는 의도하지 않게 터져 나온 고백에 놀라서, 자리에서 물러앉은 뒤 커피를 비우고 허벅지를 문질렀다. 발가락이 바닥을 불안하게 두드렸고, 얼굴이 붉어지는 게 느껴졌다. 그는 혼란을 감추기 위해 웃으면서 말했다.

"저는 누구보다도 안네를 잘 아는 것 같다는 느낌이 들어요. 그러니까 제 주변의 어떤 사람보다도."

"안네의 어떤 점을 그렇게 사랑하는 거지?"

"모든 면이오. 우선 안네는 아주 재미있어요. 재치가 넘치죠. 그리고 진지할 줄도 알아요."

"하지만 가장 좋아하는 점이 있을 것 같은데?"

그는 그 질문을 생각해 보며, 의자의 두 앞다리가 들릴 때까지 몸을 뒤로 깊이 기대고 말했다.

"안네의 정직함이오. 자신에 대한, 그리고 모든 사람에 대한 정직함이오. 안네는 모든 걸 알고 싶어 했어요. 그리고 모든 걸 꿰뚫어 봤죠. 안네는 철학자예요. 겨우 열다섯 살 때……끌려갔죠."

그는 안네가 끌려간 일과 그 고통스러웠던 삶, 지옥 같은 수용소에서 맞은 비참한 죽음을 생각할 때마다 감정을 다스리기가 어려웠다.

"겨우 열다섯 살. 하지만 자신과 다른 사람, 그리고 인생에 대해서 지금의 저보다도 더 많이 알았어요. 저는 열일곱 살이에요. 그런 곳에 갇혀 살면서도, 그런……."

그는 그날 아침에 보고 느낀 것에 대한 적절한 표현을 찾을 수 없었다.

"그런 좁은 곳에요."

그는 깍지 낀 손으로 탁자를 두드렸다.

"안네는 정말 용감했어요. 자기가 인생에서 무얼 원하는지 분명히 알았어요. 저도 안네 같은 용기가 있었으면 좋겠어요. 그리고 저도 자신을 그만큼 잘 알고 싶어요."

그는 말을 멈추고 깊이 생각해 본 뒤 다시 말을 이었다.

"뭐라고 말해야 할지 모르겠지만, 저한테 중요한 건 안네가 말하는 내용들이 아니에요. 제가 좋아하는 건 안네가 그걸 말하는 방식이에요. 안네의 말에는 안네가 품었던 생각 이상의 것이 담겨 있어요. 안네하고 같이 있을 때면 언제나 저 자신에 대해 더 확실하고 긍정적인 느낌을 받아요. 물론 정말로 안네하고 같이 있는 건 아니죠. 안네는 그냥 책에 적힌 글뿐이니까요."

그는 불안한 눈길로 알마를 보았다.

"다른 사람한테는 한 번도 해 본 적 없는 이야기예요."

"너는 지금 외국에 와 있고, 충격적인 사건을 겪었고, 낯설지만 친절한 사람을 만났어. 그렇게 신기한 일은 아니지."

"하지만 제가 미친 것 같지 않아요? 책 속의 글일 뿐인 여자를 좋아하는 것 말이에요."

"사랑에 빠지는 건 언제나 미친 짓이라고 말하기도 하지. 그렇다면 나는 기꺼이 제정신을 버리고 미치고 싶어."

둘은 비밀을 공유한 친구들만의 따뜻한 웃음을 지었다.

"메르 코피Meer koffie[커피 더 드실래요]?"

여종업원이 탁자 곁을 지나가며 물었다. 식당은 사람들이 더 많아졌다.

"네, 당크 예Nee, dank je[아니, 괜찮아]."

알마가 대답하고 몸을 일으키더니 제이콥에게 말했다.

"다시 한번 전화를 해 봐야겠구나."

"헬뤼크트Gelukt[잘됐어]!"

알마가 돌아와서 말했다.

"그 친구가 집에 있어. 너를 기다리겠다는구나. 기차역으로 가는 전차를 태워 줄게. 내 스트리펜카르트strippenkaart[교통 회수권]를 줄 테니 그걸 쓰렴. 고작 두 번 남은 표니까 그렇게 인심을 크게 쓰는 건 아니야. 오늘 아침에 여기 오면서 기차역은 봤겠지? 거기가 전차의 종점이야. 전차에서 내리면 정면 광장의 왼쪽을 봐. 다른 건물들보다 우뚝 솟은 커다란 교회가 보일 거야. 그 교회 쪽으로 가서 운하 옆길을 건넌 다음, 교회 뒤쪽의 작은 길로 들어가. 그 길과 교회 사이에 작은 운하가 하나 있어. 주소는 내가 아까 적어 줬지. 그리고 이건 다시 전화할 필요가 생길 때를 대비한 5훌덴. 하지만 이제는 아무 문제가 없을 것 같구나."

"정말 정말 고맙습니다."

"나도 만나서 즐거웠어. 그러니까 너는 내 도움을 받을 값을 한 거야."

그는 동전을 받았다.

"돈은 나중에 갚을게요."

"아니, 네가 그냥 거리의 아이들 중 한 명이라고 생각하렴."

주머니에 돈을 넣으려다 보니까 성냥갑이 손에 닿았다. 그는 그것을 알마에게 보여 주었다.

"도둑맞기 전에 어떤 친구가 이걸 주었어요. 안쪽을 보세요."

알마는 요란하게 웃고 소리쳤다.

"튀피스 포르 암스테르담Typisch voor Amsterdam[암스테르담다워]!"

"그 친구가 써 준 글인데요. 무슨 뜻이죠?"

"'준비하라.' 그 부분은 물론 알겠지. 내가 볼 때는 '준비하고 있으라.'라는 게 좀 더 좋은 표현인 것 같지만. 니츠 인 암스테르담 이스 바트 헤트 레이크트Niets in Amsterdam is wat het lijkt. '준비하고 있으라. 암스테르담에서는 그 무엇도 겉으로 보이는 것과 다르다.'"

"알겠어요."

제이콥은 성냥갑을 다시 넣으며, 톤의 경우는 그 말이 정말로 맞아떨어진다고 생각했다.

"이제 가야겠구나."

"화장실에 잠깐 다녀와도 될까요?"

"물론이지. 레케닝rekening[계산]은 내가 하마."

노란 전차가 롤러블레이드를 탄 애벌레처럼 미끄러져 들어오자 알마가 말했다.

"지기 싫어서 나도 너한테 무언가를 썼어."

그리고 제이콥에게 작은 사각형 모양으로 깔끔하게 접은, 카페의 종이 냅킨을 주었다.

"이제, 다흐 호르dag hoor, 안녕. 지금부터는 즐겁고 날치기 없는 날들을 보내다 가길."

알마가 손을 내밀자, 제이콥은 고마운 마음에 그 손을 뜨겁게 잡았다가 참지 못하고 알마의 뺨에 가볍게 입을 맞추었다. 알마는 기쁨에 짧은 한숨을 쉬고, 손으로 뺨을 문지른 뒤 밝은 미소를 지었다. 그는 자신의 충동적인 행동에 놀라서 대기 중인 전차 계단에 허둥지둥 올랐다. 문이 닫히고, 종소리가 딸랑거리더니 전차는 덜커덕 출발했다. 그가 노란 검표기를 찾아 표에 도장을 찍고 뒤쪽 창가에 자리를 잡았을 때, 전차는 이미 프린센 운하 다리를 지났고 알마는 보이지 않았다.

그는 마음을 진정시키며 눈앞에 지나가는 작은 상점과 큰 건물과 북적이는 행인들을 멍하니 바라보았다. 하지만 전차가 번화한 예각의 모퉁이를 돌아서 널따란 로킨 거리로 들어서고 오른편으로 유람선들이 잔뜩 대기 중인 운하가 나타나자, 어느 정도 여유가 생겼다. 그리고 그때서야 아직도 손에 쥐고 있던 냅킨에 생각이 미쳤다. 거기에는 정성스런 글씨로 다음과 같이 적혀 있었다.

WAAR EEN WIL IS,

IS EEN WEG

헤르트라위

제이콥이 돌아온 것은 수요일 저녁 늦게였다. 아니 정확히 말하면 실려 왔다고 해야 한다. 그사이에 폭격이 또 한 차례 있었다. 그런 뒤 의식을 잃은 부상병 한 명이 우리 집 마당에서 발견되어 지하실로 실려 왔다. 우리는 그를 매트리스에 눕히고 상처를 살펴보았다. 처음에 우리는 그를 알아보지 못했다. 얼굴 전체가 검댕과 진흙 같은 걸로 두껍게 덮여 있었기 때문이다. 두 손도 그랬고, 찢어진 바지 사이로 보이는 다리도 그랬다. 그는 관자놀이와 오른쪽 정강이에 깊은 상처를 입어 피를 흘리고 있었다.

군인 한 명이 의무병을 찾으러 갔다. 그가 간 사이 어머니와 내가 깨끗한 천과 물을 가져다가 부상병의 장비를 떼어 내고 전투복을 헐겁게 했다. 그에게 다른 부상도 있어서 잘못하다가 사태를 악화시킬까 봐 그 이상은 엄두가 나지 않았다.

30분가량 지났을 때 의무병이 왔다. 의무병도 녹초가 되어 있었다. 그는 이런 사람을 많이 봐서 무슨 일인지 알겠다고 했다. 근처에서 포탄이 터져 의식을 잃고 쓰러지면서 진흙과 타 버린 폭발물에 깔려 부상을 입은 거라고 했다. 그는 빠르게 검진을 하고는 자기가 확인할 수 있는 내상은 없다며 다친 다리를 닦고 상처를 처치했다.

"부상이 경미한 건 그나마 다행이네요."

작업을 하면서 그는 우리더러 진흙에 덮인 피부를 소독된 물로 닦아 달라고 했다.

"하지만 진흙 밑에는 포탄 파편에 입은 상처가 많을 테니 조심해야 해요. 진흙 속에 묻힌 파편도 있을지 몰라요. 너무 세게 또는 너무 빨리 문지르면 상처가 생길 수도 있으니까 서두르지 말고 천천히 하세요. 이 지역 부대에 사상자가 너무 많아서 제가 갈 곳이 한두 곳이 아니에요. 여러분이 이 부상병을 씻기고 머리의 환부에 붕대를 감아 줄 수 있습니까?"

내가 어머니에게 이런 내용을 통역해 주자, 어머니는 최선을 다하겠다고 대답하며 이 사람이 언제쯤 의식이 깨어날지, 그리고 그가 깨어나면 우리가 어떻게 해야 할지를 의무병에게 물었다. 의무병은 알 수 없다고 했다.

"이런 경우 몇 분 만에 깨어난 사람도 있지만, 며칠 동안 의식이 없던 사람도 있습니다. 정신이 들었을 때 이 사람이 어떻게 행동할지도 알 수 없습니다. 괜찮은 사람도 있지만, 충격을 감당하지 못하고 그야말로 '망가진' 사람도 있습니다. 그냥 최선이라고 여겨지는 대로 하십시오."

그의 말에 어머니가 "병원에 가야 하는 것 아닐까요?"라고 물었다.

"여기에서 응급 처치소까지 가는 길목에 전투가 너무 격렬해요. 도착하기도 전에 죽고 말 겁니다. 적어도 여기 지하실에 있으면, 그보다 훨씬 안전하고 또 '성실한 두 간호사'의 간호를 받을 수 있습니다."

그는 그렇게 말하고 우리에게 상처에 바를 연고와 진통제를 조금 주었다. 뒤이어 가능하면 나중에 다시 한 번 들러서 확인해 보겠다고 하고 지하실의 다른 부상병들을 살펴보고는, 서둘러 어둠이 깔린 바깥으로 나갔다. 대단한 용기였다. 우리는 그를 두 번 다시 보지 못했다. 그가 살았을까, 지금까지 수도 없이 혼자 물어보곤 한다.

그때 포탄 투하가 잠시 멈추어 군인들은 대부분 지하실을 나가 휴식을 취하고 있었다. 아버지는 마당 창고 구석에서 화장실용 금속 통뿐 아니라 파라핀 램프와 연료도 찾아냈다. 아버지가 램프에 불을 붙여 주자, 어머니는 그 불빛에 의지해 그의 얼굴을 닦았고 나는 손을 닦았다. 아버지는 우리에게 깨끗하고 따뜻한 물을 계속 대 주고(그것조차 이제 쉬운 일이 아니었다.) 천을 헹구는 일을 했다. 우리는 천천히 부상병의 피부를 닦았지만, 워낙 진흙투성이라 천들은 금세 더러워졌고 아버지도 쉴 틈이 없었다. 게다가 아버지는 부상병의 군화를 벗기고 너덜너덜해진 바지를 잘라 낸 뒤 그의 몸에 이불을 덮어 주기도 했다.

30분쯤 일했을 때 어머니가 말했다.

"헤르트라위, 누군지 보렴!"

어머니가 그의 이마와 감은 두 눈, 코와 입을 닦아 내서 그의 얼굴은 붉은 상처가 곳곳에 난 하얀 가면이 진흙과 검댕 속에 박혀 있는 것 같았다.

"일요일에 온 군인들 중 한 명 아니니?"

아버지가 말했다.

"맞아. 제이콥이라는 이름이었어."

"네가 물을 준 사람이야."

내가 대답하지 않자 어머니가 말했다. 하지만 나는 그가 누군지 금세 알아보았다. 내 마음을 뭉클하게 만든 눈. 하지만 이렇게만 말했다.

"나더러 자비의 천사라고 했어요."

"자기도 모르게 예언을 했구나."

어머니가 말했다. 얼굴과 손이 끝난 뒤 우리는 다리와 하체를 닦기 시작했다. 처참한 모습이었다. 그러다 우리는 그의 중요 부위에 이르렀다. 그것은 나에게 충격이었다. 그때까지 나는 성숙한 남자의 성기를 본 적이 없었거니와 손을 대야 할 일은 더더욱 없었다. 나는 남성의 비밀스런 부분을 이렇게 가까이 보게 되었다는 데 흥분이 일고 두려운 감정도 들었다. 그 시절 우리 젊은이들은 얼마나 순진했던가. 또 그런 일에 얼마나 무지했나. 나는 민망하고 부끄러워 고개를 돌렸다. 하지만 그러고 싶었다기보다는 그러는 게 적절해 보여서였다. 실제로는 그와 반대로 무척 보고 싶었다.

어머니는 내 팔에 손을 얹고 슬픈 미소를 띤 채 말했다.

"요 며칠 사이, 너는 어린 시절을 완전히 떠나보내는 것 같구나."

그렇게 말하고서 엄마는 다시 일을 했고, 나도 함께 했다.

혹시라도 상처를 입힐지 모른다는 두려움에 우리는 필요 이상으로 너무도 천천히 일을 했다. 모든 일이 끝났을 때는 거의 두 시간이 지나 있었다.

그 뒤로 나흘이 지나는 동안 전투는 더욱 격화되었다. 이따금 집이 산산이 부서진다는 느낌이 들었다. 부상병들은 계속해서 지하실로 실려 왔고, 어머니와 아버지와 나는 정신없이 그들을 돌보았다. 그들은 놀라울 만큼 의연하게 고통을 참았다. 샘이라는 이름의 청년만 빼면. 그는 당시 포탄 충격이라고 부르던 것에 시달렸다.

의무병이 말한 '망가진' 경우였다. 그는 정신의 힘을 완전히 잃고 구석에 웅크리고 앉아 떨다가 갑자기 고함을 지르거나 머리를 움켜쥐고 울음을 터뜨렸지만, 말은 한마디도 하지 않았고 다른 사람이 건네는 위로의 말도 듣지 않았다.

"너는 스호노르트에서 간호사 일을 하고 싶어 했지."

아버지가 놀렸다.

"어쨌건 소원을 이루었구나. 집에서 하게 되긴 했지만."

그런 뒤 낙하산이 하늘에서 내려오기 전에—그 시절은 이미 백 년쯤 전인 것만 같았다.—둘이서 연습하던 흔히 쓰는 영어 속담 하나를 말했다.

"기다리는 자에게는 기회가 온다."

그때 간호를 받고 있던 군인이 그 말에 대꾸했다.

"하지만 망설이는 자에게 기회는 사라진다."

아버지가 그 말을 이어받았다.

"시간은 사람을 기다려 주지 않는다."

나도 뒤지지 않으려고 끼어들었다.

"하지만 오늘 바느질 한 땀의 수고가 내일 아홉 땀의 수고를 덜어 준다."

거기에 대고 다른 군인이 소리쳤다.

"무슨 일이든 오라. 최악의 날에도 시간은 흐른다."[셰익스피어의 희곡 〈맥베스〉의 한 대목]

또 다른 군인이 말했다.

"'많은 것들에 대해 이야기할 시간이 왔도다.' 하고 바다코끼리가 말했다……. '구두에 대해, 배에 대해, 봉인용 밀랍에 대해 …….'"

다른 사람이 끼어들었다. 거기에 이어 서너 명이 한 목소리로 합창했다.

"배추와 왕들에 대해." ['많은 것들에 대해~배추와 왕들에 대해.'는 루이스 캐럴의 동화 『거울 나라의 앨리스』에 나오는 시 〈바다코끼리와 목수〉의 한 대목]

모두가 유쾌하게 웃었다.

"짧은 기간 모든 사람을 속일 수는 있다."

누군가 장난스럽게 비튼 목소리로 말했다.

"일부의 사람을 영원히 속일 수도 있다."

그 말에 다른 사람들이 외쳤다.

"하지만 모든 사람을 영원히 속일 수는 없다." ['짧은 기간~영원히 속일 수는 없다.'는 링컨이 남긴 말]

그 말이 일으킨 새로운 웃음이 가라앉을 무렵, 누군가가 허공에 종잇장을 흔들면서 날카로운 목소리로 "우리 시대의 평화가 여기 있다!" 하고 말했다. [1938년 9월 영국 체임벌린 총리가 수데테란트 지역을 독일에게 할양하여 전략상 유리한 고지를 내준 뮌헨 협정을 맺고서도 조약서를 흔들며 "우리 시대의 평화가 여기 있다!"라고 말한 것을 빗대고 있다.] 그 말은 모두에게서 미친 듯한 폭소를 일으켰고, 그 소동에 밖에 나가 있던 군인들 일부는 무슨 일인가 하고 내려와 보기까지 했다. 그렇게 해서 농담은 계속되고 웃음 폭풍도 어어졌다. 나는 체임벌린이 뮌헨에서 히틀러와 맺은 협정을 몰랐기에 그게 왜 그렇게 재미있는지도 이해하지 못했지만, 그들의 웃음은 아빠와 나에게도 옮겨 붙어서 우리도 배를 움켜쥐고 웃었다.

"뭐야, 뭐야?"

어머니는 자꾸 물었다.

"뭐라고 말하는 거야?"

하지만 우리도 웃느라고 어머니에게 설명을 해 줄 겨를이 없었다.

그런 뒤 우리가 웃음을 다스리며 코를 풀고 눈물을 닦을 때, 누군가 가장된 유쾌함을 담은 목소리로 말했다.

"인생이란 말야, 버찌가 가득한 그릇이야."

잠시 후 다른 사람이 슬픔을 과장한 목소리로 말했다.

"하지만 다른 사람이 버찌를 모두 먹었어."

그러자 모두가 다시 배가 아플 만큼 요란하게 웃었다.

그 웃음이 잦아들 무렵, 나는 불쌍한 샘도 우리와 함께 웃고 있는 걸 보았다.(아니 웃고 있다고 생각했다. 하지만 그의 수척한 흰 뺨에 눈물이 흘러내리고, 불타는 듯 거친 눈이 나를 뚫어져라 바라볼 때, 그가 웃는 게 아니라는 걸 알았다.) 아마도 통곡하고 있다는 게 맞는 표현인 것 같다. 다른 사람들도 나와 동시에 그를 의식한 것 같았다. 내가 그에게 다가가려고 하자, 옆자리의 군인이 내 팔에 손을 얹고 고개를 저었다. 그러더니 샘이 우리 집에 온 뒤 처음으로 입을 열었다. 노래하듯 맑고도 높은 목소리였다.

"나는 가고 싶었네. 샘이 마르지 않는 곳, 날 선 우박이 몰아치지 않는 들판, 백합 몇 송이가 피는 곳에. 나는 있고 싶었네. 폭풍이 불어닥치지 않는 곳, 평온한 항구에 초록 파도가 잠자는 곳, 바다의 요동이 닿지 않는 곳에."

그런 일을 내가 어떻게 기억하고 있을까? 그렇게 오래전 일이고 다른 나라 언어로 된 이야기를. 나이 든 사람들은 흔히 어제의 일보다 젊은 시절의 일을 더 선명하게 기억한다고 말한다. 하지만 그래서 그런 것은 아니다. 내가 이런 일을 아는 건 그 뒤로 이어진 며칠, 몇 주일의 시간이 너무도, 내 인생의 어떤 시기와도 비교할 수 없을 만큼 강렬해서 잊을 수 없기 때문이다. 그리고 나는 그때 일을 수도 없이 반복해서 돌이켜 보았다. 때로 우리는 한 시간의 삶에서 일주일의 삶보다 더 많은 것을 겪을 수 있다. 때로는 몇 주일의 삶에서 평생을 거쳐 겪어 온 것보다 더 많은 것을 겪을 수 있다. 나에게는 1944년의 그날들이 그랬다. 그리고 내가 원래부터 좋아하던 외국어로 이야기한 내용을 아직까지 기억하고 있는 것은, 나중에 이야기하겠지만 전투 중에 벌어진 그런 사건들을 두고 나중에 제이콥과 많은 이야기를 나누었기 때문이다.

그런 일은 조금도 기억하기 어렵지 않다. 오히려 잊을 수가 없다는 게 문제다.

그 소리를 들었을 때, 나는 정신이 혼미해진 가련한 샘이 충격 속에서 아름답고 기이한 이야기를 하는 줄 알았다. 하지만 제이콥은 그것이 시라는 걸 알았고, 나중에 내게 그 시를 가르쳐 주었다. 이것과 나중에 이야기할 또 한 편의 시를 나는 평생 동안 보물로 간직하게 되었다.

샘이 말을 마친 뒤 침묵 속에서 누군가 메마른 목소리로 "홉킨스." 하고 말했다. 모두가 소리 나는 쪽으로 고개를 돌렸고, 말한 사람은 제이콥이었다. 제이콥이 한쪽 팔꿈치로 몸을 지탱하고서 퀭한 눈으로 우리를 보며 배고픈 개 같은 미소를 지었다. 우리가 웃고 있는 사이에 정신이 돌아온 것이다. 나중에 말하기를, 그는 땅속 깊은 곳에 묻혀 있는 것 같은 느낌 속에 사람들의 말소리를 들었는데, 웃음소리가 그를 땅 위로 끌어 올렸다고 했다. 모두가 그를 돌아보았다.

"제라드 맨리 홉킨스."

제이콥이 말했다. 근처에 앉았던 휴라는 군인이 그를 부축해 주면서 말했다.

"산 자들의 땅에 귀환했구나."

나도 얼른 그에게 가서 물을 먹이고 나중에는 비스킷도 주었다. 이 무렵 우리에게는 빵은 물론이고, 먹을 게 거의 없었다. 저장된 식량은 군인들이 모두 먹었기 때문이다. 예외라면 어머니가 병조림해서 지하실에 보관해 둔 절인 과일들뿐이었다.

의식이 돌아오자, 제이콥은 당연히 여기가 어디고 어떻게 된 일인지를 물었다. 처음에 그는 매우 혼란스러워했고, 영양 부족뿐 아니라 그동안 겪은 일들로 몸이 극히 쇠약해 있었다. 그는 자신이 그렇게 오랫동안 의식이 없었다는 사실을 믿지 못했고, 포탄이 터질 때의 일이 전혀 기억나지 않는다는 것에 불안해했다. 다리의 상처도 고통스러워했다. 그는 상처를 보고 싶어 했다. 우리는 새로 드레싱을 할 때까지 기다리라고 그를 달랬다. 그 일이 얼마나 고통스러울지 알았기 때문이다. 나는 그에게 진통제를 주었다. 잠시 후 그는 평정을 되찾고 차분해졌다. 하지만 계속해서 "지금쯤이면 왔어야 하는데."라는 말을 했다. 그것은 주력 부대를 말하는 것이었다.

"올 거야."

휴가 말했다.

"우리를 이렇게 버려두지는 않을 거야."

바로 그 순간에도 여기서 그리 멀지 않은 독일군의 진지를 포격하는 소음 때문에 우리가 앉아 있는 땅이 요란하게 흔들렸다.

그러는 동안 제이콥은 나를 유심히 바라보았다. 누구인지 기억해 내려고 애쓰는 것 같았다. 마침내 그가 기억을 떠올렸다.

"자비의 천사!"

그가 불쑥, 하지만 나만이 들을 수 있는 조용한 목소리로 말했다.

"그리고 그쪽은 제이콥 토드지요."

내가 대답했다. 그는 가볍게 웃었고, 그러자 내 마음을 뭉클하게 한 그 눈이 되살아났다.

"사람들은 재코라고 불러요."

그가 말했다.

"나는 제이콥 쪽이 더 좋아요."

내가 말했다.

"나도 그래요. 이름이 어떻게 돼요?"

내가 이름을 말하자 그가 따라해 보려고 했지만, 그의 네덜란드어 발음은 동료들보다 나을 게 없었고, 이번에는 내가 가볍게 웃을 차례였다.

"다른 군인들은 헤르티라고 불러요."

내가 말했다.

"나는 싫어요."

그가 말했다.

"싫다고요?"

"그건 천사의 이름이 아니에요. 아, 뭐라고 부를까? 다른 이름은 없어요? 내가 부를 수 있는 이름."

"있기는 하지만 쓰지를 않아요."

"왜요?"

"몰라요. 하지만 쓴 적이 없어요."

"뭔데요? 말해 줘요. 부상병의 부탁을 거절하면 안 돼요. 그런 일은 허락되지 않아요."

"마리아예요."(실제로는 마레이지만, 그를 위해 조금 간단하게 바꾸었다.)

"마리아."

그가 발음했다.

"천사의 이름으로 아주 좋네요. 그러면 마리아라고 불러도 될까요, 마리아?"

그의 눈은 당연히 내 동의를 얻어 냈다. 젊음이 나의 변명이었다!

나는 웃으며 말했다.

"좋아요. 하지만 제이콥 말고 다른 사람은 안 돼요."

그날 밤 날씨는 매우 추웠고, 네덜란드 어로 말하자면 레헌데 헤트 페이펜스텔렌, 그러니까 장대비가 쏟아졌다. 머리 위로 하늘과 집이 함께 무너져 내릴 것 같았다. 모두가 우울함에 사로잡혔다. 제이콥은 오한이 나기 시작했다. 전투가 잠시 멈춘 사이 아버지는 엉망이 된 집으로 올라가 제이콥이 입을 바지와 스웨터를 가지고 왔다. 그의 군복은 이제 옷이라고도 할 수 없었기 때문이다.

"그런 모습으로 독일군에게 잡히면 안 돼."

휴가 말했다.

"너를 스파이로 알고 쏘아 버릴 거야."

그건 농담이었지만 나는 온몸이 부르르 떨렸다. 제이콥도 잠깐 생각하는 듯한 모습을 보였다. 그러더니 낙하산 부대의 자줏빛 베레모를 꺼내 쓰고, 낙하산 부대 스카프를 내 목에 둘러 주며 말했다.

"이렇게 하면 독일군이 헷갈릴 거야!"

재치 있는 농담은 아니었지만, 우리는 웃으면서 온기를 찾아 서로에게 붙어 앉았다.

다음 날, 장교 한 명이 와서 군인들에게 퇴각하라는 명령을 내렸다. 그때서야 우리는 아른헴의 다리를 지키던 부대가 목요일에 전투를 포기했다는 걸 알았다. 연합군은 계획한 48시간이 아니라 나흘 동안 탱크와 대포, 박격포와 우세한 병력의 독일군에 맞서 버텼다. 탄약이 다 떨어지고, 병사들이 거의 포로로 잡히거나 죽고 다치고 나서야 남은 소수가 겨우 그곳을 포기했다. 낙하산 부대가 최초로 착륙한 지 여드레가 지난 그때, 오스테르베크에 갇힌 영국군은 더욱 강력해진 독일군에 의해 포위되어 있었다. 하루, 길어도 이틀이면 괴멸될 수 있었다. 남은 사람을 살리는 방법은 강 건너로 퇴각해서 주력 부대와 합류하는 길뿐이었다. 하지만 성공에 대한 약간의 희망이라도 품으려면 이 일은 월요일 밤에 행해야 했고, 강 남쪽에 있는 주력 부대가 탈출을 돕는 엄호 사격을 맹렬히 퍼부어서 독일군에게 혼란과 두려움을 심어 주어야 했다.

엄호 사격은 그날 저녁 8시 50분에 시작되고 퇴각은 10시라는 명령이 전해졌다. 강에서 가장 먼 북쪽 경계를 지키던 군인들이 가장 먼저 퇴각하고, 이어서 썰물이 빠지듯 차례대로 강 바로 앞 남쪽 끝에 있는 군인들까지 빠져 나갈 계획이었다. 우리 집은 강과 가까웠기 때문에, 우리 집에 있는 군인들은 가장 마지막에 떠나야 했다.

군인들은 퇴각을 위한 준비를 해 두라는 명령을 받았다. 얼굴에 검정 칠을 하고, 발소리가 나지 않도록 이불을 찢어 군화를 감싸고, 움직이는 동안 무기가 덜그럭거리지 않도록 조치해 두는 것이었다. 다른 장비는 모두 파기할 예정이었다.

부상병 가운데 걸을 수 있는 사람은 모두 함께 떠나기로 되었다. 하지만 걸을 수 없는 사람과 부상이 심한 사람은 의무 장교 및 의무병과 함께 그 자리에 남기로 되었다. 그러니까 독일군이 다시 마을을 장악하면 순순히 포로가 되기로 한 것이다.

이런 명령이 내려지기 전까지 우리는 전쟁의 포화에서도 명랑하고 낙천적인 마음을 유지하려고 애썼다. 그런데 이제 이상한 분위기가 덮쳤다. 그 월요일에 전투는 격렬했다. 어느 때보다 격렬했다. 우리 집도 여러 차례 폭격을 당했고, 한때는 불까지 났다. 아버지와 가벼운 부상병 몇 명이 불을 끄는 동안, 부상이 없는 병사들은 길 건너편 집들을 점령한 적군에게 공격을 가했다. 독일군은 두 번이나 우리 집에 들이닥칠 뻔했지만, 백병전까지 동원한 저항으로 물리쳤다. 하지만 대가가 있었다. 그 지독한 일주일 동안 우리와 함께 생활하며 그렇게 많은 도움을 준 론이 우리 집을 지키다가 죽었다. 그의 동료인 노먼이 지하실에 그 소식을 전했다. 어머니와 나는 전쟁 동안 우리의 생활을 조금이라도 낫게 해 주기 위해 불평한마디 없이 수고를 아끼지 않던, 용감하고 친절한 젊은이의 죽음에 울고 또 울었다. 우리는 그의 고향에 젊은 아내와 어린 딸이 있다는 걸 알고 있었다. 그는 우리에게 그 사진을 자주 보여 주었다. 노먼은 친구의 죽음에 넋을 잃은 채 말없이 우리 곁에 앉아 있었지만, 마음을 다스리기도 전에 명령을 받고 다시 적과 맞서기 위해 달려 나가야 했다.

아마도 그 순간에 나는 우리가 아직 해방되지 않았고, 한 번 더 독일의 지배를 받게 될 거라는 사실을 확신하게 된 것 같다. 그리고 그렇게 혹독한 일주일을 보냈으면서도 그때 나는 처음으로 진정한 두려움을 느꼈다. 너무나 두려워서 두 다리로 설 수도 없고, 손도 통제할 수 없이 멋대로 떨렸다. 소리를 지르고 싶었지만, 아무 소리도 나지 않았다. 위장이 조여들었는데도 화장실로 달려가고 싶었다.

지하실에서 함께 지낸 부상병들은 말을 잃고 위축되었다. 무언가 부끄러운 것 같은 모습이었다. 우리―아빠, 엄마, 나―와 눈을 마주치려고 하지 않았다. 어떤 이들은 우리를 남겨 두고 떠나는 게 일종의 배신처럼 느껴진다고 했다. 그리고 당연한 일이지만 그들 모두는 실패에 대한 죄책감에 시달렸다. 우리가 함께 겪은 고난 가운데 이렇게 가혹한 것은 없었다.

그 후 우리는 의연한 태도로 최선을 다해 병사들의 퇴각 준비를 도왔다. 가련한 샘도 함께 떠날 예정이었다. 그는 걸을 수 있었고, 주변 상황을 이해할 만큼의 평정을 회복했고, 다른 사람의 인도를 받아 강까지 갈 수 있을 만큼 침착했다. 게다가 내가 볼 때는 뒤에 남으면 포로가 된다는 생각이 그의 혼란스런 두뇌로도 전해져서, 어떤 식으로든 자제력을 이끌어 낸 것 같았다. 당시에도 나는 그런 고통 속에서 발휘되는 그의 용기가 우리를 구하기 위해 전투에 나간 군인들의 용기보다 못할 게 없다는 생각을 했다.

그래서 모두가 우리 지하실을 떠나게 되었다. 제이콥만 빼고. 그는 정강이 부상 때문에 걷는 것은 고사하고 혼자서는 서 있을 수도 없었다. 한동안 그는 두 사람이 옆에서 부축하면 자신도 갈 수 있다고 주장했다. 하지만 담당 하사가 안 된다고 잘라 말했다. 강둑까지는 갈 수 있을지 모르지만 그다음은 알 수 없다고, 헤엄을 쳐 강을 건너야 한다면 어떻게 하겠느냐면서. 그들은 나에게 강이 어떤지를 물었다. 나는 폭이 200미터쯤 되고 물살이 세며, 요즘처럼 비가 많이 온 다음에는 더욱 그렇다고 말해 주었다. 그리고 아주 차갑다고.

"너무 위험해."

하사가 제이콥에게 말했다.

"자네는 갈 수 없어."

하지만 그는 물러서지 않았다. 장교가 와서 진행 상황을 점검할 때, 제이콥은 자신도 부축을 받으면 함께 갈 수 있다고 말했다. 하지만 장교는 그 말을 일축하고 그 자리에 남아 있으라고 엄하게 명령했다.

그런 뒤 그는 한동안 우울한 모습을 보였다. 그러더니 갑자기 유쾌하고도 호방한 목소리로 만약 뒤에 남아야 한다면 유용하게 쓰이고 싶다고 선언했다.

"떠나기 전에 나를 이 집 이층에 데려다 줘."

그가 다른 군인들에게 말했다.

"그리고 총 한 자루와 충분한 탄약을 줘. 너희들이 빠져나가는 동안 독일군이 접근하지 못하게 하겠어."

나는 다른 병사들이 그 말에 동의했다는 사실이 믿어지지 않았다.

"어떻게 이런 일을 허락할 수 있어요?"

내가 말했다. 그는 어깨를 으쓱해 보이고 웃었다.

"그러면 나도 할 일이 생겨서, 다리의 통증에 신경을 쓰지 않을 수 있어요."

"제이콥은 아직 너무 약해요."

내가 말했다.

"그러다가는 살아남지 못해요."

"포로가 되는 것보다는 그편이 나아요."

그가 말했다.

"수용소에 갇히는 건 견딜 수 없어요. 차라리 싸우다 죽겠어요. 진심이에요."

"안 돼요!"

나는 혼비백산해서 말했다.

"그건 잘못된 생각이에요!"

"봐요."

그가 나를 진정시키려고 손을 잡았지만 나는 뿌리쳤다.

"마리아는 몰라요. 그렇게 하면 내 친구들이 안전하게 이곳을 빠져나가는 데 도움이 돼요. 만약 나와 같은 처지라면 누구라도 그렇게 할 거예요. 우리는 그렇게 훈련을 받았어요. 정말이에요. 운수가 고약해서 내가 그 일을 맡은 것뿐이에요."

"운수가 고약하다고요?"

내가 소리쳤다.

"어떻게 그런 말을 할 수 있죠? 이건 운수가 고약한 게 아니에요! 모든 게 전쟁 때문이에요. 고약한 전쟁! 나는 전쟁이 싫어요! 전쟁의 'ㅈ' 자도 싫어요! 이런 일을 벌인 사람들이 싫어요! 도대체 어떻게 이런 일을! 어떻게!"

사람들은 모두 내 말을 듣고, 하던 일을 멈추었다. 그리고 내게 서글픈 시선을 보냈다. 나는 그렇게 격렬하게 퍼부을 생각은 없었다. 공포와 분노와 굶주림과 피로가 그렇게 만들었다. 그리고 그때는 미처 몰랐던 제이콥과 나 사이의 어떤 것. 아마도 그것이 다른 어떤 것보다도 크게 작용했으리라.

어머니가 와서 내게 팔을 둘렀다.

"예의를 잊지 말거라."

어머니가 나를 끌어안으면서 말했다.

"불쌍한 젊은이들을 더 괴롭힐 이유가 뭐가 있니? 이 친구들 기분이 어떨지 생각해 보렴. 조금 있으면 목숨을 걸고 탈출을 해야 돼. 죽는 사람도 있을 테고. 모두 그걸 알고 있어."

"나도 어떻게라도 도울 수 있으면 좋겠어요."

나는 내 감정이 차분해지기를 기다려 말했다. 엄마는 나를 가만히 들여다보았다.

"우리가 할 수 있는 건 다 했어. 더 이상 할 수 있는 일은 없는 것 같다."

하지만 오래지 않아 우리는 그걸 발견하게 되었다.

제이콥

죽을 때까지 시간이 얼마나 남았는가,
이것은 꼭 필요한 질문이다.

― 존 웹스터

전차가 역에 도착했을 때는 다시 비가 내렸고, 그것도 수그러들 기미 없이 퍼붓고 있었다. 몇 분 동안 제이콥은 사람들로 붐비는 역 중앙 통로에 가만히 서 있었지만, 그러다 혹시 단 판 리트가 기다리기 지쳐서 다시 외출할지도 모른다는 생각이 들었다. 그렇다고 홀딱 젖은 채로 가기는 싫었다.

중앙 통로 한쪽 구석에 작은 꽃집이 있었다. 그의 할머니는 네덜란드에서는 남의 집을 방문할 때 꽃을 사 가는 게 관례라고 귀에 못이 박히도록 말했다. 제이콥은 주머니에 손을 넣고 알마가 준 동전을 헤아려 보았다. 하지만 그가 염두에 둔 건 꽃이 아니었다.

"저기요."

제이콥이 꽃집 주인에게 물었다.

"네."

그가 웃음기 없는 얼굴로 말했다. 제이콥은 동전들을 내밀고 꽃을 가리켰다.

"4훌덴으로 무얼 살 수 있나요?"

남자는 미심쩍은 표정을 지었지만 곧 미소를 띠고, 특별 할인 판매를 위해 공들여 전시한 꽃들을 훑어보다가 그리 화려하지 않은 해바라기 한 송이를 골랐다.

"그리고 저 봉투요."

제이콥이 큰 화분들 옆에 버려진 커다란 갈색 비닐 봉투를 가리켰다.

"그러면 남는 게 없는데."

남자는 비닐 봉투로 해바라기를 꼼꼼히 싼 뒤, 장난스럽게 과장한 동작으로 이 특이한 꽃다발을 건넸다.

"정말 사랑하는 여자 친구인가 봐요. 이렇게 큰돈을 쓰니. 펠 쉬크세스!"

역 밖에 나온 뒤 제이콥은 꽃 줄기를 입에 물고 비닐 봉투 한쪽 이음새를 죽 찢어서 두건 달린 망토처럼 머리와 어깨에 뒤집어썼다. 그렇게 비를 막고서 알마가 설명해 준 건물들이 있는 방향으로 씩씩하게 걸음을 옮겼다.

판 리트의 집은 찾기 어렵지 않았다. 겉보기에는 낡은 창고 같았다. 임시 스투프stoep, 그러니까 낡고 닳은 네 칸짜리 나무 계단 끝에 검은 페인트를 칠한 낡고 육중한 문이 있었다. 문 왼쪽에는 눈에 잘 띄지 않는 초인종 두 개가 빛바랜 명패와 함께 달려 있었다. 제이콥은 그중에 '베셀링 판 리트'라고 쓰인 초인종을 눌렀다.

기다리는 동안 집 앞의 짧은 길을 살펴보았다. 모든 건물이 예전에는 다 창고였던 것 같았다. 하지만 판 리트의 집 한쪽 옆에는 레스토랑과 신축한 듯한 호텔도 있었고, 그 반대편의 5층 건물은 정면을 개조해서 층마다 있던 커다란 창고 문을 창문으로 바꿔 놓았다. 좁은 길 옆으로는 역시 좁고 더러운 운하가 흘렀고, 운하 맞은편에는 붉은 벽돌로 된 육중한 교회 뒷면이 보였는데, 더럽고 낡은 벽에는 철망이 쳐진 지저분한 아치형 창문들이 달려 있었다. 교회 왼쪽에는 그와 대조를 이루어 현대적인 느낌이 드는 깔끔한 창문들이 가득한 신식 건물 뒷면이 보였다. 호텔일 거라고 제이콥은 생각했다. 퍼붓는 빗줄기로 인해 흐릿해진 시야 속에 느린 운하와 좁은 자갈길 양편으로 우뚝 솟은 음울한 교회와 밋밋하고 커다란 건물들은 출입이 금지된 협곡 같은 느낌을 주었다. 그는 젖은 몸을 부르르 떨고, 비닐 망토를 얼굴 쪽으로 잡아당겼다.

빗장이 풀리고 그 육중한 문이 예상 외로 밖으로 열리더니, 큰 키에 숱 많은 검은 머리를 한 청년이 나타났다. 창백하고 잘생긴 세모꼴 얼굴에 빛나는 파란색 눈, 코는 길고 반듯한 데다 입술은 얇고 입은 컸다. 그는 날씬한 몸에 회색 스웨터를 블랙 진 속으로 넣어 입고 맨발에 끈 샌들을 신은 차림으로 말했다.

"메인 호트Mijn God[이럴 수가]! 티튀스Titus!"

"제이콥 토드야."

"미안[Sorry], 호르hoor."

그 말이 꼭 '서리 창녀[surrey whore]'처럼 들렸지만 그렇게 말했을 리는 없었다.

"나는 단이야."

단이라는 말은 '젠장[dam]' 같았다.

"들어와."

조명이 어두운 복도에 적갈색 페인트를 칠한 나무 계단이 가파르게 솟아 있었고, 복도 한쪽 벽은 낡은 벽돌이 그대로 드러나 있었으며, 다른 한쪽은 널빤지에 흰 페인트를 칠한 벽인데 파란색 문이 달려 있었다. 축축했고, 먼지와 새 종이 냄새가 났다.

"모자 멋진걸."

"비가 와서."

"벗어도 좋아."

"고마워."

제이콥이 해바라기를 주었다.

"선물."

"나한테 주려고 훔쳤군. 만나기도 전에 말이야! 대단해!"

"훔쳐?"

"나에게 전화한 할머니가 너한테 돈이 하나도 없다고 하던걸?"

"아, 맞아. 하지만 그 할머니가 비상용이라며 5홀덴을 주셨거든. 4홀덴으로 샀어. 솔직히 말하면 내가 원한 건 비를 막을 이 비닐 봉투였지만."

"그러니까 나는 그저 핑계였다는 거로군. 상심이 이만저만이 아 닌데."

그가 손을 내밀자 제이콥도 손을 잡고 악수를 했다. 그의 젖은 손은 차갑고, 단의 손은 따뜻하고 보송보송했다.

"따라와. 우리 네덜란드식 트라프[trap는 네덜란드 어로는 '계단', 영어로는 '함정, 덫'이다.]에 익숙해졌어?"

"계단 말하는 거야?"

"계단이기도 하고 트라프이기도 하지. 네덜란드 어 실력이 상당 한걸."

"그렇지 않아."

제이콥은 그 말에 응대해야 할 필요를 느꼈다.

"형의 영어 실력도 보통이 아닌데."

단은 가볍게 웃었다.

"나는 꼭대기에 살아."

단의 아파트는 제이콥이 본 어떤 곳과도 비슷하지 않았다. 그는 눈이 휘둥그레져서 방 안을 둘러보았다. 널찍한 방에는 이국적인 분위기의 반짝이는 타일이 깔려 있었는데, 흰색 바탕에 암녹색, 연청색, 진청색으로 된 꽃 모양 같은 원과 둥글린 사각형 무늬들이 복잡하게 뻗어 있었다. 그 타일들은 대각선 방향으로 바닥 전체를 덮고 있었다. 그리고 그 넓은 방 한쪽 끝에 있는, 가늘고 검은 틀에 종이를 씌워 만든 중국식 병풍은 언뜻 볼 때 침실로 여겨지는 공간을 외부의 시선으로부터 가려 주고 있었다.

방은 길이도 폭도 테니스 코트만 했다. 벽에는 낡은 벽돌이 드러나 있었고, 여기저기 그림이 걸렸다. 오래된 유화들도 있고(나이 든 단의 모습 같은 초상화가 하나, 네덜란드의 옛 풍경 하나), 모더니즘적인 사진과 원색 드로잉도 있었다. 천장은 범선의 갑판 늑재 같은 두꺼운 나무 들보들이 떠받치고 있었다. 방 앞쪽 천장은 약간 뚫려 있어 위층이 올려다 보였는데, 그곳은 배 갑판처럼 난간이 둘러져 있고, 배에서 쓰는 사다리 같은 흰색 이동식 계단을 통해 올라갈 수 있게 되어 있었다. 그곳을 바라보자니 발밑이 파도에 따라 솟아올랐다 꺼졌다 하는 것처럼 느껴졌다.

위쪽이 둥근 하적용 문을 개조해서 만든 창문 밖으로는 교회 뒤편이 내다보였다. 창문 양쪽에는 화분들이 정렬되어 있었다. 벽에는 가구가 거의 없었다. 크고 검은 가죽 소파와 두 개의 큰 가죽 안락의자가 무거운 나무 탁자 주변에 놓여 있을 뿐이었다. 한쪽 벽에는 낮고 고풍스런 탁자 위에 값비싼 TV와 음향 시스템이 갖추어져 있었고, 그 옆에는 온갖 자질구레하고 신기한 물건을 담은 큼직한 유리 장식장이 있었다. 방 뒤쪽을 보면, 출입 계단과 층계참으로 둘러싸인 후미진 자리에 부엌이 있었다. 부엌 뒤에는 병풍으로 가려진 침실이 있었다.

하지만 그의 눈을 가장 강하게 끈 것은 바닥에서 천장까지 높다랗게 쌓인 책이었다. 책은 방 입구와 계단 사이의 측면 벽을 가득 덮고 있었다. 방 전체 길이의 절반 정도에 해당했다. 넋을 잃고 이 활자의 파노라마를 바라보는데, 낯선 사람들 속에서 아는 이의 얼굴이 유난히 눈에 띄는 것처럼, 영어로 된 적잖은 수의 책들이 눈앞으로 뛰쳐나왔다.

아파트 전체가 옛것과 새것을 무척이나 특이하고도 매력적인 방식으로 결합해 놓고 있어서, 그는 아찔한 즐거움과 부러움을 동시에 느꼈다. 정말로 멋진 집이야! 하지만 무슨 돈으로?

단은 빈 포도주병에 해바라기를 꽂아 탁자에 놓은 뒤 위층으로 사라졌다. 그러더니 빨간 스웨터와 청바지를 가지고 내려와서 제이콥에게 주었다.

"계단 왼쪽 층계참에 화장실이 있어. 뭐 좀 먹을래?"

"고마워, 비에 좀 젖었네. 사실 배도 좀 고파."

"가서 옷 갈아입어. 먹을 걸 좀 만들어 볼게."

둘은 부엌을 경계 짓는 작업대 양편에 놓인 좁고 높은 의자에 앉아 이런저런 이야기를 하며 전자레인지로 데운 통조림 야채수프와 마늘 소스를 얹은 네덜란드산 수제 치즈, 햄, 토마토, 그리고 바게트 빵을 먹었다.

단이 날치기 사건을 궁금해서 제이콥은 이야기해 주었다. 알마에게 한 번 연습을 한 터라 좀 더 정교하고 흥미진진하게 이야기할 수 있었지만, 톤과 만난 대목은 가볍게 지나갔고 톤의 바지 앞섶과 관련된 민망했던 대목은 생략해서 톤은 끝까지 여자로 남았다. 그는 다시 빨간 모자가 왜 자신을 기다렸을지를 물었다.

단은 어깨를 으쓱해 보이고 말했다.

"네가 좋았나 보지."

"뭐?"

제이콥이 말했다.

"나한테 수작을 건 거라고?"

"그래."

"나한테? 말도 안 돼! 녀석은 그냥 장난을 친 거야. 재미를 위해서 말이야. 그렇지 않을까?"

단이 미소 지었다.

"원하는 대로 생각해."

"우리가 너희 집에 갔을 때 생각나니?"

단이 말했다.

"너는 다섯 살인가 그랬어. 나는 아마 열두 살이었을 거야."

"아니, 기억 안 나."

"너희 집 마당에 있는 모래 구덩이에서 놀았는데."

"지금 그곳은 물고기가 사는 연못이야."

제이콥이 싱긋 웃고 어깨를 으쓱했다.

"아빠가 갱년기를 겪고 있거든. 마당을 새로 고쳤어."

"네 누나가 같이 놀겠다고 하니까 네가 싫다고 싸웠어. 누나 얼굴에 모래를 끼얹었어."

"가능한 일이야."

"네 아버지가 너를 꾸짖었어."

"그랬을 거야."

"네가 아버지한테 소리쳤어. '에이 시팔' 하고."

"말도 안 돼!"

"그랬어."

"믿을 수 없어."

"그래서 법석이 났지."

"당연히 그랬겠지."

"나는 그때까지 그런 영어 표현을 몰랐어. 그래서 왜 그렇게 난리인지 의아했지. 네 부모님이 어찌나 당황하던지. 나는 그냥 재미있었어. 어른들이 나중에 설명해 주면서 웃었지."

"그래서 어떻게 됐어?"

"너는 악을 쓰면서 방으로 끌려 들어갔어. 하지만 잠시 후에 네할머니가 도로 데리고 나왔지. 너는 마치, 우유를 먹은 고양이처럼 방글방글 웃고 있었어."

"아버지가 머리끝까지 화가 났겠군."

"별말씀 없었어."

"형이 있는 동안은 그랬겠지."

"그냥 할머니한테 그러시면 안 된다고, 그러다간 애를 버린다고만 하셨어. 그때 네 할머니가 한 말이 아직도 기억나. 아주 재미있는 말이었어."

"내가 맞혀 볼게. '빙충맞은 소리' 아냐?"

"맞아."

"바보 같은 소리라는 뜻이야. 할머니가 자주 하시는 말이지."

"지금은 할머니랑 산다며."

"응."

"헤르트라위 할머니가 말해 줬어. 우리 할머니랑 네 할머니는 계속 편지 연락을 하시니까."

"알아."

"너하고 할머니는 친해?"

"응, 무척. 옛날부터 그랬어."

식사를 마쳤을 때 둘은 좁은 의자에 앉아 있기가 피곤해서 커피를 가지고 이동했다. 단은 소파에, 제이콥은 방을 좀 더 잘 보기 위해 창을 등지고 안락의자에 앉았다.

"이 거리에 있는 건물들 말이야."

제이콥이 말했다.

"옛날에는 창고였던 것 같아."

"맞아. 옛날에는 배가 바로 이 앞까지 들어왔어. 여기다 배를 대고 짐을 내렸어. 이 집은 한때는 차 보관 창고였고, 한때는 쾰른산 향수도 보관했어. 길 끝에 탑처럼 우뚝 솟은 건물 봤어?"

"꼭대기에 작은 첨탑이 달린 원통형 건물?"

"그 건물은 통곡의 탑이라고 불려. 남편들이 항해에 나설 때마다 여자들이 거기 올라가서 손을 흔들었거든."

"이 아파트는 참 좋은걸."

"원래 주인은 배 타기를 좋아하는 사람이었어. 스페인 타일도 좋아했지. 할머니가 그 사람한테 샀어. 내가 여기 살기 시작한 건 할머니가 페르플레하위스verpleeghuis로 들어가신 다음이야. 그걸 영어로 뭐라고 하지?"

"요양원일 거 같아. 그래서 그렇구나."

"뭐가?"

"가구라던가 전체적인 조합이 재미있어서."

"재미있어?"

"웃긴다는 뜻이 아니라, 특이하고 흥미롭다는 뜻이야."

"어떻게?"

괜한 말을 했다 싶었다.

"그러니까 옛날 물건하고 현대적인 물건들의 조합이 말이야. 벽에 걸린 그림들도 그렇고."

제이콥은 자신없이 웃었다.

"가구들은 거의 할머니 거지만 내 것도 좀 있어. 할머니 물건만 가지고는 살 수 없었어. 하지만 전부 바꿔 놓고 싶지도 않았어. 어쨌건 아직도 할머니 집이니까."

"책들은?"

"그것도 다 할머니 거야. 내 책은 다 안쪽 방에 있어. 나는 할머니만큼 책을 많이 읽지 않아."

"형은 대학생이지?"

"그래."

"솔직히 말하면 그래서 이 아파트가 신기하게 느껴지기도 했어."

"가난한 학생이 어떻게 이런 집에 사나?"

"전공이 뭐야?"

"분자 생물학. 그리고 미술사를 부전공으로 해."

"우아!"

"뭐가 우아야?"

"어려운 것들이라서."

"왜 그래! 입에 발린 말은 하지 마."

제이콥은 젖은 양말로 얻어맞은 기분이었다. 이제 막 서로 이야기가 잘 통한다고 생각하던 참이었다. 그는 이렇게 바보가 되는 상황이 싫었고, 특히 분위기를 좋게 하려다가 그럴 때는 더욱 그랬다. 이런 일이 생기면 그는 다음에 무슨 말을 해야 할지 몰랐다. 적절한 대꾸는 아마 늦게나 떠오를 것이다. 너무 늦게, 그러니까 그가 혼자 남아서 면박당한 일을 떠올리며 조용히 괴로워할 때.

"커피 더 마실래?"

단이 물었다. 제이콥은 간신히 고개를 끄덕이고 나직하게 "고마워." 하고 말했다.

단은 부엌에서 돌아와서 말했다.

"우리 외할머니에 대해서 말이야. 우리 어머니 테셀이 너한테 뭐라고 말했니?"

제이콥은 커피를 한 모금 삼키며 마음을 추스르고 말했다.

"많이 아파서 요양원에 계시다고. 또 우리 할머니를 초대했다는 걸 식구들에게 알리지 않아서, 내가 여기 온다는 사실을 아무도 몰랐다고. 또 형 할머니는 원래 고집이 센 분인데, 병에 걸린 다음부터는 아주 이상한 행동을 하실 때가 있다고."

"맞아."

"어제 이런 이야기를 듣고 아주 당황했어. 내가 괜히 온 것 같아서."

"어머니도 너를 걱정하고 있어."

"어떻게 해야 할지 알 수 없었어. 사실 아직도 몰라. 형 아버지가 오늘 암스테르담에 있는 안네 프랑크의 집에 가 보는 게 어떻겠느냐고 하셨어. 나는 『안네의 일기』를 좋아해. 오늘 저녁까지는 모든 일을 정리해서 해결할 수 있을 거라고 하셨어. 그리고 형 주소를 가르쳐 주면서 형의 어머니한테는 말하지 말라고 하셨어."

"알아. 아버지가 오늘 아침에 회사에서 전화를 했어."

"이유는 말씀하시지 않았어. 솔직히 말하면 조금 이상했지."

그는 자기 목소리에서 의도하지 않은 불평의 기미를 느꼈다. 하지만 젖은 양말에 맞은 자국이 아직도 아픈 듯했다.

단은 냉정하고도 차분하게 말했다.

"우리 할머니는 불치병에 걸렸어. 하루 대부분을 심한 통증 속에 지내셔. 그래서 약을 주는데 그 약들 때문에 할머니는 가끔 좀, 그러니까 이상한 행동을 하셔. 하지만 그것 말고 다른 일도 있어."

"그런 일은 몰랐어. 우리 할머니도 몰랐고. 형 할머니가 건강이 안 좋으신 건 알았지만, 그렇게 심하게 아프신 줄은 몰랐어. 알았다면 오지 않았을 거야. 형 할머니는 편지에 함께 파티를 하자고 쓰셨거든."

"파티야 있지. 네가 생각하는 그런 파티는 아니겠지만."

"그러면 어떤 파티야?"

단은 의자에서 몸을 살짝 움직이며 시선을 돌렸다.

"나중에 말해 줄게. 너한테 해야 할 말들이 몇 가지 더 있어. 하지만 그전에 내가 먼저 어머니하고 이야기를 해야 돼. 어머니는 오늘 요양원에 계셔."

"알아. 그래서 형 아버지가 나더러 암스테르담에 가라고 한 거야."

"할머니하고 계신 동안에는 어머니하고 이야기할 수가 없어. 다섯 시 무렵이면 집에 돌아가실 거야."

제이콥은 피로감과 분노 가운데 어느 쪽이 더 큰지 알 수가 없었다.

"미안하지만 이건 좀 심한 것 같아. 내가 온 동네 골칫거리가 된 것 같은 느낌이야. 내가 집으로 돌아가는 게 좋을까?"

단은 진지한 표정으로 제이콥의 눈을 들여다보며 말했다.

"내 진심은, 내가 너한테 모든 걸 이야기해 줄 수 있을 때까지 기다려 달라는 거야. 이건 정말로 중요한 일이야. 네가 알아야 할 것들이 있어. 이건 우리 식구뿐 아니라 너하고도 관련된 일이야."

이제 분노의 자리에 불안이 찾아들었다.

"나하고? 뭐가? 어떻게?"

단은 주먹이라도 막는 듯 손바닥을 바깥쪽으로 해서 손을 들어 올렸다.

"나중에. 먼저 어머니하고 이야기를 해야 돼. 부탁이야, 믿어 줘. 몇 시간만 기다리면 돼. 그러고 나서 다음 일을 생각해 보자."

"모르겠어."

"지금 너를 집으로 보낼 수는 없어. 하룻밤 더 묵는 게 큰일은 아니잖아."

"그래도 모르겠어."

단은 일어서서 머그잔들을 집어 들었다.

"우리 둘이서 시간을 보낼 일을 만들어 보자. 너한테 보여 주고 싶은 게 있어. 너도 재미있을 거야. 어때?"

"……좋아."

화장실에서 제이콥은 거울을 들여다보며 얼굴을 찌푸렸다. 사람들에게서 너한테는 말할 수 없는 일이 있다는 말을 듣는 건 불쾌한 일이었다. 하지만 어떻게 한다? 그냥 돌아가? 어디로? 여권과 비행기 표가 있는 하를렘으로? 하지만 무슨 돈으로? 단에게 돈을 빌려서?

"화가 나서 형 어머니 집에 가려고 하니까 차비 좀 빌려 줘."

이 얼마나 멍청한 소리인가? 그리고 그 집에는 지금 아무도 없을 텐데? 길 잃은 개처럼 대문 앞에 앉아서 기다린다? 또 다시! 그게 무슨 소용이겠어?

당연히 그는 전혀 즐겁지 않았다.

하지만 표정으로 보건대 그것은 단도 마찬가지였다.

그래도 단은 좀 마음에 들어, 화장실을 사용하고 마른 옷으로 갈아입으면서 그는 생각했다. 속을 알 수 없는 그의 모습은 눈을 떼기 어려웠다. 그의 자신감이 부러웠다. 에두르지 않는 솔직함. 들을 때는 힘들어도 헷갈리지는 않았다. 그리고 또 무언가가 있었다. 피를 간질이는 무언가. 그게 뭔지는 정확히 알 수 없었다. 하지만 한편으로는 단이 싫기도 했다. 그토록 확신에 가득하고, 그토록 모든 걸 아는 게. 똑똑해도 너무 똑똑해, 할머니라면 그렇게 말했을 것이다. 그는 다른 사람이 자신의 우월함에 복종하기를 원했다. 자신이 책임자가 되고 일인자가 되기를. 그러건 말건 무슨 상관이야? 제이콥은 생각했다. 그저 몇 시간만 함께 있으면 되는데.

그는 화장실을 나서다가 청바지 주머니에서 알마가 준 냅킨을 발견해서 단에게 보여 주었다. 단은 웃으며 말했다.
"네덜란드 속담이야. 도전하지 않는 사람은 승리하지 못한다는 거지."
제이콥도 웃으며 말했다.
"우리도 그런 속담이 있어."
그리고 알마의 단정한 글씨 밑에 써넣었다.

NOTHING VENTURED
NOTHING GAINED

헤르트라위

퇴각 당일 오후 늦게 오빠 헹크와 친구 디르크가 요란한 발소리를 울리며 지하실 계단을 내려왔다. 차림새가 어찌나 헝클어져 있던지 흐릿한 불빛 속에서 우리는 두 사람을 얼른 알아보지 못했다. 어머니는 언제나 헹크에게 지극했다. 헹크라는 사실을 알아차리는 순간, 어머니는 지금껏 유지하던 평정을 잃고 달려가서─서두르느라 중간에 누워 있던 부상병을 밟기까지 했다.─그에게 두 팔을 두르고 말했다.

"헹크! 헹크! 여기서 뭘 하는 거니? 영국군이 떠난다는 걸 모르니?"

어머니는 그에게 계속 입을 맞추면서 그가 유령이 아니라는 걸 확인하듯 얼굴을 쓰다듬었다. 그러는 동안 아버지는 디르크를 맞았다. 아버지는 디르크를 아주 좋아해서 가끔은 둘째 아들이라고도 불렀다.

"어떻게 된 거니?"

아빠가 물었다.

"별일 없어? 여긴 왜 온 거니?"

그러자 디르크가 대답했다.

"별일 없어요. 우리는 잘 지내고요. 식구들이 걱정돼서 왔어요."

그런 법석이 벌어지면 언제나 그랬듯이, 나는 본능적으로 뒤로 물러나 흥분이 어느 정도 가라앉았기를 기다렸다. 그러면 잠시 후에 오빠와 따로 이야기할 시간이 생길 테니까. 오빠는 끌어안고 어루만지는 어머니의 어깨 너머로 나를 보며 윙크와 웃음을 보내서 그들에게 아무 문제도 없고 때가 되면 내게 모든 걸 설명해 줄 거라는 신호를 전했다. 그는 내가 아는 가장 차분하고 침착한 사람 가운데 한 명이었다. 나는 그를 아주 사랑했고, 철부지 어린 시절에는 오빠가 친오빠가 아니라서 남편으로 삼을 수 있으면 좋겠다는 말까지 했다!

마침내 어머니가 마음을 가라앉히고 팔을 풀며, 즐거움과 부러움이 역력한 눈으로 이 광경을 보던 군인들에게(그들 대부분은 헹크 또래였고, 헹크보다 어린 사람도 있었다.) 돌아서서 눈물이 그렁그렁한 눈으로 말했다.

"메인 존Mijn zoon, 메인 존[내 아들이에요]."

군인들은 우리 가족이 오랜만에 재회했다는 걸 알고 제이콥이 누운 구석 즈음에 자리를 마련해, 비좁은 지하실에서도 우리가 되도록 오붓하게 이야기를 할 수 있게 해 주었다. 부상당한 팔을 붕대로 감아 목에 맨 앤드루라는 젊은 군인이 다가와서 영국 초콜릿을 주며 말했다.

"특별한 순간을 위해 이걸 간직해 두고 있었어요. 그동안 우리에게 너무 잘해 주셔서 이걸 드리고 싶습니다."

나는 내 경험뿐 아니라 전쟁 후에 친구와 이웃들에게 들은 말을 통해서도 그 참혹했던 시절 그런 온정이 드물지 않았다는 걸 알지만, 이 일을 특별히 기억하는 것은 이 온정이 우리 가족 모두가 무척이나 뜨거웠던 순간에 베풀어졌기 때문이다. 또 그 젊은이의 눈에 비친 슬픔 때문이었다. 그가 영국에 있는 자기 가족을 생각하고, 헹크가 우리를 만나듯이 가족들을 다시 만나기를 열망한다는 것은 쉽게 짐작할 수 있었다. 나는 앤드루의 눈에 그런 슬픔이 담긴 것은 어떤 직감에 의해 다시는 고향에 가지 못할 것을 알았기 때문은 아닐까 하는 생각도 했다. 나중에 우리는 그가 그날 밤, 배를 기다리다가 죽었다는 걸 알게 되었다. 나는 오스테르베크의 군인 묘지에 있는 앤드루의 무덤을 자주 찾아가 그에게 거듭 감사의 말을 전했다.

축하 선물을 먹은 뒤―아, 그 초콜릿의 기막힌 맛을 생각하니 다시 입에 침이 고인다. 그 뒤로 내가 먹은 어떤 초콜릿, 요즘 암스테르담의 퐁파두르 상점에서 파는 최고급 초콜릿도 그만큼 맛있지 않았다.― 헹크가 이야기를 시작했다. 내가 다녀간 그 일요일 오후 그와 디르크는 낙하산을 보았다. 그들은 즉시 낙하산 부대가 착륙한 곳으로 가서, 영국군에게 자신들을 소개하고 도움을 주고 싶다고 했다. 그런 뒤 두 사람은 다른 네덜란드 지원자들과 함께 통역, 가이드, 전령 등 영국 장교들에게 도움이 될 만한 여러 가지 일을 했다. 자신들도 싸울 수 있게 무기를 달라고 했지만, 그 요구는 거절당했다. 그들은 수요일부터는 하르텐스테인 호텔에 있는 영국군 본부에서 일했다. 그 호텔에는 지금 전투기념박물관이 들어서 있다.

다른 이야기들도 있지만 지금 다 할 수는 없다고 헹크가 말했다. 그와 디르크는 영국군의 철수 계획을 알았고, 아직 시간이 있을 때 우리가 살아 있는지 확인해 보려고 왔다고 했다. 하지만 이곳에 머물 수는 없었다. 즉시 은신처로 돌아가야 했다.

"독일군이 어떤지 알잖아요."

헹크가 말했다.

"영국군이 후퇴하고 나면 그들과 협력한 사람들을 잔혹하게 처벌할 거예요. 그리고 더욱 기를 쓰고 젊은이들을 강제 징용하겠죠."

"맞는 말이다."

아빠가 말했다.

"하지만 남자들뿐이 아니에요."

디르크가 말했다.

"젊은 여자들도 이제 안전하지 않아요. 보복이 있을 거예요."

"우리는 헤르트라위도 함께 가야 한다고 생각해요."

헹크가 말했다. 그 말에 아버지가 흥분한 것이 내게는 전혀 놀랍지 않았다.

"헤르트라위? 그건 아니다, 헹크. 나도 너 못지않게 독일군을 싫어한다만, 여자에 관한 한 그 사람들은 지금까지 아주 깨끗하게 행동했어. 이제 와서 태도가 바뀔 거라고 보지는 않는다."

"이제는 다를 거예요."

헹크가 말했다.

"지금 영국군은 패배했지만, 우리가 다시 해방되는 건 시간문제예요. 몇 주, 아니 어쩌면 며칠 정도만 기다리면 돼요. 영국군은 그리 멀리 있지 않고, 연합군은 벨기에에서 밀고 올라오고 있어요. 독일군은 이제 자신들한테 희망이 없다는 걸 알아요. 절망에 빠진 사람들이 어떻게 나올지 누가 장담하겠어요?"

"헹크 말이 맞아요."

디르크가 말했다.

"그리고 마을이 온통 파괴되었어요. 들어가 살 집도 없어요. 이런 데서 어떻게 목숨을 부지하겠어요? 헤르트라위를 보내 주세요. 시골에 있는 게 더 안전해요. 식량도 여기보다는 풍족하고요."

"아버지하고 어머니도 함께 가시는 게 좋을지 몰라요."

헹크가 말했다.

"여기는 지금 아무것도 없잖아요."

아버지는 어머니의 손을 잡았고, 두 사람은 안타까운 표정으로 잠시 서로를 보았다. 그런 뒤 어머니가 말했다.

"아무것도 없기는 하지. 하지만 네 아버지와 나는 결혼하고 내내 이 집에서 살았어. 너와 헤르트라위도 이 집에서 낳았어. 여기는 우리 집이고, 우리의 터전이야. 어떻게 이곳을 버릴 수 있겠니? 그리고 그럴 이유도 없어."

아버지가 말했다.

"너하고 디르크는 가거라. 네 말이 맞다. 젊은이들은 위험해. 하지만 네 어머니와 나는 남겠다. 어떻게든 지낼 수 있을 게다. 지금껏 버텨 왔으니까. 그리고 헤르트라위도 우리 곁에 남는다. 별문제 없을 게다. 왜 우리를 해치겠니? 우리가 무슨 잘못을 했다고."

"무슨 잘못을 했냐고요?"

헹크가 말했다.

"영국 군인들을 보호해 주었잖아요. 독일군이 볼 때 그건 적에게 부역한 거라고요."

"이 동네 사람들은 전부 그랬어."

어머니가 말했다.

"하지만 그건 상황을 악화시킬 뿐이에요."

디르크가 말했다.

"모르시겠어요? 독일군은 그 일로 우리를 증오할 거라니까요."

"아버지, 저희가 옳다는 거 아시잖아요."

헹크가 말했다.

"아버지하고 어머니가 떠나지 않겠다면 헤르트라위만이라도 같이 가게 해 주세요."

"옳건 그르건, 헹크야."

아빠가 말했다.

"네 어머니와 나는 여기 남을 거고, 그건 헤르트라위도 마찬가지다."

나는 말없이 이 모든 이야기를 들었다. 점점 화가 났다. 우리 네덜란드 인의 특징 가운데 하나는 오버를레흐overleg, 다시 말해 '의논'이라는 것이다. 그런데 지금 나의 삶ー그리고 어쩌면 나의 죽음ー에 대한 결정이 나와는 아무런 의논도 없이 이루어지고 있었다. 우리 부모님, 오빠, 그리고 불과 몇 주 전에 내게 사랑을 고백하고 내가 허락한다면 나와 결혼하고 싶다고 말한 디르크. 이들 모두가 이 위기의 시간에 나에 대한 일을 결정하려고 했고, 그중 어느 누구도 내가 어떻게 생각하는지, 내가 무엇을 원하는지를 묻지 않았다. 지금까지도 나는 그 순간 나의 존재를 무시하던 가족들에게 느꼈던 분노를 잊지 못하고 있다.

아버지와 헹크의 의견이 어긋나면서 대화는 진척되지 않았다. 누구도 소동을 벌이고 싶지 않아 했다. 그건 옳지도 않고, 예법에도 어긋났다! 우리 네덜란드 인은 그런 대립 상황을 아주 거북스러워

한다. 나는 혹시 누구라도 내 의견을 물어볼까 하고 기다렸다. 그러다 결국 어떤 질문도 오지 않자, 처녀와 소녀의 경계선에 선 젊은 여자만이 내보일 수 있는 오만하고 당돌한 태도로 말했다.

"내 운명에 대해 내가 어떻게 생각하는지 궁금한 사람은 아무도 없나요? 아니면 그건 너무 무리한 요구인가요?"

디르크가 즉시 말했다.

"너도 우리하고 같이 가고 싶지?"

어머니가 말했다.

"너를 일부러 빼놓았던 건 아냐. 그저 너한테 가장 좋은 게 뭔지를 찾고 있었던 거지."

아버지가 말했다.

"물론 너는 우리 곁에 남겠지. 우리가 얼마나 너를 사랑하는지 잘 알 테니."

하지만 헹크는 "미처 생각을 못했어. 미안하다, 동생아." 하고 말했다.

인간이란 얼마나 비뚤어진 짐승인가! 나는 사람들이 미안해하자 더욱 화가 났다. 그리고 나의 사랑하는 오빠 헹크가 그 분노의 공격을 받았다. 그런 시기에 우리는 자신이 가장 사랑하는 사람들에게 그런 일을 저지르는 법이니까.

나는 말했다.

"나는 오빠의 동생이지만 이제 어린애가 아니야. 혹시 아직 몰랐어? 나는 스스로 결정을 내릴 수 있을 나이가 되었고, 뜻은 고맙지만 내 일은 내가 알아서 챙길 수 있어."

그 결과 당연하게도 모든 사람이 불쾌해졌고, 특히 그런 법석을 참지 못하는 어머니는 더욱 화가 났다.

"헤르트라위."

어머니가 선생님 같은 목소리로 말했다.

"그만두지 못하겠니! 그게 무슨 말버릇이니! 이 이야기는 이제 그만두자."

어색한 침묵이 흘렀다. 아버지는 발치를 내려다보았고, 어머니는 천천히 안경을 닦았고, 디르크는 폭격에 부서지고 금이 간 우리 지하실의 벽을 살펴보았다. 헹크만이 내 눈을 계속 들여다보았다. 그러다 그가 마침내 싸늘했던 침묵을 깼다.

"그래, 맞아. 너는 어른이야."

그는 내가 더없이 사랑하는 웃음을 띠고 물었다.

"네 생각을 말해 줘. 정말로 듣고 싶다. 진심이야!"

나는 그때까지도 분노를 삼키고 편안하게 말을 하기가 어려웠지만, 억지로 마음을 다스리고 입을 열었다.

"나도 오빠하고 같이 가고 싶어. 영국군이 떠난 뒤에 위험한 일이 벌어질 거고 여기보다는 시골이 더 안전할 거라는 오빠 말이 맞다고 생각해."

나는 고조되는 분위기를 은근히 즐기며 잠시 입을 다물었다가 다시 말했다.

"하지만 나는 여기 남겠어."

그리고 다시 한 번 분위기를 고조시키기 위해 입을 다물었다.

"그건 아빠가 남으라고 해서 남는 게 아니야."

"그러면 왜?"

헹크가 물었다.

"제이콥 때문이야."

"제이콥?"

디르크가 물었다.

"제이콥이 누구야?"

"우리 옆에 누워 있는 영국 군인이다."

아빠가 말했다.

"왜요? 이 사람이 왜 헤르트라위한테 중요한 거죠?"라는 디르크의 물음과 "너 진담은 아니겠지?" 하는 어머니의 말이 겹쳤다.

"무슨 말인지 모르겠구나."

아빠가 말했다.

"제이콥은 다른 사람들이 떠나는 동안 싸우기로 했어요. 그런데 이 사람은 지금 몸이 성치 않아요. 분명히 죽고 말 거예요. 어떻게 그렇게 되도록 내버려 둘 수 있나요? 나는 여기 남아서 저 사람을 도울 거예요. 이 사람을 그냥 숲으로 보낼 수는 없다고요."(영어에도 이런 표현이 있는지? 기억나지 않는다. 이건 사람을 실망시키거나 버린다는 뜻이다.)

아빠는 기겁을 했다.

"지금 무슨 소리를 하는 거니? 우리가 저 친구를 숲으로 보낸다고? 그건 우리하고 아무런 상관이 없어. 제이콥은 군인이야. 자원해서 참전한 군인. 제이콥이 그런 방식으로 동료를 돕고자 한다면, 우리한테 그걸 방해할 권리는 없어. 그건 바로 이 친구가 해야 할 일이니까."

"나는 그런 것 상관 안 해요, 아빠. 나는 도울 수 있는 한 이 사람을 돕겠어요."

"헤르트라위, 이치에 닿는 소리를 해라."

"이치라고요?"

내가 말했다.

"지금 여기서 일어나는 일 가운데 이치에 닿는 일이 하나라도 있나요? 이치가 전쟁을 막아 주었나요? 이치가 적의 침략을 막아 주었나요? 이치를 찾으면 우리가 해방되나요?"

"너는 지금 너무 막 나가고 있어."

어머니가 말했다.

"아버지한테 그런 식으로 말하다니."

"미안해요, 엄마. 적어도 엄마는 이해해 주실 줄 알았는데."

"무얼 이해한다는 거니? 나는 네 말을 도저히 이해하지 못하겠다. 넌 지금 너무 흥분했어. 정신 좀 차려라!"

하지만 나는 그때 화가 머리끝까지 치밀어서, 어머니가 아무리 엄하게 꾸짖어도 가만히 있을 수가 없었다.

"엄마."

나는 최대한 차분한 태도로 말했다.

"2주일 전만 해도 우리는 이 사람을 해방자라며 반겨 맞았어요. 그리고 물을 주었죠. 기뻐서 춤을 추었어요. 잊으셨나요? 그런 다음 이 사람이 겨우 목숨만 건진 채로 우리 집에 왔어요. 지난 닷새 동안 우리는 이 사람을 간호했어요. 상처에 붕대를 감아 주고, 몸을 씻어 주고, 옷을 입혀 주었어요. 어린아이를 돌보듯 밥도 먹여 주었어요. 화장실 가는 것까지 도와주었어요. 이 사람을 돌보면서 나는 생전 본 적도 만진 적도 없는 남자의 몸 구석구석을 보고 만졌어요. 적들이 우리 집을 부수는 동안 우리는 추위를 피해 서로를 끌어안고 잤어요. 우리는 이 사람을 우리 가족처럼 대했어요. 엄마하고 아빠하고 나, 우리 셋이 이 사람을 살려 냈어요. 그런데 이 사람이 전우들을 위해서—덧붙여 말하면 그건 우리를 위해서기도 하죠.—아직 자기 힘으로 할 수 없는 일, 하다가는 분명히 죽게 될 일을 하기로 결심한 것이 우리하고 아무 상관이 없는 일인가요, 아빠? 우리가 끼어들 수 없는 일인가요? 내가 이 사람을 돕고자 하는 게 이치에 닿지 않는 건가요? 단언하건대 만약 이 사람이 헹크였다면, 우리는 두 번도 생각하지 않을 거예요. 지난 며칠 동안 내가 이 사람한테 해준 일은 평생 동안 오빠한테 해 준 일보다 많아요. 지금 내가 이 사람을 돕는 게 옳은 일 아닌가요? 인간적인 일 아닌가요? 나는 이치에 닿는다는 건 그런 거라고 생각해요, 아빠. 그리고 엄마, 바로 그런 이유로 엄마가 이해해 주리라고 생각했어요."

내 평생 그토록 비분강개한 연설을 퍼부은 건 그때가 처음이었다. 내가 그런 말을 할 수 있다고 생각도 하지 않았다. 그 뒤로도 그런 연설은 한 적이 없다. 그날처럼 격렬한 분노에 사로잡힌 적이 없었기 때문이다. 지하실 위 부서진 내 집에서는 외국 군인들이 우리 나라를 위해 싸우고 있었다. 여기 지하실에서 나는 나 자신을 위해 싸웠다.

잠시 동안 모두가 말을 잃고 놀란 눈으로 나를 바라보았다. 주변을 둘러싸고 있던 군인들도 우리들의 행동을 눈치채고 조용해졌다. 벽에 등을 기댄 채 내 옆에 앉은 제이콥은 처음부터 계속 나를 유심히 관찰했다. 나는 그를 보면 눈물이 터질 게 분명해서 그쪽으로 눈길을 돌리지 않았다. 그렇게 되면 나는 위엄을 잃고 방금 한 연설의 효과를 망칠 게 분명했다.

밖에는 대포가 우르릉거렸고, 차가운 장대비가 쏟아져서 지하실 안 공기마저 싸늘하고도 축축했다. 그 말을 하고 나서 불안으로 식은땀이 흐르던 일과 내 살갗에 공기가 끈끈하게 와 닿던 일이 기억난다.

지난 이틀 동안 우리의 빛이 되어 준 파라핀 램프가 그 순간을 골라 연료가 떨어지면서 우리를 어둠 속으로 몰아넣었고, 우리는 다시 천장 들보에 유리 단지들을 매달고 그 안에 초를 세워 전처럼 희미하고 흔들리는 불빛으로 돌아가야 했다. 다행히도 그 때문에 긴장됐던 분위기가 약간 흐트러졌다.

사람들이 다시 앉았을 때 디르크가 말했다.

"이 남자가 너한테 왜 그렇게 중요한지 나는 이해하지 못하겠다, 헤르트라위. 하지만 네 마음이 정 그렇다면 내가 생각할 수 있는 대답은 한 가지야. 이 사람이랑 너를 같이 데리고 가는 거지."

짐작할 수 있겠지만 이 말은 다시 한 번 격렬한 논의를 일으켰다. 아버지는 그건 완전히 미친 짓이라고, 그러다가는 모두가 다 죽을 거라고 말했다. 그러자 디르크는 유대인을 숨겨 주거나 레지스탕스를 돕는 사람들도 있는데, 그 이상으로 미친 짓은 아니라고 대답했다. 어머니는 그건 현실적인 해결 방법이 아니라고 했다. 세 사람이 부상병을 데리고 어떻게 독일군에게 걸리지 않고 갈 수 있겠느냐는 것이었다.

"뜻이 있으면 길이 있어요."

디르크가 말했다.

"머리 없는 닭 같은 소리를 하는구나."

아버지가 말했다.

"이런 미친 짓을 꼭 하겠다면 계획이라도 제대로 해야지. 그리고 제발 헤르트라위는 빼놓고 생각해라."

"아니에요, 아빠."

내가 말했다.

"가겠어요. 헹크하고 디르크가 방법을 찾을 거예요. 그렇지, 헹크?"

"확률의 문제야."

헹크가 말했다.

"우리하고 같이 있으면 저런 몸으로 집에 올라가서 혼자 총격을 하는 것보다는 살아남을 가능성이 높아."

"그것밖에 방법이 없어."

내가 말했다.

"제이콥은 우리랑 같이 가야 돼."

헹크는 나를 보고 웃었다.

"이런, 누가 누구 대신 얘기하는 거지? 저 군인이 우리랑 같이 가기를 원하는지 어쩐지 어떻게 알아? 물어봤어? 아니면 네가 그 사람 대신 결정을 내려 주는 거야?"

헹크의 말이 맞았다. 나는 더없이 민망했다. 우리가 연습했던 '흔히 쓰는 속담'에 따르면 '제 꾀에 제가 넘어간다.'라고 할 수 있는 상황이었다. 네덜란드 어로는 '비 언 카윌 흐라프트 포르 언 안더르, 발트 에르 젤프 인Wie een kuil graaft voor een ander, valt er zelf in.'이라고 한다. 자기가 판 함정에 자기가 빠진다는 뜻이다.

"이럴 때 나는 오빠가 미워!"

내가 헹크에게 말했고 사람들이 웃었다. 덕분에 긴장이 약간 누 그러들었다.

나는 제이콥과 조용히 이야기하기 위해 몸을 살짝 돌렸다. 그리고 그에게 헹크와 디르크가 누구인지를 말해 주고, 그들이 디르크 네 부모님의 농장에 숨어 사는데 연합군이 전투에 패한 지금 오스테르베크에 남기보다는 거기 가 있는 게 더 안전할 거고, 또 거기에는 식량도 있으니 나도 그리로 데려가려고 한다는 걸 설명했다. 제이콥은 두 사람과 악수를 했고, 두 사람은 '할로' 하고 인사했다. 그런 뒤 나는 그의 곁에 남으려고 시골에 안 가겠다고 했다는 이야기를 했다. 그는 처음에는 그 말을 웃어넘기려고 했다.

"어떻게 그런 일을. 어리석은 소리 말아요! 나는 괜찮을 거예요. 하지만 어쨌건 고마워요."

내가 말했다.

"어리석은 일이건 아니건 나는 혼자서는 가지 않을 거예요. 하지만……."

그리고 그가 내 말을 막기 전에 얼른 말을 이었다.

"디르크가 다른 제안을 했어요."

그런 뒤 우리가 그를 정원 수레에 태워서 농장에 데리고 간 뒤 영국군이 이곳을 곧 해방시킬 때까지 거기 숨겨 줄 수 있다고 말했다.

"그렇게 하면……."

내가 말했다.

"제이콥은 우리 집에서 죽지 않을 수 있어요. 나는 그런 일은 생각도 하기 싫어요. 총에도 맞지 않고 포로도 되지 않을 거예요. 포로가 되는 일은 생각도 하기 싫다고 그랬잖아요."

그의 표정을 보고서 나는 그가 그 제안을 마음에 들어 한다는 것을 알았다. 그의 눈은 처음 만난 이후 한 번도 본 적 없는 생기를 띠었다. 그러면서도 그는 자꾸 반대 의견을 내놓았다. 아마도 그렇게 해야 한다고 생각하기 때문인 것 같았다.

"위험한 일이에요."

그가 말했다.

"나를 데리고 가면 붙잡히거나 총에 맞을 확률이 높아져요. 수레를 끌고 가면 걸음이 늦어져요. 또 독일군에 붙잡히면 영국 군인의 탈출을 도운 일로 헹크와 디르크와 당신이 총살당할 거예요."

몇 분 동안 그런 식이었다. 남자들은 버티기로 마음을 먹으면 얼마나 논리의 미로를 만들어 내는지. 들락날락하다 보면 원래 그 자리! 나는 이내 지쳤다.

"제이콥."

나는 그때까지도 미숙했던 내 영어가 허용하는 가장 확고한 어조로 말했다.

"이건 무슨 둑을 쌓는 것 같은 일이 아니에요. 이러고 있을 시간이 없어요. 제이콥이 원하는 대로 해요. 하지만 내 마음은 정해졌어요. 떠나건 안 떠나건, 나는 제이콥 곁에 있을 거예요."

"그 말을 들으면……."

그가 말했다.

"결정은 오직 나한테 달린 것 같네요."

"맞아요."

"그렇지 않아요. 당신이 있어요. 천사 마리아, 당신이 내 곁에 남겠다면 내 결정은 당신한테도 영향을 미치잖아요?"

"아, 고집 좀 그만 부려요!"

나는 그를 때리고 싶었다.

"하지만 내 말이 맞잖아요. 안 그래요?"

"맞아요!"

"그러니까 마리아는 뭐가 최선이라고 생각하는지, 그리고 무얼 하고 싶은지 말해 줘요."

그때까지 모든 사람에게 내가 어떻게 생각하는지, 무얼 원하는지에 귀를 기울여 달라고 촉구하다가, 막상 내가 최종 결정을 내리고 책임을 져야 할 순간이 되자 그러고 싶지가 않아졌다. 다른 사람이 나 대신 결정을 내려 주면 좋을 것 같았다. 그건 사랑의 어리석음인 동시에 사랑하는 사람이 그렇게 해 주기를 바라는 요구였다. 여러 해가 지나 그것을 깨닫고 보니 그때 그 일은 정말로 나다운 일이었다.

"제이콥이 원하는 대로 하겠어요."

나는 간신히 말했다.

"어쨌거나 내가 구하고자 하는 건 당신 목숨이니까."

"그러기 위해서 마리아의 목숨을 위험에 내몰고 있잖아요."

제이콥이 말했다.

"그러니까 우리는 같은 운명인 거고, 함께 결정을 내려야 해요."

그래도 나는 대답하고 싶지 않아서, 그 위험한 눈을 피해 고개를 숙였다.

제이콥은 내 얼굴을 좀 더 잘 볼 수 있도록 몸을 세워 앉은 뒤 미소 띤 얼굴로 말했다.

"아하, 섬세한 분노로군요!"

"왜냐면 화가 났으니까요."

그때만 해도 그 말에 담긴 반어적 의미를 이해하지 못하고 내가 말했다.

그는 내 뺨에 손가락을 대고 말했다.

"우리끼리도 싸워야 하나요?"

나는 간신히 "아니요." 하고 대답했다.

"그러면 싸우지 말아요."

내가 어떻게 그 미소에 응답하지 않을 수 있겠는가? 나는 목을 가다듬고 말했다.

"나는 우리가 헹크하고 디르크하고 같이 가는 게 좋다고 생각해요."

"좋아요. 나도 그렇게 생각해요. 그 남자가 말했듯이 '그것은 대단한 모험'일 거예요." [피터 팬의 대사를 조금 변형한 것. 원래는 "죽는 것은 대단한 모험이 될 것이다."]

"그 남자요? 누굴 말하는 거죠?"

내가 말했다.

"그런 말은 처음 듣는걸요. 그거 진심으로 하는 말이에요? 나는 모르겠어요."

"지금 이렇게 이야기를 계속할 시간이 있나요?"

그가 말했다.

"아뇨."

나는 바깥에서 들려오는 소음과 우리를 바라보는 헹크와 디르크, 부모님의 시선을 새삼스레 의식하며 말했다.

"하지만 나중에 알려 줘야 해요. 일단 내가 사람들한테 우리 결정을 알릴게요."

어머니와 아버지는 결코 기분이 좋다고 할 수 없지만, 어쨌건 두 분은 체념해 주었다. 네덜란드 인을 만족시킬 '오버를레흐'는 이미 충분히 이루어졌다. 더 이상 할 말이 없어서 우리는 출발 준비를 했다.

결정을 내리고 다음 단계로 넘어가 무언가를 할 수 있다는 건 얼마나 마음 가벼운 일인가! 어깨를 짓누르는 무거운 짐을 덜어 낸 것처럼, 갑자기 기분이 좋아지고 새로운 활력과 희망이 생겨난다. 그날만큼 그런 기분이 강했던 적이 없었다. 죽음은 사방에서 문을 두드리고, 내가 목숨을 부지한다고 해도 고달프고 굴욕적인 생활이 기다리고 있었는데 말이다. 이제 무슨 일이 일어난다고 해도 적어도 적들에게 나를 넘겨주지 않고 내 인생을 스스로 책임지려는 노력을 한 셈이다. 나는 부모님과 달리 신앙심이 깊지 않았지만, 그런 순간에는 어린 시절부터 들은 말이 떠올랐다. 지하실에 갇혀 산 날들의 뒤엉킨 살림살이에서 조그만 비상 가방을 꺼내며 나도 모르게 읊조렸다.

"나의 앞날을 주의 손에 맡기오니, 원수들과 나를 핍박하는 자들의 손에서 이 몸을 건져 주소서." [구약성서 시편 31:15]

"만군의 주 야훼께서 우리와 함께 계시니 야곱의 하느님이 우리의 피난처시다." [시편 46:7]

그런 뒤에는 미소와 함께 다른 구절도 떠올랐다.

"당신의 사랑, 야곱의 자랑거리, 이 땅을 우리에게 손수 골라 주셨다." [시편 47:4. 성서의 야곱은 영어로 '제이쿱'이다.]

나는 웃음을 터뜨리고, 그다지 훌륭한 사적 공간은 아닌 석탄 저
장칸 화장실에서 그나마 깨끗한, 어쨌거나 그때껏 입지 않았던 옷
으로 갈아입으면서 야곱의 하느님에게 말했다.

"제발 우리에게 욕실이 있는 땅을 골라 주세요."

그러는 동안 헹크와 디르크는 뒷마당으로 나가 수레를 준비했다.
제이콥은 다른 군인 두 명에게 지금 결정된 일을 설명했다. 화장실
에서 나와서 보니 군인들은 보온과 방수를 위해 제이콥에게 자신
들의 전투복을 입혀 주고 있었다. 군복 차림은 그가 사로잡혀도 스
파이로 오인돼 총살당하지 않기 위해 필요하기도 했다. 그들은 그
에게 총도 주고 큼직한 전투복 주머니에 탄약도 잔뜩 넣어 주었다.

"그걸 가져가야 해요?"

내가 물었다.

"그냥 보험이에요."

그는 그렇게 말하면서 총이 애완견이라도 되는 것처럼 톡톡 두드
렸다. 나는 그게 마음에 들지 않아서 헹크를 설득해서 총을 두고
가게 하려고 했다. 하지만 헹크는 오히려 자기도 총을 갖고 싶다며
부러워했다. 죽음의 장난감을 원하는 남자들은 세상에서 사라진
적이 없다.

헹크와 디르크는 밤 8시 50분에 강 남쪽에서 영국군의 포격이 시
작되면 곧바로 떠나야 한다고 의견을 모았다. 헹크는 영국군 점령
지역을 통과하려면—우리 집은 그 동쪽 끝에 있었고, 우리가 가야
할 숲은 서쪽 끝에 가까웠다.—그때가 가장 안전할 거라고 했다.

밤이 되었다. 어둠이 내리면서 비가 억수같이 쏟아졌다. 비와 바

람을 뚫고 포격이 시작되면서 포탄이 우박처럼 쏟아져 내렸고, 계획했던 대로 독일군의 공격이 중단되었다.

떠나야 했다. 힘든 순간이었다. 모두를 위해서 침착하고도 활기찬 모습을 띠어야 했다. 그때 내가 아버지를 마지막으로 본다는 걸 알았다면 그런 거짓 쾌활함을 띨 수는 없었을 것이다. 영국군은 나의 불행한 조국을 1945년 봄에야 해방시켰고, 아버지는 그전에 닥친 대기근으로 겨울에 이미 돌아가셨다. 미래란 언제나 읽지 않은 책과 같다. 내가 아빠를 다시 못 볼 것을 알았다면 그때 아빠의 곁을 떠나지도 않았을 것이다. 젊은 시절에 겪은 그런 운명의 장난은 노년에 헛된 죄의식을 안겨 준다. 그때 내가 함께 있었다면 아빠를 살릴 수도 있었을 텐데. 그때 내가 그렇게 했다면……. 노경에는 그런 생각이 가득하다.

그러니 너는 내가 그날 헤어진 장면에 대해서 길게 쓰고 싶지 않은 마음을 이해할 수 있을 것이다. 우리는 포옹과 키스와 악수를 나누며, 서로에 대한 사랑과 앞날에 대한 믿음을 주고받았다. 네덜란드식 예의의 꽃이라고 할 수 있는 투박한 선량함과 절제된 열정을 담아.

식구들과 작별 인사를 한 뒤에는 지하실에서 함께 지낸 군인들의 차례였다. 고통의 며칠을 함께 한 뒤로 이 외국 청년들은 수년을 가까이 산 네덜란드 이웃들보다도 더 친근해졌다. 내가 한 사람 한 사람 인사할 때마다 그들은—아마도 다른 식으로 감정을 표현할 줄 몰라서—나를 끌어안고 그때까지 간직했던 작은 물건들을 선물로 주었다. 담배도 있었고(나는 담배를 피우지 않지만), 사탕도 있었고, 모자 배지, 견장도 있었고, 펜("나중에 우리에게 편지를 쓰게 될 때 써요."), 성냥, 낙하 부대 스카프, 심지어 손목시계도 있었으며("어디로 가든지 시간은 알아야 될 테니까요."), 폭격의 충격에서 벗어나지 못한 가엾은 샘은 애써 자신을 추스르며 글을 쓰는 지금 내 곁에 있는 시집을 주었다("영어 공부에 도움이 될 거예요."). 그중에 가장 나이도 많고 우리와 함께 한 시간도 길었던 노먼은 작별 행렬의 마지막까지 기다려 주었다. 그리고 내게 가족과 함께 찍은 사진이 담긴 작고 검은 가죽 지갑을 건네며 말했다.

"힘내요, 헤르티. 정말 용감하고 사랑스런 아가씨. 이걸 주고 싶어요. 다시 만날 수 있기를 바랍니다."

그런 뒤 이런저런 농담과 놀림 속에―영국인들도 이런 상황에 놓이면 우리 네덜란드 인의 투박한 예의와 비슷한 태도를 취하는 게 아닌가 싶다.―우리는 앞서고 뒤서고 부축하고 부축받으면서 지하실 계단을 올라갔다. 그리고 우리 집이었던 돌무더기를 지나 뒷마당으로 가서는, 포격 소리 가득한 어둠 속에서 제이콥을 수레에 앉히고 붕대를 감은 그의 양손에 총을 쥐어 준 뒤, 내 비상 가방과 그의 배낭을 각각 수레 양옆에 쑤셔 넣었다. 그리고 총에 맞지 않아도 얼어 죽거나 익사해 버릴 것 같은 차가운 비를 뚫고 우리는 출발했다. 디르크가 맨 앞에 서고, 헹크가 수레를 밀고, 나는 수레 옆에 섰다. 심장이 쿵쿵거렸고, 목은 울컥하면서도 말랐고, 머릿속은 천 갈래 만 갈래로 찢어졌다.

누구의 인생에도 그런 이별은 없기를 바란다.

그리고 우리가 은신처에 도착했을 때 받은 그런 냉대도.

제이콥

우리는 우리가 보는 존재가 된다.

– 윌리엄 블레이크

"눈 떠."

단이 말했다.

단은 국립박물관의 한 소규모 전시실에서 제이콥의 뒤에 서서 그의 어깨를 붙들고 있었다. 전시실에 들어가기 전에 단은 제이콥에게 눈을 감으라고 한 뒤, 사람들 틈을 뚫고 이 자리로 데리고 왔다.

정면 벽에 제이콥 자신의 초상화가 걸려 있었다. 오래된 유화로 허리까지 오는 그림이었다. 그림 속 인물은 왼편을 바라보고 있었고, 그림은 전반적으로 풍성한 적갈색을 띠었다. 익숙한 세모꼴 얼굴은 예외였다. 실물 크기. 햇빛을 담뿍 받는 듯 반짝이는 얼굴은 검은 수도복 후드 모자에 감싸여 있었다. 무거운 눈꺼풀에 덮인 눈은 아래를 향하고 있었다. 아랫입술이 두툼한, 커다란 입에는 수줍지만 만족스런 미소가 떠올라 있었다. 그리고 제이콥의 눈길을 가장 강력하게 끈 것은—그가 너무도 싫어하기 때문에—길고 두꺼운 데다 끝이 뭉툭한 코였다. 그의 아버지의 코였고, 할아버지의 코였다. 토드가의 코. 포피 누나와 동생 해리는 그렇지 않았다. 그들의 코는 엄마를 닮아 예쁘고 가늘었다.

그가 거울을 앞에 놓고 그 기분 나쁜 코, 추악한 돌출부, 부푼 통풍관, 비대한 숨구멍을 온갖 각도로 바라보며 얼굴을 찌푸린 게 몇 번이었던가. 가끔은 엄지와 검지로 그 흉측한 콧부리를 잡고 멋진 코는 안 된다고 해도 남들 앞에 부끄럽지는 않은 모양으로 만들 수 있기를 바라며 조각가가 진흙을 매만지듯 누르고 비틀기도 했다. 제이콥이 염두에 둔 것은 커도 매력적인 코, 그러니까 미켈란젤로의 다윗상이나 강렬한 매력을 풍기는 리버 피닉스의 코였다.(얼마 전에는 〈아이다호〉를 네 번째로 보면서 리버 피닉스와 그의 코를 꼼꼼히 살펴보았다.) 물론 효과는 없었다. 그의 우울한 코는 여느 때와 다름없이 절망적이었다.

자신의 형상에서 눈을 떼지 못한 채 제이콥이 말했다.

"이 사람이 누구야?"

"티튀스. 티튀스 판 레인."

"처음 듣는 이름인걸."

"하지만 이 사람 아버지는 알 거야."

"아니."

"렘브란트의 자화상을 그린 사람이 누구야?"

"뭐?"

"렘브란트의 자화상을 누가 그렸냐고?"

"당연히 렘브란트지!"

"렘브란트의 정식 이름은 렘브란트 판 레인이야."

"아! 하지만 이건 렘브란트의 자화상이 아니라 티튀스라는 사람을 그린 거잖아. 그러니까 이건 렘브란트가……?"

"자기 아들한테 수도복을 입혀서 그린 거야. 티튀스가 열아홉 살이던 1660년에."

제이콥은 그제야 생각이 미쳐 그림 옆에 붙어 있는 설명을 읽고는 단의 이야기가 거짓이 아니라는 걸 확인했다. 그리고 그림에 최대한 가까이 다가가서 코를 바짝 대고 티튀스가 된 자기 모습을 살펴보았다.

스모 선수 같은 몸집의 여자가 의심스런 눈길로 그를 향해 다가왔다.

티튀스의 모습이 너무도 생생해서, 제이콥은 그림 속 소년이 금방이라도 고개를 들고 말을 걸 것만 같았다. 그는 자기 얼굴을 비춘 듯한 그 얼굴을 만지고 싶었다. 그래서 자신도 모르게 손을 들었다.

"물러서 주세요."

박물관 관리인이 말했다.

"뒤로 물러서 주세요."

제이콥은 뒤로 한두 발자국 물러섰지만 시선은 여전히 그림에 박혀 있었다. 그는 그림에 매혹되었다. 그 일은 그 당시에도 이상하다고 여겨졌다. 그림 자체는 그렇게 인상적이지 않았기 때문이다. 혼자서 전시실에 왔다면 지금 다른 사람들이 그러듯이 별 관심을 기울이지 않고 지나갔을 가능성도 높았다. 그림이 전체적으로 너무 어두워서 잘 분간도 되지 않았다. 티튀스 등 뒤에 있는 가을빛의 잎사귀들은 밝았지만. 그리고 두껍고 거친 천으로 만든 갈색의 수도복도 소년의 몸에는―최소한 후드 모자와 머리의 크기를 비교해 보면―너무 커서, 소년이 그 옷을 입었다기보다 그 옷이 두툼한 가슴팍과 넉넉한 팔로 소년을 갑옷처럼 감싼 것 같았다. 하지만 이 짙은 어둠 한가운데서 티튀스의 얼굴은 생생하게 빛났다. 피부는 은은한 금빛이었고, 내리뜬 눈은 깊은 데다 약간 슬퍼 보이기도 했으며, 두툼한 아랫입술은 막 침이라도 바른 듯 선명한 붉은빛의 관능적 모습을 띠면서도 순수하고 섬세해 보였다. '때 묻지 않은'이라는 말이 제이콥의 머리에 떠올랐다.

"마음에 들어?"

단이 옆에 와서 물었다.

제이콥이 지금까지 본 어떤 그림도 이 그림처럼 그를 사로잡고 매료하지 못했다. 그는 그 사실을 말하고 싶지 않았지만 대답해야 했다.

"그러면 좀 더 나이 든 티튀스가 붉은 모자를 쓴 그림도 한번 봐. 그 그림은 정면을 똑바로 보고 있어. 그리고 여기서는 볼 수 없는 머리카락도 보이지. 너하고는 달리 갈색 곱슬머리가 길어. 아주 아름다워. 너도 머리를 그렇게 기르면 좋을 거야."

"그건 사양하겠어."

"잘 어울릴 텐데. 너는 그 그림을 쉽게 볼 수 있어. 런던에 있는 월러스 컬렉션에 있으니까. 나는 그 그림이 이 그림보다 좋아. 전체적으로 더 잘 그렸어. 이 그림은 좀 뭐랄까? 뉘퍼흐nuffig ……, 새침해. 마돈나 같은 자세야."

"마돈나라고?"

"그 마돈나 말고. 성모 마리아 말이야. 그러니까 진짜 마돈나."

그들은 웃었다.

"티튀스가 어떻게 성모 마리아 같아?"

"자세가 그래. 순수하고 순종적인 태도로 고개를 숙이고 있고, 두 손은 깍지 껴서 무릎에 얹고 있어. 거기다 수도복. 아주 성스럽고, 순수하고, 새침하지. 수많은 성모 마리아 그림처럼. 그리고 베이 호트bij God[맹세코]! 티튀스는 정말로 동정인 것 같지 않아?"

제이콥은 아직도 그림을 바라보며 말했다.

"형은 미술사를 공부해서 이런 걸 다 아는 거야?"

"아니. 나는 렘브란트 때문에 미술사를 공부하는 거야."

"어떻게?"

정말로 궁금한 건 아니었지만, 적어도 단이 이야기를 하면 그 동안은 계속 티튀스를 볼 수 있었다.

"나에게 렘브란트는 역사상 가장 위대한 화가야. 그는 옛 세계의 마지막과 새로운 세계의 시작 지점에 걸쳐 있었어. 나는 〈야경꾼〉을 처음 본 이후 렘브란트에게 빠졌어. 여기 오는 길에 지나친 커다란 그림 말이야. 내가 여덟 살 때 아버지가 나를 여기 데려와서 보여 주었지. 그림이 어찌나 극적이고 생생하게 느껴지던지 나는 그림 위로 기어 올라가려고 했어. 정말이야! 그림 속으로 들어가서 일부분이 되고 싶었어. 물론 지금은 그게 전혀 사실적이지 않고 다 극적 장치라는 걸 알아. 조명도 인공적이고, 사람들이 모여 선 모습도 오페라의 한 장면 같고, 자세들도 인위적이고 영웅적이야. 연출된 느낌이 강하고 과장되어 있지! 하지만 여덟 살짜리 눈에는 주변에 서서 그걸 보던 사람들보다 그 그림이 더 현실적으로 느껴졌어. 그 순간부터 나는 렘브란트의 모든 걸 알려고 했지. 렘브란트의 그림이라면 한 점도 빼놓지 않고 보려고 하고, 그의 작품과 인생을 조사하고 있어. 모든 걸, 아주 사소한 것이라도 말야. 논문도 티튀스에 대해 쓸 거야. 티튀스가 렘브란트의 인생에 끼친 영향에 대해. 그런 연구는 아무도 하지 않았거든. 그걸 독자적인 주제로 삼은 연구는."

제이콥은 듣는 둥 마는 둥 했고, 계속 티튀스에게 신경이 쏠려 있어서 대화를 이어갈 수 없었다.

잠시 침묵이 흐른 뒤에, 그는 단의 팔이 자신의 허리를 감싸 안아 다른 방향으로 돌리는 걸 느꼈다.

"여기를 봐."

단이 그 다음다음 번에 걸린 약간 더 큰 그림을 가리키며 말했다.

울퉁불퉁한 얼굴의 노인, 머리 위를 감싸 올라간 듯한 희고 노란 모자, 그 밑으로 미친 사람처럼 사방으로 뻗친 곱슬머리, 치켜 올린 눈썹과 그 때문에 주름이 가득 진 이마. 제이콥의 왼쪽 어깨 너머로 단을 뚫어져라 바라보는 물기 어린 눈, 방금 전까지 읽고 있던 듯 손에 든 커다란 책. 그리고 티튀스의 그림과 마찬가지로 모든 조명과 강조가 집중된 얼굴. 그리고 티튀스처럼 끝부분이 뭉툭하게 튀어 오른 커다란 코.

제이콥이 웃었다.

"정신이 조금 오락가락하는 것 같아."

"렘브란트가 쉰다섯 살 때, 그러니까 죽기 8년 전이야."

"벌써 죽어 가고 있는 것 같아."

"사도 바울의 복장을 한 자화상이야. 수도복의 티튀스를 그리고 일 년 뒤에 그린 거지. 이리 와 봐. 뒤로 물러서 봐."

단이 제이콥의 어깨를 잡고 뒤로 당겼다.

"여기서 두 그림을 한꺼번에 봐 봐. 나란히, 차례대로. 거의 같은 시기에 그려진 아버지와 아들이야."

제이콥은 승부욕이 발동해서 말을 보탰다.

"그리고 두 사람 다 다른 사람인 척하고 있어."

"하지만 여기 드러나는 건 악테런acteren이 아냐."

"연기? 시늉?"

"그래, 다른 사람인 척 시늉하는 거, 헤트 둔 알소프het doen alsof가 아니야."

"그러면 진짜 자신의 모습이라는 말이야?"

"맞아, 진짜 자신. 그런 것 같지 않아?"

제이콥은 두 그림을 찬찬히 보았다.

"맞아."

그 말은 진심이었다. 정말 그렇다는 걸 알 수 있었다.

"얼굴이 말이야."

"내가 렘브란트를 사랑하는 이유 가운데 하나야. 그의 진실성. 그는 언제나 정직해. 사람들을 사랑하고, 또 있는 그대로의 모습으로 사랑하지. 인생의 실체를 두려워하지 않아."

제이콥은 생각했다. 이것은 더 이상 놀이가 아니야. 단의 말투가 달라졌고, 진지하기 이를 데 없어. 정말로 진심을 말하고 있어. 처음 만났을 때와는 달라. 우리는 달라졌어.

그는 다시 한 번 단이 가진, 좀처럼 파악되지 않는 오묘한 어떤 것을 느꼈다. 마음에 들지만 그러면서도 불편한 어떤 것.

"그런데 티튀스에 대해서 논문을 쓰는 이유는 뭐야? 그 사람이 왜 그렇게 형의 관심을 끄는 거지? 형이 좋아하는 건 렘브란트잖아."

"한 가지를 먼저 들어 보자면 렘브란트가 파산에 직면했을 때."

"그런 적이 있었어?"

"응. 그는 돈을 많이 벌고 성공도 거두고 일도 많이 했지. 항상 일, 일, 일뿐이었어. 하지만 많이 쓰기도 했어. 광적인 수집 취미가 있었어. 거의 박물관을 차릴 만큼이나 많은 물건을 모았지. 온갖 물건을 말이야. 그의 집은 그런 수집품으로 가득했어. 결국 빚을 갚지 못하게 됐지. 그래서 재산이 모두 압류돼서 경매에 붙여졌어. 그러자 티튀스가 경매에 가서 자기 돈으로 최대한 많은 물건을 샀어. 아버지에게 필요한 물건들을. 그중에는 렘브란트가 자화상을 그릴 때 사용한 아름다운 흑단 거울도 있어. 그러고 나서 모든 물건을 수레에 실었는데, 집으로 가는 도중 무슨 일이 생겨서 거울이 깨졌어."

"저런! 안타깝군."

"너무나 안타까운 일이지. 티튀스의 기분이 어땠을지 생각해 봐. 아버지의 물건을 되찾으려고 그런 노력을 기울인다는 게 무슨 의미일지 생각해 봐. 그 덕분에 렘브란트는 자신에게 중요하고도 유일한 일인 그림 그리기를 계속할 수 있었어. 많은 사람들, 역사가들, 비평가들은 렘브란트가 티튀스에게서 도둑질을 했다고 말해. 아들을 착취하고 티튀스의 어머니 헨드리케가 아들에게 유산으로 남겨 준 돈을 썼거든. 다시 말해서 렘브란트는 자신의 경력과 안녕만을 생각하는 이기적이고 못된 아버지였다는 거야. 나는 그 말을 믿지 않아. 티튀스가 경매에 가서 거울을 산 이야기는 아버지를 사랑하고 아버지를 돕는 일이라면 무엇이든 기꺼이 하던 그의 마음을 보여 준다고 생각해. 사실 티튀스가 아니었으면 렘브란트는 그 시절에 붓을 꺾을 수밖에 없었을 거야. 그 시절에는 파산을 하면 자기 직업에 계속 종사할 수가 없었으니까. 렘브란트가 그런 운명에 처하지 않도록 티튀스는 아버지를 고용해서 그림을 그리게 했지."

제이콥은 새로운 눈으로 두 개의 초상화를 바라보았다. 아들은 아버지를 고용하고, 아버지는 아들을 모델로 고용했다.

"멋진 이야기인걸."

그가 말했다.

"티튀스는 뭘 했어?"

"직업 말하는 거야? 사람들 말로는 그도 화가가 되려고 했지만 실력이 부족했대. 하지만 나는 그게 그가 정말로 원한 일이라고는 생각하지 않아. 티튀스가 정말로 원한 것은, 그리고 그의 진정한 직업은 아버지의 모델이었어. 나는 그가 아버지의 모델이 되는 걸 좋아했다고 생각해. 아버지의 눈으로 꼼꼼히 관찰되고 그의 완전한 주의 집중을 받는 것, 그리고 아버지가 작업하는 걸 보는 것."

"아버지를 보는 아들을 보는 아버지."

"맞아. 한쪽이 상대방을 그리고, 그 상대방은 자신이 그림으로 그려진다는 걸 아는 거야. 그게 중요해."

"어떻게? 무슨 말인지 잘 모르겠어."

"이렇게 말해 보자. 나는 지난번에 우리 할머니한테 사랑이, 그러니까 진정한 사랑이 뭐라고 생각하시느냐고 물었어. 할머니는 자신이 볼 때 진정한 사랑은 다른 사람을 관찰하면서 자신도 그 사람에게 주의 깊게 관찰되는 거라고 말씀하셨어. 할머니 말이 옳다면, 렘브란트가 그린 적잖은 수의 티튀스 그림만 봐도 이 부자가 서로를 얼마나 사랑했는지 알 수 있어. 왜냐하면 그게 그림에 다 보이니까. 상대방에 대한 완전한 주의 집중."

제이콥은 아버지와 아들을 번갈아 보고, 단의 말뜻을 이해했다.

"하지만 그렇다면……."

머릿속에 한 가지 생각이 떠올라서 제이콥은 말했다.

"모든 미술은 사랑이야. 미술은 모든 것을 정밀하게 보는 거니까. 그려지는 대상을 정밀하게 보는 것."

"화가는 그림을 그릴 때 정밀하게 보고, 관람객은 그려진 걸 정밀하게 보지. 맞아, 나도 같은 생각이야. 진정한 예술은 다 그래. 그림도 그렇고, 글―문학―도 그래. 나는 그렇다고 생각해. 하지만 형편없는 예술은 그런 완전한 주의 집중을 기울여 관찰하지 못한 결과야. 그러니 내가 왜 미술사를 좋아하는지 알겠지? 그건 완전한 주의 집중을 기울여 관찰하는 법을 연구하는 학문이야. 그러니까 사랑의 역사지."

"나중에 어떻게 됐어? 그러니까 티튀스 말이야."

"은세공업자의 딸과 결혼했어. 하지만 결혼하고 일곱 달 만에 페스트로 죽었지."

"흑사병."

"그 시절에는 많은 사람이 그걸로 죽었어. 죽어서는 베스테르케르크에 묻혔어."

"안네 프랑크의 집 근처네."

"일 년 뒤에는 렘브란트가 죽었지. 하지만 페스트는 아니었어. 내가 볼 때는 상심 때문이었던 것 같아. 렘브란트가 베스테르케르크에 티튀스 옆에 묻혔다는 건 분명한데, 무덤은 발견되지 않았어."

무슨 말을 더 해야 할지 몰라서, 제이콥은 단의 팔을 풀고 다시 한 번 티튀스를 가까이 보러 갔다. 단이 따라왔다. 관리인이 문 앞에서 둘을 주시했다.

"어때?"

단이 말했다.

"내 말이 맞아? 티튀스는 너하고 정말 똑같이 생겼어."

"내가 수도복을 입는 일이 없을 거라는 점만 빼면."

싱거운 농담에 단은 반응하지 않았다.

"느낌이 어때?"

"이상해. 티튀스에 대해 알고 나니까 더 이상해."

관리인이 한 발짝 더 가까이 다가왔다.

"우리가 이 그림을 훔쳐 가려고 한다고 생각하나 봐."

제이콥이 말했다.

"얼마 전에 사고가 있었거든."

"사고?"

"누가 티튀스한테 키스를 했어."

"누가 그림 속 티튀스의 입에 자기 입술을 댔다는 거야?"

"그래."

"아이코! 그래서 어떻게 됐어?"

"현장을 본 사람은 없어."

"그러면 어떻게 알아?"

"립스틱 자국이 남았거든."

"말도 안 돼!"

"문제는 립스틱을 지우려면 원래 그림이 손상될 위험이 아주 높다는 거야."

"누가 그랬는지는 아무도 모르고?"

"확실하게는 모르지."

제이콥은 단을 보았다.

"하지만 형은 짐작 가는 데가 있는 것 같은걸?"

"네Nee, 네[아냐. 아냐]!"

"아는 거 맞지? 말해 봐. 누구야?"

"내 입술은 봉인되었다. 영어에 그런 표현이 있지?"

"봉인된 건 티튀스 입술도 마찬가지야! 스워크!"

"스워크?"

"SWALK. 머리글자를 따서 만든 거야. 사랑의 키스로 봉인함 [Sealed with a loving kiss.]. 어린애들이 연애편지에 쓰는 말이야."

단은 가볍게 비웃었다.

"우리 말에는 그런 거 없어."

둘은 말없이 서서 계속 그림을 보았다. 다른 관람객들이 지나갔고, 티튀스에게 두 번 이상 눈길을 던지는 사람은 드물었다.

잠시 후 제이콥이 말했다.

"아까부터, 조금만 더 있으면 티튀스가 벌떡 일어나서 그림 밖으로 나올 것 같은 생각이 들어."

단은 아무 말도 하지 않고, 대신 다시 제이콥의 어깨에 손을 얹고 그의 몸을 돌려서 사람들 틈을 비집고 길을 되돌아 나갔다. 그리고 기념품 상점에 들러 수도복을 입은 티튀스와 사도 바울의 옷을 입은 렘브란트의 엽서를 샀다.

"여기……."

그가 제이콥에게 엽서를 주며 말했다.

"젊은 시절의 너와 늙었을 때의 너야."

둘이서 출구로 이어지는 대리석 계단을 내려가는데, 단이 걸걸한 목소리로 구슬픈 노래를 하기 시작했다.

"메인 헬러 레번 조흐트 이크 야우Mijn hele leven zocht ik jou,
옴―에인델러크 헤본덴―om―eindelijk gevonden―
터 베턴 바트 엔잠 이스te weten wat eenzaam is."

"그건 무슨 노래야?"

제이콥이 물었다.

"네덜란드 시인 브람 페르묄런의 시에 붙인 노래야."

단이 말했다.

"그러니까 그 내용을 해석하면?"

계단 밑에 이르자 단은 잠시 멈추어서 생각하더니 장난스럽게 심각한 표정을 짓고 말했다.

"평생토록 나는 당신을 찾아 헤맸네.

그리고 마침내 당신을 찾은 지금

깨달은 것은 고독의 의미."

제이콥

블라디미르 : 살았다는 것은 그들에게 충분하지 않아.

에스트라공 : 그들은 이 일을 이야기해야 해.

블라디미르 : 죽었다는 것은 그들에게 충분하지 않아.

에스트라공 : 만족스럽지 않아.

– 사뮈엘 베케트, 〈고도를 기다리며〉

"굉장히 오래 하네."

제이콥이 말했다.

단과 그의 어머니는 30분이 넘게 통화를 했다. 그리고 제이콥의 이름은 불편할 만큼 자주 언급되었다.

"어머니가 기분이 아주 안 좋으셔."

단이 말했다.

"할머니가 하루 종일 힘들게 해서. 네가 어디 있는지를 자꾸자꾸 물으셨대. 너를 보고 싶어 하신대."

"내가 그렇게 인기가 많다니 기쁜걸."

농담은 통하지 않았다. 그는 다시금 가벼운 당혹감을 느꼈다. 함께 티튀스를 본 뒤로 잠시 따뜻한 안정감을 느꼈다. 그런데 이제 다시 거리감이 느껴졌다.

"무슨 일이 있었는지 설명해 드렸어."

"기쁨에 기쁨을 더해 드렸겠네."

"말했잖아. 어머니는 너한테 책임을 느끼고 있어. 하지만 할머니가 너무 못살게 굴다 보니까 어떻게 하는 게 좋을지 모르시는 거야."

"집으로 돌아가야겠어."

"안 돼. 너는 내일 우리 할머니를 만나야 해."

"형의 할머니를……?"

"네가 그래도 좋다면. 일요일에는 어머니가 너를 오스테르베크의 기념식에 데리고 갈 거야. 그날은 내가 할머니 곁에 있어. 오늘 너는 여기서 묵어. 어머니한테 그게 제일 좋다고 설득했어."

"일단 고마워."

"너한테 그 편이 더 나을 것 같았어. 여기 있는 게 더 낫지 않아? 그게 모두에게도 편하고."

"내 짐은 전부 형 부모님 집에 있어."

"하룻밤 정도야 괜찮잖아. 내일 할머니한테 가는 길에 네 물건들을 챙겨 가면 돼."

"잠깐! 기다려! 미안하지만 진도가 너무 빠른걸. 내일 일을 이야기하기 전에, 아까 형이 어머니랑 이야기해 보고 나서 나한테 뭔가 설명해 주겠다고 했잖아."

"그래."

"아주 심각한 것 같았어."

"심각해."

"까탈 부리고 싶지는 않지만, 그게 무언지 먼저 듣고서 그다음에 계획을 짜는 게 좋을 것 같아."

"모두가 지금, 뭐라고 하지? 옹헤뤼스트ongerust……. 초조해하고 있어."

"그래. 하지만,"

"알아, 알아! 내가 바지흐bazig하다는 말은 많이 들었어. 그러니까 우두목 노릇하기 좋아한다고 말야."

"우두머리 아니면 두목 노릇이겠지."

제이콥이 웃으면서 말했다.

"야Ja[그래]. 우두머리 노릇. 그런 건 아냐. 하지만 나는 무슨 일인가 해야 할 때 우물쭈물하는 걸 싫어해. 우리 아버지처럼 말이야. 아버지도 똑같아. 문제가 닥치면 어머니는 늘 이랬다 저랬다 그래. 언제나 에르 옴 헨 드라이엔er om heen draaien, 크리스튀스Christus! 영어로 뭐라고 그러지? 이리저리 왔다 갔다를?"

"……우왕좌왕?"

"우왕좌왕이라고 해? 정말로?"

"응."

"좋아. 당크 위Dank u[고마워]. 우왕좌왕해! 나는 그런 걸 못 참아."

"좋아. 하지만 아직도……."

"그래, 알았어. 네 말이 맞아. 문제는 어머니가 자기 입으로 직접 말해야 한다고 그러는 거야. 꼭 그래야겠대. 지금 전화로 또 그래."

"그러면 언제? 나는 싫어. 그러니까 아무것도 모르고 헤르트라위 할머니를 만나고 싶지 않다고."

"당연한 일이야. 그래서 내가 너한테 먼저 이야기를 해 주려고 그래. 하지만 우리 어머니 앞에서는 못 들은 척해야 돼."

"뭐라고?"

"모르는 척하라고."

"그럴 수는 없어."

"그게 최선이야. 이미 기분이 잔뜩 상하셨으니까."

"하지만 안 돼. 그건 거짓말이잖아. 나는 거짓말 못해."

"그냥 아무 말도 안 하면 돼. 어머니가 이야기를 하면 가만히 듣기만 해. 그건 거짓말이 아니야."

"아니라고?"

"도덕 철학에 대해 토론하고 싶니?"

"지금은 아냐. 하지만 소용없어. 내 얼굴에 다 그려질 거야. 내 얼굴에는 속생각이 다 드러나. 사람들이 다 그렇다고 말해."

단은 웃었다.

"펼쳐진 책이로군!"

"사람들이 이상한 일들을 읽을 수 있는."

"뭐?"

"셰익스피어야, 미안. 스코틀랜드 배경의 연극이야."

"뭔데?"

"스코틀랜드 왕이 나오는 거, 알잖아."

"아니, 몰라. 내가 알고 있어야 되는 거야?"

"이름은 말할 수 없어."

"왜?"

"안 좋은 일이 생기거든."

"설마 미신을 믿는다는 거야?"

"그런 건 아니고 연극의 전통이야."

"그게 뭐 다른 거야?"

"그 작품의 제목을 말하면 손뼉을 치고 제자리를 세 번 돌아서 나쁜 기운을 물리쳐야 돼."

"클레츠Klets[헛소리]!"

"정말이야. 나는 학교에서 그 연극을 했어. 살해당한 왕의 아들인 말콤 역을 맡았지. 아주 재미없는 역할이야. 대사도 거의 잘렸어. 그게 뭐 나빴던 건 아니야. 나는 그렇게 훌륭한 배우가 아니니까. 어쨌거나 사람들이 그 이름을 말할 때마다 나쁜 일이 생겼어."

"어떤 일?"

"한 번은 누가 다리가 부러졌고, 또 한 번은 싸움 장면을 연습하다가 칼에 찔렸어. 그런 일."

"사고로군."

"어쩌면 그렇겠지. 〈맥베스〉는 아주 격렬한 연극이지만, 그래도."

"아! 〈맥베스〉로군."

"아, 젠장."

"이제 손뼉을 치고 제자리를 세 번 도는 멍청한 일을 하고 싶겠군."

"맞아."

둘은 일어서서 서로를 보았다.

"크랑크지니흐Krankzinnig[미쳤어]!"

"후회하는 것보다는 민망한 게 낫지."

둘은 손뼉을 치고 제자리를 세 번 돈 뒤 킥킥거리며 의자에 쓰러졌다.

단이 말했다.

"내가 이런 짓을 하다니!"

"형은 이성주의자 아니야?"

제이콥이 말했다.

"부끄러운 줄을 알아."

"헛소리."

"뻘소리."

제이콥이 말했지만, 그건 그 발음이 재미있어서이지 정말로 그런 뜻으로 말한 것은 아니었다. 그리고 자신이 웃는 건 재미있어서라기보다 어찌해야 좋을지 알 수 없는 공황감을 없애려는 게 더 큰 이유라는 걸 단이 모르고 넘어가기를 바랐다.

단은 부엌으로 가서 단맛이 없는 백포도주병을 열었다. 여섯 시가 지났고, 헤르트라위 할머니는 이 시간이 되면 늘 포도주를 마셔서 자신도 익숙해졌다고 말했다. 헤르트라위는 그때를 '저녁 한잔 시간'이라고 불렀다고 했다.

"하지만 이건 그냥 언 후트코프 베인체een goedkoop wijntje야. 그러니까 싼 거라고."

"영어로는 '플롱크'라고 하지."

"그래서 나는 토닉을 좀 섞어. 스프리처[백포도주에 탄산수를 섞은 음료]를 만들어 먹는 거야. 너는 어떻게 마실래?"

"형이 해 주는 대로 마실래."

"너 스스로는 결정 못해?"

"플롱크에 대해서는 그래. 그런데 그러고 보니까 아예 포도주 전체에 대해서 그래. 형하고 달리 나는 거기 익숙하지가 않거든."

"그러면 내가 널 교육시켜 주지."

"타락시키는 거 아니야?"

"경우에 따라서는 두 가지가 같을 수도 있어."

"정말?"

"무언가를 알게 되면 더 이상은 순진한 게 아니니까."

"그렇게 말한다면야."

"이렇게 말하건 저렇게 말하건 결과는 똑같아."

"굳이 따지지 않겠어. 따지는 건 이야기를 들은 다음에."

둘은 술을 들고 앉았다. 저녁 빛에 방이 어두워져 있었다. 단은 소파 옆에 있는 작은 등을 켰고, 둘은 어스름한 빛에 감싸였다. 머리 위로 들보가 육중한 모습을 드러냈다. 제이콥은 옛 돛배 갑판 중간에 앉은 것 같은 느낌이 들었다. 육지는 멀고, 그는 배의 행선지를 몰랐다.

분위기가 다시 엄숙해졌다. 단은 자신이 형이라는 걸 일러 주는 듯한 날카로운 시선으로 제이콥을 보았다. 다시 한 번 표류하는 듯한 느낌을 받으며 제이콥도 그를 마주 보았다. 아마도 포도주가 도움을 주는 것 같았다. 네덜란드식 용기[Dutch courage는 술에 취해 발휘하는 용기를 말한다.], 제이콥은 웃지 않고 생각했다.

마침내 단이 입을 열었다.

"이제 이야기를 해야겠지?"

"응."

"우리 할머니가 아픈 건 너도 알지."

제이콥이 고개를 끄덕였다.

"하지만 그냥 아픈 정도가 아니야. 위암이야."

그는 말을 멈추고 반응을 기다렸다. 제이콥은 아무 말도 못하고 침만 꿀꺽 삼켰다. 목울대가 목구멍에 박힌 날카로운 돌처럼 오르락내리락하는 게 느껴졌고, 배 속이 위암이라는 말에 감염된 듯 쪼그라드는 것 같았다.

"고칠 수 없는 상태야."

단이 말했다.

"그리고 아주 고통스럽고. 인내의 수준을 넘어설 정도로 고통스러운 적도 많아. 그리고 그런 시간이 점점 길어지고."

제이콥은 간신히 말했다.

"안되셨다."

"약물 치료를 열심히 하기는 하는데 이제는 그것도 다된 것 같아. 가끔은 통증이 약 기운을 받아서 더 기승을 부리나 하는 생각도 들 정도니까."

제이콥은 포도주 잔을 내려놓고 힘겹게 말했다.

"하지만 방법이 있지 않겠어?"

단은 고개를 저었다.

"말기야."

"그러면 앞으로 사실 날이 얼마 남지 않았다는 거야?"

"몇 주 정도. 하지만 그전에 할머니가 겪는 고통이……."

단은 그 자신이 그 고통을 느끼는 것처럼 깊은 숨을 들이쉬었다.

"의사 한 분이 말해 줬는데, 지상의 어떤 고문보다도 고통스럽대."

제이콥은 그 말이 무슨 뜻인지 이해해 보려고 했다, 가혹 행위보다도 더한 고통. 하지만 그의 인생에서 그런 고통을 이해할 만한 실마리는 없었다. 그는 무슨 말인가 해야 한다는 생각에 입을 열었다.

"그러면 이제 정말로 아무 일도 할 수 없는 거야?"

"니츠Niets[없어]. 할 수 있는 건……."

단은 고개를 돌리고 덧붙였다.

"한 가지뿐이야."

그 순간 제이콥은 단이 무슨 말을 하려는지 알았다. 몸이 일순 굳었지만, 동시에 온몸에서 힘이 쭉 빠져나가고 굳은 몸 안에 힘없는 살들만 출렁거리는 것 같았다.

단은 피할 수 없는 것을 말해야 하는 사람의 무자비한 어조로 다시 말했다.

"병원에서는 할머니가 돌아가시는 걸 도와줄 수 있어. 그리고 할머니가 그걸 원해. 그래서 그렇게 하기로 되었어. 이건 이미 결정된 일이야. 알겠어?"

제이콥은 고개를 끄덕였다.

"안락사."

그리고 덧붙였다.

"학교에서 그걸 두고 토론한 적이 있어."

그렇게 말을 하면서도 하나마나한 소리라고 생각했다.

"그래서 뭐라고 말했어, 너는?"

"아이들은 대부분 반대했어. 생명의 존엄을 해친다고. 그리고 권력자들에게 원치 않는 사람들을 제거할 수단을 주게 된다고."

"독일의 히틀러와 나치가 그런 것처럼."

"맞아. 그들뿐이 아니야. 스탈린도 나치 못지않았어. 폴 포트도 있고. 이제 사람의 수명이 늘어나면서 고령 노인들도 많아지고 있어. 노인들을 부양하는 데 돈이 얼마나 많이 드나 하는 이야기가 끊이지 않잖아. 만약 안락사가 허락되면……"

"네덜란드에서도 그런 온갖 논쟁이 다 있었어. 그런데 너는 그런 말에 동의했니?"

"응, 동의했어. 하지만……"

"하지만?"

"어떤 아이들은 사람한테는 위엄을 갖추고 죽을 권리가 있다고 주장했어. 자기 죽음에 대해 결정을 내릴 권리가 있다고. 우리가 태어나게 해 달라고 부탁한 건 아니지만, 적어도 죽음에 대해서는 결정권이 있어야 하지 않느냐고. 특히 당사자가 더 이상, 그러니까 제대로 기능하지 못할 경우⋯⋯그건 개인의 자유 문제라고 했지."

"그러면 너는? 너는 어떻게 생각해?"

"나는 그 생각에도 동의했어. 위엄을 갖추고 죽어야 한다는 것과 자기가 죽는 방식에 결정권이 있어야 한다는 것."

그는 냉정한 표정으로 단을 바라보았다.

"하지만 말로야 다 쉽지."

단은 포도주 잔을 비웠다.

"우리 나라에서는 모든 게 적법한 절차에 따라 실행되면 안락사가 허용돼. 질병이 말기여야 하고 통증이 극심해야 하지. 할머니의 경우가 그래. 또 의사 두 명이 여기 동의해야 하는데, 그렇게 했어. 당국을 대변하는 외부 의사 한 명이 사건을 조사하고 동의해야 해. 이 일도 역시 됐어. 가장 가까운 혈연들이 사정을 잘 알고 동의해야 돼. 역시 그렇게 했어. 쉽지는 않았지. 아버지와 나는 받아들였는데, 어머니가 완강하게 거부했으니까. 이성적인 판단과는 상관없이 정서적으로 용납이 안 된 거야. 어머니와 나는 그것 때문에 많이 싸웠어. 서로에게 상처가 되는 말을 많이 했지. 어머니는 내가 할머니를 얼른 보내고 할머니가 내게 남겨 주기로 유언한 이 아파트를 팔아서 돈을 챙길 생각이라고 비난했어. 나는, 우리 가족사의 어떤 부분 때문에, 어머니는 할머니가 고통 받는 걸 원한다고 비난했어. 이런 일이 있을 때 사람들은 이따금 서로에게 용서받을 수 없는 말을 하는 것 같아. 어쨌건 우리는 화해했어. 하지만 상처가 다 나은 건 아냐. 아마 그래서 어머니가 너한테 직접 이야기를 하시고 싶어 하는 것 같아. 어머니 방식으로 이야기를 전하고 싶으신 거지. 그래서 어제 너한테 내 주소를 일러 주지 않은 거고."

그는 포도주를 더 따르고 의자에 몸을 편히 기댔다.

"어쨌건 할머니하고 가장 많은 시간을 보내는 사람도 어머니고, 할머니의 고통을 감당하느라 지친 것도 어머니야. 그리고 할머니가 계속 설득하고 부탁해서 결국 어머니는 이제 자기 생각과 상관없이 가장 중요한 건 할머니가 원하는 거라는 걸 인정하게 됐어."

침묵. 제이콥은 입이 말랐다. 포도주 잔으로 손을 뻗었지만, 잔이 흔들리지 않도록 두 손으로 잡아야 했다. 차갑고 알싸한 액체가 목구멍을 후비고 내려가 뜨거운 배 속에 냉기를 끼얹었다. 그는 소파에 앉아 자신을 바라보는 단을 보았다. 날카로운 파란 눈, 잘생긴 얼굴, 탐문하는 표정. 제이콥은 단을 만난 뒤 벌써 몇 번이나 단이 이런 식으로 자신을 관찰하는 것을 보았다. 왜? 무얼 탐색하는 걸까? 그가 내게 원하는 게 있는 건가?

제이콥은 포도주 잔의 냉기 덕에 아직도 차가운 손가락으로 젖은 이마를 문질렀다.

"9일 남았어."

단이 말했다.

"다다음 주 월요일이야."

제이콥은 주먹으로 얼굴을 얻어맞은 느낌이었다. 아무 말도 할 수 없었다. 무슨 말을 해야 할지 모르겠다는 말조차 할 수 없었다.

대신 그의 눈에 생각지도 않던 눈물이 고여 뺨을 타고 흘러 내렸고, 턱에서 가슴으로 떨어졌다. 그는 눈물을 참으려고 하지도 않고 닦아 내지도 않았다. 큰 소리로 흐느끼지도, 숨을 헐떡이지도, 콧물을 훌쩍이지도 않고, 아무 소리 없이 그저 조용히 의자에 앉아 그 긴 방의 반대편 끝을 지워 버린 깊은 그림자를 바라보며 울었다. 익숙한 괴로움─어색하고 바보 같고 무력하고 당혹스러운 느낌─이 가득 몰려왔지만, 처음으로 그런 느낌에 아무런 신경이 쓰이지 않았다. 생쥐 꿈이 머릿속을 파닥파닥 날아다녔다. 이어서 안네 프랑크가 떠오르고, 그날 아침 안네 프랑크의 집─사실은 집이 아니라 박물관─을 찾아간 일이 떠올랐다. 그리고 지금 이 순간과 이 눈물. 모든 것이 어떻게 해서인지 연결이 되었다.

잠시 후 단이 조용하지만 단호한 목소리로 말했다.

"우리 할머니를 위해서는 울지 마. 할머니가 싫어하실 거야."

"그게 아니야."

제이콥이 말하는데 머릿속에 번쩍 한 가지 깨달음이 왔다.

"그러면 뭐야?"

"내가 살아 있기 때문이야."

제이콥이 말했다.

헤르트라워

그때 디르크가 독일 병사를 죽인 일은 아직도 슬프다. 영국군이 독일군 거점에 퍼붓는 천둥 같은 포격 소리와 온몸을 적시는 얼음 같은 빗속에서 어둠에 잠긴 마을의 집들과 길들과 또 하르텐스테인 호텔 뒤편 공원의 나무들을 힘겹게 뚫고 지나갈 때, 나는 아무도 죽는 일이 없기를 기도했다. 그 끔찍했던 날들에도 나는 기도를 했다. 오빠 헹크도, 친구 디르크도, 영국 동맹군인 제이콥도, 나도, 그리고 어떤 독일 군인도 죽지 않기를. 살상은 이미 충분했다. 나는 살상의 사악함을 저주했다. 그것은 우리 몸속에서 솟아나 영혼을 게걸스레 먹어 치우는 독과 같았다.

그 일이 일어난 것은 탈출이 거의 성공했다 싶을 때였다. 헹크와 디르크는 어릴 때부터 친구였다. 그래서 이 근처를 남김없이 쑤시고 다니며 놀았고, 자전거를 타고 온갖 길로 서로의 집을 다녔다. 둘은 그 근방의 구석구석을 아주 잘 알았다. 그래서 우리는 그런 어둠과 험악한 날씨 속에도 길을 잃지 않고 독일군도 피할 수 있다는 자신감이 있었다. 우리가 알기로 독일군은 서쪽 경계에 있는 숲지대에 드문드문 참호를 파고 있을 뿐이었다. 우리가 이제 해냈다고 생각하고 긴장을 좀 풀려고 하는 순간, 앞쪽 땅속에서 누군가 불쑥 올라왔다.

그가 우리를 먼저 본 것 같지는 않다. 아마 쑤시는 팔다리를 펴거나 불편한 진흙 참호 속에서 자세를 바꿔 보려고 했던 게 아닐까. 어쨌건 우리가 그를 보고 놀란 것보다 그가 우리를 보고 더 크게 놀랐던 것 같다. 그리고 그 덕분에 우리가 살았다. 다행히도 그가 잠시 머뭇거렸기 때문이다. 제이콥은 출발할 때와 마찬가지로 총을 금방이라도 쏠 자세로 들고 있었다. 하지만 추위와 빗속에서 한 시간 이상 수레에 앉아 있다 보니, 안 그래도 허약한 그의 몸은 완전히 굳어 있었다. 총을 겨냥하기는 했지만 손이 곱아서 방아쇠를 당기지 못했다. 그러는 사이 독일군이 정신을 차리고 총을 들었다. 그 순간 헹크가 수레를 놓고 내게 몸을 던져서 나를 땅바닥에 쓰러뜨리고 그 위로 엎어졌다. 나를 보호하기 위함이었다. 그래서 나는 다음에 일어난 일을 보지 못하고, 다만 제이콥의 총이 발사되는 소리만 들었다. 모든 일이 끝났을 때 나는 헹크가 내게 덮치는 순간 디르크가 제이콥에게서 총을 빼앗아 겨냥해 발사했고, 독일 군인은 얼굴을 맞아 즉사했다는 걸 알게 되었다. 디르크는 농부의 아들이라 엽총을 다룰 줄 알았지만, 제이콥이 가진 영국군의 기관 단총은 처음이었다. 그때의 행동은 그냥 본능적인 것이었다. 헹크가 오빠로서의 본능에 따라 나를 땅바닥에 쓰러뜨려 자신의 몸으로 내 몸을 보호해 준 것과 마찬가지였다. 우리로서는 독일 군인이 일어서고 나서야 우리를 본 것도 행운이었고, 그가 머뭇거렸던 것도 행운이었고, 디르크가 그렇게 민첩하게 움직인 것도 행운이었고, 제이콥의 총이 발사될 준비를 갖추고 있던 것도 행운이었고, 그런 악조건 속에서 총이 제대로 작동한 것도 행운이었다. 그런 상황, 특히 전쟁에서 흔히 그렇듯이 우리를 구한 건 운이었다. 영웅적 행동이 이성적 사고에 바탕을 둔 것이라면, 그건 영웅적 행동이 아니었다. 생각을 할 시간이 없었다. 오직 비이성적이고 자의적이고 불공정한 운에 달린 것이었다.

나는 헹크가 나를 쓰러뜨리자마자 곧바로 일으켜 세운다고 느꼈고, 우리는 포화를 피해, 터지는 포탄과 죽은 독일 군인을 피해, 또 근처의 참호에 필사적으로 엎드려 있을지 모르는 그의 동료들을 피해 있는 힘껏 수레를 밀고 숲을 지나갔다. 독일군을 납작 엎드리게 한 게 우리 영국군의 포탄이었기 때문에, 나는 우리가 오늘날 군 관련 정치인들이 '아군의 포격[friendly fire, 오폭이라는 뜻]'이라고 말하는 것에 희생되지 않았던 것 역시 행운이었다고 생각한다.(우리를 다스리는 자들이 언어를 비뚤게 오용하는 일은 결코 그치지 않으리라.)

우리가 새벽 세 시에 마침내 농장에 도착했을 때, 베셸링 부부가 우리를 맞은 태도는 우리가 막연히 희망했던 그런 따뜻한 대접이 아니었다. 그들은 물론 아들을 다시 보게 된 것과 그가 무사히 살아 돌아온 것은 기뻐했다. 하지만 그들은 처음부터 디르크가 집을 나가서 영국군을 돕는 것을 원치 않았고, 안타깝게도 그 일로 헹크를 나무랐다. 헹크가 디르크를 꾀어서 그런 엉뚱한 일을 시키고 있다고 생각했기 때문이다. 물론 그들을 나무랄 수는 없다. 디르크는 그 집의 외동아들이다. 그의 어머니는 아들을 잃을지도 모른다는 생각에 제정신이 아니었다. 이제 한밤중의 '미련한 장난'—디르크의 아버지의 표현—에서 돌아왔지만, 이미 별로 마음에 들지 않는 친구와 그 여동생뿐 아니라 혼자서는 제 몸 하나 돌볼 수 없고 독일군에게 발각되는 순간 그 집 식구 모두에게 사형 선고를 안겨 줄 영국 부상병까지 데리고 왔다. 그 상황에서 그들이 우리를 보고 환호할 것을 기대할 수는 없었다.

제이콥의 상태는 나빴다. 의식을 잃기 직전이었고 격심한 고통에 시달렸다. 우리는 그를 집 안으로 들이고 깨끗하게 씻긴 뒤 젖은 옷을 벗기고 디르크의 옷을 입혔다. 두 사람이 몸집이 비슷해서 옷은 잘 맞았다. 그런 뒤 헹크와 디르크, 그리고 나는 각자 씻고 마른 옷으로 갈아입었다. 이런 일이 벌어지는 동안은 별 이야기가 이루어지지 않았다. 디르크의 부모님은 선량하고 현실적인 시골 사람들로 소란 피우는 일도, 감정을 드러내는 일도 좋아하지 않았다. 그들은 이런 갑작스런 사태에 차분하고도 효과적으로 대응해서, 우리가 그들에게 끼친 어려움에 대한 생각이나 감정이 어떻건 간에 평소와 같이 정상적이고 질서 정연한 생활로 돌아가는 데 필요한 일들을 했다.

모두가 씻고 옷 갈아입기를 마치자, 베셀링 부부는 먹을 것을 들고 이 상황을 의논하기 위해 디르크와 헹크를 데리고 응접실로 갔고, 나는 제이콥을 돌보기 위해 남았다. 우리 둘은 부엌 화덕 옆에 앉아 놀랍도록 신선한 빵과 완두콩 수프를 먹었다. 제이콥이 아직 숟가락을 제대로 쓰지 못해서 수프는 내가 먹여 주었다. 바로 직전까지 극도로 궁핍한 시간을 겪은 나에게 그곳은 천국 같았다. 따뜻하고 보송보송한 천국, 먹을 게 가득한 천국, 위험과 총포 소리에서 벗어난 천국, 깨끗하고 잘 정돈된 집에서 포근한 광경과 소리와 냄새에 둘러싸여 있는 천국. 하지만 나는 그 천국을 만끽하고 있을 수만은 없었다. 어머니와 아버지는 우리가 방금 빠져나온 그 지옥에 아직도 갇혀 있었기 때문이다. 이제 영국군이 퇴각하면서 독일군의 분노에 맞닥뜨리게 된 지금, 그들에게 어떤 위험이 닥칠지 알수 없었다. 나는 의자에 돌아와 앉아 벽난로를 들여다보면서 부모님을 위해 기도했다.

그런 뒤에 내가 기억하는 것은 몇 시간 뒤에 헹크가 나를 깨웠다는 것이다. 내게는 그 천국이 과도했던 것이다. 피로와 긴장에 악착같이 맞서서 여러 날을 보낸 뒤 맛본 음식과 온기, 안전과 고요한 편안함은 나를 잠으로 몰아넣었고, 그 잠은 베셀링 부부와 헹크가 부엌으로 돌아오는 소리도 듣지 못할 만큼 깊었다. 그들은 나와 제이콥이 죽은 듯이 잠들어 있는 것을 보고 아침까지 그대로 두기로 했다. 베셀링 부부는 잠을 자러 갔다. 아침이 밝을 때까지 먼저 디르크가 그리고 이어서 헹크가 이층 창문에서 혹시 독일군이 다가오지 않는지 망을 보았다. 식구들이 하루 일을 시작할 무렵이 되어서야, 헹크가 커피를 가지고 와서 나를 깨우고 의논한 결과를 알려 주었다.

너는 아마도 그 시절의 네덜란드 농가가 어떤 구조였는지 모를테니, 그 뒤 몇 주 동안 우리가 어떻게 살았는지 또 어떤 일들이 일어났는지를 알려면 먼저 그에 대한 설명을 들어야 할 것이다.

다른 대부분의 농가와 마찬가지로 베셀링 씨의 집에도 커다란 축사가 딸려 있었다. 집과 축사는 출입구가 따로 있지만, 우유 가공실의 문을 통해서 실내를 벗어나지 않고 드나들 수 있게 되어 있었고, 이런 구조는 우유를 짜러 갈 때 편리했다. 축사는 소가 두 줄로정돈해서 서면—얼굴을 구유에 대고 꼬리를 거름 도랑 위로 내려뜨린 자세로—스무 마리도 넘게 들어갈 만큼 컸고, 양쪽 사이의 통로는 건초 수레가 지나갈 만한 폭이었으며, 축사 끝에 있는 커다란 두 짝 문은 창고로 이어졌다. 소들의 머리 위, 그러니까 지붕 밑은 건초와 안 쓰는 농기구를 보관하는 좁은 다락이 전체를 빙 두르고 있었다. 다락에는 사다리를 타고 올라갔고, 베셸링 씨의 집에서는 그 사다리를 맨 위 칸에 줄을 묶어 다락 한쪽 끝에 매달아 두었다. 사다리의 맨 아래 칸에 묶은 밧줄은 지붕 대들보에 부착된 도르래에 꿰어서 쓰지 않을 때 걸리적거리지 않도록 천장에 붙여 두었다.

영국군이 오기 전의 '지하 생활' 시절에 디르크와 헹크는 이 다락 한쪽 구석에 은신처를 만들었다. 우선 낡은 상자의 목재들로 벽을 세웠다. 그런 뒤 벽 앞쪽에 압축해 묶은 건초더미들을 쌓고 그 위에는 부스러기 건초를 얹었다. 다른 구석들에도 비슷하게 건초를 쌓아서 모든 것이 비슷해 보이게 했다. 이 은신처에 들어갈 때는 쇠스랑으로 부스러기 건초를 헤치고 나무 벽 사이의 틈 앞에 쌓인 건초단을 정확히 끌어내야 했다. 방법만 알면 거기 드나드는 일은 빠르고도 쉬웠다. 물론 독일군은 사람들이 건초 더미에 숨어 있을 것을 예상했다. 하지만 깊은 의심을 품거나 제보를 받거나 하지 않은 다음에는 쇠스랑이나 총검으로 쑤셔 볼 뿐, 건초 더미 전체를 파헤쳐 보는 일까지는 하지 않았다. 그건 너무 번거롭고도 힘든 일이었기 때문이다.

은신처는 이층 침대 하나, 작은 탁자와 삼각의자 두 개, 오렌지 상자로 만든 수납함 두 개가 들어갈 만한 넓이였다. 오렌지 상자는 뚫린 쪽을 앞으로 놓고 그 안에 식량과 마실 물, 칼, 포크, 접시, 머그 컵, 여벌 옷, 책, 체스 세트 같은 기본 도구들, 그러니까 밖에 나가지 않고 하루 이틀을 지내는 데 필요한 모든 것을 보관했다. 뚜껑이 단단히 닫히는 임시 변기도 있었다. 머리 바로 위의 지붕 사면에 채광창이 있어서 신선한 공기가 들어왔고, 삼각의자에 올라서면 그곳으로 주변 경치도 둘러볼 수 있었다. 그러니까 꽤나 아늑한 은신처였다. 두 사람은 그곳을 아주 좋아해서 내가 볼 때는 심지어 집보다도 거기를 더 좋아하는 것 같았다. 남자들은 어쩌면 그렇게 늘 아이 같은지.

물론 그들도 일을 해야 했다. 베셀링 씨 집의 일꾼들이 모두 떠났기 때문이다. 베셀링 씨 혼자서는 그 많은 일을 할 수가 없었다. 그래서 디르크와 헹크는 소를 돌보고 젖을 짜고 여물을 주고 거름을 치웠다. 이 모든 일은 실내에서 이루어졌기에 누가 찾아와도 들키지 않을 수 있었다. 그들은 우유 가공실에서 버터를 만들기 위해 우유에서 크림을 빼내는 기계도 작동시켰다. 말과 돼지와 닭을 먹이고, 가축우리도 청소했다. 안전하다 싶을 때는 부서진 홈통도 수리하고, 베셀링 씨가 요청하는 이런저런 잡일도 했다. 농가와 부속 건물들 일부의 주위에는 나무들이 병풍처럼 둘려 있었고, 그것은 너른 들에서 부는 바람을 막는 데 도움이 되었다. 그래서 두 사람은, 한 사람이 망을 잘 보고 있다면, 농장 안쪽에서 꽤 안전하게 일할 수 있었다. 한길에서 집으로 이어지는 긴 진입로는 들판 가운데로 나 있었다. 누군가 그 길에 나타나면 디르크와 헹크는 축사로 달려가서 은신처에 몸을 숨길 시간이 충분했다. 하지만 기습을 당했을 경우를 대비해서 부속채마다 또 임시 대피소를 마련해 놓았다.

"우리는 쥐야."

내가 영국군이 오기 전에 찾아갔을 때 헹크가 그렇게 말한 적이 있다.

"쥐처럼 잡기 힘들어!"

디르크가 말했다. 그러면서 둘은 거기서 지내는 게 아주 재미있다는 듯 밝게 웃었다. 나는 둘이 정말로 재미있게 지낸다고 생각했다. 그들은 어쨌건 권위를 거부하는 소년들이었다.

위험한 것은 정식 수색 명령을 가지고 오는 독일 분대뿐 아니라, 비번 때에 식량이나 시내에서 살 수 없는 고급 식품을 찾아서 혼자서 또는 두셋이 짝을 지어 오는 군인들도 마찬가지였다. 이런 일은 명령에 위반되는 것으로, 절대로 하면 안 되는 일이었다. 그래서 군인들은 농부들이 장교에게 이런 일을 일러바치면 말썽이 생긴다는 것을 알기에, 대체로 예의바르고 호의적으로 행동했다. 그들은 특히 베셀링 부인이 직접 만든 소시지와 신선한 치즈를 좋아했지만 그 밖에 달걀과 버터, 과일도 인기였다. 그들은 값을 넉넉히 치르거나 아니면 손목시계를 비롯해서 농부와 아낙을 꾈 수 있다고 여기는 물건들을 내놓았다. 군인이 개별적으로 농가를 방문하는 것은 규정에 어긋났기 때문에 이런 반갑지 않은 손님을 다루는 일은 그리 어렵지 않았지만, 그래도 그들의 눈에 의심스런 기미를 보이지 않는 게 중요했다. 그들이 돌아가 상부에 보고하면 어김없이 공식 수색대가 찾아왔기 때문이다. 아니면 그걸 가지고 농부를 협박해서 자기가 원하는 것을 닥치는 대로 우려낼 수 있었다. 또한 그들이 혼자 식량을 구하는 평범한 군인인 척하고서 실제로는 레지스탕스 활동에 대한 첩보를 얻으려고 하는지 어쩐지는 아무도 알 수 없는 일이었다. 신체 건강한 두 젊은이가 농장을 어슬렁거린다거나 이렇다 할 이유 없이 함께 지내는 군식구가 있든가 하는 사실은 의심을 불러 일으키기에 꼭 알맞았다.

농가에 찾아오는 건 독일군만이 아니었다. 식량과 연료가 떨어져 가면서 시내 주민들도 도움을 구하러 왔다. 전투가 끝나고 몇 달 동안, 그러니까 모든 것이 처절해지고 독일군조차 힘들게 지낸 1944년 대기근의 겨울에는 그 진입로로 너무도 많은 사람이 몰려와서 우리는 거의 그들을 막아 내야 하는 처지가 되었다. 그들은 우리 나라 사람이기는 했지만, 덮어놓고 믿을 수는 없었다. 그 가운데는 NSB[Nationaal Socialistische Beweging], 즉 네덜란드 나치 당원도 있을 수 있었다. 우리는 역사의 수치스런 오점인 NSB를 잊으려고 하지만 잊어서는 안 된다. 경계하지 않으면 우리 중 누구라도 그렇게 될 수 있다는 걸 일깨워 주기 때문이다. 그 사람들은 광신적 이데올로기라는 인류의 영원한 저주로 인해 우리를 배신했을 것이다. 하지만 나머지 국민 대부분, 우리가 세계에서 가장 정직하다고 생각하고 싶어 하는 사람들은? 절박한 상태에 몰리면 사람들은 좋은 시절에는 결코 하지 않았을 행동을 한다. 그런 행동을 비난하기는 쉽지만, 그건 그런 상황에 빠져 본 적이 없는 사람들에게만 가능한 일이다.

그렇게 해서 우리는 1944년 9월 26일 화요일 아침을 맞았다. 은신처는 이미 준비되어 있었다. 밤 사이의 '오버를레흐'를 통해 디르크의 부모님은 나를 데리고 집 안에서 함께 지내기로 결정했다. 사람들이 물으면 친지의 딸로 잠시 방문을 왔는데, 영국군과 전투가 시작되는 바람에 오스테르베크에 있는 집으로 돌아가지 못했다고 쉽게 해명할 수 있었다. 나는 신분 증명 서류도 잘 갖추어져 있었다. 우리는 모두 그 이야기가 통할 거라고 동의했다. 디르크와 헹크는 전처럼 농장에서 일하고 은신처에서 사는 생활을 계속할 것이다.

문제는 제이콥이었다. 걷기는 고사하고 서 있지도 못할 만큼 건강이 안 좋은 그를 디르크와 헹크가 쓰는 좁은 은신처에 두고 간호하는 것은 모두에게 어려운 일이 될 것이다. 중요한 건 그가 되도록 빨리 건강을 회복해서 스스로 운신할 수 있게 하는 것이었다. 그러려면 따뜻하고 편안한 집 안에서 제대로 된 침대에 누워 지내는 게 가장 좋았다. 베셀링 부부는 그에 따르는 위험 때문에 별로 마음에 내켜 하지는 않았지만, 어쨌거나 며칠 동안 제이콥에게 방 하나를 내주기로 했다. 우리가 할 수 있는 건 그저 독일군이 전투의 뒤치다꺼리에 바빠서 전투 지역과 멀리 떨어진 농장을 수색하거나 다른 용무로 찾아오는 일이 없기만을 바라는 것이었다.

하지만 베셀링 부인은 제이콥을 돌보는 것, 그를 간호하고 필요한 물건을 가져다주는 건 모두 내 책임이며 나는 부인이 하는 집 안팎의 여러 가지 일도 도와야 한다는 걸 모두에게, 특히 나에게 분명히 말했다. 우리를 돌보는 것만으로도 할 일이 넘쳐나는데, 부상병까지 챙길 수는 없고 자신은 영어도 할 줄 모른다고 했다.

나는 아무런 반대도 하지 않고 뭐라고 토를 달지도 않았다. 그저 집에서도 내가 제이콥을 돌봤고, 그를 여기로 데리고 온 것도 내 결정이었으니 내가 그를 책임져야 한다는 걸 안다고만 말했다.

베셀링 부인은 딱 부러지는, 어쩌면 엄격하다고까지 할 수 있는 성품이었고, 독일군에게 가족과 집을 짓밟힐 핑계를 주지 않겠다는 의지가 분명했다. 하지만 부인이 나에게 이런 요구를 한 데는 다른 이유도 있었다.

우리는 모두 디르크가 나를 어떻게 생각하는지 알았다. 그는 이미 몇 달 전에 나뿐 아니라 자기 부모님에게도 그걸 분명히 밝혔다. 그는 나와 결혼하고 싶어 했다. 그러나 나는 그 소망을 부추기는 어떤 일도 하지 않았다. 디르크가 싫어서가 아니었다. 그는 잘생긴 젊은이고 보기 드물게 친절하고 사려 깊은 사람이다. 하지만 그를 그런 식으로 사랑하지는 않았고, 그 시절 나는 누군가와 결혼하려면 그 사람을 사랑해야 한다고 생각했다. 그리고 나는 베셸링 부인이 나를 며느릿감으로 탐탁지 않게 여긴다는 것도 알았다. 그걸 아는 건 부인이 어느 날 나하고 단 둘이 있던 자리에서 에두르지 않고 단도직입적으로 말했기 때문이다. 디르크는 농부의 아들이고, 언젠가는 대대로 이어져 온 이 농장의 주인이 되어야 한다. 그에게는 시골 생활에 익숙한 여자가 필요하다. 네가 싫어서 그런 게 아니다. 너는 '아주 훌륭한 처녀'지만 도시 출신이라 편안하고 안락한 부르주아 생활에 익숙하다. 너는 시골 생활이라는 게 어떤 건지 농부의 아내가 얼마나 고달프게 일해야 하는지 모른다.

"어릴 때부터 일하는 버릇을 들이지 않은 말은……."

부인이 말했다.

"커서도 일을 못해."

네가 적응하려고 노력한다 해도 행복해지지 않을 것이다. 그리고 네가 디르크의 아내로서 행복하지 않으면 네 남편인 디르크도 행복하지 않을 것이다. 디르크도 지금은 너에게 열중해 있지만, 아직 어리니 그런 열정은 지나가고 곧 정신을 차리게 될 것이다.

"그래서 네 속생각은 어떤지 모르겠다만 어쨌건 나는 네가 디르크를 멀리해 주면 고맙겠구나."

나는 반박하지 않았다. 나는 디르크와 결혼하고 싶은 생각이 없었다. 그리고 '둘러 말하는 법을 모르는'—베셀링 부인의 표현—사람들이 흔히 그렇듯이, 베셀링 부인도 자기 말에 대꾸하는 것을 싫어했다. 그래서 나는 몇 마디 확실한 말을 하고 싶었지만, 헹크와 디르크의 우정을 깰지도 모를 말을 하기보다는 침묵을 지키는 게 좋다고 생각했다. 그리고 그는 헹크뿐 아니라 나에게도 좋은 친구였다. 나는 베셀링 부인을 비난하지 않았다. 부인은 그저 외동아들이 일생일대의 실수를 저지르는 걸 막으려고 하는 것뿐이었다. 만약 내가 부인의 처지였다면 나도 그렇게 했을지 모른다. 또 우리 어머니도. 어머니와 아들, 그보다 더 확고한 사랑이 있을까? 그와 비슷한 것이라면 아버지와 딸밖에는 없을 것이다. 내가 볼 때 그 차이점이라면, 어머니는 아들을 위해서 세상에 맞서 싸우고 아버지는 딸을 혼자 소유하기 위해서 싸운다는 것이다.

베셀링 씨의 집에서 1, 2주가 흐르는 동안, 나는 차츰 베셀링 부인이 나를 디르크와 만나지 못하게 하는 것뿐 아니라 다른 생각도 품고 있는 것 같다는 생각이 들었다. 부인은 자신이 아무리 주의 깊게 감시한다고 해도, 디르크와 내가 마음만 먹는다면 몰래 만날 시간과 공간이 충분하다는 걸 알았다. 어쩌면 나를 그렇게 쉴 새 없이 부리고, 지루하고 역한 일들—닭털을 뽑고 내장을 빼는 일, 집 밖의 재래식 화장실 청소 같은—을 시킨 건 내가 자기 아들과 결혼했을 때 맞닥뜨릴 생활을 미리 보여 주어서 내 마음을 디르크에게서 떼어 놓으려는 의도였는지도 모른다. 하지만 나는 그래도 상관없었다. 나는 바쁘게 일하는 편이 좋았고, 파윌 베르크vuil werk[더러운 일]가 두렵지 않았으며, 의무를 수행하는 것과 관련해서는 어머니에게서 충분한 훈련을 받았다. 물론 어머니에게서 받은 훈련에는 즐거운 농담과 편한 웃음이 함께했지만, 안타깝게도 베셀링 부인의 무뚝뚝한 가르침에는 그것이 빠져 있었다. 아마도 부인이 믿는 칼뱅주의 하느님이 부인의 유머 감각을 빼앗아 간 게 아닌가 싶다. 그것은 그 하느님이 특히 자주 저지르는 실수 가운데 하나다. 하지만 그것조차 나는 신경 쓰지 않았다. 나는 젊었다. 젊을 때는 세상이 통통 튀어 오르는 법이다.

첫날이 지나고 밤이 되었을 때 모든 것은 베셀링 부인이 원하는 대로 되었다. 제이콥은 집의 뒷문으로 통하는 계단 옆방에서 곤히 자고 있었다. 뒷문으로 나가면 축사로 이어지는 우유 가공실이 나왔다. 독일군이 진입로로 들어오는 게 보이면, 그가 계단을 내려가 은신처에 숨을 만한 시간이 있기를 바랐다. 디르크와 헹크는 본래의 은신처에 자리를 잡았다. 우리가 도착한 흔적이나 베셀링 부부와 나 이외의 다른 사람이 있는 흔적은 꼼꼼히 없앴다. 모든 것이 정상으로, 어쨌거나 상황이 허용하는 한에서는 최대한 정상으로 돌아간 뒤 베셀링 부인과 나는 저녁 식탁을 치우고 설거지를 한 뒤 마른 빨래를 다렸다. 남자들은 라디오를 숨겨 둔 바깥채 건물 한 곳으로 가서 BBC가 런던에서 방송하는 네덜란드 어 방송인 라디오 오라네Oranje를 들었다.

이것은 기억이다. 그때 일은 내게 그저 기억일 뿐이다. 기억이며 고통. 모든 인생은 기억이다. 고통은 현재의 일이지만 사라지면 곧 잊힌다. 하지만 기억은 남는다. 그리고 자라나고 변화한다. 창밖에 보이는 구름처럼. 때로는 밝게 부풀어 오른다. 때로는 하늘을 뒤덮는다. 때로는 폭풍에 휩쓸린다. 때로는 가늘고 길고 높다. 때로는 낮고 어둡고 무겁다. 그리고 때로는 모든 것이 사라져서 구름 없이 파란, 너무도 평화롭고 끝없는 공간만 보인다. 그것이 간절하구나. 하지만 죽음의 이야기는 하지 않도록 하자. 구름에 대해서만 이야기하자. 언제나 똑같지만, 한 번도 똑같은 적이 없는. 불확실하고, 그래서 믿을 수 없고, 예측할 수 없는.

그 시절에 일기를 썼다면 얼마나 좋을까. 그 시절을 사는 동안 바로 글로 기록해 두는 것만큼 좋은 기억은 없다. 만약 그랬다면, 제이콥과 지낸 시절에 대해 훨씬 더 많은 걸 이야기해 줄 수 있었을 것이다. 하지만 보이지 않는 바람이 내 정신에 구름을 뿌려 놓고, 어떤 일이 먼저고 어떤 일이 나중인지 순서를 헷갈리게 한다. 전투가 벌어지던 날들은 차례대로 기억되는 반면에, 모든 일이 끝날 때까지 농장에서 함께 보낸 시절은 들여다볼 때마다 매번 다른 몽타주처럼 떠오른다. 가장 소중한 몇 장면은 잊히지 않는다. 하지만 어떤 것들은 몇 년 지나지 않아 잊혀졌고, 다른 것들은 이따금 생각이 나다 말다 한다. 나에게 그것은 즐거움이다. 들여다볼 때마다 새로움이 있다. 하지만 너에게는 어떨까? 너는 내 이야기로밖에 그것을 들여다볼 수 없는데? 어쨌건 최선을 다해 보겠다.

농장 집에서 건강을 회복해 가는 제이콥을 아침마다 깨우는 일은 첫날부터 일종의 의식 같은 것이 되었다. 그는 잠이 많았다. 잠을 자면 꿈을 많이 꾸고, 그게 좋아서 잠을 좋아한다고 했다. 그 꿈들은 멋진 영화 같을 때도 많다고 했다. 그리고 잠을 깊이 잤다. 일생에 거쳐 잠에서 깨는 걸 싫어했다고 했다. 정말로 그를 깨우기는 어려운 일이었다.

첫날 아침에 나는 그런 사실을 몰랐지만, 그렇게 많은 일을 겪은 다음이다 보니 그가 그토록 깊이 자는 걸 별로 놀랍게 여기지 않았다. 나는 그에게 커피를 가지고 갔다.(전쟁 당시에 구할 수 있는 건 대용 커피뿐이었지만, 따뜻하게 끓여서 베셀링가의 벌꿀을 넣으면 그런 대로 먹을 만했다.) 나는 커피를 들고 침대 맡에 서서 그의 이름을 불렀다. 하지만 무거운 숨소리뿐 아무런 반응도 없었다. 나는 그의 어깨를 흔들었다. 하지만 역시 깨려는 기미가 없었다. 그의 이마에 땀방울이 보였다. 나는 커피 그릇을 침대 옆 탁자에 내려놓고 손으로 그의 이마를 여러 차례 쓸어 주었다. 그래도 아무런 움직임이 없었다. 나의 차가운 손도 그에게 정신이 들게 하지 못했다. 나는 침대 가장자리에 앉아서 조용히 그의 이름을 불렀다.

"제이콥, 제이콥."

아무 일도 없었다. 잠든 그의 모습은 어린아이 같았다. 크베츠바르kwetsbaar. 너무도 연약하고도 순수한 모습.

우리가 인정하고 싶은 것보다 우리의 행동을 훨씬 더 크게 지배하는 생물학적 충동인 본능에 의해 나는 어머니가 된 것처럼 아기에게 노래를 불러 주었다.

파더르 야코브, 파더르 야코브,

Vader Jakob, vader Jakob,

슬라프트 헤이 노흐? 슬라프트 헤이 노흐?

Slaapt gij nog? Slaapt gij nog?

알레 클로컨 라위던. 알레 클로컨 라위던.

Alle klokken luiden. Alle klokken luiden.

빔 밤 봄. 빔 밤 봄.

Bim Bam Bom. Bim Bam Bom.

[야코브 신부님, 야코브 신부님,

아직도 자고 있나요? 아직도 자고 있나요?

사방에서 종이 울려요. 종이 울려요.

딩동댕, 딩동댕.]

이것도 별다른 마술이 되지 않았다. 하지만 내가 이 돌림노래를 부르면서 차가운 손으로 그의 뜨거운 이마를 문지르는 동안 그가 드디어 약간의 반응을 보였다. 눈꺼풀이 파닥인 것이다. 그리고 입에 만족스런 미소가 번졌다. 몸도 꼼지락거렸다. 마침내 그가 두 눈을 뜨고 나를 똑바로 쳐다보았다.

나는 노래를 마쳤고, 잠시 동안 우리는 아무 말도 하지 않았다. 마침내 제이콥이 말했다.

"내 머리를 빗겨 주고, 이마를 만져 줘요. 그러면 조개 빵을 구워 줄게요."[영어권의 전래 동요 〈아름다운 아가씨Fair Maiden〉의 일부]

"뭐요?"

나는 한마디도 알아듣지 못했다. 하지만 그는 미소 띤 얼굴로 조용히 말할 뿐이었다.

"천사 마리아, 나를 다시 구해 주러 왔군요."

"이번에는 오직 잠에서 구할 뿐이에요."

내가 말했다.

"하느님 감사합니다."

"감사할 하느님이 있다면……."

그가 말했다.

"우리는 지금 여기 있지 않겠죠."

"다시 수수께끼처럼 말하네요."

내가 말했다.

"그게 무슨 뜻이죠?"

"아무것도 아니에요."

그가 말했다.

"여기."

내가 탁자에 내려놓았던 그릇을 그의 입에 갖다 댔다.

"이걸 마셔요. 아무것도 아니라고 말하는 병을 고쳐 줄 거예요."

그는 웃었고, 나도 웃었다.

그렇게 해서 그것은 매일 아침에 하는 작은 의식이 되었다. 노래를 부르고 이마를 쓰다듬고 아무것도 아니라는 말을 주고받은 뒤, 그에게 커피를 주는 것이다. 어떤 날은 가 보면 그는 그다지 깊이 잠들어 있지 않으면서도 내가 그 의식을 하도록 거짓으로 자는 척하고 있기도 했다. 그는 그 의식을 즐거워했고 나도 그랬다.

어느 날 아침 이런 행복한 시간이 끝나고 말 때까지.

제이콥

나는 느끼는 눈으로 보고
보는 눈으로 느낀다.

－ J. W. 폰 괴테

"이봐."

단이 말했다.

"오늘은 너한테 일이 좀 많았잖아. 뭘 좀 먹는 게 좋을 것 같아. 나도 그렇고. 내가 자주 가는 모퉁이 카페가 있어. 나가자."

단이 빠른 동작으로 빈 병과 잔을 치웠다. 제이콥은 괜찮다고 혼자 있고 싶다고 말하고 싶었지만, 갑자기 너무 피곤하고 기운이 빠져 그냥 단의 결연한 태도에 자신을 내맡겼다. 다른 사람의 확고함에 자신을 맡기는 일은 안도감과 더불어 얼마간의 쾌감까지 안겨주었다.

술집과 값싼 식당이 가득한 좁은 길모퉁이의 작은 카페는 이미 젊은, 또는 젊어 보이는 남녀들로 붐비고 있었다. 대부분 흡연을 하고 있는 것 같았고, 카페를 뿌옇게 채운 담배와 마리화나의 싸한 연기에 제이콥의 코가 씰룩거렸다. 단은 제이콥을 데리고 들어가다가 두세 번 정도 멈춰 서서 사람들과 인사를 나누었고, 마침내 좁은 길이 내다보이는 구석 자리에 비어 있는 2인용 탁자로 갔다. 그러더니 거기에 제이콥을 앉혀 두고 떠났고, 제이콥은 다른 손님들과 눈이 마주치기 싫어서 바깥을 서성이는 관광객들을 바라보았다.

그는 이 떠들썩하고 유쾌한 분위기에 휩쓸려 편안히 늘어지고 싶었지만, 창문에 비친 자신의 얼굴에는 긴장이 드러나 있었다. 사람들 속에 혼자 있을 때 여유롭고 자연스런 태도를 취하는 법을 언제 배울 수 있을까? 하지만 생각해 보면 자연스러운 모습이란 무엇인가? '자연스럽다'는 게 무슨 뜻일까? 궁금했다. 어떤 사람들은(대부분의 사람들?) 태어났을 때부터 세상을 편히 대하고, 자신이 누구인지, 어떤 사람인지, 어디 속하는지 아는 것 같다. 예를 들면 단이 그렇다. 하지만 남들이 제이콥이라고 부르는 이 사람은 그렇지 못했다. 지금은 그 어느 때보다도 더 그랬다. 이 낯선 나라에서 보낸(몇 시간이지?) 30시간―겨우 30시간이라니!―이 그가 그나마 자신에 대해 알고 있다고 여긴 몇 가지 확실한 것들, 그 보호 껍질을 벗겨 내기 시작하기라도 한 것처럼 혼란스럽고 불편했다.

어떻게 해야 뭐가 뭔지 좀 알 수 있을까?

아니면 그냥 피곤해서 그런 건가? 술도 좀 마셔서?

단은 아주 한참 만에 돌아왔고, 남자들이 유쾌한 농을 거는 매력적인 몸매의 여종업원이 파스타와 샐러드, 빵, 포도주, 그리고 포크와 칼을 가지고 그 뒤를 따라왔다.

"맛있게 드세요."

여자가 능숙한 솜씨로 식사를 모두 내려놓고 영어로 말했다.

"저 여자가 내가 영국 사람인 걸 어떻게 알지?"

제이콥이 물었다.

"그렇게 생겼으니까."

단이 말했다.

"내가 그렇게나 전형적인가?"

"안 그렇게 보이려고 애를 쓰고 있으면."

"헤이, 단!"

목에 맨 빨간 스카프를 빼면 몸 전체를 검은 가죽으로 두른 덩치 큰 남자가 개구리헤엄을 치듯 사람들 틈을 가르고 그들의 탁자로 다가왔다.

단이 일어나서 "코스!" 하며 그를 맞았다. 그들은 격하게 끌어안더니 3연속 키스―오른쪽 뺨, 왼쪽 뺨, 다시 오른쪽 뺨―를 했다. 네덜란드에서는 친구 사이에 그런 식으로 인사를 했고, 처음 보았을 때는 꽤 놀랐지만 이제는 제이콥도 어느 정도 익숙해져 있었다. 영국인은 '음' 하는 소리를 내며 한 번의 가벼운 키스를 하고, 프랑스 인은 두 번 키스를, 네덜란드 인은 세 번 키스를 한다. 그리고 그가 이미 알아챘듯이 그 키스가 입과 얼마나 가까운 곳에 이루어지느냐 하는 것이 키스 당사자들의 애정 정도를 알려 주는 척도가 되었다. 일상적인 인사 : 입술이 얼굴에 거의 닿지 않고 뺨 높은 곳 귀 근처를 향한다. 순수한 친구 사이 : 뺨 중간쯤에 가볍게 키스한다. 친한 친구와 가족 : 입 근처에 가볍게 키스한다. 아주 친한 친구와 애인 : 입술 끝부분에 강하게 키스한다. 그리고 뜨거워지면 세 번의 키스 중 마지막은 마우스-투-마우스, 연인들의 생명의 봉인이 된다.

단과 그의 '뺨 중간 키스' 친구가 머리 위로 네덜란드 어를 주고받는 동안, 제이콥은 파스타를 먹으면서 생각했다. 지금까지 누구도 내게 뺨 바깥쪽을 스치는 3연속 키스조차 해 준 적이 없어. 오므린 입술을 대는 건 더 말할 것도 없지. 그는 『안네의 일기』에서 안네가 키스받고 싶은 마음을 쓴 부분을 읽으며(그리고 키스를 해 주지 않은 페터르 판 단이 얼마나 바보 같은 녀석인가 생각하며) 안네에게 공감한 일이 떠올랐다. 그가 볼 때 키스란 최고의 쾌락 가운데 하나였다. 하지만 왜? 그는 샐러드 오일을 혀 위로 미끄러뜨리며 생각했다. 축축한 구강 점막을 다른 사람의 것과 결합시키는 그 웃기는 행위가 왜 그렇게 기분 좋은 일이 되는 걸까? 그런 충동은 도대체 어디서 오는 걸까? 다윈적 관점으로 볼 때 그 행위가 진화나 인간 생존과 무슨 상관이 있기에 그토록 널리 퍼지고 많은 사람이 소망하는 걸까? 어쨌건 간에 그가 아는 것은 자신은 그것의 결핍을 느끼고 있다는 것뿐이었다. 그는 여러 달 동안 키스를 나누는 친구가 없었다. 사실을 말하자면 지금 그는 샐러드와 파스타보다 그런 순간이 더 간절했고, 그를 보고 키스할 만하다고 느껴 주는 사람이 있으면 좋겠다는 생각이 들었다. 그때 톤의 입술이 자기 입술에 스치듯 한 번 닿았던 일이 떠오르면서 그는 바르르 떨리는 쾌감을 느꼈다.

그 순간, 단이 친구와 작별의 악수를 하고 자리에 앉았다.

"인사 못 시켜 줬네."

단이 말했다.

"코스가 아주 바빠서. 소식만 전하고 얼른 가고 싶어 했어."

"이름이 웃기네."

"웃겨?"

"특이하다고."

"우리한테는 안 그래."

"아, 물론 그렇지. 놀리려고 한 말 아냐."

"너는 네 이름이 웃기니?"

"아니?"

"코스Koos는 제이콥의 네덜란드 어인 야코브Jakob를 줄인 말이야."

"그래?"

"그래. 그리고 나한테는 토드[Todd]라는 이름이 웃겨."

"왜?"

"네덜란드 어로 토트tod는 넝마라는 뜻이거든. 찢어진 천 조각 말이야. 그래서인지 그런 이름을 가진 사람은 아무도 없어."

"재미있네. 옛날, 그러니까 중세 시대 무렵에 영어에서 토드라는 말은, 그때는 todd가 아니라 tod였는데, 양털의 무게를 가리켰어. 요새 기준으로 하면 16킬로그램 정도 돼."

"정말 아는 것도 많군."

"이름에 관심이 많거든. 이름에는 의미도 많고 이야기도 많아."

"그러면 독일어로 토트tod가 죽음이라는 것도 알겠네."

"응, 알아."

"네덜란드 어와 독일어를 합하면 너는 죽음의 넝마 코스야."

"이런, 이제 누가 누구를 놀리는 거지? 영어에서 'on your tod'라는 말은 '자기 혼자'라는 뜻이야. tod가 '혼자[alone]'라는 말의 각운 속어거든. '사과와 배[apples and pears]'가 '계단[stairs]'을 가리키는 것과 마찬가지지."

"Tod가 alone하고 각운이 맞는다고?"

"설명하자면 좀 복잡해. 토드 슬론[Tod Sloane]이라는 유명한 기수가 있었어. 언제나 다른 기수들을 멀찌감치 앞질러 들어왔지. 그런데 토드 슬론이 '얼론[alone]'하고 각운이 맞으니까 줄여서 'on your tod'가 된 거야."

"그런데도 너는 우리 네덜란드 이름이 특이하다는 거야?"

"판 리트는 무슨 뜻이야?"

"'갈대들의'라는 뜻이야."

"갈대라면 물가에 자라는 그거?"

"맞아. 네덜란드 사람한테 아주 잘 어울리는 이름이지. 그렇지 않아?"

"우리는 갈대로 지붕을 이기도 했어."

"우리도 그랬어. 하지만 지팡이와 대나무라는 뜻도 있고, 가구와 바구니라는 뜻도 있어. 아주 쓸모 있는 풀이야."

"단은 뭐야?"

"영어의 댄과 같아. 대니얼을 줄인 말. 네덜란드 말로는 다니엘 이라고 해. 그런데 생각해 보니까 이 이름은 아마 프랑스 어에서 왔을 거야."

"혼자서 용감하게 사자 굴에 들어간 사람 말이지."

"그랬어?"

"성경에서."

"나는 그 소설 별로 안 좋아해."

제이콥은 단을 보며 빙긋 웃고 말했다.

"종교가 없나 봐?"

단은 코를 훌쩍이더니 빈 접시를 옆으로 치웠다. 그 사이에 엄청 난 속도로 파스타를 먹어 치운 것이다.

"내가 이성적인 머리를 조아리는 신은 우리 다리 사이의 비이성 적인 신뿐이야."

제이콥은 접시에 남은 샐러드에서 고개를 들고 그 말이 농담인지 아닌지 살펴보았다. 농담은 아닌 것 같았다. 다시 한 번 제이콥은 자신이 탐색당하고 있다는, 단이 그에게서 무언가를 알아내려 한다는 느낌이 들었다. 또 그러는군. 나를 꼼짝 못하게 했어. 함께 티튀스를 본 그때처럼, 그리고 자기 할머니 이야기를 할 때처럼. 분위기를 확 바꿔서. 다른 방향에서 갑자기 들이닥쳐서.

"누구 다리 사이에 있는 누구의 비이성적인 신을 말하는 거야?"

그가 별 관심 없는 척하면서 물었다.

"지금은 누구도 아니야."

단이 말했다.

"하지만 5분 전부터 계속 너만 바라보고 있는 저기 내 친구는 예외인 것 같군."

제이콥이 고개를 돌려 보니 톤이 편안한 미소를 짓고 그를 바라보며 서 있었다. 제이콥은 간신히 고개를 까딱여 인사를 하고 고개를 돌려 숙이며, 단이 자신의 얼굴이 빨개진 걸 눈치채지 않기를 바랐다. 톤이 단의 친구라고? 하느님 맙소사!

그러나 물론 단은 눈치를 챘다.

"톤을 알아?"

단이 물었다. 제이콥은 매우 어색하게 종이 냅킨을 들어 입술과 손가락을 닦고 냅킨을 구겨 옆으로 던졌다.

"형 친구라고 했어?"

"그래."

제이콥은 의자에서 몸을 움직였다. 단은 틀림없이 톤을 이리로 부를 것이다. 솔직히 말하는 게 좋았다. 그는 없는 힘을 가까스로 내서 단의 눈을 들여다보았다.

"아까 내 이야기 중에……."

그가 말했다.

"오늘 아침에 날치기 당하기 전에 어떤 여자애를 만났다고 했잖아."

"그래."

"솔직히 말하면 여자인 줄 알았어. 그런데 톤이 떠나기 직전에 그러니까, 무슨 일이 있어서 나는 여자가 아니라 남자라는 걸 알았어."

"톤을?"

"자기 이름이 톤이라고 하던걸."

"너는 톤을 여자 이름으로 생각했단 말이야?"

제이콥은 어깨를 으쓱했다.

"영어 이름이 아니잖아. 처음 듣는 이름이었는걸."

단은 잠깐 아주 진지한 표정으로 제이콥을 바라보다가 요란한 웃음을 터뜨렸다. 알 만하다는 뜻인 것 같았다. 그러더니 그는 일어나서 톤에게 갔다. 둘은 3연속 키스를 했는데, 가장 친근한 사이에 하는 키스가 분명했다. 그들은 잠깐 이야기하고 한참 웃더니 함께 탁자로 왔다. 톤이 긴 손가락을 내밀었다. 제이콥은 금단의 열매라도 만지듯이 잠시 머뭇거리다가 얼른 그 손을 잡았다. 자신이 왜 톤을 여자로 착각했는지 알 수 있었다. 균형이 잡힌 작고 가냘픈 체구에 얼굴선도 가늘고, 매끈한 피부에는 면도 자국도 없었다.

"어쨌건 다시 만났네."

톤이 말했다.

"그러네."

제이콥이 말했다. 그리고 자신도 모르게 덧붙였다.

"반가워."

둘은 자리에 앉으면서 공범자의 웃음을 주고받았다. 단은 자기 자리를 톤에게 내주며 네덜란드 어로 뭐라고 말하더니 바에 있는 사람들에게 갔다. 단의 모든 행동에는 이제 그의 고유한 특성이라는 걸 알 수 있는 단호한 태도가 깃들어 있었다.

"단이 아는 사람들이야."

톤이 말했다.

"우리 둘이 따로 이야기하고 싶어 한다고 생각하는 것 같아."

잠시 침묵이 흐른 뒤 제이콥이 겨우 말했다.

"오늘 아침에⋯⋯나는 너를⋯⋯그런 이름을⋯⋯들어 본 적이 없어서 말이야."

"안토니우스에서 유래한 이름이야. 영어로는 아마 토니라고 할 거야."

"토니는 싫어. 아니라서 다행이야."

최악의 자의식에 사로잡혔을 때는 언제나 그렇듯이, 그는 자기 메아리를 듣는 사람처럼 자신이 하는 말을 들었다. 그러다 보니 자신의 말에 의도하지 않았지만 현학적인 장난기를 건드리는 말장난이 담겨 있음을 깨닫고 조용히 웃었다.

톤이 따뜻한 웃음을 짓고 물었다.

"무슨 농담한 거야?"

"미안. 농담은 아냐. 그냥 톤Ton을 거꾸로 쓰면 '아니[not]'라는 말이 되는데, 내가 너에게 아니라서 다행이라고 말했잖아!"

흔히 그렇듯이 설명하다 보니 농담이 시시해졌고, 그는 웃음을 멈추었다. 하지만 잠깐 침묵이 흐른 뒤 톤이 말했다.

"아니가 아니라 톤이고, 톤이 아니면 아니지."

그리고 둘은 함께 편안하게 웃었다.

"네 이름은 잭이라고 그랬던 것 같은데."

"그랬어."

"하지만 제이콥이잖아."

"집에서는 잭이라고 그래. 어쨌건 우리 아버지는 그래."

"그래서 그런 거구나."

"뭐가?"

"단이 네 이야기를 했거든. 그런데 우리가 아침에 만났을 때는 그 이름이 아니어서 네가 그 친구일 거라는 생각을 못했어."

"그랬겠지. 아는 게 더 이상한 거 아냐?"

제이콥은 톤이 계속 이야기를 해서 자기가 무언가 말을 하지 않아도 되기를 바랐다. 오늘은 이미 너무도 많은 이야기가 오갔고, 그 자신도 말을 너무 많이 한 탓에 힘이 좀 빠져 있었다. 그는 낯선 사람과 어울리는 일이 드물었다. 더군다나 상대가 외국인이고 장소가 외국인 경우는 더더욱 없었다. 그는 혼자 조용히 앉아서 자신의 영혼이 육신을 따라잡을 시간을 주고 싶었다.(할머니가 했을 법한 표현) 하지만 당분간 그럴 가능성은 별로 없어 보였다.

하지만 톤은 말없이 앉아서 제이콥의 얼굴만 바라보았다. 자기 또래들 가운데 그토록 고요한 분위기를 지닌 사람을 제이콥은 처음 보았다. 톤이 태평하다거나 무기력한 것은 아니었다. 꾸민 태도도 아니고 부정적인 어떤 느낌도 없었다. 그의 존재감은 무시할 수 있는 것이 아니었다. 하지만 동시에 공기처럼 희박하고 가볍게 느껴졌다. 유령처럼. 기이하게 아름답고 투명한 느낌. 바로 그것이 그의 외모와 더불어 그날 아침 그가 톤에게 그렇게 순식간에 매혹당한 이유였다. 그런데 그를 여자로 착각한 이유는 무엇이었을까? 아니면 그건 그냥 핑계일 뿐이었나? 무엇을 위한 핑계? 자신의 혼란에 대한 핑계?

머릿속이 자꾸 복잡해지는 걸 막기 위해 그가 말했다.

"선물 고마워."

톤이 웃었다.

"써 봤어?"

"아직은 그만한 행운이 없었네."

"꼭 사용해 봐."

"고마워."

"그리고……."

톤이 이제 농담이 걷힌 목소리로 말했다.

"내가 써 준 글 무슨 뜻인지 알았어?"

"어느 친절한 분 덕분에."

"단?"

"아니. 날치기 당한 다음에 어떤 할머니가 나를 도와주었어."

톤이 손을 뻗어 제이콥의 팔에 손을 얹었다.

"날치기를 당했다고? 언제?"

"네가 떠나고 바로. 빨간 야구 모자를 쓴 녀석이었어. 내 점퍼를 낚아채서 달아났어."

"그 안에 뭐가 있었는데?"

"돈. 기차표. 전부였지. 내가 가졌던 것 전부."

"그럴 수가!"

톤이 다른 손으로 입을 가렸다.

"생각나! 네 뒤쪽에 앉아 있었어. 삐쩍 말랐고, 얼굴에 그거, 뭐라고 그러지? 반점 같은 게 많았어."

"여드름."

"여드름. 외흐트파위스체스jeugdpuistjes, 네덜란드 어는 그래. 젊음의 반점이란 뜻이야. 그래. 나도 봤어. 아주 못생겼던데. 내가 가 버리지 않았으면 그런 일이 없었을 텐데. 미안하다."

"그럴 필요 없어. 중요한 건 없었어. 그러니까 여권, 신용 카드 그런 것 말야. 다행히 그런 건 안 가지고 나왔지. 그저 돈 조금하고 지도하고 그런 것뿐이었어. 단이 말 안 해 줬어?"

"그냥 네가 나를 만나고 싶어 한다고만 그러던걸."

"뭐라고! 내가 너를 만나고 싶어 한다고? 나는 그런 말 안 했어!"

"그러면 나를 다시 보고 싶지 않았다는 거야?"

톤의 얼굴에 실망의 빛이 떠올라서 제이콥은 서둘러 말했다.

"물론 보고 싶었지. 지금도 보고 싶어. 내 말은 그러니까 그런 말을 단에게 하지 않았다는 거야. 그 말은 단이 지어낸 거야."

"아, 단!"

톤이 자리에서 반쯤 일어서서 단을 찾았지만, 그는 등을 돌리고 서 있었다.

"튀피스typisch[단다워]!"라고 말하며 톤은 의자를 제이콥에게 더 바짝 당겨서 앉았다. 카페 안은 이제 너무도 시끄러워져서 차분한 대화가 어려웠다.

"단은 다른 사람들의 마음을 가지고 장난치는 걸 좋아해."

제이콥이 웃었다.

"그런 것 같아."

여종업원이 둘 사이를 비집고 들어와 빈 접시와 잔을 집어 들더니, 톤에게 네덜란드 어로 말을 건넸다.

그가 제이콥에게 물었다.

"더 필요한 것 있어?"

"난 돈이 없어."

"음료 한 잔은 내가 살게. 두 잔째는 다시 만나서 네가 사야 해. 그러니까 걱정 마."

제이콥이 미소를 지었다.

"좋아. 그러면 커피. 고마워."

여종업원이 갔다.

제이콥이 말했다.

"아까 포도주를 마셨는데 나한테는 좀 많았어. 단은 포도주를 아주 좋아하는 것 같아."

그는 몸이 약간 비틀거리고 땀이 솟는 게 느껴졌다.

"너는 단의 부모님 집에 묵는 거 아니었어?"

"날치기를 당한 다음에 단이 여기에 산다는 게 생각났어. 단의 아버지가 말해 줬거든. 그건 다행이었지. 안 그러면 오도 가도 못했을 테니까. 단이 나더러 오늘 밤은 자기 집에서 묵으래. 우리 할아버지가 아른헴 전투에 참전했어. 큰 부상을 입었는데, 단의 할머니와 그 가족이 보살펴 주셨지. 하지만 돌아가셨어."

"알아, 그 이야기 들었어."

"그래? 단하고 아주 친한 모양이구나."

톤이 웃었다.

"맞아, 단하고 아주 친해."

여종업원이 맥주와 커피를 가지고 왔다. 그녀가 가자 제이콥은 궁금함을 누르지 못하고 말했다.

"뭐 좀 물어봐도 돼?"

"물어봐."

"개인적인 거야."

"물어봐도 되느냐고 물을 때는 항상 개인적인 거지."

"너 혹시 게이야?"

톤이 가볍게 웃었다.

"거기에 관해, 나는 바람에 나부끼는 깃발처럼 당당해. 보면 금세 알 수 있지 않아?"

"그리고 또 있어."

"물어봐."

"오늘 아침에……나를 꼬시려고 했던 거야?"

"꼬시려고 했던 게 아니라 꼬셨어."

"정말?"

"하지만 버렸지."

"왜?"

"내가 실수를 했다는 걸 깨달았으니까."

"실수? 어떻게?"

"넌 내가 여자인 줄 알았잖아."

"단이 말해 주었구나."

"아니. 네가 말했어."

"내가? 언제?"

"지도를 볼 때 말이야."

"내가 뭐라고 그랬는데."

"별거 아니었어. 그 얘기는 그만하자. 단한테 그 일을 이야기했어?"

"응."

"내가 여자인 줄 알았는데 알고 보니 아니었다고?"

제이콥이 고개를 끄덕였다.

"아주 재미있어했겠는걸."

"그랬어. 아까 너한테 가기 직전에 미친 듯이 웃는 거 봤잖아."

"그때 말했단 말이야?"

"응. 네가 친구라고 하기에 털어놓는 게 좋을 것 같았어."

"자크, 넌 정말 순진하구나."

"안타깝게도 그런 것 같아."

"아냐, 그건 좋은 거야. 순진한 거 좋아. 색다르니까. 하지만……."

그가 진지한 표정이 되었다.

"가끔 그런 건 위험하기도 해. 오늘 아침 같은 경우가 그래. 외투를 의자 등받이에 걸어 놓고 거기 돈이 있다는 걸 보여 주었잖아. 그것도 레이제 광장에서. 거기는 담 광장이나 기차역 뒤편만큼 위험하지는 않지만 그래도 위험해. 조심해야 돼."

"말 안 해 줘도 돼. 이제 알았으니까."

"하지만 그래서 내가 미안하다고 한 거야. 너를 좀 잘 돌봤어야 하는데 말이야. 외투 조심하라는 말도 해 주고. 좀 더 좋은 곳에 데리고 가고."

"왜? 너는 나를 몰랐잖아."

"하지만 그러고 싶었어. 나는 본래 그런 일 안 해. 길거리에서 상대를 찾는 일 같은 거. 그런 건 나하고 안 맞아. 나는 그렇게 쉽지 않거든. 뭐라고 그러지? 싫은 게 너무 많아."

"까탈스럽다?"

"'까탈스럽다'고 그래? 네가 그곳에 앉았을 때 나는 몇 줄 떨어진 자리에 있었어. 네 생김새가 마음에 들었지. 그런데 웨이터는 오질 않고 아주 외로워 보였어. 그래서 너도 게이일지 모른다고 생각했지. 하지만 경험이 없는. 아까 말했던 것처럼, 순진한. 나쁜 표적이 되기 쉬운 모습이었어. 나는 너를 돕고 싶었고, 보호하고 싶었어. 그건 좋은 일이었지. 왜냐면 평소에는 그 반대거든. 사람들은 나를 보호하고 싶어 해. 단이 그렇지. 하지만 이번에는 내가 보호해 주고 싶은 마음이 들었고, 솔직히 말하면 그 느낌이 좋았어. 너하고 친구가 되어서 암스테르담을 구경시켜 줄 수도 있다고 생각했지. 나는 암스테르담을 사랑해. 정말 멋진 도시야. 나는 여길 함께 즐기는 걸 좋아해. 그래서 네 옆에 앉아서 말을 건 거야. 너는 아주 친절했어. 나 때문에 그 촌스런 점퍼도 벗은 거잖아. 그걸 잃어버려서 다행인 건 네가 그거보다는 더 좋은 옷을 살 거라는 거야."

"그렇게나 얼굴에 다 드러내고 있었나? 어떻게 알았어?"

톤은 잠시 생각했다.

"나처럼 게이임을 감추지 않고 살아가는 사람은 암스테르담과 같이 다른 곳들보다 우리에게 훨씬 우호적인 곳에서조차 사람들 행동을 재빨리 알아채지 않고는 살아갈 수가 없어. 그렇게 할 수밖에 없으면 그렇게 하게 돼 있어. 언제나 눈을 크게 뜨고 위험 신호 읽는 법을 배워야 돼. 그리고 문제를 피하기 위해 그것을, 뭐라고 할까, 앞서 있어야 돼."

"예측해야 한다고?"

"그래, 예측. 그러지 않으면, 이 멋진 세상, 그러니까 모두가 각자의 개성을 존중하고 진실한 모습으로 살 수 있게 해 주는 이 세상에서, 이 표현 맞아?"

"자기가 원하는 사람으로 살 수 있는 세상."

"자기 자신의 모습으로 살 수 있는 세상."

"자신에게 진실한 모습으로."

"그리고 모두가 모두에게 관용을 베푸는, 그리고 뭐 이것도 저것도. 어? 어디까지 얘기했지? 영어에 신경 쓰다가 생각을 놓쳤어! 아……, 그래. 그러지 않으면, 그리고 자기 자신의 모습으로 사는 게 나처럼 사는 것이라면, 금세 얻어맞아서 머리가 깨져. 더 심한 일도 있어. 내가 하고 싶었던 말은 그거야."

"알아."

제이콥은 되풀이해 말했다.

"알겠어."

그러자 톤이 놀라울 만큼 간결하게 손을 들어 올려서 손가락 뒤쪽으로 제이콥의 뺨을 쓰다듬어 내리고는 미소 띤 얼굴로 말했다.

"그렇지 않아, 자크. 내가 볼 때 너는 몰라. 들어 봤겠지. 또 읽어 봤겠지. 하지만 제대로 알지는 못해. 그걸 안다면 물어 보지 않았을 거야."

제이콥은 톤의 손길이 당혹스럽기도 했고 화도 나서 고개를 숙였다. 그런 감정을 숨기기 위해 커피를 살짝 마셨다. 이미 식어 버린 커피는 텁텁하고 썼다.

그러다가 갑자기 충동에 휩싸여 그가 말했다.

"그러면 알려 줘."

"알려 달라고?"

톤의 얼굴은 어느새 그날 아침 둘이 함께 암스테르담의 지도를 볼 때만큼 가까워졌다.

"뭘 알려 달라는 거야?"

그의 숨결이 제이콥의 이마를 간질였다.

"나처럼 사는 게 어떤 건지? 머리가 깨지는 게 어떤 건지? 아니면 나하고 섹스하면 어떨지?"

제이콥은 어깨를 으쓱 들었다가, 뒤로 물러앉아서 손으로 머리를 훑었다. 배 속이 엉기고 울렁거렸다.

"모르겠어."

그가 힘겹게 말했다.

"내가 왜 그런 말을 했는지 모르겠어."

"상관없어. 나중에, 그때도 네가 원한다면 알려 줄게."

톤이 말하고 갑자기 걱정스런 표정으로 그를 보았다.

"괜찮아? 얼굴이 안 좋아."

"괜찮아."

제이콥이 대답했다.

"그래, 많은 일이 있었으니까. 단을 데리고 올게. 집에 가는 게 좋을 것 같다."

그는 제이콥이 말리기도 전에 일어났다. 그러자 마치 톤의 존재가 무슨 차단 장치라도 됐던 것처럼 갑자기 시끄러운 말소리와 웃음소리가 제이콥에게 밀려왔고, 담배 연기가 폐를 가득 채웠다. 그는 조용히 혼자의 세계로 들어갔다.

그의 머리에 '집'이라는 말이 울렸다. 단의 아파트. 집! 정말로 집에 가면 좋을 것 같았다. 할머니 집에 있는 자기 방이 떠올랐다. 하지만 그때 처음으로, 그리고 움찔하는 충격과 함께 그는 그곳도 집이 아니라 할머니 집의 방일 뿐이라는 사실을 깨달았다. 전에 살던 부모님 집에 있던 방은 그가 할머니 집에서 살기로 하면서 동생 해리의 차지가 되었다. 해리 말대로 그 방이 해리의 방보다 큰 데다 이제는 제이콥이 거기 살지 않게 되었기 때문이었다. 만약 그가 부모님 집에서 하루 이틀 묵는다면, 그 집에서 가장 작은 해리의 방에서 자게 될 것이다. 제이콥은 반대하지 않았다. 반대할 수가 없었다. 떠나기를 원하고 다른 곳에서 살기를 원한 게, 아니 정확히 말하자면 다른 사람과 살기를 원한 게 자신이었으니 말이다. 그때는 바라던 일을 실현하고 있었기 때문에, 다른 사람이 자기 방을 차지하는 게 아무렇지도 않았다. 오히려 은근히 기분이 좋았다. 그는 그 방에서 자라났고, 그 방은 그의 어린 시절의 방이었다. 그래서 그곳을 떠나는 것을 유년의 끝으로 여겼다. 그것을 포기함으로써 그는 어른, 즉 자신을 책임지는 사람이 되는 단계로 넘어갔다. 그는 오랜 옛날부터 그 상태를 성취하기를 꿈꾸었다. 그는 아이로 사는 것이 즐겁지 않았고, 언제나 어른이 돼서 독립하고 스스로를 책임지고 싶었다. 살고 싶은 대로 인생을 살 자유를 얻고 싶었다. 하지만 자신이 정확히 어떻게 살고 싶은 건지는 솔직히 그도 알지 못했다.

하지만 이제 이곳, 외국의 낯선 도시 뒷골목 구석에 박힌, 복닥복
닥하고 매캐하고 시끄러운 카페, 그가 집이라고 부른 그 어떤 곳과
도 까마득히 멀리 떨어진 그곳에서 그가 독립적으로 있다는 사실,
자신을 책임지고 있다는 사실이 예민해진 신경으로 스며들어 혼란
된 마음속에 자리를 잡았다.

그러자 기억이 이 순간을 기다리고 있었다는 듯이, 그날 오후 티
튀스를 보고 나서 단이 불렀던 짧지만 강렬했던 노래와 그 가사를
해석해 주던 단의 목소리가 떠올랐다. '평생토록 나는 당신을 찾아
헤맸네. 그리고 마침내 당신을 찾은 지금 깨달은 것은 고독의 의
미.'

아, 젠장. 그는 생각했다. 그게 전부인가? 간단하게 말하면, 마지
막 말은 결국 그것인가? 혼자, 혼자, 혼자. 혼자서[on your tod]. 토드
[Todd]. 자라서 어른이 된다는 것은 그런 것인가? 그것은 고독인가?

그의 어깨에 손이 얹히더니 톤이 "자크?" 하고 말하는 소리가 들
렸다.

그는 고개를 들고 남녀가 뒤섞인 톤의 얼굴을 본 뒤, 톤의 손에
자기 손을 얹고 미소 지었다.

톤이 말했다.

"단이 오고 있어. 곧 다시 보자."

제이콥은 고개를 끄덕였다.

톤이 미소를 짓고 그에게 허리를 굽힌 뒤 제이콥의 입가에 키스
를 왼쪽, 오른쪽, 그리고 세 번째로는 부드럽게 그리고 약간 오래
입술에 했다.

12

제이콥

"처음부터 시작하라."
왕이 근엄하게 말했다.
"그리고 끝까지 계속하라."

– 루이스 캐럴

제이콥은 단과 함께 헤르트라위를 만나러 가기 위해 암스테르담발 블루멘달행 오전 기차에 몸을 싣고 창밖을 내다보았다. 그는 다가오는 힘든 만남에 대한 생각을 떨치기 위해 풍경에 집중했다.

사람들은 네덜란드가 심심하다고들 했다. 그곳에는 작고 아늑한 빨간 지붕 집들이 장난감 마을처럼 질서 정연하게 배치되어 있고, 도시들 사이에는 끝없이 펼쳐진 평평한 들판과 운하밖에 없다고 했다. 하지만 그날 아침 그가 본 네덜란드는 그렇지 않았다. 평평한 들판과 그 위로 낮게 드리운 넓은 하늘, 그리고 땅과 하늘의 경계를 흐리는 아지랑이는 그의 마음에 푸근함을 안겨 주었다. 단정한 외양의 집과 정원들, 농장과 들판들, 운하와 제방들, 심지어 지금 이 순간 눈앞을 지나가는 공장과 현대적 사무 건물들의 깔끔하고 단정한 모습도 마음에 들었다. 거기다 색깔도. 낡은 벽돌과 지붕 기와의 번쩍이는 붉은빛. 들판의 반짝이는 푸른빛과 갈색빛, 그리고 그 주변을 두꺼운 연필로 그린 듯 두른 도랑들. 육중한 바지선이 지날 때마다 은빛으로 찰랑거리며 햇빛을 반사하는 물띠. 그리고 그가 좋아하는 사람들의 어떤 분위기, 그러니까 소란 떨지 않고 인생을 살아가려는 목적의식. 지금까지 그는 이런 것을 전혀 눈치 채지 못했다. 그런데 왜 지금 죽음을 앞둔 노파를 보러 가는 기찻길에서 그런 것이 의식되는 걸까? 자신에게 자신을 설명한다는 게 때로는 얼마나 힘든 일인가? 때로 그것은 분명히 있지만, 그에 대해 알 길은 없다.

단은 맞은편에 앉아 신문을 읽고 있었다. 〈더 폴크스크란트de Volkskrant〉라는 제목 글자의 옛스러우면서도 현대적인 모습이 까다롭고 엄격한 느낌을 주었다. 그는 안경을 썼는데, 제이콥은 처음 보는 모습이었다. 얇고 검은 철제 테와 작은 타원형 렌즈의 안경 역시 옛스러우면서 현대적인 느낌을 주었고, 그 역시 약간 까다롭고 엄격해 보이게 했다. 지난밤 이후 그는 제이콥과 거의 말을 하지 않았다. 아침 식사로 할 만한 것들이 어디 있는지를 간략하게 일러 준 뒤, 출발 시각에 대한 한두 마디, 그리고 돌아오는 길에 제이콥의 물건을 가져올 거라는 이야기. 그리고 한 가지 변명.

"나는 아침이 힘들어. 올빼미형 사람이지. 내가 말을 안 한다고 기분 나빠할 거 없다는 말이야."

제이콥은 신경 쓰지 않았다. 그도 이야기를 나누고 싶은 심정이 아니었다.

그는 죽은 듯이 잘 잤다. 그 모든 일, 어제의 공포, 재난, 충격, 낯선 집의 낯선 침대, 그러나/그리고 지금 생각해 보니 상당한 즐거움(톤, 티튀스, 알마)이 있었던 걸 생각해 보면 놀라운 일이었다. 밤사이에 꼭 한 번 설핏 잠이 깼다. 손목시계를 보니 두 시 반이었는데, 아래층 넓은 거실에서 단과 톤의 말소리와 웃음소리가 들렸다. 하지만 그는 곧바로 다시 곯아떨어졌다.

오늘 아침 깨어났을 때 머리는 젖은 듯 무겁고 팔다리는 기운이 없었지만, 그는 억지로 침대에서 몸을 일으켰다. 그리고 천천히 오래도록 샤워를 하며 정신을 차렸다. 단의 아파트에는 손님용 욕실이 따로 있어서 다른 사람 걱정 없이 여유롭게 샤워를 할 수 있었다. 단의 부모님 집은 욕실이 하나뿐이라 그럴 수가 없었다. 단은 그에게 갈아입을 속옷을 주었고(파란 사각 팬티와 빨간 티셔츠) 그의 늘어진 스웨터 대신 티셔츠 위에 입을 옷으로 헐렁한 스타일의 검은 재킷을 주었다. 재킷이 좀 큰 듯했지만 제이콥은 마음에 들었다. 그걸 입으니 전과 달리 네덜란드 사람과 조금 비슷해지고 영국 사람 티가 덜 난다는 느낌이 들었기 때문이다. 하지만 재미있게도 안쪽에 적힌 디자이너 라벨은 '비코 리날디'라는 이탈리아 이름이었다.

기차역은 붐볐고, 객차는 토요일 행락객, 무거운 짐가방을 든 여행객, 쇼핑을 하는 지역 주민들로 가득했으며, 배낭과 스포츠 가방을 어수선하게 맨, 수다스럽지만 시끄럽지는 않은 젊은이들의 비율도 매우 높았다. 그들은 생김새도 태도도 투박하고 솔직하고 상쾌했다. 영국인과는 전혀 달랐지만 그렇다고 아주 낯설지도 않았다. 지금 제이콥 자신의 모습은 아니었지만 그가 되고 싶은 그런 모습이었다. 제이콥은 그 매력적인 속성이 무엇인지 파악해 보려고 했지만 기차가 하를렘 역에 서서 대부분의 사람이 내릴 때까지 '공격적이지 않은 자신감' 정도밖에 생각해 내지 못했다.

단은 신문을 접고 제이콥에게 몸을 기울였다.
"한 정거장만 더 가면 돼. 어머니가 '페르플레하위스'에 있을 거야. 우리는 그렇게 오래 있지 않을 거야. 할머니가 힘들 테니까. 간호사들도 네가 오는 걸 알고 있고, 의사는 우리가 가 있는 동안 할머니가 통증을 덜 느끼도록 조치를 해 둘 거야. 떠나야 할 때가 되면 내가 알려 줄게. 그러니까 별일 없을 거야, 걱정할 것 없어."

"걱정할 것 없어."라는 말이 나무라는 것처럼, 아니 더 나아가 어떤 판정처럼, 그러니까 제이콥은 그 상황을 감당할 능력이 없고, 죽음을 앞둔 할머니의 고통을 두 눈으로 지켜볼 만한 힘이 없어서 보호를 받아야 한다는 것처럼 느껴졌다. 그리고 그는 가족의 일원이 아니라 손님이기 때문에, 예의범절에 따라 자기 가족의 고통에서 배제되어야 한다는. 그는 그런 판정도 그런 사실도 싫었다. 기차가 달리는 동안 제이콥은 생각했다. 하지만 어쨌거나 지나가는 말에, 그리고 그런 의도가 없는 말에 이런 식으로 반응하는 게 옳은 것인가? 하지만 그런 의도가 있었건 없었건 그 말은 그의 신경을 건드렸다.

앞으로 무슨 일을 마주치건 거기서 고개를 돌리거나 뒤로 물러서지 않고 받아들이겠다는 결단이 그의 몸 안에 모여서 등뼈 주위로 어떤 힘의 장처럼 느껴졌다. 거기 동참하리라. 나를 위해서. 내 자신을 존중하기 위해서.

그는 이 정도의 답을 이끌어 냈다. 놀랍고 뿌듯했다. 자신이 그렇게 겁쟁이는 아닌 것이다. 아마도.

그는 요양원이 소수의 노인이 성실한 간호사들의 친절한 도움을 받으며 인생의 마지막 시간을 보내는 작고 아늑한 건물일 줄로 알았다. 하지만 단이 그를 끌고 간 건물은 아주 컸다. 3층 규모에 몇 개의 부속 건물이 중앙동에 딸린 채 옆으로 뻗어 있었고, 중앙동은 여유로운 시골 주택 또는 호화 온천 휴양지를 흉내 내기 위해 나무와 꽃과 풀을 잔뜩 심어 깔끔하게 가꾼 대규모 정원에 둘러싸여 있었다. 하지만 어떤 것도 이 거대한 요양원을 '집'처럼 보이게 할 수는 없었다. 끊임없이 드나드는 승용차, 밴, 버스, 자전거와 온갖 의료용 차량도, 또 왔다가 떠나는 사람들—환자, 방문객, 요양원 직원—도. 실제로 그곳은 어떤 의미로도 집이라고는 할 수 없고, 그저 인생의 가을에 이른 노인들을 괴롭히는 무수한 만성 질병과 기능 부전, 사고와 재난을 치료하고, 마지막에 필연적으로 닥치는 죽음을 돌보며 바쁘게 돌아가는 병원일 뿐이었다.

'인간이란 얼마나 그럴 듯한 완곡한 표현으로 스스로를 속이는 존재들인가.' 하고 제이콥은 생각했다. 예를 들어 보면 돌아가셨다, 우리 곁을 떠났다, 숨을 거두었다, 하늘의 부르심을 받았다, 세상을 떠났다, 눈을 감았다, 운명했다 같은 표현들이 있다. 거기다가 상을 당한 사람 앞에서는 사용이 권장되지 않는 우스개 표현들도 있지 않은가. 골로 갔다, 꼴까닥했다, 밥숟가락 놓았다, 황천길 갔다 등등. 모든 게 그저 죽었다는 뜻이다. 의미를 정확하게 표현하는 유일한 단어는 무슨 이유에서인지 사람들이 사용을 꺼리는 것 같다.

그들은 곧 중앙 현관 안으로 들어갔다. 단은 그곳을 마을 광장이라고(또 하나의 완곡한 표현) 불렀다. 제이콥이 볼 때 그곳은 작은 국내선 공항의 탑승장과 비슷하게 설계된 것 같았다. 그러고 보니 그건 상황에도 아주 걸맞았다. 체크인 창구(레셉치receptie, 인포르마치informatie)뿐 아니라 상점도 있고 도서관, 꽃 가게, 카페, 앉아서 사람을 기다리는 장소, 심지어 회의실까지 있었다. 사방에는 길고 넓적한 플라스틱 통이 있었고, 그 안에 실내용 나무와 관목들이 자랐다. 그리고 환자들도, 환자와 연관된 사람들도 모두 지루함과 불안함과 초조함과 안도감, 그리고 어쨌건 그곳에 있고 싶지 않은 욕망을 어색하게 감추며 차분하고 명랑한 시늉을 했고, 그것은 입원 예정자와 동행자들에게서, 전송하는 사람과 전송받는 사람에게서, 환자를 퇴원시키는 가족과 친구들에게서 정서적 땀처럼 발산되었다.(죽은 사람의 시신이 나가는 출구는 아마도 건물 뒤편 눈에 잘 띄지 않는 곳에 마련되어서, 환자건 손님이건 살아 있는 사람들이 거기 온 이유의 최종적인 현실을 맞닥뜨리지 않게 해 줄 것 같았다.)

다행히도 단은 머뭇거리지 않고 제이콥을 곧장 엘리베이터로 데리고 갔고, 이어 3층에서 내린 뒤 여러 사람들이 돌출된 창문 앞에 앉아 정원을 내다보고 있는 널따란 복도를 걸어갔다. 세련되고도 깔끔하지만, 그래도 병원 소리와 병원 냄새가 가득한 병원인 것은 변함없었다. 그중에 가장 나쁜 것은 소독약 냄새가 풍기는 미적지근한 병원 공기였다. 그 공기는 끈끈한 동시에 건조했고, 열병 걸린 폐들을 무수히 들락날락할 뿐 한 번도 바깥출입을 못해 본 것 같았다. 모든 것에 그곳을 병원이 아닌 다른 곳처럼 보이게 하려는 사려 깊은 손길―차분하고 현대적인 색깔의 벽들, 멋진 액자에 담긴 그림들, 삼삼오오 다정하게 모여 있는 좀 더 현실적인 식물들, 편안한 의자, 밝은 커튼―은 그가 영국에서 본 어떤 병원보다 더 훌륭했다. 최근에 할머니 새라가 엉덩이 수술을 한(그래서 결국 여기 오지 못하게 된), 세운 지 얼마 안 된 병원보다도 훌륭했다.

헤르트라위는 1인실에 있었다. 그 병동에 1인실은 그곳뿐이었다. 다른 병실은 6인실, 4인실, 2인실 그랬다. 마지막 호화로움이라고 단이 말해 주었다.

단이 헤르트라위에게 다가가 인사를 할 때, 제이콥은 문 앞에 어정쩡하게 서서 두 사람을 지켜보았다. 헤르트라위는 마치 수의 같은(가장 적절한 표현) 흰 천으로 덮인 하얀 철제 침대 위 흰 베개에 백발 머리를 올려놓고 있었다. 벽은 분홍색이었다. 하얀 침대 맡 캐비닛 위에는 선명한 색깔의 정물화가 놓여 있었다. 오렌지와 사과, 배, 바나나가 든 질그릇, 붉은 장미가 가득 꽂힌 파란 유리 꽃병, 두 남자와 한 여자의 사진이 나란히 꽂힌 세 첩 청동 액자. 사진 속 여자는 단의 어머니인 판 리트 부인의 젊은 시절이라는 걸 알 수 있었다. 남자 한 명은 단이었다. 다른 남자는 모르는 사람이었다. 의료 도구도 없고 병을 앓는 흔적도 전혀 없었다. 일부러 그렇게 한 것 같았다. 손님을 맞기 위해 정돈한 거실처럼. 하지만 공기에 긴장과 불편한 침묵이 감돌았다.

제이콥은 헤르트라위가 곧 겨울잠에 들려는 나방 같다고 생각했다. 하지만 크고 움푹 팬 두 눈은 예리했다. 그 눈은 단이 할머니에게 천천히 조심스레 3연속 키스를 하는 동안 단의 머리 너머로 그를 바라보았다.

판 리트 부인은 침대 한편에 있는 하나뿐인 안락의자에 앉아 있었다. 부인이 일어나서 제이콥에게 다가왔다.

"그런 일을 겪다니 안됐구나."

부인이 나직하게 말했다.

"단의 집은 지낼 만하니?"

"네, 좋아요. 고맙습니다."

"내가 내일 너를 오스테르베크의 기념식에 데리고 갈게. 9시 15

분에 데리러 갈 테니까 준비하고 있으렴. 기차를 놓치면 안 돼. 그리고 그때 이런저런 이야기들을 하자."

"9시 15분요, 좋아요."

"네가 어머니하고 같이 있는 동안 나는 나가서 커피를 마셔야겠다. 너를 꼭 따로 만나야 한다고 해서서 말이야."

판 리트 부인이 나갔고, 그 뒤로 불행의 그림자가 증기처럼 따라 나갔다.

단은 헤르트라위의 침대 옆에 서서 제이콥이 마음의 준비가 되기를 기다렸다. 헤르트라위는 꼼짝도 하지 않고 누워서 연청색 눈동자를 그에게 고정하고 있었다.

"할머니."

단이 말했다.

"디트 이스dit is 제이콥."

제이콥이 어찌할 바를 몰라 가만히 서 있자 헤르트라위가 웃으면서 말했다.

"이리 오렴."

단은 헤르트라위가 고개를 들지 않고도 제이콥을 볼 수 있는 자리에 의자를 놓았다.

제이콥은 '살얼음판을 걷는다'는 말이 무슨 뜻인지를 의자 가장자리에 걸터앉으면서 처음으로 이해했다. 헤르트라위의 강렬한 시선이 그를 불안하게 했다. 말다툼하고 싶지 않은 유형의 여성이었다. 그저 등을 꼿꼿이 펴고 앉아야 했다. 그러나 헤르트라위는 거의 존재가 없다시피 했다. 이불 밑에 몸이 있어야 할 부분이 너무도 빈약해서 몸에서 떨어진 머리와 두 팔만 이불 밖으로 나와 있는 것 같았다. 그 팔 끝의 두 손은 어찌나 작고 섬세한지 검버섯이 얼룩덜룩하다는 점만 빼면 거의 소녀의 손과도 같았다.

"안녕하세요, 베셀링 부인."

제이콥이 말했다.

"저희 할머니가 안부 전해 달라고 말씀하셨어요. 선물하고 편지도 보내셨는데, 지금 그게 다……아마 이야기 들으셨을 것 같아요."

"내가 말씀드렸어."

단이 말했다.

"나는 이제 나가서 복도에 있을게. 우리가 떠날 때쯤 너를 내보내 주시겠대. 그래도 되지?"

제이콥은 고개를 끄덕였다. 단은 '너무 오래 있지 마.' 하는 듯한 눈길을 던졌다. 그러고는 할머니에게 네덜란드 어로 말하고 다시 한 번 키스했다. 그것은 제이콥이 처음 듣는 어조였다. 아주 부드럽고 다정하고도 정확했다. 애인에게 이야기하는 것 같았다.

그러는 동안 헤르트라위는 계속 제이콥을 바라보았다. 단이 조용히 문을 닫으면서 나갔다. 한참 침묵이 흐른 뒤에 헤르트라위가 말했다.

"할아버지하고 눈이 똑같구나."

제이콥이 미소 지었다.

"할머니도 그렇게 말씀하세요."

"미소도."

"그 말씀도요."

"성격은?"

"조금요. 제가 할아버지만큼 재주가 많은 것 같지는 않아요. 손재주요. 할아버지는 물건 만드는 걸 좋아하셨대요."

"알아."

"가구도 만드셨대요. 할머니는 아직도 할아버지가 만든 가구들을 쓰세요. 또 정원 가꾸는 것도 좋아하셨대요. 그런데 저는 그런 일을 싫어하거든요. 하지만 할아버지는 책을 좋아하셨고, 그건 저랑 같아요. 하지만 제가 할아버지처럼 용감하지 않은 건 확실해요."

"그래야 할 이유가 있어?"

"용감해야 할 이유요? 용감한 데 이유가 필요한가요?"

"이유 없이 용감한 일은 없지."

그가 그 방에 들어간 뒤 처음으로 헤르트라위의 눈이 그를 떠났다. 그는 아직도 그녀에게서 눈을 뗄 수 없었다. 하지만 그 눈길을 벗어나자 의자에 약간은 편안히 앉을 수 있었다.

잠시 후 그녀가 말했다.

"할머니랑 산다고?"

"네."

"부모님이랑 안 살고?"

"네."

그는 헤르트라위가 설명을 기다리는 걸 알았지만 모르는 척 가만히 있었다. 헤르트라위 할머니가 둘러 물어볼까요? 아니면 직접 물어볼까요? 새라 할머니와 자주 하던 놀이다.

"왜 그런지 이야기해 주지 않겠니?"

직접 물어보는 쪽. 한가롭게 놀이를 하며 시간을 보낼 유형의 여성도 아니었다. 어쨌건 지금은 보낼 시간도 별로 없었다.

"듣고 싶으시다면."

"그래, 듣고 싶어."

그는 이런 분위기를 알았다. 이야기해 주렴. 나를 즐겁게 해 주렴. 그게 오늘 그의 할 일 아닌가? 그가 여기 있는 이유? 어린아이들은 이야기 들으며 자는 걸 좋아한다. 어쩌면 노인들은 이야기 들으면서 죽는 걸 좋아할지 모른다는 생각이 들었다. 그게 내가 여기온 이유라면 좋아. 상관없어. 나쁜 일도 아닌걸. 대화보다도 훨씬 쉬울 거야. 처음부터 시작하라고 왕은 근엄하게 말했지. 그리고 끝까지 계속하라고.

"저한테 누나 퍼넬러피하고 남동생 해리가 있는 걸 아시나요? 페니─아버지는 포피라고 부르지만─는 저보다 세 살 많고요, 해리는 한 살 반 어리죠. 그 애는 지금 열다섯 살 반이에요. 아버지는 페니를 아주 좋아해요. 아니 두 사람은 서로를 좋아해요. 제가 볼 때는 거의 외설스런 수준이에요."

그는 웃었지만 상대에게서는 아무런 반응이 오지 않았다.

"프로이트가 아들은 어머니를 사랑해서 아버지를 죽이고 싶어 한다고 말했잖아요. 하지만 우리 집은 전혀 그렇지 않아요. 우리 집의 문제는 딸을 사랑하는 아버지와 아버지를 사랑하는 딸이에요. 그런데 적어도 두 사람은 엄마를 죽이고 싶어 하지는 않아요."

그래도 반응이 없었다.

"그런데 어머니와 아들 관계는 오이디푸스 콤플렉스라고 하잖아요. 아버지와 딸의 관계도 뭐라고 부르는 말이 있나요?"

"엘렉트라."

침대 머리맡에서 대답이 돌아왔다.

"엘렉트라?"

"엘렉트라 콤플렉스. 아가멤논과 클리타임네스트라의 딸이지. 몰랐니?"

"네."

"엘렉트라는 동생 오레스테스를 시켜서 아버지를 죽인, 어머니의 애인 아이기스토스에게 복수를 했어. 네 얘기를 계속해 보렴."

"네, 고맙습니다. 페니는 패션 상점에서 보조 매니저로 일해요. 우리는 별로 사이가 좋지 않아요. 제가 볼 때 누나는 멍청한 패션광이고, 누나가 볼 때 저는 따분하고 잘난 척하는 속물이에요. 그건 어쨌건 누나가 바로 얼마 전에 저한테 한 말이에요. 해리는 어머니의 귀염둥이예요. 막내라서가 아니라 어머니가 그 아이를 갖고 굉장히 힘들었대요. 해리는 운동을 잘해서 아버지도 그 애를 좋아해요. 그 애는 우리 지역 청소년 교향악단에서 오보에도 연주해요. 그리고 잘생겼어요. 사실 해리는 뭐든지 너무 잘해서 저는 그 애를 싫어해야 마땅해요. 그런데 그렇지 않아요. 저도 해리를 좋아하고 그 애를 자랑스럽게 생각해요. 우리는 사이가 좋아요. 그 애는 음향 기사가 되고 싶대요.

저는 운동도 못하고, 피아노 실력은 누가 들으면 짜증을 낼 정도고, 별로 잘생기지도 않았고, 사람들하고 같이 있는 것보다 혼자 있는 걸 더 좋아해요. 그러다 보니 우리 집에서 가운데 어정쩡하게 끼여 있으면서도 밖으로 밀려난 위치예요. 하지만 그런 건 상관없어요. 어릴 때부터 저는 할머니를 특별히 사랑했고, 할머니에게는 제가 특별했으니까요. 어머니 말로는 저는 태어난 그 순간부터 할머니에게 넘어갔대요. 제 이름을 할아버지 이름을 따서 제이콥이라고 짓자고 한 것도 할머니였어요. 어머니는 좋다고 했지만 아버지는 반대했대요."

"왜?"

"아버지는 할아버지를 모르거든요. 할아버지는 아버지가 태어나기 전에 돌아가셨으니까요. 하지만 그런 이야기는 다 아시죠. 할머니가 아버지를 임신한 건 할아버지가 전쟁터로 떠나기 며칠 전의 마지막 주말 휴가 때였대요. 게다가 아빠는 할머니가 할아버지를 우상처럼 숭배하고—아빠는 그렇게 말해요.—두 분의 결혼 생활 3년에 낭만적인 환상을 씌우는 것—이것도 아빠의 표현이에요.—을 못마땅해해요. 건강하지 않다고요. 할머니는 아무리 깊은 사랑에 빠진 사람들을 봐도 할아버지와 할머니의 관계만큼 완벽하지는 않다고 생각한대요. 저는 모르겠어요. 제가 아는 건 그저 할머니가 다시 결혼하지 않으셨다는 것뿐이에요. 그동안 할머니 주변에 남자들이 꽤 모였지만, 할머니는 할아버지에 비길 만한 사람은 아무도 없다고 말씀하셨어요. 제가 볼 때는 할머니는 할아버지의 죽음이 두 분의 사랑을 끝낸 게 아니라 영원히 봉인시켰다고 느끼시는 것 같아요. 할머니는 결단력이 아주 높은 분이라서, 무언가 마음먹으면 절대 생각을 바꾸지 않죠. 고집불통이라고 아빠는 말씀하시지만요.

아빠하고 할머니는 별로 사이가 안 좋아요. 엄마 말로는 거죽은 비슷하지만 속은 완전히 딴판이래요. 두 분만 따로 있으면 5분 만에 3차 대전이 일어나요. 아빠는 아버지 없이 자란 데 대해서 콤플렉스가 있어요. 제가 아버지하고 관련된 불평을 할 때마다 아버지는 "불평할 아버지가 있는 걸 고마운 줄 알아라."라고 하시거든요. 하지만 그러면 나는 더 화가 날 뿐이에요. 한번은 너무 화가 나서 아빠한테 고마워할 사람은 아빠라고 소리쳤어요. 나는 아버지가 없으면 좋겠고, 특히 아빠 같은 아버지는 더 필요 없다고요. 그때 저는 열한 살 정도였고, 화가 나서 좀 격한 농담을 한 거라고 생각했어요. 식구들이 싸울 때는 그렇잖아요. 하지만 아빠는 그렇게 받아들이지 않았어요. 어린 시절을 통틀어서 아빠한테 맞을지도 모른다는 생각이 든 건 그때가 처음이자 마지막이었어요. 물론 때리지는 않았죠. 아빠는 폭력을 싫어해요. 하지만 내가 본 그 어느 때보다 화가 심하게 났어요. 밖으로 달려 나가 작업장으로 사라져서는―아빠는 목공광이에요.―아주 오랫동안 돌아오지 않았죠. 엄마가 나한테 불같이 화를 냈고, 저는 무진장 혼이 났어요. 덧붙이자면 페니 누나는 아주 고소해했죠.

아빠하고 저는 제가 열 살 정도 될 때까지는 별문제 없었어요. 그런데 무슨 일이 일어난 건지 모르겠어요. 아, 여러 가지 일들이 있기는 했죠. 아빠는 제가 축구를 인생 중대사로 여기지 않는다는 걸 결국 받아들였어요. 저는 또 아빠처럼 목공 같은 걸 좋아하지도 않았어요. 저는 아빠하고 페니가 서로를 대하는 태도도 마음에 들지 않았어요. 아빠는 정말로 누나한테 집착하게 되었고, 그건 지금도 그래요. 어쨌건 우리는 계속 심하게 싸우게 됐어요.

어처구니없게 들리겠지만 전환점은 제가 열세 살 때였어요. 어느 순간 아빠의 농담이 저한테는 하나도 재미가 없다는 걸 깨달았어요. 그때부터 아빠는 그저 우연히 저의 아버지가 된 사람이고, 제마음을 불편하게 하는 사람일 뿐이었어요. 1960년대의 유물이라고 나 할까요. 길고 부스스한 머리가 정수리 부분에서 점점 흰해지는. 그리고 할머니들이 쓰는 것 같은 그 웃기는 금테 안경. 언제나 밤을 새운 표시를 하고 다니는 눈자위. 그리고 불룩 튀어 나온 뱃살 아래로 처진 엉덩이를 자랑스레 드러내 주는 찢어진 청바지. 아빠는 시들어 버린 존 레논같이 생겼어요. 존 레논—오직 존 레논뿐이죠!—이 아빠의 우상이고 비틀스의 음악이 아빠의 음악적 취향 가운데 최고예요. 할머니는 늘 아버지가 20대였던 1960년대 말에 미국에서 대서양 건너 날아온 얼빠진 히피 문화의 독성에 중독되었다고 말하죠. 그런데 아빠와 엄마는 롤링 스톤스의 콘서트라나 하는 데서 만났대요. 제가 잠깐 토해도 용서해 주세요."

제이콥은 자신이 너무 흥분해서 필요 이상으로 이야기하고 있다는 걸 깨닫고 말을 멈추었다. 내가 너무 앞서 나간 걸까? 헤르트라 위의 두 눈은 감겨 있었지만, 그는 그녀가 듣고 있다는 걸 알았고 그 얼굴에 떠오른 재미있다는 듯한 미소에 힘을 얻어 말을 이었다.

"어쨌건 열네 살 때 상황은 그랬는데, 그때 엄마가 병원에서 큰 수술을 받고 오랫동안 안정을 취해야 했어요. 집안 살림은 아버지하고 페니가 나눠서 할 수 있었고, 해리가……아, 해리는 문제없었어요. 문제는 저였죠. 엄마가 입원하고 일주일이 지나는 동안 아빠하고 페니, 그리고 제 사이가 정말 정말 나빠졌어요. 그걸 보고 할머니가 엄마가 집에 돌아와 건강을 회복할 때까지 제가 할머니 집에 와서 지내는 게 어떻겠느냐고 제안하셨어요. 그러면 식구들 모두의 긴장을 덜 수 있을 거라고 그러셨어요. 아빠는 처음으로 할머니 말에 동의했죠.

할머니가 사는 작은 집은 부모님 집에서 6.5킬로미터 정도 떨어진 마을에 있어요. 필요하면 자전거를 타고 금세 오갈 수 있으면서도, 서로에게 부닥치지 않고 살아갈 만한 거리죠. 그리고 아까 말했듯이 저하고 할머니는 사이가 좋아요. 좋아하는 게 똑같아요. 음악, 독서, 연극 관람 같은 것들이오. 그리고 혼자 있는 시간이 많이 필요하다는 것도요.

마침내 어머니가 건강을 회복했어요. 넉 달쯤 걸렸어요. 하지만 그때 나는 할머니 집에서 지내는 게 너무 행복해서 집에 돌아가고 싶지 않았어요. 그리고 말할 필요도 없겠지만 모두가 그 말에 기뻐했죠. 엄마만 빼고요. 말씀드리지 않았지만 저는 엄마를 사랑해요. 엄마는 아빠처럼 60년대에 갇혀 살지도 않고 시들어 버리지도 않았어요. 엄마가 젊은 사람처럼 행동하는 건 아니에요. 엄마는 자기 나이에 걸맞게 행동하면서도 내면에는 젊음을 간직한 그런 사람이에요. 그리고 해리가 잘생긴 건 엄마를 닮아서죠. 해리는 엄마하고 여러모로 비슷하고 그래서 저는 해리하고 잘 지내요. 엄마가 해리를 각별히 사랑한다는 걸 알지만 그런 건 상관하지 않아요. 엄마하고 저도 친구니까요. 요즘 보면, 부모와의 관계에서 바랄 수 있는 건 그게 최고인 것 같아요. 엄마하고는 무슨 일도 터놓고 말할 수 있고 의논할 수 있어요. 그래서 엄마하고 의논을 해서 제가 계속 할머니 집에 살되, 원한다면 이제는 집이라 부르지 않게 된 그곳으로 돌아갈 수 있다고 이야기가 됐어요.

그래서 저는 할머니 댁에 살게 된 거예요.”

병원의 소음이 복도에서 스며들어 왔다.
헤르트라위가 눈을 떴다.

처음으로 그녀가 고개를 움직였다.

그들은 서로의 눈을 똑바로 들여다보았다.

마침내 헤르트라위가 말했다.

"그러면 너는 용서했니?"

"누구를요?"

"네 아버지를."

"아버지를 용서해요? 무얼요?"

"네 아버지가 된 걸."

그 질문은 그를 당황시켰다.

"제가……저는……."

헤르트라위는 잠시 기다린 뒤 물었다.

"살아 있는 게 좋니?"

제이콥은 깊은 숨을 들이마셨다. 심장 박동이 빨라지고 얼굴이 살짝 붉어지는 게 느껴졌다. 이 할머니는 죽어 가는 나방 같은 겉모습을 하고 있으면서도 로트와일러 개처럼 공격적인 데가 있었다.

그는 간신히 말했다.

"네, 그러니까 대체로는요. 어떤 때는 아니고요. 이따금 우울해질 때가 있어요……. 할머니는 그런 기분을 생쥐 기분이라고 부르시죠. 제가 더 크면 벗어나게 될 거래요."

헤르트라위는 자갈 위를 걷는 듯이 들리는 메마른 웃음을 짧게 웃었다.

"생명 원리를 탓해야지."

그녀가 말했다. 그는 그 말에 아이러니가 담긴 건지 아닌지 알 수 없었다. 하지만 웃을 수 있는 기회가 생긴 것이 기뻐서 "네!" 하고 말했다.

잠시 침묵이 흐른 뒤 그녀가 말했다.

"단이 앞으로 내가 어떻게 될지 이야기해 줬니?"

헤르트라위는 다른 곳을 보고 있었지만, 그는 그저 고개만 끄덕일 수 있을 뿐이었다.

"이해하니?"

그는 다시 깊은 숨을 쉰 뒤 대답했다.

"네."

"찬성하니?"

"그건……."

"아니."

헤르트라위가 그의 말을 가로막았다.

"찬성한다는 건 적당한 말이 아니야. 이건 네가 찬성하고 반대할 일이 아니니까. 잠깐."

다시 한 번 침묵이 이어지더니.

"너라면 그런 일을 하겠니?"

제이콥은 그 질문과 씨름을 했다. 어제 흘린 눈물이 떠올랐고, 다시 눈물이 나올까 두려웠다. 지금은 때가 아니었다. 시간이 너무 많고 또 너무 적었다.

시간, 시간! 갑자기 모든 것이 시간과 관계된 것 같았다. 생애의 시간. 이것을 위한 시간, 저것을 위한 시간. 우리 인생을 위한 시간. 살아야 할 시간. 시간이 다 됐음. 죽을 시간.

"모르겠어요."

그는 진지하고 무거운 어조로 말했다.

"정말로 모르겠어요. 머리로 생각하면 그럴 것 같아요. 하지만 실제로는, 너무……."

말이 나오지 않았다. 몸속의 성대가 닫힌 듯한 기분이었다.

헤르트라위는 자갈돌 구르는 듯한 소리를 내며 목을 가다듬고서 말했다.

"그렇다면 너는 살아 있는 게 기쁘다는 뜻이겠구나."

그건 질문이 아니라 단정이었다.

제이콥은 잠시 가만히 있다가 말했다.

"네. 그런 것 같아요."

"그 뭐라고 그랬지? 그것에 빠졌을 때도?"

"생쥐 기분이오."

"그래, 생쥐 기분에 빠졌을 때도 너는 그저 '이 세상에 없다.'라는 관념하고만 노는 거지."

그녀는 다시 한 번 목을 가다듬었다.

"생명 원리. 그것 때문에 우리가 살기를 원하고 죽기를 싫어하는 거야. 그리고 생명 원리 때문에 죽기를 원하고 살기를 거절하는 거지. 중요한 건……."

한 줄기 고통이 헤르트라위의 얼굴을 스쳐 갔다. 그녀는 숨을 멈추고 잠시 참았다. 피부에 땀이 번들번들 솟아올랐다. 이불 위에서 두 손이 갈고리처럼 얽혔다.

제이콥이 놀라서 말했다.

"괜찮으세요? 사람을 불러 드릴까요?"

헤르트라위는 주먹을 쥐고 손을 들어 싫다는 뜻을 전했다. 약간의 시간이 흐른 뒤 그녀는 다시 안정을 찾았다.

"너는 곧 돌아가야 해."

헤르트라위의 목소리는 긴장되어 있었다.

"하지만 그 전에 두 가지 부탁을 해야겠다."

그녀는 메마른 입술을 오므려 비볐다.

"내일 오스테르베크에 가지? 그런 뒤 월요일에 다시 내게 와 주지 않겠니? 너한테 주고 싶은 게 있단다."

"네, 물론이에요."

"그러면 나머지 부탁. 나한테 뭐 하나 읽어 주겠니? 짧은 시란다."

누가 죽음을 앞둔 사람의 부탁을 거절할 수 있겠는가?

"원하신다면요. 저는 그게 얼마나……."

"네 할아버지가 좋아한 시란다. 내게 읽어 주었지. 나는 그걸 그의 무덤 위에서 읽었어. 네가 읽는 걸 듣고 싶구나."

제이콥은 그저 고개를 끄덕일 수 있을 뿐이었다.

"캐비닛 서랍을 열면 책이 한 권 있어. 거기 책갈피가 끼워져 있단다."

아주 낡고 책장 모서리가 여러 군데 접힌 책으로, 붉은색과 미색의 표지는 색이 바래고 손때가 잔뜩 묻어 있었다.

"벤 존슨의 시인가요?"

그가 물었다. 헤르트라위의 고개가 돌아와 그 강렬하고 뜨거운 눈길을 다시 그에게 고정시켰다.

그는 그 시를 본 적이 없었다. 그는 몇 줄을 훑어보았다. 제임스 1세 시대[1603~1625]의 낯선 영어에 걸려 실수를 하게 될까 봐 겁을 내며 머릿속으로 연습을 했다.

시간. 시간.

그는 숨을 들이마시며 진정하라고, 집중하라고, 글자만 보고 행만 따라가라고, 구두점을 지키라고, 그러니까 그 스코틀랜드 연극을 연습할 때 배운 것처럼 하라고 자신에게 말했다.

그런 뒤 숨을 들이쉬고 읽었다.

"사람이 훌륭해지는 것은
나무처럼 크게 자라는 것과는 다르다.
삼백 년을 버티던 오랜 참나무가 결국
잎도 없이 메마른 통나무로 쓰러지는 것보다는
하루 만에 피고 지는
오월의 백합이 더 아름답다.
그날 밤에 바로 떨어져 죽는다 해도
빛의 식물이자 꽃으로 살았으니.
작은 균형 속에 우리는 아름다움을 보고
짧은 눈금 속에도 인생은 완벽할 수 있다."

밖에서 병원 특유의 소음이 울려왔다.
방 안에서는 병원 특유의 공기가 침묵을 감쌌다.

헤르트라워

티 없이 행복하던 시간은 다음 날 아침 일찍 끝이 났다. 그날까지 우리의 아침 기상 습관은 이랬다. 베셀링 씨가 5시 반에 가장 먼저 일어났다. 그는 부엌 화덕에 불을 지피고 농장 일을 나가면서 디르크와 헹크를 깨웠다. 디르크와 헹크는 그때 일어나 소젖을 짰다. 6시에는 베셀링 부인이 일어나서 7시에 있을 아침 식사 준비를 했다. 그다음에는 내가 일어나서 아침 식사가 준비될 때까지 여러 가지 집안일을 했다. 아침 식사 후에 나는 커피를 가지고 제이콥에게 가서 우리의 기상 의식을 했다.

하지만 그날 아침 베셀링 부인과 나는 아직 자고 있고 베셀링 씨가 부지런히 화덕 불을 지피고 있을 때, 디르크가 축사에서 집으로 뛰어 들어오며 모두가 듣도록 큰 소리로 외쳤다.

"독일군이에요! 독일군!"

그 말은 마법의 주문처럼 즉시 우리 모두를 긴박한 행동으로 몰아넣었다. 디르크는 은신처에서 옷을 갈아입다가 우연히 채광창으로 독일군 트럭이 한길에서 디르크네 농장 진입로로 들어오는 걸 보았다고 했다. 그의 경고의 외침을 듣자마자 베셀링 씨는 군인들 앞을 가로막아서 그들이 집에 들어오는 시간을 최대한 늦추려고 밖으로 달려 나갔다. 베셀링 부인은 방에서 계단 위로 달려가 디르크에게 은신처로 돌아가라고 소리쳤다. 나는 무엇보다 먼저 제이콥이 생각났다. 그래서 침대에서 벌떡 일어나 그의 이름을 부르며 그가 자는 방으로 달려갔다. 빨리 깨워서 다른 곳으로 이동시켜야 했다. 하지만 어디로? 내가 그에게 가서 그를 흔들어 깨웠을 때 베셀링 부인 역시 나처럼 잠옷 차림에 잠에서 깬 부스스한 머리로 들어왔고, 디르크는 부인의 걱정에도 불구하고 맨발로 계단을 쿵쿵 올라오고 있었다.

"독일군이 지금 어디에 있니?"

베셀링 부인이 소리쳐 물었다.

"트럭을 몰고 진입로에 들어섰어요."

디르크가 소리쳤다.

"아버지가 놈들을 막으려고 나갔어요."

그러는 동안 나는 제이콥에게 지금의 사태를 설명하고 그를 침대 밖으로 끌어내려 했다. 하지만 그의 다친 다리는 몸을 지탱하기는 커녕 움직이는 것 자체가 엄청난 고통이었다. 그가 침대 가장자리에 앉아 있을 때 디르크가 들어왔다.

"얼른, 얼른."

디르크가 말했다.

"내가 업고 갈게요."

"안 돼."

베셀링 부인이 소리쳤다.

"시간 없어. 그렇게 해선 아무 것도 안 돼. 그 사람들은 금세 사방에 들이닥칠 거야. 어서 가, 어서! 우리가 방법을 생각해 낼게."

내가 제이콥을 가장 먼저 생각했듯 부인은 디르크 생각이 먼저였다. 다른 누가 잡힌다 해도, 설령 부인 자신이 잡힌다 해도, 하나뿐인 자식인 디르크가 잡혀서는 안 됐다. 디르크는 그 말에 저항하려고 했지만, 부인은 필사적으로 디르크의 두 팔을 잡아서 온 힘을 다해 방 밖으로 밀어내며 소리쳤다.

"숨어, 디르크, 빨리 숨어!"

독일군 트럭이 농장 마당으로 들어오는 소리가 들렸다. 나도 정신이 산란해졌다.

"어떻게 해야 하지?"

내 귀에 내가 말하는 소리가 들렸다.

"저 사람을 어디다 숨겨야 하지?"

너무도 공포스런 순간이었다. 그렇게 지독한 공황감은 평생 다시는 겪어 본 적 없다. 이렇게 내가 제이콥을 일으켜 세우려고 하는 동안, 그 역시 내가 이해하지 못하는(당시에는!) 말을 내뱉었다. 나중에 그는 지난 며칠 동안 이런 위급 상황에 대비한 계획을 짜지 않고 늘어져 있었던 걸 자책했다고 설명해 주었다. 하지만 그 며칠은 그가 시간과 공간 밖으로 들어 올려져 과거도 없고 미래도 없는, 그저 끝없이 모든 것을 갖춘 매혹과 불멸의 시간 속에 있는 것 같았다고 했다. 하지만 이제 마법은 깨졌다.

마당 곳곳에서 독일어 명령과 군인들이 트럭에서 쏟아져 나오는 군홧발 소리가 울릴 때에야, 디르크는 시간이 없다는 걸 깨닫고 어머니의 명령에 따라 계단을 내려갔다. 그런 뒤 우유 가공실을 지나서, 헹크가 사다리를 천장으로 걷어 올리고 디르크가 은신처 안으로 들어오면 출구를 막을 준비를 하고 기다리는 축사로 돌아갔다. 그 일은 아주 아슬아슬하게 이루어졌다. 베셀링 씨가 독일군에게 무슨 일로 왔느냐고, 수색 영장을 가져 왔느냐고 물으며 그들의 걸음을 늦추려고 했지만, 책임 장교는 그 말을 무시했고 군인들은 각 건물로 수색을 하러 흩어졌다. 장교와 군인 두 명이 집을 수색하러 부엌문으로 들어왔고, 다른 군인 두 명은 커다란 끝 쪽 문을 통해 축사로 들어갔다. 베셀링 씨에게는 운전병이 지키는 트럭 옆에 가만히 서 있으라는 명령이 떨어졌다.

디르크가 떠나자 베셀링 부인이 순식간에 평소와 같은 차분하고 확고한 자세를 되찾는 모습에 나는 놀라지 않을 수 없었다. 부인에 대해 여러 가지 말을 할 수 있겠지만, 이것만은 분명했다. 놀라운 자제력과 용기를 지녔다는 것.

"진정해."

부인은 나한테라기보다 자신에게 하는 것처럼 나직하게 말했다. 그러더니 모든 감정이 몸에서 빠져나가기라도 한 듯 나와 내 목에 팔을 두르고 기대 있는 제이콥을 슥 쳐다보고 방을 둘러본 뒤 잠시, 하지만 아득히 길다고 느껴진 시간 동안 상념에 잠겨 있다가 마치 재미있다는 듯한 표정을 지었다.

"어서."

부인이 '베트스테bedstee'로 가서 문을 열고 말했다.

영국에는 아마도 네덜란드의 베트스테 같은 게 없을 테니 설명해보자면, 그것은 벽장 속 침대다. 옛날에는 그게 있는 집이 많았다. 대개는 부엌 겸 거실로 쓰는 공간의 벽난로 옆에 있다. 낮 동안에는 문을 닫거나 커튼을 치거나 해서 침대를 가려 둔다. 그러다 밤에는 안락한 침대가 된다. 공간이 좁고 방이 부족한 옛날 집들은 그렇게 해서 낮 동안 침대가 발에 걸리거나 눈에 거슬리지 않게 하면서 공간을 최대한 활용했다. 중농 집안이 흔히 그러듯 베셀링가의 농가도 이층집이었고, 침실은 모두 이층에 있었다. 하지만 베트스테는 필요할 때 여분의 잠자리로 요긴했다. 다행히 제이콥의 방에 그런 베트스테가 있었다. 나는 베셀링 부인이 베트스테의 문을 열 때까지 그게 거기 있는 줄도 몰랐다.

"저 안에 뉘어, 저 안에."

부인은 말하면서 나와 함께 제이콥을 그곳까지 부축해 갔고, 나는 한 발로 침대 위에 쓰러지는 제이콥에게 사정을 설명했다.

"너도 들어가."

제이콥이 매트리스에 등을 대고 눕자마자 베셀링 부인이 말했다.

"네? 뭐라고요?"

나는 제이콥을 옮기느라 애를 쓴 데다 팽팽한 흥분으로 숨을 헐떡이면서도 물었다.

"어서! 이 사람 위에 누워. 빨리!"

반박할 시간도 설명할 시간도 없었다. 벌써 아래층의 돌 타일 바닥에 군홧발 소리가 울리면서 장교의 날 선 명령 소리가 들렸다. 게다가 베셀링 부인이 그렇게 결연한 태도를 보일 때 그녀의 의지를 거스르는 일은 불가능했다.

그래서 나는 베트스테로 들어가 제이콥의 몸 위에 등을 대고 누웠다. 그러자 베셀링 부인은 제이콥의 침대에 있던 새털 이불을 획 가져다 우리에게 덮었다.

"뭐하는 거예요?"

제이콥이 나에게 속삭여 물었다.

"조용히."

나도 속삭여 대꾸했다.

"숨도 쉬지 말아요!"

이제 군홧발 소리가 계단을 올라왔다.

"아픈 척해."

베셀링 부인이 내게 나직이 말하고는 방을 나가 계단 앞까지 곧장 갔다. 그 순간 군인 한 명이 계단 꼭대기에 이르렀다.

"당신들 뭐죠? 여기서 뭘 하는 겁니까?"

부인이 성난 독일어로 말하는 소리가 들렸다.

"명령입니다. 비키십시오."

군인이 말했다.

"기가 막혀라! 무슨 명령이오? 영장을 보여 줘요."

"아래층에 장교님이 계십니다. 비키세요."

징 박힌 군화가 맨 끝 방을 향해 쿵쿵 걸어갔고, 베셀링 부인의 맨발이 그 뒤를 찰박거리며 따라갔다. 부인은 계속 따지고 들었다.

"우리가 무슨 짓을 한다고 이러는 거죠? 군대라도 숨겨 두고 있는 줄 아나요? 우리는 농부예요. 무슨 일이 있어도 최선을 다해 당신 같은 사람들이 먹을 식량을 생산하는 사람들이라고요. 어떻게 이런 식으로 여기 들어올 수 있는 거죠?"

그러자 군인은 부인에게 "조용히 못해요, 아줌마. 저리 가." 하고 고함치고 이 방 저 방을 수색했다.

그는 그다지 성실하게 수색을 하지는 않았다. 아니면 베셀링 부인에게서 어서 벗어나고 싶었던 건지도 모르지만. 어쨌건 침대 밑을 들여다보고 옷장 문을 열어 총의 개머리판으로 뒤쪽을 두드려 보고(사람들이 옷장 뒤와 벽 사이에 은신처를 만들어 두는 일이 흔했기 때문이다.) 천장과 벽을 두드려 그 사이에 빈 공간이 있나 탐색해 보는 정도에 그쳤다.

그가 마침내 제이콥의 방에 이르렀다. 베셀링 부인은 재빨리 그를 앞질러 문 앞에 선 채 베트스테를 보았다. 군인이 들어오자 부인이 조용히 말했다.

"저 애는 손님인데, 지금 아파요."

군인이 멈춰 섰다.

"아프다고요?"

그가 놀라서 말했다.

"결핵이에요."

베셀링 부인이 체념한 듯한 몸짓을 하며 조용히 덧붙였다.

"말기예요. 가엾은 것. 희망이 없어요."

나는 이불 밖으로 빼꼼히 내민 눈으로 군인의 코가 그 무서운 병의 냄새라도 맡듯 움찔거리는 것을 보았다.

"이런!"

그는 그렇게 말하고 뒤로 돌아서서 쿵쿵 밖으로 나간 뒤 계단 아래로 내려갔다.

"거기 그대로 있어."

군인이 사라지자 베셀링 부인이 입 모양으로 말한 뒤 군인을 따라 나갔다.

내가 그렇게 베트스테 안에서 제이콥 위에 누운 채로 시간이 얼마간 흐른 뒤, 독일군 트럭이 떠나는 소리가 들렸고 베셀링 부인이 숨을 헐떡이며 계단을 올라와서 독일군이 우리 오빠와 디르크를 찾지 못했다고 말해 주었다. 그 시간이 어느 정도였는지 — 10분, 15분, 또는 그 이상 — 나는 모르겠다. 그 시절은 요즘처럼 시간에 얽

매이지 않아서 시계가 곳곳에 있지 않았지만, 그것 때문은 아니었다. 한 가지 일이 나로 하여금 시간의 경과도 군인들의 움직임도 알아차리지 못하게 했다.

그 군인이 군화를 덜거덕거리며 이 방 저 방을 다니는 동안, 나는 공포에 질린 채 베트스테에 누워 숨을 제대로 쉬려고 노력하고 있었다. 미친 듯이 뛰는 심장 소리가 두려웠다. 하지만 군인이 수색을 포기하고 내려가자, 밀려오는 안도감에 온몸의 뼈가 밀가루 반죽으로 변한 듯 힘이 쭉 빠져서 꼼짝도 할 수 없었다. 나의 잠옷은 땀에 흠뻑 젖어 있었다. 그때에야 나는 비로소 내 몸 밑에 있는, 내 몸에 깔린 제이콥의 몸을 의식했다. 그의 머리는 내 왼쪽 어깨 아래 옆으로 돌린 채 놓여 있었고, 그의 가슴은 내 등 밑에서 들숨과 날숨에 따라 오르락내리락했으며, 둥그런 내 엉덩이 아래 그의 각진 골반이 있었고, 내 두 다리는 그의 다리 사이에 들어가 있었다. 땀에 젖은 잠옷을 뚫고 그의 온기가 스며드는 게 느껴졌고, 그의 골격 구조와 그 위로 쿠션을 이룬 근육이 느껴졌다.

그리고 내가 그의 몸 위로 누울 때 그가 본능적으로 내 허리에 팔을 둘러 나를 꼭 끌어안았고, 나는 밖으로 내 얼굴만이 보이도록 이불을 턱 밑까지 끌어당겼기 때문에, 우리는 그렇게 몸을 결합시킨 채 눕게 되었다. 처음에는 수색하는 군인에게 들킬지 모른다는 두려움뿐이었지만, 차츰 우리 두 사람의 몸이 그렇게 가깝게 붙어 있다는 사실이 의식에 들어왔다. 이전까지 그 누구도 나를 그렇게 안아 본 적이 없었고, 이전까지 내가 남자의 몸을 그렇게 가깝게 느껴 본 적도 없었다. 그것만으로도 충분히 놀라운 일이었을 것이다. 그래서 싫었다는 것은 아니다. 전혀 그렇지 않았다. 실제로 내 심장은 처음에는 두려움으로 뛰었지만 나중에는 설레는 흥분으로 뛰었다. 하지만 그때 또 한 가지 더욱 놀라운 일이 일어났다. 제이콥의 성기가 내 허벅지 사이에서 부풀어 오른 것이다. 마치 자전거 펌프로 공기라도 불어 넣은 것처럼.

그게 무슨 일이었는지 내가 몰랐다고 말하면 거짓이겠지만, 그게 '나에게' 무슨 의미인지 완전히 이해했다고 하면 그것 역시 거짓일 것이다. 어떡하지? 내가 어떻게 반응해야 하지?

너는 이것을 이해하지 못할 것 같다. 젊은 친구들, 아니 어린아이들조차 오늘날에는 인체의 성적 기능을 잘 알고 있으니, 열아홉 살이나 먹은 여자가 무지한 게 아니라면 남자의 발기에 대해서 종잡지 못한다는 게 말도 안 되는 것처럼 여겨질 것이다. 하지만 어쨌건 네가 이해해 주기를 바라건대, 그때 나는 놀라움과 더불어 내몸 안에 이는 낯선 흥분, 내가 무얼 원하는지 무얼 해야 하는지 알수 없는 불확실한 감정들이 뒤죽박죽으로 엉켜서, 온몸이 마비라도 된 것처럼 얼어붙어 버렸고, 그 결과 내 마음의 일부가 원하는 대로—그게 무언지 제대로 알지도 못하면서—반응할 수도 없었고, 또 내 마음의 다른 일부가 명령하는 대로 달아날 수도 없었다. 나는 그저 그 자리에 누워서 온몸의 세포가 생전 처음 겪는 야릇한 감각으로 달아올라, 나 자신의 몸과 제이콥의 몸, 또 우리 두 사람의 미세한 움직임 하나하나에 극도로 예민해지는 걸 느낄 뿐이었다.

그 이상의 일은 일어나지 않았다. 우리는 욕망이 정지된 상태로 서로의 몸을 포갠 채 누워 있었다. 나는 충격 때문에 움직이지 못했고, 제이콥은 더 부끄러운 일이 생겨서 나를 모욕하게 될까 봐 움직이지 못했다. 그러다 베셀링 부인이 오면서 마법이 깨졌고, 내 방으로 달아나는 나의 등 뒤에 베셀링 부인이 다른 사람들도 안전하다는 소식을 전했다. 나는 얼굴에 내 감정이 다 나타나 있을까 두려웠고, 조용히 나를 진정시키기 전에는 누구의 얼굴도 볼 수 없을 것 같았다.

가련한 제이콥, 그는 전혀 의도하지 않았다. 본능이 인간의 사려를 짓밟은 것이니, 생명 원리를 탓할 수밖에. 생각해 보라. 한창 때의 젊은 남자가 집을 떠나 몇 달이 지났고 때로 사람이 미치기도 하는 격렬한 전투의 스트레스와 긴장, 거센 부침의 나날을 보내다가 부상을 당하고 살육을 피한 뒤 며칠 동안 나름대로 매력적인 젊은 여자에게 정성 어린 간호를 받으며 회복해 가고 있었다. 그런 뒤 갑자기 위험이 닥쳐 그 여자와 좁은 침대에 갇혔다가 그 위험이 사라져서 긴장했던 신경이 이완하고 혈관 속에 아드레날린이 밀려들었다. 이 젊은이의 몸이 달리 어떻게 반응할 수 있었을까? 사냥을 마치고 돌아온 수사자가 암사자를 대하는 것 같은, 아니면 겨울 얼음을 뚫고 솟아오르는 봄 새싹과 같은 것이 아닌 어떤 반응이 가능했을까?

우리는 간신히 위험을 피했다. 독일군이 그렇게 갑작스레 나타나고 또 그렇게 다짜고짜 밀고 들어와서 우리를 곤경에 빠뜨릴 뻔한 사실이 모두를 혼절시키다시피 했다는 건 굳이 다시 말할 필요가 없을 것이다. 이 때문에 우리는 제이콥을 더 이상 집에 두는 게 너무 위험하다는 데 의견이 일치했다. 그때쯤 그는 축사의 은신처로 옮겨도 좋을 만큼 기력을 회복했다. 하지만 그곳은 셋이서 함께 자기는 너무 좁았기 때문에, 디르크와 헹크가 교대로 다른 농장 건물에 있는 임시 은신처 한 곳에서 자기로 했다.

　이런 변화는 독일군의 급습이 있던 바로 그날 아침에 이루어졌다. 그리고 이후 며칠이 지나는 동안 나는 그 결정이 내 인생에 얼마나 달갑지 않고 예기치 못한 변화를 만들었는지 깨달았다. 지난 3주 동안 처음에는 우리 집 지하실에서, 나중에는 농장에서, 제이콥을 돌보는 일은 내가 하는 가장 중요한 일이었다. 사실 그는 내 인생의 중심이 되어 있었다. 어떤 사람들은 나이가 들면 젊은 여자의 헌신의 힘이라는 게 얼마나 강렬한지 잊기도 한다. 나는 잊지 않았다. 어쩌면 그때 일들 때문에 잊을 수 없는지도 모른다. 그 시절을 떠올리면 나는 아직도 그때의 모든 것이 생생하게 느껴진다. 베트스테에서의 그 강렬했던 짧은 순간이 그때까지 오직 내 존재 깊숙이 감추어진 곳에서만 움직였던 생각과 감정과 육체적 감각들을 표면으로 끄집어 올린 지 한 시간도 지나지 않아, 그것을 일깨운 사람, 그것을 눈앞에 떠올려 준 사람이 우리 집 지하실에 의식을 잃고 나타난 그 순간 이후 처음으로 내게서 사라졌다. 그 후로 몇 시간 동안 나는 이 갑작스런 결별이 무엇을 의미하는지 얼른 이해하지 못한 채, 그의 은신처를 준비하고 그를 그곳으로 데려가고 집에 있던 '그의' 방을 정리하고 그의 침대보를 빨았다. 그 후로 내가 평소처럼 집안일을 하고, 은신처로 식사를 가져가서 옆에 앉아 그가 먹는 것을 바라볼 때도 역시 이 사태를 이해하지 못했다. 그때는 할 일이 너무 많았고 독일군의 급습이 남긴 불안이 어떤 진지한 생각도 할 수 없게 만들었다. 당시 내 의식에서 가장 생생했던 것은 제이콥이 잡혀가지 않았다는 안도감과 그가 아직 내 곁에 있다는 기쁨이었다.

하지만 그날 저녁, 특히 밤이 되어 침대에 눕자 나는 결핍을 깨달았다. 집에 그가 없다는 것이, 내 옆방에 그가 없다는 것이 느껴졌다. 하루 일을 마치고 찾아갈 그가 없었다. 밤에 혹시 도움이 필요할까 귀를 곤두세우게 하는 그가 없었다. 아침에 우리만의 다정한 기상 의식을 행하게 할 그가 없었다. 나는 밤에 잘 자라는 인사를 하러 은신처에 들렀다가, 디르크와 헹크가 그와 함께 앉아 농장에서 주조한 맥주를 마시며 냄새 지독한 전시 담배를 피우는 모습, 그러니까 여자인 내게 너무도 걸맞지 않는 분위기를 보고 돌아온 다음에야 침대에 누워 눈물을 흘렸다. 그리고 눈물이 말랐을 때 내 인생 최초의 성적 열망이 찾아왔다. 내 몸이 베트스테에서 그의 몸과 맞닿아 있던 느낌, 그의 단단한 성기가 내 허벅지에 닿던 느낌을 되새기면서, 나는 그의 손길이 내 몸을 어루만지고 그의 목소리가 내 귀에, 바로 전날 밤에 샘의 책에서 읽어 주던 시와 같은 말을 부드럽게 속삭여 주기를 바랐다.

"당신을 여름날에 비교해 볼까요?
당신이 더욱 사랑스럽고 온화합니다.
거친 바람이 오월의 사랑스런 봉오리를 흔들고,
여름의 날들은 너무나 짧기만 합니다.
때로는 하늘의 눈이 너무 뜨겁게 빛나고
그 황금빛 얼굴에 그늘지는 일도 많고
그리고 때가 되면 모든 아름다움이 쇠퇴하고
우연히 또는 자연의 섭리에 따라 사라집니다.
하지만 당신의 영원한 여름은 지지 않습니다.

당신이 영원한 시 속에서 존재할 때,

당신이 소유한 아름다움은 사라지지 않고

죽음은 당신을 제 그늘 안에 두었다고 자랑하지 못할 겁니다.

인간이 살아 숨 쉬고 그 눈이 세상을 보는 한

이 시는 살아남아 그대에게 생명을 줄 것입니다."

[윌리엄 셰익스피어, 〈18번 소네트〉]

길게 늘어난 듯한 얼마간의 시간 동안 나는 나의 모든 소망을 은신처에 있는 그에게 보내며 내게 와 달라고, 조용히, 아무도 몰래, 나의 침대로 들어와 달라고 빌었다. 나는 그가 부축 받지 않고 혼자 사다리를 내려올 수 없다는 것을, 더욱이 절뚝거리는 걸음으로 그곳에서 내 방까지 올 수는 더더욱 없다는 걸 알았지만, 그래도 끓어오르는 욕망 속에서 만약 내가 그를 원하듯 그가 나를 원한다면 그런 일도 어떻게든 해낼 거라고 생각했다. 그리고 그보다 더 긴 시간 동안 나는 가만히 누운 자세로 그를 기다렸고, 그를 불렀고, 잠든 집 안에서 울리는 모든 소리에 귀를 기울였고, 그의 도착을 알리는 것 같은 모든 희미한 소리에 숨을 참고 기다리다가 그게 아님을 깨달으며 실망 속으로 가라앉았다.

그가 나에게 와서 무얼 해 주기 바라는 건지도 나는 잘 몰랐다. 어떤 일들이 가능한지에 대한 무지와 경험의 부재는 가장 명백한 쾌락에 대한 상상도 가로막았다. 나는 그저 그가 내 곁에 오기만을 바랐다. 와서 내게 키스해 주고, 나를 어루만져 주고, 내가 그때까지 들은 어떤 말보다도 다정한 말을 해 주고, 나를 꼭 끌어안아 주기를 바랐다. 열렬하게 갈망했지만 내 머릿속을 떠도는 것은 로맨

틱 소설에서 알게 된 이런 흐리멍덩한 영상들뿐이었다.

그렇게 해서 그날 밤 나는 지독히 고통스러운 쾌락인 어른으로 눈뜨기를 겪었다. 그러나 주변에 그것에 대해 이야기를 나눌 사람이 아무도 없었기에 무척 당혹스러웠다. 평범한 시절이고 내가 집에 있었다면, 나는 어머니에게 말하고 친한 친구들에게도 나의 모험 이야기를 들려주었을 것이다. 하지만 어머니는 손이 닿지 않는 곳에 있고, 친구들은 어디로 흩어졌는지도 몰랐다. 농장에 있는 사람이라고는 베셀링 부인뿐이었는데, 부인이 나를 이해하고 도와줄 거라고는 기대할 수 없었다. 그래서 나는 이런 혼란을 그냥 가슴에 묻었다. 그리고 알게 되었다. 가슴에 묻은 열정만큼 마음을 짓무르게 하는 것은 없다는 것을.

제이콥이 내게서 떨어졌다는 사실만도 괴로운 일이었다. 그것을 더욱 괴롭게 만든 것은 은신처로 옮긴 이후 제이콥에게 생긴 변화였다. 디르크와 헹크와 함께 세 명의 젊은이가 좁은 공간에 갇혀 지내다 보니, 그는 빠른 속도로 흔히 말하는 '사내자식'이 되어 갔다. 내가 미처 알지 못하던 거친 사람이. 그들의 소굴에서 바짝 붙어 밤을 지새우는 동안 그들은 허풍과 과장이 늘어 갔다. 물론 그것은—당시에 나는 몰랐지만—나를 둘러싼 디르크와 제이콥의 조용한 질투와 경쟁에 의해 더욱 자극되었다. 거기다 디르크는 영어를 거의 모르고 제이콥은 네덜란드 어를 전혀 몰라서 헹크가 두 사람을 통역해 주어야 한다는 사실도 별로 도움이 되지 않았다. 내가 갈 때마다 그들은 나를 놀렸는데, 그것은 나를 즐겁게 하거나(나는 즐거운 척했다.) 반대로 나를 괴롭히기(나는 괴롭지 않은 척했다.) 위한 것만큼이나 서로에게 깊은 인상을 주기 위한 것이었다. 다 큰 남자들이 그렇게 어린애 같은 행동을 하는 모습이란 얼마나 딱한 것인지! 사랑하는 나의 오빠, 나의 장래의 구혼자, 나를 매혹시킨 군인. 나는 그런 못난 퇴행을 겪는 그들 모두가 싫었다.

나흘, 닷새, 일주일, 이 주일이 지나갔다. 사태는 점점 나빠졌다. 이 어린애 같은 남자들은 점점 시끄럽고 거칠어졌고 갇힌 생활을 못 견뎌 했다.

이 주일이 다 되어 가던 어느 날, 제이콥 대 디르크와 헹크는 서로 분노로 가득 차서 긴장 속에 간신히 평화를 유지하고 있었다. 무슨 일인지는 이야기해 주지 않았다. 헹크와 단 둘이 남았을 때 내가 묻자, 헹크는 그저 금방 지나갈 거라고만 말했다. 아마도 나에 관해서 다툰 것 같았다. 이유가 무엇이었건, 제이콥은 침대 밖으로 벗어날 수 있게 되면서 다친 다리와 몸 전체의 건강을 위해 운동을 시작했다. 하지만 이것조차 경쟁의 원인이 되어서, 디르크도 운동을 시작했다. 네가 할 수 있는 일이면 나는 더 잘한다, 그리고 더 많이 한다는 식이었다. 나는 제이콥의 상처가 도로 벌어질지 모른다는 걱정에 질책했지만, 그는 듣지 않았다. 지금까지 지내던 대로는 살 수 없다고 말했다. 어떻게든 도망을 쳐서 영국군에 복귀해야 한다고.

여기서 영국군의 네덜란드 진격이 우리가 기대하고 희망한 만큼 빠른 속도로 이루어지지 않았다는 것을 말해 주어야 할 것 같다. 우리는 라디오를 통해서 군대의 소식을 들었다. 하지만 주변 도시와 마을에서 벌어지는 일들은 농장에 식량을 구하러 들른 사람들에게, 혹은 이따금 오는 친척과 친구들의 편지로 알았다. 그렇게 해서 우리는 독일군이 전투 후에 오스테르베크에서 완전히 철수했다는 사실을 알게 되었다. 마을은 대부분 파괴되었다. 하지만 그 폐허도 독일 당국의 특별 허가 없이는 찾아갈 수가 없었다. 10월 초에 어머니가 보낸 편지 한 통이 마침내 내게 도착했다. 어머니와 아버지는 아펠도른에 있는 아버지 친척 집에 가 있었다. 어머니는 독일군이 다급하게 부역 노동을 해 줄 16세에서 50세 사이의 남자들을 찾았던 일을 설명했다. 급여도 좋고 가족에게도 여분의 식량 배급이 있을 거라는 현수막이 나붙었다. 하지만 자원한 사람은 거의 없었다. 얼마 후 남자들의 시신이 길거리에 나타났다. 시신들에는 고문을 당한 흔적이 있었고, 옷에는 '테러리스트'라는 명찰이 꽂혀 있었다. 당연히 사람들을 겁주기 위한 조치였고 그 의도는 통했다. 어머니는 호송 차량에 실려 가는 남자들과 몇몇 군인의 호위 아래 그 뒤를 따라 걸어가는 남자들의 긴 행렬을 이야기했다. 어머니가 그 편지에 적지는 않았지만 아버지도 그때 함께 끌려갔다. 아버지는 숨으려고 하다가 발각되었을 경우 어머니와 친척에게 닥칠 보복을 피하기 위해 자진해서 나갔다.

다른 사람들에게서 들은 소식에 따르면, 우리 나라 북단 지역의 도시인 흐로닝언에서도, 중부의 아메르스포르트에서도, 서쪽의 헤이그에서도, 그리고 여기서 가까운 동쪽의 데벤터르에서도 똑같은 일이 벌어졌다. 그러니까 모든 지역에서 그런 것이다. 그래서 우리는 영국군이 벨기에와 인접한 남쪽 도시인 마스트리흐트를 해방했을 때, 거기에 남자가 거의 없더라는 소식이 무슨 뜻인지 이해했다. 남자들은 강제 노동자로서뿐 아니라 영국군이 도착했을 때 그들을 돕지 못하도록 끌려갔다.

이런 소식들이 찔끔찔끔 전해지면서, 디르크와 헹크는—특히 디르크가—조국을 점령하고 이런 고통을 안겨 주는 적에게 아무런 저항도 하지 못하고 그들 말대로 '틀어박혀 사는' 상황에 대한 분노와 좌절이 깊어졌다. 계속 그렇게 사는 일은 비겁한 일이라고 했다. 그들의 혈기는 호전적인 수준에 이르렀다. 농장 일을 할 때나 밤에 은신처에서 스튜를 먹을 때, 그들은 독일군을 혼란에 빠뜨려 죽일 음모를 쉴 새 없이 고안해 냈다. 독일군의 전투 사령부에 사제 폭탄을 던지는 일을 이야기했고, 매복해서 순찰대를 덮치는 일도 이야기했고, 시골 도로에 철사를 걸어서 오토바이나 자전거를 탄 군인들의 행군을 막는 일도 이야기했다. 아무리 무분별한 일이라도 상관하지 않았다. 베셀링 씨는 참으라고 권고했다. 영국군이 곧 올 거라고. 그리고 레지스탕스 전문가들에게 맡겨야 할 위험한 일에 목숨을 거는 것보다는 해방이 되었을 때 나라를 재건할 너희 같은 젊은이가 남아 있는 게 더 중요하다고 했다. 베셀링 부인은 디르크에게 제발 아버지 말을 듣고 무모한 짓을 하지 말라고 빌었고, 나는 헹크에게 빌었다. 헹크는 마음만 먹는다면 디르크를 설득할 수 있었지만, 그건 반대의 경우도 마찬가지였다. 그들은 어릴 적 처음 만났을 때부터 떼려야 뗄 수 없는 단짝 친구가 되어서 한쪽이 무슨 일을 하면 다른 한쪽도 우정을 보이기 위해서 함께했다. 그리고 헹크가 디르크보다 지성적이고 차분하기는 했지만, 좀 더 태평한 편이기도 해서 대개는 앞서 나가기보다 따라 하는 쪽이었다. 디르크가 그렇게 움직이지 못해 몸이 단 것을 보니 나는 헹크가 걱정되었다. 이런 일이 벌어지는 동안 제이콥은 조용했고, 그것은 현명한 선택이기도 했다. 그가 내 편을 들었다면 디르크에게 기름을 끼얹는 꼴이 되었을 테니 말이다.

우리가 다시 한 번 기습 수색을 받는 일만 없었다면 모든 것이 잘 지나갔을지도 모른다. 이번에는 해질녘이었다. 수색은 건성이었다. 그들은 남자들이 달아나 숨기에 충분한 시간을 주면서 천천히 들어왔다. 군인들은 명령을 받기는 했지만, 원하는 걸(아마도 끌고 갈 만한 나이의 남자) 찾을 수 있을 거라는 기대를 하지 않는 게 분명했다. 그 대신 장교는 구하기 어려운 음식을 조금 주면 소동을 피우지 않고 가겠다는 식의 암시를 했다. 그들은 농장의 수제 치즈와 달걀 한 꾸러미와 버터 한 덩이를 가지고, 그리고 우리의 조용하지만 뜨거운 경멸을 받아안고 떠났다.

이 소식을 듣자 디르크는 길길이 뛰면서, 그런 식으로 굴복하면 놈들은 며칠 뒤에 다시 들이닥쳐서 더 많은 걸 요구할 거라고, 그래서 문제가 점점 커질 거라고 베셀링 씨에게 소리쳤다. 그리고 우리가 만약 그 요구를 거절하면 장교는 아무 이유나 걸어서 남자와 무기와 불법 라디오를 수색한다는 구실로 농장 전체를 쑥밭으로 만들어 버릴 거라고. 그런 일이 일어나면 당연히 축사 다락의 건초를 내려야 하고 은신처가 드러나게 될 거라고.

"놈들이 어떤지 잘 아시잖아요."

그가 말했다.

"놈들에게 규정을 따라야 한다는 걸 확실히 일러 주지 않으면, 놈들은 우리를 멸시하고 자기들 하고 싶은 대로 해요. 공식 허가 없이 식량을 빼앗아 가는 건 규정에 어긋나는 거예요. 놈들도 그걸 알아요. 이제 우리가 규정을 어겼으니 강탈에 굴복한 셈이고, 놈들은 더 달라고 올 거예요. 이제 우리는 안전하지 않아요."

그날 밤 우리는 절망과 근심에 잠겨 잠이 들었다.

다음 날 아침 디르크와 헹크는 사라졌다. 제이콥의 총과 탄약도 없어졌다. 그리고 각자 서둘러 쓴 편지를 한 통씩 남겼다. 디르크는 자기 부모님에게, 헹크는 나에게. 나는 아직도 오빠의 편지를 가지고 있다.

디르크는 끝에 간단히 한 줄을 보냈다.

나는 그 뒤로 헹크를 보지 못했다.

사랑하는 헤르트라위에게

더 이상은 기다릴 수가 없구나. 우리는 조국에서 침략자를 몰아내는 데 힘을 보태야 해. 디르크 말이 맞아. 독일군은 이제 농장을 더 자주 찾아올 거야. 영국군이 다가오면, 놈들은 이곳을 점령하고 사령부 아니면 대포 기지로 사용할 거야. 그런 일이 일어나면 우리는 잡히게 될 거야. 그러면 독일군은 우리를 학대하고 너와 다른 사람들도 모진 일을 당하겠지. 쥐는 구석에 몰렸을 때 가장 사납게 구니까. 디르크나 나나 가만히 앉아 있다가 잡혀 죽거나 강제 노동을 당하느니 싸울 기회가 있을 때 가는 게 더 좋아. 그리고 이건 너에게 최선이기도 해. 우리가 여기 없으면 네 위험도 줄어들 거야. 그리고 같은 이유로, 제이콥이 회복하면 되도록 빨리 그를 농장에서 내보내. 절대 망설이지 마.

우리는 레지스탕스하고 접촉해 보기로 했어. 그들하고 함께 할 일이 없다면 남쪽에 있는 영국군을 찾아갈 거야. 진작 이렇게 해야 했어. 어쨌거나 우리 집이 부서진 그 전투가 끝난 뒤에는 말야.

네가 화가 났을 거라는 거 알아. 너에게 우리 계획을 말해야 했겠지만, 네 눈물을 보면 마음이 약해졌을 거야. 우리가 하는 이 일은 내가 반드시 해야 하는 일이야. 디르크와 약속을 지키기 위해. 하지만 나의 자존심을 위해서이기도 해. 네가 이해해 주길 바란다.

디르크하고 나는 곧 자유를 안고 돌아와 너를 볼 거야. 그때까지 내 생명보다 소중한 너는 무엇보다도 너 자신을 잘 돌보길.

너의 오빠 헹크

너를 내 심장에 담아 간다. 사랑을 담아, 디르크

14

제이콥

머나먼 다리.

−F. A. M. 브라우닝 중장

나는 아직도 침대에 함께 누운 아내가
멍이 들 정도로 격렬한 악몽들을 꾼다.
내가 원한에 시달리는 건 아니다.
나는 이미 오스테르베크 묘지에 누워 있는
불쌍한 전우들보다 50년 가까운 세월을 더 살았다.
그때는 좋은 작전이라고 여겼다. 그것은 도박이었다.
이길 때도 있지만, 질 때도 있다. 그리고 우리가 졌다.

−조 키치너 원사, 글라이더 연대, 아른헴 전투 참전

1995년 9월 17일 일요일

오전 8시. 이곳에 온 뒤로 사흘 동안 계속 뿌리던 비가 걷히고, 늦여름의 화창하고 따뜻한 날을 예고하는 옅은 안개 속으로 아침 햇살이 암스테르담의 아우데제이즈 운하 길에 있는 헤르트라위 아파트의 손님 방에 반사되어 들어와 잠든 제이콥을 깨웠다.

그가 욕실로 내려가는데 단이 집에 있는 기척이 느껴지지 않았다. 그 시간이면 부엌 안쪽에 있는 중국식 병풍 뒤에서 자고 있을 게 분명했는데 말이다. 그는 얼른 세수를 하고 용변을 본 뒤 마침내 자기 옷을 입었다. 검은 스웨터, 깨끗한 청록색 청바지, 빨간 양말, 연갈색 에코 부츠. 네덜란드에 도착한 뒤 그 어느 때보다 자기 자신이 된 것 같은 기분을 느끼며, 그는 토스트와 꿀과 차로 간단한 아침 식사를 만들어 아직도 낯선 이 부엌에서 최대한 조용히 먹었다. 단의 아침잠을 방해하지 않기 위해서였다. 이른 아침부터 까탈스런 단의 모습을 다시 보고 싶지 않았다. 이미 그의 마음은 편안함을 느끼기에는 너무 많은 것이 들어차 있었다. 어제 헤르트라위가 불러일으킨 감정들이 오늘 일에 대한 예상과 얽혀 들었다.

헤르트라위를 떠나온 뒤 단은 그를 데리고 판 리트 씨의 집으로 갔다. 거기서 둘은 제이콥의 물건을 챙기고 판 리트 씨와 식사를 했다. 식사 시간에는 주로 단과 판 리트 씨가 네덜란드 어로 가족

일을 의논하면서 제이콥에게 미안하다고 했는데 제이콥은 그게 오히려 좋았다. 예의 바르고 피상적인 대화를 나눌 만한 마음 상태가 아니었기 때문이다. 헤르트라위를 만난 일은 그 자신도 이해할 수 없는 방식으로 그를 혼란에 빠뜨렸다.

암스테르담으로 돌아왔을 때 제이콥은 뜨거운 물로 목욕을 오래도록 한 뒤 저녁 내내 혼자 있었다. 다행히도 단이 데이트 약속이 있어서 늦게야 돌아온다고 했다. 계속해서 낯선 사람들과 함께 있다가 혼자 있게 된 데 마음이 편하기도 했고, 그 아파트를 독차지하게 된 것도 좋았다. 그는 이 책 저 책을 들추어 보고, 멋진 사운드 시스템으로 음악도 들어 보고, 텔레비전 채널들도 돌려 보고, 이따금 정면 창밖으로 운하 건너편 호텔의 객실도 들여다보았다.(놀랍게도 많은 사람들이 커튼을 열고 방을 무슨 작은 무대처럼 밝혀 둔 채 사적인 일을 하고 있었다. 짐 풀기, 옷 벗기, 돈 정리하기, 화장하기, 속옷 바람으로 침대에 누워 있기. 단은 사람들이 이성이나 동성과 섹스하거나 젊은 여자가 벌거벗고 춤을 추며 돌아다니는 것 같은 재미있는 모습도 가끔 본다고 말했다. 하지만 늘 그렇듯이 행운과 인연이 없는 제이콥은 그저 비대한 중년 남자가 속옷 바람으로 앉아서 발톱을 깎으려고 몸을 이리저리 비틀다가 발톱깎이가 발가락에 닿지 않아 포기하는 모습을 본 게 전부였다.)

하지만 그러는 동안 그리고 열두 시 조금 넘어 잠들기 직전까지 제이콥은 내내 헤르트라위와 함께 보낸 시간에 대해 생각하며 흐트러진 감정들을 정리하려고 했다. 아침이 되었지만 그 혼돈은 여전히 남아 고통스러웠다.

아침을 먹은 뒤 그는 부엌에서 나와 스페인식 타일이 깔린 차가운 바닥을 걸어 배의 트랩 같은 계단을 올라 위층의 자기 방으로 올라갔고, 거기서 어제 부엌에서 가져온 베옌코르프Bijenkorf라는 글자가 박힌 비닐 쇼핑백에(그건 벌집이라는 뜻이었다. 어젯밤에 사전을 찾아보았다.) 올림피아 카메라와 비올 때를 대비해서 단이 빌려 준 우비를 챙겨 넣었다.

판 리트 부인이 그를 데리러 오려면 10분이 남았다. 단의 꼼꼼한 회계사 아버지가 설명해 준 것에 따르면, 그들은 9시 32분 기차로 떠나서 10시에 위트레흐트 12a 승강장에 도착한 뒤, 6분 뒤에 4b 승강장에서 10시 47분 기차를 타고 오스테르베크에 도착할 것이고, 역에서 걸어가면 기념식의 주 행사가 예정된 11시에 딱 맞추어 식장에 도착할 수 있었다.

1944년 9월 17일 일요일, 영국 남부

안개가 꼈지만 곧 맑게 갠 날. 오전 9시 45분까지 332대의 RAF[영국 공군]기와 143대의 미군기, 그리고 다른 비행기들에 의해 LZ(착륙 지역)까지 이끌려 갈 320대의 글라이더가 총 5,700명의 병력과 지프, 경량포 등의 장비를 싣고 사상 최대의 낙하 작전을 수행하러 가기 위해, 링컨셔에서 도싯까지 영국 곳곳에 포진된 8곳의 영국 비행장과 14곳의 미국 비행장에서 이륙 준비를 마쳤다.

전투에 투입될 총 11,920명의 병력 가운데 남은 병력은 다음 날인 월요일에 볼프헤제 근처 들판의 DZ(낙하 지역)들로 2차 진격을 하게 될 것이다. 볼프헤제는 오스테르베크에서 서쪽으로 3마일[5킬로미터] 거리로, 목적지에서는 7마일[11킬로미터] 떨어져 있다. 목적지는 이제 〈머나먼 다리[제2차 세계 대전 당시 연합군 최악의 전투였던 아른헴 전투를 배경으로 한 영화]〉로 유명해진, 아른헴 중심부를 흐르는 라인 강 하류의 다리로 독일 국경과는 20킬로미터 떨어져 있다.

제임스 심즈 이등병, 19세, 영국 공수 여단, 낙하산 연대, 제2대대, 'S' 중대, 아른헴 전투 참전

토요일 밤 우리는 대부분 휴식을 취했다. 누구는 축구를 하고 누구는 다트 놀이를 했다. 어떤 이들은 편지를 읽거나 썼다. 나는 간이식당에 가서 의자에 앉은 뒤불 꺼진 화덕에 두 다리를 올려놓았다. 고양이가 무릎으로 기어 올라왔고, 내가귀를 긁어 주자 기분 좋게 가르랑거렸다. 'C' 중대 사람 한 명이 방금 자신의 집에서 온 소포 속 종교 책자를 나에게 보여 주었다. 책자에는 풍차 사진이 있고,'자위더르 해[네덜란드 북부에 있었던 만. 현재는 인공 호수가 되었다.]에서 실종'이라는 글이적혀 있었다. 그는 그게 좋지 않은 징조라고 생각했다. 그것은 이상한 우연이었다.(이번 작전은 비밀이었기 때문이다.) 우리는 결국 잠자리에 들었고 나는 놀라울 만큼 잘 잤다.

일요일은 가슴이 약간 파닥거리는 것 말고는 다른 날과 다름없이 시작했다.

"아침 잘 먹어 둬."

사람들은 말했다.

"다음 식사는 언제일지 모르니까."

어린 조디와 나는 준비를 서둘러 마치라는 경고를 받았다. 우리는 대대에 합류한 지 얼마 되지 않아서 폭탄 운반병의 임무를 맡았고, 전장까지 날라야 할 10파운드(4.5킬로그램)짜리 박격포 포탄을 6발 장착한 멜빵을 지급받았다. 거기다 독일 치하의 네덜란드 통화와 지도, 탈출용 톱, 303구경 라이플 총 실탄 40발, 36수류탄 두 개, 대전차용 수류탄, 연막탄, 뾰족한 곡괭이와 삽을 지급받았다. 라이플 총들은 이미 소지하고 있었다.

『아른헴의 선봉 : 어느 사병의 이야기』, pp.50~51.

제프리 파월 소령, 제4낙하산 여단, 156낙하산 대대, 'C' 중대 지휘관, 2차

진격으로 출전.

　낙하 기구를 장착하느라 애를 쓰는 익숙한 법석이 시작되었다. 나는 전투복과 공수복 위에 이미 완전 군장을 하고 있었다. 지도와 손전등과 잡동사니를 넣은 주머니, 방독면, 물병과 나침반, 권총집과 탄약집, 그리고 가슴에는 스텐(기관총) 탄창과 수류탄이 가득한 주머니 두 개가 있었다. 배에는 작은 꾸러미를 찼는데, 거기에는 이틀 치 군용 식량, 휴대용 식기, 예비 양말, 세면도구, 스웨터, 양철 컵, 그리고 맨 위에는 호킹 대전차용 수류탄이 들어 있었다. 목에는 쌍안경을 걸고, 공수복 주머니에는 구급낭과 모르핀 주사기와 붉은 베레모를 우겨 넣었다. 그 다음에는 데님 낙하복을 입어 모든 것을 제자리에 고정시키고, 낙하산 줄이 몸 곳곳의 돌출물에 걸리지 않게 했다. 그리고 이 모든 것 위로 메이 웨스트 구명조끼를 입고 목에 위장 그물을 두른 뒤, 머리에는 그물이 둘린 낙하용 강철 헬멧을 썼다. 오른쪽 다리에는 스텐 기관총과 직사각형 무전 라디오, 그리고 작은 야전삽이 든 커다란 가방을 매달았다. 걸쇠를 당기면 가방이 공중에서 풀려 가는다란 끈으로 다리에 매달리고 나보다 먼저 땅에 닿게 된다. 다음에는 해리슨 이등병의 도움을 받아 낙하산을 짊어졌고 나도 그를 도와주었다. 그런 뒤 서로 상대방의 신속 탈착 장치가 제대로 작동하는지를 점검했다. 그리고 많은 생각 끝에 나는 두 가지 사치품을 가지고 가기로 했다. 붉은 베레모와 『옥스포드 영시선』이었다.

『아른헴의 병사들』, pp.19~21.

　9시 16분에 판 리트 부인이 자신의 어머니 아파트 초인종을 울렸다. 제이콥이 '베엔코르프' 쇼핑백을 집어 들고 쿵쾅거리는 부츠 소리를 내며 경사진 통로를 내려가서 출입 계단으로 통하는 문 옆에 걸린 거울에 자기 모습을 확인하고 밖으로 나가는데, 병풍 뒤에서 단의 목소리가 들렸다.

"좋은 하루가 되길."

미국인의 상투어에 대한 지독한 패러디에 제이콥은 단이 자신을 놀리는 건 아닌가 하는 생각이 들었다.

"어머니한테 안부 전해 드려."

그 말 역시 마찬가지로 비꼬는 것처럼 들렸다. 거기에 제이콥이 모르는, 잠에 젖은 여자 목소리가 따라붙었다.

"토트 진스Tot ziens, 엥겔스Engels 맨[잘 가, 영국인]."

제이콥은 반사적으로 "안녕." 하고 인사를 했다. 아파트 아래까지 3층을 내려가는 내내 단의 침대 동무에 대한 궁금증이 제이콥의 호기심을 자극했다.

판 리트 부인은 임시 '스투프'에 서 있었다. 짧은 반백 머리가 후드 모자가 달린 넉넉한 회색 반코트와 잘 어울렸다. 반코트 밑에는 회색과 암청색의 무늬가 박힌 무릎 아래까지 오는 리넨 원피스가 보였고, 어깨에는 제이콥의 부츠와 거의 같은 연갈색에 오래 사용한 듯한 핸드백을 메서 허리 근처에 늘어뜨렸고, 발에는 튼튼해 보이는 단화를 신고 있었다. 부인은 피곤해 보였지만 미소로 그를 맞았는데, 그 표정은 제이콥의 어머니가 병에 걸려 수술을 앞두었을 때 자주 보이던 표정과 비슷했다. 버텨 내기. 할머니가 그렇게 말했다. 그는 죄책감을 느꼈고, 부인을 기쁘게 하는 일, 귀찮은 존재가 된 걸 벌충할 수 있는 일이라면 무엇이건 해야겠다는 생각이 들었다.

그들은 악수를 하면서 약간 격식을 차린 인사를 주고받았다. 제이콥은 그런 게 좀 구식이라고 느껴졌지만 그래도 마음에 들었다. 판 리트 부인을 만날 때마다 계속 그랬듯이 이번에도 그는 부인이 자신을 경계하고 있다는 느낌을 받았다. 아니면 부인의 성품이 수줍은 걸지도 모른다고, 그는 길을 걸으면서 생각했다. 부인은 부인의 어머니하고도 다르고, 아들하고도 다르며, 또한 말 많은 남편과도 딴판이었다. 사람들이 자신과 같은 약점을 지닌 사람에게 흔히 그러듯이 그는 부인에게 친근감을 느꼈다.

"내 아들은……."

판 리트 부인이 말했다.

"너를 제대로 돌봐 줄 애가 아니라는 걸 알아. 네가 우리 집에서 지내는 게 더 좋을 뻔했어."

수줍을지는 몰라도 상당히 직설적이었다.

"걱정해 주셔서 고맙지만 저는 괜찮아요."

제이콥이 말했다.

"멋진 아파트예요."

"그래, 우리 어머니 아파트는 뭐랄까, 독특하지. 하지만 우리 아들의 생활 방식은……. 그나마 단이 너를 조금이라도 챙겨 주려고 하면 좋겠다만. 어쨌거나 너는 젊으니까 나보다는 그 애를 더 잘 이해하겠지. 우리 아들 말에 따르면, 나는 아주 보수적인 사람이라서 말이야."

그리고 잠시 후에 덧붙였다.

"네가 하를렘에 와서 지내겠다면 우리는 언제나 환영이야."

"고맙습니다. 하지만 저는 정말 괜찮아요. 단은 저한테 아주 잘 해 주고 있어요. 저는 단이 좋아요."

"네 일에 대해 네 가족에게 책임을 느껴서 그래."

"저는 열일곱 살이고 이제 곧 열여덟 살이 돼요. 판 리트 부인.

제 일은 제가 알아서 할 수 있습니다. 하지만 걱정해 주시는 건 정말 감사드려요."

"그냥 편하게 테셀 아줌마라고 부르렴."

"네, 고맙습니다."

그들은 교차로에서 프린스 헨드리카데 거리를 건너 역으로 갔다. 거기는 전차와 버스와 자전거와 사람의 물결이 뒤죽박죽으로 엉겨서, 신호등을 보거나 다른 사람들과 부딪히지 않는 데 신경 쓰느라 아무런 대화를 할 수 없었다. 기차역 앞 광장은 어제보다도 더 붐볐다. 광장 중앙 부분에는 어느 나라(페루?)의 민속 의상을 입은 6인조 악대가 사람들에게 둘러싸여 나무 팬파이프와 땅딸막한 북으로 명랑한 음악을 연주하고 있었다. 역 안은 일요일 여행객으로 법석이었다. 테셀은 제이콥을 데리고 곧장 승강장으로 갔다.

"오는 길에 네 표를 샀어."

그녀가 말하고 그에게 표를 주었다.

"잘못해서 헤어지게 될 경우를 대비해서 네가 갖고 있으렴."

그리고 제이콥에게 미소를 지어 보였다.

"소매치기 조심해!"

그러면서 핸드백을 자기 앞으로 바짝 당겼다. 승강장에서 시간이 몇 분 남자 테셀이 말했다.

"어저께 옛날 군인들이 낙하산을 타고 내려왔다는 이야기 들었니?"

"아뇨."

"그 전투에서 살아남은 군인들이야. 오늘 아침 신문에서 읽었어. 1944년에 내려온 바로 그곳에 어제 다시 낙하산을 타고 내려온 거야. 생각해 보렴! 대부분 70대 후반이야. 원래는 작년에 50주년 기념으로 하려고 했는데 그때는 날씨가 너무 나빴어. 그래서 대신 어제 한 거야. 안전을 위해서 젊은 군인이 한 명씩 따라붙었지."

"놀라운데요!"

"내 생각도 그래. 그중 한 사람은 여든 살이라고 들었어."

그녀는 웃었다.

"또 한 사람은 착륙할 때 삼키면 안 되니까 미리 틀니를 빼야 하느냐고 물었대."

제이콥도 웃었다.

"그러면 모두가 무사하게 해낸 건가요? 틀니까지 온전하게요?"

"내가 아는 한은 그래. 오늘 아침에 전화로 어머니한테 이 이야기를 해 드리니까, 그 모습을 직접 보았으면 좋았겠다고 하시더구나."

"어쩌면 같이 뛰어내리고 싶으셨을지도 모르겠네요."

"아, 그래. 너는 벌써 우리 어머니를 잘 알고 있구나."

"우리 할머니랑 비슷하시거든요. 우리 할머니라면 그렇게 말씀하셨을 거예요."

"우리 어머니는 전투가 시작된 날 낙하산 부대가 내려오는 걸 직접 보셨어. 너한테 말해 줬니?"

"아뇨."

"이런, 놀랍구나."

기차가 도착했다.

만원 기차에 나란히 앉은 뒤, 테셀은 대화가 끊기지 않았던 것처럼 이야기를 계속했다.

"어머니는 그 이야기를 아주 좋아하시거든. 나는 어릴 때부터 그 이야기를 아주 많이 들었단다."

"저한테 전쟁 이야기는 하지 않으셨어요."

"내 예상과는 반대인걸. 네가 떠난 뒤 어머니는 말을 거의 안 하셨어. 너에 대해서는 한마디도 안 했고."

그 말은 거의 질문처럼 들렸다.

"그러니까, 그 할머니……."

"헤르트라위Geertrui."

"네, 헤르트라위 할머니. 죄송해요. 발음을 잘 못하겠어요."

"영어의 거트루드Gertrude랑 같은 이름이야."

"네, 거트루드. 햄릿의 어머니지요."

그는 다시 한 번 발음을 시도했다가 실패했지만, 이번에는 조금 발전한 실패였다.

그가 목을 긁는 '흐' 소리와 소 울음 같은 '라위' 발음에 애를 먹자 둘은 서로 미소를 지었다.

기차가 출발했다.

기차역을 벗어났을 때 제이콥이 말했다.

"헤르트라위 할머니는 제가 왜 할머니랑 사는지를 물으셨어요. 그 이야기를 하면서 제가 말이 좀 많아졌던 것 같아요. 그러다가 시간이 다 갔어요. 솔직히 말씀드리면 할머니가 조금 무섭기도 했고요."

"우리 어머니는 많은 사람들에게 그런 느낌을 주셔. 고백하자면 나도 가끔 그래. 간호사들도 그렇대. 어머니를 좋아하면서도 조금은 겁을 먹고 있어."

"저더러 내일 다시 오라고 그러셨어요. 그때 전쟁 이야기를 하실지도 모르죠."

그는 테셀의 몸이 굳는 것을 느꼈다. 둘이 나란히 붙어 앉아 있는지라 무례함을 각오하지 않고는 고개를 돌려 그녀의 얼굴을 살펴볼 수가 없었다.

"우리에게 아주 어려운 시기란다."

그녀가 말했다.

"이해하겠니?"

"네."

"우리 어머니는 의지가 굳은 분이야."

"네."

"이미 말했듯이, 우리한테 아무 말씀 안 하고 너를 여기로 초대하셨지. 나나 남편이나 그 누구에게도 말이야. 단은 모르겠다. 두 사람은 아주 친하니까. 나한테는 네가 여기 오기 며칠 전에야 말씀을 하셨어."

제이콥은 이제 비로소 고개를 돌려 부인을 보았다.

"저도 정말 당황스러워요."

"아냐, 아냐. 네 잘못은 없어. 내가 그 일을 또 말하다니. 내 말은 그러니까 우리 어머니는 언제나 이런저런 비밀이 있었다는 거야. 그리고 성품은 결연하고…… 솔직히 말하면 고집불통인 데가 있지. 게다가 지금은 진통제가 정신을 혼미하게 해서 더 나빠지고 있어."

그녀는 어깨를 으쓱했다.

"우리 어머니는 원래 그러셔."

제이콥은 앞에 앉은 젊은 여자 승객—무릎이 자꾸 닿으려고 해서 그것을 피하기 위해 애를 써야 했다.—너머로 눈길을 돌렸지만, 아무것도 눈에 들어오지 않았다. 그는 테셀이 할머니와 전화로 약속한 대로 공항에서 그를 맞은 일을 떠올렸다. 그녀는 긴장한 듯했고 무뚝뚝해 보였다. 심지어 기분이 나빠 보이기까지 했다. 그는 네덜란드 사람들이 대개 이런가 아니면 테셀의 특징인가 하고 의아해했다. 그녀는 또 불안해 보였다. 자동차 열쇠를 떨어뜨리고 고속도로에서 잘못된 길로 들어서고, 영어를 잘 못해서 미안하다고 하고(하지만 테셀의 영어는 기가 죽을 만큼 훌륭했다. 그는 네덜란드 어를 전혀 공부하지 않았기 때문이다.), 그런 것들 말이다. 집에 도착하자 그녀는 그가 지낼 방을 보여 주고(포스터와 옷과 여러 가지 물건을 보면 단이 10대 시절에 쓰던 방인 것 같았다. 모든 게 박물관처럼 깔끔하게 정돈되어 있었다.) 몇 분 간 쉬게 하더니, 진한 네덜란드 커피를 가지고 와서 마주 앉아 낭패한 듯이 자신은 제이콥을 제대로 대접할 수가 없노라고 말했다. 일요일에는 오스테르베크의 기념식에 데리고 가겠지만, 그 전에는 알아서 시간을 보내야 한다고. 제이콥은 아, 이해합니다. 그럼요, 괜찮습니다, 하고 말했다. 그런 뒤 더는 감출 수 없다는 듯 이 초대가 얼마나 난데없는 것이었는지에 대한 이야기가 터져 나왔다. 그런 이야기까지 듣자 제이콥은 배 속이 뒤엉키는 것 같았다. 자신이 거추장스러운 존재가 되었다는 생각에 여기에 온 일이 후회스러웠다.

그때 판 리트 씨가 나서서 다음 날 안네 프랑크의 집에 가 보는 게 어떻겠냐고 말하더니, 이어 한 시간 반에 걸쳐 먼저 네덜란드의 기차 체계에 대해 자세히 설명하고, 이어서 암스테르담 중심부의

지도를 펼쳐서 안네 프랑크의 집이 어디 있는지, 그곳에 가려면 전차를 어떻게 타야 하는지를 이야기하다가, 암스테르담의 전차 체계로 넘어가서는 이어 제이콥이 구경할 만하다고 여겨지는 곳들—렘브란트와 페르메르의 작품이 있는 국립미술관과 지난 몇 백 년 동안 암스테르담의 발전상을 보여 주는 훌륭한 전시회가 열리는 역사박물관—을 열거했다. 판 리트 씨는 박물관 전시회에 가면 지난 시절 물에 잠긴 모래에 통나무를 깔고 그 위에 튼튼한 나무틀을 세워 지은 암스테르담 옛 주택의 모형을 볼 수 있다고 했다. 암스테르담은 예나 지금이나 집을 지을 터라고는 젖은 모래땅뿐이니, 그걸 보면 모래 위에 세운 집은 오래가지 못한다는 성경 말씀은 틀린 거라며 판 리트 씨는 웃었다. 암스테르담에서는 삼백 년 전에 모래 위에 지은 집들이 거리거리에 아직도 튼튼하게 서 있고, 그 집들은 처음 지었을 때와 다름없이 우아하고 아름답다고 했다. 그리고 짧은 시간에 이런 집들을 둘러보고 전체적인 풍경을 감상하려면 운하를 운행하는 유람선을 타는 게 좋다고 판 리트 씨는 조언했다. 그는 지도에 유람선 타는 장소들을 표시하고 뱃삯이 얼마인지를 일러 주었다. 그러다 보니 판 리트 씨는 제이콥에게 네덜란드 화폐에 대해 설명할 필요를 느꼈고, 거기에는 지폐와 동전에 새겨진 그림들이 무엇을 의미하는지에 대한 10분간의 설명이 덧붙었으며, 이어서 자연스럽게 영국의 화폐와 상대적 가치를 비교하게 되었다. 그리고 거기서 잠시 곁길로 빠져서 유럽 공통 화폐가 되도록 빨리 실행되어야 한다는 주장과 하지만 지금 제시된 유럽 공통 화폐 도안은 판 리트 씨가 볼 때는 현재 네덜란드 화폐만큼 매력적이지도 품위 있지도 않다는 한탄이 곁들어졌다. 하지만 겉모습보다는 교역과 정치-경제적 이점이 훨씬 중요한 법이지. 히틀러가 권력을 잡은 이유가 경제 불안정과 통화 약화였다는 걸 잊으면 안 돼. 아, 물론 독선과 인종적 편견도 있었지. 하지만 경제 안정과 활발한 무역은 건강한 나라의 필수 요소야.

이런 식후 강의를 마치고서(제이콥은 듣고 있다는 걸 알려 주는 반응과 그의 제안에 따르겠다는 의미의 짧은 질문 몇 개를 빼면 거의 아무 말도 하지 않았다.) 판 리트 씨는 제이콥에게 자신과 개(활달하지만 침을 좀 흘리고 나이가 든 데다 냄새도 나는 실리엄 테리어종)와 함께 밤 산책을 나가자고 했다. 그러더니 산책 중에 제이콥에게 단의 주소를 주며 판 리트 부인에게는 이 일을 말하지 말라고 했다. 집사람하고 단 사이에는 지금 장모님 문제로 갈등이 있거든. 집사람은 신경이 아주 날카로운 상태야. 네가 걱정할 일은 전혀 아니야. 여자들이 어떤지는─그는 웃었다.─특히 특정 나이대의 여자들이 어떤지는 너도 알겠지. 단은 기꺼이 너를 도와주려고 할 거야. 그리고 이러건 저러건 너를 만나고 싶어 할 거야.

이 모든 일은 제이콥을 아주 어색하게 만들었고, 그곳에 간 게 잘못이라는 생각을 더 강하게 했다.

제임스 심즈

탑승 명령에 우리는 항공기에 올랐다. (더글라스 다코다 C-47 '공중 열차'의) 쌍발 엔진이 요란한 굉음을 내면서 돌아가기 시작했고, 비행기는 부르르 몸을 떤 뒤 활주로를 굴러 갔다. 미국인 파일럿들이 V자 대형을 이루어 천천히 활주로 위를 움직였다. 우리 항공기는 활주로 끝에서 옆으로 기울면서 방향을 바꾸어 멈춰 섰다. 우리 양편에 두 대의 항공기가, 뒤편에는 세 대의 항공기가 덜컹덜컹 다가

와 섰다.

엔진 회전 수가 높아지면서 비행기는 흔들렸다. 우리는 점점 속도를 높여서 곧 활주로를 천둥처럼 질주했다. 여섯 대의 비행기가 달려가자 소음은 거센 폭풍 수준에 이르렀다. 우리는 조그만 창문에 얼굴을 붙이고 다른 비행기에 탄 동료들에게 손을 흔들었다. 자칫 활주로 경계 표시 울타리에 부딪치고 말 것 같다는 생각이 들었지만, 비행기의 움직임이 살짝 변하면서 우리가 공중에 들어선 것을 알 수 있었다. 우즈 중위가 두 손을 뻗고 미소를 지어서 이것을 확인해 주었다. 시간은 오전 11시 30분 무렵이었고—가만 생각해 보면—우리는 점심시간이 끝나기도 전에 네덜란드에 도착할 예정이었다.

우리는 하늘 위로 무겁게 솟아오르면서 친숙한 영국 땅이 점점 멀어지는 것을 바라보았다. 다코타호는 느린 항공기였고, 아무런 무장도 없었다. 공중 함대가 해안선에 이르자, 우리는 전투기의 보호 아래 낙하했다. 전투기들은 대개 포와 로켓으로 무장한 영국 공군 소속의 호커, 템페스트, 타이푼 들이었다. 우리는 '최대한의 전투기 지원'을 약속받았다. 그것은 천 대의 전투기를 의미했고 매우 마음 든든한 일이었다.

이 당당한 공수 부대가 북해를 날아가는 동안 우리는 차분히 자리를 잡고 앉았다. 사람들은 동체 안에 갈빗대 모양으로 놓인 벤치같이 생긴 의자 한쪽에 여덟 명씩 앉았다. 영국 온갖 지역 사람들이 다 모여 있었다. 잉글랜드 인, 아일랜드 인, 스코틀랜드 인, 웨일즈 인. 잉글랜드 인 가운데에도 타인강 사람, 리버풀 사람, 런던 사람, 버밍엄 같은 중부 출신, 케임브리지, 켄트, 서섹스 출신이 있었다. 우리 소대에는 브라이턴 사람이 셋이었다. 직업들은 상점 점원에 외판원, 농부, 행상인 등이었다. 밀렵꾼도 한 명 있었다.

낙하 순서 1번인 우즈 중위는 열린 문 옆에 앉아 있었다. 나는 15번이었고, 내 다음 차례이자 마지막은 모리스 칼리코프였다(그는 하사였고 러시아계 유대인이었다. 그는 일급 군인이자 내가 만난 최고의 사람들 가운데 한 명이었다.).

나는 오래 전부터 이 일을 원했다고 스스로에게 되뇌었다. 이 일에는 붉은 베레모가 있고, 날개 훈장이 있고, 낙하 수당이 있었다. 우리는 물결치는 구름바다 위 약 4천 피트(1,220미터) 상공을 날아갔다. 구름에 반사되는 햇빛을 보며 나는 이미 천국에 있다는 생각을 했다. 완전한 아름다움을 느끼는 인생의 순간이었다. 다코타호는 단조로운 소음을 울리며 바다 위를 날았다. 대화가 불가능해서 우리는 졸거나 책을 읽었다.

어느덧 네덜란드의 해안이 가까워졌고, 항공기가 구름을 뚫고 2천 피트(610미터) 높이로 내려가는 동안 긴장하여 몸을 잘 지탱하라는 명령이 전해졌다. 아직 북해 위에 있을 때, 독일 군함 한 척이 우리에게 사격을 가했다. 다행히 작은 배라서 기관총 한 대뿐이었다. 미국인 파일럿이 얼른 피했고, 그 바람에 기체가 무섭게 기울어져 우리는 발을 바닥에 꽉 붙이고는 서로를 붙들었다. 우리는 예광탄이 우리를 향해 아치를 그리며 줄줄이 날아오는 모습을 홀린 듯이 바라보았다. 예광탄은 처음에는 느렸지만, 나중에는 성난 말벌 떼처럼 열린 문 옆을 획획 지나갔다.

이제 네덜란드 해안선이 바로 앞이라는 말을 들었고, 나는 다시 한 번 위장이 펄쩍 공중제비를 넘는 것 같았다. 물에 잠긴 네덜란드의 해안선을 표시하는 것(독일군은 영국군의 상륙을 막기 위해 해안 지방을 일부러 물에 잠기게 했다.)은 좁고 긴 둑뿐이었는데, 그것은 멸종된 선사 시대 동물의 등뼈와 비슷했다. 내륙 쪽으로 들어가자 차츰 물이 사라지고 땅이 조금씩 보이더니 마침내 들판이 나타났다.

『아른헴의 선봉 : 어느 사병의 이야기』, pp.52~55.

위트레흐트에서 열차를 갈아타는 일은 간단했지만, 승강장과 계단은 몹시 붐볐다. 두 사람은 다시 한 번 나란히 앉았지만, 이번에는 제이콥이 바깥 풍경을 잘 보도록 창가에 앉았다. 동쪽으로 가면서 바둑판 같은 운하는 사라지고 굴곡이 많은 땅과 숲 지대가 나타났다.

"그 전투에 대해 잘 알고 있니?"

테셀이 물었다.

"잘 안다고는 할 수 없어요."

제이콥이 말했다.

"관련된 책을 두어 권 읽었어요. 할아버지 때문에 관심이 생겨서요. 그리고 그 영화도 봤어요. 앤서니 홉킨스가 씩씩한 장교로 나오는 거요[리처드 애튼버러 감독의 〈머나먼 다리〉]. 아주 웃겼어요. 하지만 현실하고는 많이 달랐겠죠."

"영화야 늘 그렇지. 어떻게 영화가 현실을 제대로 담겠어?"

"제가 읽은 책 중에 한 권은 진지한 역사책이었어요. 하지만 저는 그런 책보다 전투에 참가한 평범한 군인, 게다가 장교도 아닌 사병이 쓴 책이 더 좋았어요. 우리 할아버지도 그런 분이셨겠지요. 아주 잘 쓴 책은 아닌데, 전문 역사가가 전투 전체를 다루려고 쓴 책에는 들어가지 않는 종류의 내용이 많이 나와요. 그러니까 거기 있지 않으면 모르는 그런 이야기들이오. 그리고 장교가 아니라 평범한 사병이다 보니까, 모든 걸 역사가나 장교들과는 다른 시각으로 보죠. 그 사람은 사명감에 불타는 군인은 아니었어요. 하지만 거기 참가해서 그런 일을 해냈다는 데 자부심을 갖고 있었어요. 그래서 전투에 대한 기록뿐 아니라 이야기로도 훌륭해요."

"나는 거기에 관련된 책은 전혀 읽지 않았어."

테셀이 말했다.

"어머니에게서 너무 이야기를 많이 들어서 그것만으로도 충분했지. 게다가 전쟁이란 끔찍하고 무서운 일이야. 나는 그런 이야기를 듣고 싶지 않아. 그리고 히틀러가 일으킨 그 전쟁 이야기가 여기 네덜란드에서는 아직도 끊이지를 않아. 마치 전쟁이 어제 끝난 것 같은 지경이야. 나는 사람들이 그만 좀 했으면 좋겠어. 그렇게 엄청난 고통을 남긴 일을 왜 그렇게 열심히 기억해야 하지? 잊어버리는 게 더 좋을 것 같은데 말이야. 하지만 사람들은 그렇지 않다고 말해. 그런 일이 다시 일어나지 않도록 똑똑히 기억하고 있어야 한다고. 하지만 내가 묻고 싶은 건 이거야. 인류가 전쟁에 대해 잊었던 적이 있는지, 그리고 그 기억이 전쟁을 막은 적이 있는지."

"모르겠어요. 하지만 제 생각은 좀 다른 것 같네요. 『안네의 일기』를 아시죠?"

"그걸 모르는 사람이 있겠니?"

"안네가 유명한 작가가 되고 싶어 했던 것도 아시죠? 안네는 체포되기 얼마 전부터 일기를 고쳐 쓰기 시작했어요. 네덜란드 어느 장관의 방송을 들었기 때문이죠. 그 장관은 모두가 점령 기간에 쓴 편지와 일기 같은 것들을 잘 간직해 두라고 했어요. 전쟁이 끝나면 그걸 국립도서관에 모아서, 미래의 사람들이 읽고 전쟁 동안 평범한 사람들이 어떻게 살았는지를 알 수 있게 하겠다고요. 전문 역사가들의 책에만 의존하지 않을 수 있게요."

"그 말은 실현됐어. 암스테르담에는 국가전쟁기록보관소가 있으니까."

"정말 멋진 일 아닌가요? 옛날에 세상이 어땠는지, 사람들이 어땠는지 아는 건 좋은 것 같아요. 그러니까 그 시절 사람들이 직접 쓴 기록을 통해서 알게 되는 것 말이에요."

"그렇다고 생각해. 하지만 나는 우리 과거에 오직 전쟁만 있었다는 듯이 그 이야기를 반복하는 게 싫을 뿐이야."

"그래요. 무엇이건 지나치게 반복하면 지루한 일이죠."

제이콥은 판 리트 씨를 생각하며 말했다.

테셀이 웃었다.

"그래, 맞는 말이야."

"가끔 저는 할아버지의 편지나 일기가 있었으면 좋겠다는 생각을 해요. 전투를 전투 자체로 알고 싶은 건 아니지만, 할아버지한테 그게 어땠을지, 할아버지가 무슨 일을 했는지, 그리고 그분한테 무슨 일이 생겼는지 알고 싶어요. 할아버지가 본 모든 것을 말이에요. 정말 그러고 싶어요. 그러면 할아버지가 훨씬 더 생생하게 느껴지겠죠. 그러니까 안네 프랑크처럼요. 안네가 쓴 글 같은 걸 읽으면, 그 사람하고 같이 사는 것 같은 느낌이 들거든요. 그 사람 머릿속에서요. 제 말이 무슨 뜻인지 아신다면요."

"그래, 알아. 물론 우리 어머니가 네게 많은 이야기를 해 줄 수도 있지만, 그건 네가 말하는 그것과는 다르고, 어쨌거나 기억에 의존한 거야. 그리고 기억은, 내 경험에 따르면 기억은 별로 믿을 게 못돼. 기억은 지나간 일을 자기 원하는 대로 재구성하니까. 어쨌건 내 생각은 그래."

"우리 아버지도 그렇게 말씀하세요. 할머니가 할아버지를 상상 속에 새로 만든다고요. 할머니가 말하는 사람은 실제로 살았던 사람이 아니라 할머니가 소망하는 사람이래요."

"그러면 할머니는 뭐라고 그러시니?"

제이콥이 웃었다.

"프라이팬으로 때려 버리시죠."

"뭐?"

"죄송해요. 비유적 표현이에요. 그러니까 실제로 그런다는 게 아니고."

"아, 그래."

그녀가 웃었다.

"알아! 그래, 그러실 것 같다. 하지만 이제 잘 보렴. 지금 낙하산 부대가 내려온 곳을 지나가고 있으니까."

넓고 평탄한 들판은 추수철 황금빛에 잠겨 있었고, 그 너머 가장자리에는 나무들이 줄지어 서 있었다. 여기 철길 옆에는 자작나무들이 있었다. 낙하 당시 하늘에서 찍거나 낙하 직후 땅에서 찍은 사진들에서 본 모습과 똑같았다. 한순간, 기이하게도 그는 전에 읽었던 내용이 지금 보고 있는 것과 합해지면서 자신이 그곳에 간 것처럼, 지금이 아니라 그때, 그러니까 1995년이 아니라 1944년으로 간 것처럼 느껴졌다. 할아버지는 지금의 그보다 겨우 몇 살 많았을 뿐이다. 실제로 지금 단의 나이였다. 그는 고개를 들어 구름이 떠다니는 밝은 하늘을 보며 생각했다. 땅 위에 무슨 위험이 기다리고 있는지 모르면서 할아버지와 함께 그 하늘로 뛰어드는 일을.

제임스 심즈

미국 승무원이 다가와서, 700피트[214미터] 높이까지 내려가면 뛰어내릴 거라고 말했다. 우리는 머리에 꼭 맞는 헬멧을 쓰고 고무 턱 보호대를 조절했다. 그런 뒤 걸쇠를 채우고, 박격포 포탄 여섯 개, 뾰족한 곡괭이와 삽, 라이플 총, 그리고 다리에 매달 작은 꾸러미가 든 장비 가방을 들어올려서 거미집 형태의 특수 고정 끈으로 안전하게 묶었다. 각자가 백 파운드(46킬로그램) 이상의 장비를 지녔기 때문에, 진동을 최소화한 채 빠른 속도로 낙하하여 적의 기관총에 손쉽게 당하지 않을 것이다. 우리는 일어서서 일렬종대를 이루어 바짝 붙어 섰다. 오른손으로는 장비 가방 손잡이를 잡고, 왼손은 앞사람의 어깨를 짚었다. 누군가 떠들었다.

"맨 뒤쪽까지 줄 똑바로 서!"

또 한 사람이 나의 낙하산을 잡아당기며 농담했다.

"이런, 친구. 이건 낙하산이 아니야. 낡은 군용 담요라고."

우리는 앞사람을 따라 재빨리 뛰어내려야 했다. 조금이라도 망설이다가는 DZ 일대에 대책 없이 흩어질 테니 말이다. 우즈 중위는 문 앞에 버티고 서 있었다. 프로펠러 바람이 헬멧을 덮은 그물을 사납게 잡아 뜯고 있었다. 계속 빛나던 붉은 불빛에 이어 초록 불빛이 깜박거렸다.

"출발!"

중위가 사라졌다. 우리는 출렁거리는 다코타호의 갑판을 어기적어기적 걸었다. 셋, 넷, 다섯. 미국인 승무원은 영화 촬영기를 설치해 두고 우리가 비행기 밖으로 나가는 모습을 찍고 있었다. 여섯, 일곱, 여덟. 메이드스톤 출신 친구가 몸을 절반쯤 돌리고 웃음 띤 얼굴로 뭐라고 소리쳤지만 엔진 소리에 묻혀 들리지 않았다. 아홉, 열, 열하나. 문밖으로 우리 비행기에 연결된 커다란 해밀카 글라이더의 모습이 보였다. 날개 하나가 불에 타고 있었지만 글라이더 파일럿은 두 엄지를 들어서 괜찮다는 신호를 보냈다. 열둘, 열셋, 열넷. 내 앞사람이 뛰어내리면서 살짝 몸을 움츠렸다. 그의 헬멧이 눈앞에서 사라지기 무섭게 나도 뛰어내렸지만, 프로펠러 바람에 휘말리는 탓에 몸이 공중을 빙글빙글 돌면서 낙하산 장비 줄에 감겨 버렸다. 나는 줄이 온통 휘감기는 걸 막기 위해 장비 가방 손잡이를 놓아야 했다. 줄이 낙하산 천까지 감아 버리면 끝장이었다. 엔진 굉음이 사라졌고, 나는 영국을 떠난 뒤 처음으로 다른 소리들을 구별할 수 있었다. 사방에서 낙하산 부대원들이 여러 대의 다코타호에서 빠져 나오고 있었고, 나는 몰아치는 낙하산 폭풍 속에 있었다. 낙하산은 무지개처럼 온갖 색깔이 다 있었다. 그것은 잊을 수 없는 광경이었다. 나는 전쟁 역사상 몇 손가락 안에 꼽히는 대규모 공수 강하 작전에 참여하고 있다는 것을 의식했지만, 내게 닥친 문제 때문에 그런 흥분을 만끽할 수 없었다. 다행히도 비비 꼬이던 장비 줄이 방향을 바꾸었고, 나는 풀려 나가는 줄 아래에서 몸을 회전시켰다. 독수리가 된 것 같은 느낌은 별로 들지 않았다. 교수형을 당하는 느낌과 좀 더 비슷했다. 그런데 이제 낙하산이 완전히 펴지자 새로운 문제가 닥쳤다. 오른쪽 다리 끝에 장비 가방이 매달려 그걸 잡아당길 수가 없었다.

아래쪽에는 개미처럼 많은 사람이 대대 집결 지역을 표시하는 각기 다른 색깔의 불빛을 향해 달려가느라 질서 정연한 혼돈이 펼쳐져 있었다. 고함 소리와 총소리 가운데 기관총 소리도 가끔 들렸다. 미군들은 목표 지점에 정확히 내렸고 나도 제2대대가 모여들고 있는 노란 불빛을 어렵지 않게 파악할 수 있었다. 공수 부대원들이 빠른 속도로 전열을 정비하면서, 혼돈에 둘러싸인 것 같은 사방에서 질서가 형성되고 있었다. 방금 전까지도 너무나 멀기만 하던 땅이 놀라운 속도로 빙글빙글 돌면서 육박해 왔다. 나는 착륙이 기대되지 않았다. 장비 가방의 무게에 다리가 대책 없이 늘어져 있었기 때문이다. 이런 식으로 착륙했다가는 십중팔구 다리가 부러진다고 들었다. 이제 곧 그걸 확인하게 될 터였다.

쿵! 요란하게 지면에 부딪혔지만 다행히 다치지는 않았다. 서둘러 낙하산 장비에서 빠져나온 뒤, 라이플 총을 꺼내기 위해 장비 가방에 달린 줄을 끊었다. 그게 가장 먼저 할 일이었다. 멀리서 시한폭탄이 터지면서 엄청난 양의 흙이 분수처럼 날렸다. 대규모의 낙하가 또 한 차례의 공습에 지나지 않는 것처럼 보이도록, 24시간 전에 미리 폭탄을 투하해 두었기 때문이다. 참 대단한 희망이었다!

『아른헴의 선봉 : 어느 사병의 이야기』, pp.55~57.

잠시 후 그들은 오스테르베크에 도착했다. 기차역은 깊은 산중 터널에 있는 작은 정차역에 지나지 않았다. 승강장은 지은 지 얼마 안 된 것 같았지만, 건물도 없고 비를 피할 만한 지붕뿐이었다. 몇몇 사람이 함께 내렸다. 꽃을 든 사람도 좀 있었지만, 제이콥이 예상한 만큼 대규모의 군중은 아니었다. 기념식에는 사람이 많아야하는 것 아닌가? 작년에 BBC에서 봤을 때는 묘지에 사람이 가득했지만, 그때는 50주년이었다.

그들은 계단을 올라 도로로 들어섰다. 아까보다 많은 사람이 철길 위로 놓인 다리를 건너서 '아른헴 오스테르베크 전쟁 묘지'라는 표지판이 세워진 도로로 들어가고 있었다. 영국 중간 계급의 사유영지와 비슷한 고급 주택들, 나무가 무성한 광대한 정원들, 어떤 곳은 키 큰 생울타리가, 어떤 곳은 인공 울타리가 부르주아의 사유공간을 성처럼 두르고 있었고, 길가에는 풀들이 깔끔하게 베어져 있었으며, 터널 입구에는 나무들이 줄지어 서 있었다. 바로 이 철길을 낙하산 병사들이 아른헴까지 가기 위해 걸어갔다가, 결국 독일군에게 저지당하고 포위되고 말았다. 하지만 이 집들은 그 당시에는 지어지지 않았을 것이다. 마을은 철길 반대편에서 시작되고, 이곳은 숲이 우거진 시골이었을 것이다.

이삼백 미터를 걸으니 도로가 왼쪽으로 급하게 꺾였다. 앞쪽 마당을 둘러싼 나무들 사이에 승용차와 대형 버스들이 주차되어 있었다. 아치문이 달린 사각 벽돌탑 두 개가 묘지 입구에 서 있었다. 왼쪽에는 왠지 어울리지 않아 보이는 사슬 울타리와 반대편의 낮은 덤불 너머로 묘지가 넓게 펼쳐져 있었다. 열을 지어 선 규격화된 모양의 흰 비석들이 사람들에게 가려져 보이다 말다 했다. 테셀과 함께 묘지 안에 들어가서 가장자리에 섰을 때에야 비로소 그는 십자가형 풀밭을 이룬 묘지 중앙 부분에 앉은 노인들이 가득 줄지어 앉았다는 걸 알았다. 노인들은 대개 파란 블레이저 코트를 입었고, 붉거나 푸른 베레모를 쓴 사람도 많았다. 그는 잠시 그들이 음악회에 참석하기 위해 무덤에서 일어난 것 같다는 느낌이 들었다. 그리고 보기에 따라 기이하기도 하다는 생각이 들었다. 여기 모인 사람들은 살아남은 사람들과 그 아내들이고, 또한 살아남지 못한 사람들의 아내들도 있을 것이기 때문이다.

그는 이렇게 죽음이 가득 펼쳐진 장소에 수천 명이(6천? 1만?) 모여들었다는 데 놀랐다. 1,757개의 무덤 가운데 253개는 신원이 밝혀지지 않은 이름 없는 군인들의 무덤이라고 했다. 그리고 이 숫자는 전투 당시 임시 묘지로 쓰다가 잊혀졌던 매장지들이 하나둘 발견되면서 지금도 계속 늘어나고 있었다.

테셀이 그의 팔을 잡고, 앞을 막아선 사람들을 조심스럽게 밀면서 나아갔다.

"네 할아버지의 무덤 가까이에 가야지."

그녀가 말했다. 그러더니 멈춰 서서 어딘가를 가리켰다.

"저기야. 세 번째 줄. 거의 비석 키만큼 크게 자란 붉은 장미 나무가 있는."

"네, 네, 보여요."

"네 할머니와 우리 어머니가 마지막으로 만났을 때 저 장미를 심었지. 단이 일 년에 두 번씩 와서 가지를 쳐 준단다."

그 모습은 그에게 침묵을 안겨 주었다. 예전에 그는 사진들을 보았다. (어린 시절의 네 할아버지란다. 너도 이 나이 때는 꼭 이런 자세로 서 있었지. 할아버지가 젊어서 오토바이를 탄 사진이란다. 그때는 폭풍 같은 젊은이였어. 이건 우리가 결혼하기 직전에 찍은 사진. 정말 잘생겼지. 이건 우리가 웨스턴에서 마지막으로 휴가를 같이 보낼 때 찍은 사진. 이건 네 할아버지가 군복을 입은 사진.) 그리고 그는 그걸 좋아했다. 자신에게 이름을 물려주고 또 여러모로 자신과 닮았다고 하는 그분을 알았으면 좋겠다고 생각하며 사진들을 들여다보았다. 하지만 이것—자신보다 나이가 그렇게 많지도 않았을 할아버지의 유골을 품은 무덤 근처에 서 있는 것—은 달랐다. 사진은 그림자의 흔적일 뿐, 사물 자체도 사람 자체도 아니었다.

그의 눈앞으로 두 길 길이 정도 떨어진 곳 그리고 아래로는 한 길 깊이 떨어진 곳에 현실이 있었다. 시신. 아니면 시신의 흔적. 시신일 뿐 사람은 아닌 것. 전에는 한 번도 그렇게 바라본 적 없고 생각도 해 본 적 없었지만, 그는 지금 문득 한 사람이 남긴 것, 그 사람의 진수는 유해와 함께 땅속에 묻혀 있지 않다는 걸 깨달았다. 그의 할아버지가 남긴 것은 지금 여기 부츠를 신고 죽은 자의 무덤을 바라보는 손자의 몸으로 서 있었다.

그 생각은 그의 몸 안에 유령이 들어서기라도 한 것처럼 섬뜩한 느낌을 안겨 주었다. 그는 깊은 숨을 들이쉬고 하늘로 고개를 돌렸다. 구름 없이 둥글고 파란 하늘에는 이제 해가 완전히 떴고, 그 아래로는 살아남은 자들이 빼곡히 앉아 있고, 그 주변으로는 참관객들—부모 품에 안긴 아기에서 지팡이를 짚은 노인까지—이 대여섯 줄을 이루어 서 있었다. 근처에는 붉은 베레모와 위장복 차림의 젊은 낙하산 분대원들, 밝은 정장 차림의 중년 여성 두 명, 나이키를 신은 소년들, 흰 티셔츠에 청바지를 입은 소녀들, 회색 정장 차림에 재킷을 팔에 두르고 소매를 걷어 올린 남자 셋이 있었다. 모두가 조용했다. 완전한 침묵은 아니었다. 교회처럼 숨죽인 것도 아니고, 장례식처럼 가라앉은 것도 아니고, 경건하다거나 수동적인 것도 아니고, 심지어 사람들이 가만히 있는 것도 아니었다. 여기저기 이런저런 움직임이 있었고, 사람들이 왔다 갔다 했고, 또 계속해서 새로운 사람들이 들어왔다. 하지만 부산한 관리자도 없고, 법석도 없고, 허식을 떠는 일 같은 것도 없었다. 그들은 기다리면서도 기다리지 않았다. 아니 그보다는 그들이 기다리는 건 이미 그곳에 있는 것 같았다. 있으면서도 없는 것. 존재하면서 존재하지 않는 것. 부재하는 현존.

제임스 심즈

프로스트 대령이 아른헴 진격 명령을 내렸고, 라이플 중대가 움직이기 시작했다. 우리는 3인치(7.62센티미터) 박격포를 가지고 뒤쪽에 따라가게 되어 있었다. 이미 많은 독일군이 사로잡혔다. 깔끔한 제복 차림의 그들은 아마도 그 순간 독일군 전체에서 가장 난처한 군인들이었을 것이다. 그들은 들판에서 네덜란드 여자 친구들과 끌어안고 입을 맞추고 하다가 잡혔고, 그들의 얼굴은 낙하산 병사들이 웃으면서 던지는 농담을 간간이 알아들으면서 더욱 더 빨개졌다.

"일어섯!"

명령이 떨어졌고, 우리는 길 양편에 '애크-애크' 대공 사격 대형이라고 불리는 일렬종대를 이루어 움직였다. 네덜란드의 시골은 전시치고는 깔끔하고 관리 상태도 좋았다. 도로 위로는 나무가 늘어지고 들판에는 철망 울타리가 둘렀다. 여기저기 흩어진 집에서 주민들이 아이를 데리고 나와 우리에게 손을 흔들어 주거나 행군을 지켜보았다. 그들은 우리에게 우유, 사과, 토마토, 금잔화 들을 주었다. 헬멧 위 그물에 꽃을 꽂아 주고, 우리 손수레도 꽃으로 장식해 주었다. "4년을 기다렸어요."가 그들이 할 수 있는 최대한의 영어인 것 같았지만, 이 미소 짓는 다정한 사람들은 그 말을 하고 하고 또 해 주었다. 우리가 왔으니 이제 전쟁은 끝났다고 생각하는 것 같았다.

우리는 낙하산을 타고 내린 볼프헤제 지역 남쪽의 헬쉼 방향으로 밀고 갔다. 도로 양편의 잡목 벌판은 고사리가 무성해서, 이렇게 드러내 놓고 하는 진격은 매복에 당하기 쉬웠고 실제로 얼마 가지 않아 갑자기 소형 화기 사격에 의해 허겁지겁 몸을 피해야 했다. 대대의 선두 분대들은 적과 접촉했지만, 사격은 곧 그쳤고 우리는 계속 나아갔다. 충돌의 현장에 이르니 연기와 코다이트[연기가 나지 않는 화약] 냄새가 아직도 공중에 남아 있었다. 도로 가에는 라이플 중대의 키 큰 금발 하사가 누워 있었다. 그는 내가 스트리트에 있을 때 거기서 함께 대전차포 수업을 받은 전직 근위병이다. 그의 얼굴은 고통과 충격으로 하얗게 질려 있었다. 그는 한쪽 다리 옆에 기관총을 맞았고, 동료들은 다리에 붕대를 감아 주고 떠났다. 우리는 그의 곁을 지나가면서 격려의 말을 해 주고 사탕과 담배를 던져 주었다. 다음에 내가 그를 본 것은 슈탈라크 XIB(독일 포로수용소)에서였다. 그는 다리 하나가 없었다.

다시 한 번 사격이 일어서 허겁지겁 몸을 피할 곳을 찾았지만, 이번에는 우리 편의 사격이었다. 독일군 장교의 자동차가 도로에 서 있었다. 전방 유리가 박살나고, 타이어가 총탄에 걸레가 되어 있었다. 독일군 장교 한 명이 앞 좌석에 쓰러진 채 죽어 있었다. 그 옆에는 운전병이 운전대에 웅크리고 있었다. 뒷좌석에는 다른 독일군 장교의 시신이 아직도 머리를 죽은 운전병의 어깨에 댄 채 엎어져 있었다. 분명히 도로 앞에 영국 낙하산 병사들이 나타나서 사격을 개시하는 걸 운전병에게 알려 주고 있었을 것이다. 앞 좌석의 장교는 장성 같았기에, 이것은 적에게 심대한 타격이 될 게 분명했다. 나는 호기심이 일어서 장교 차량에 다가가 보았다. 이전까지 독일군 장교는커녕 시신도 본 적이 없었기 때문이다.

어렸을 때 우리 어머니가 시체의 이마에 십자가 모양을 그리면 그 시체의 꿈을 꾸지 않는다고 말씀해 주셨다. 나는 조심조심 독일 장교 한 명의 차가운 이마에 손을 댔다.

"뭐하는 거야!"

하사가 소리쳤다.

"어서 가. 그런 모습은 금세 차고 넘치도록 보게 될 테니!"

『아른헴의 선봉 : 어느 사병의 이야기』, pp.60~62.

영국인과 네덜란드 인 성직자들이 단상으로 올라왔다. 사람들은 제이콥에게는 보이지 않는 악단의 반주에 맞추어 찬송가를 불렀다.

"예부터 도움되시고 내 소망 되신 주./오 호트, 디 드루흐 온스 포르헤슬라호트, 인 나흐트 엔 스토름헤브라위스."

수천 명의 노랫소리가 텅 빈 하늘로 사라졌다. 제트기 한 대뿐인 텅 빈 하늘, 높고 높은 그곳에 뻗은 흰 비행기구름은 너무도 곧고 가늘어서 창공에 자를 대고 그린 것 같았다. 그 모습이 특이하게도 이곳에 어울린다는 생각이 들어 제이콥은 카메라로 그 장면을 찍었다. 풀밭과 무덤과 사람이 맨 밑에 놓이고, 그 위로 거품처럼 부풀어 오른 나무들이 서 있고, 그 위로 파랗게 펼쳐진 하늘에 하얀 줄이 왼쪽 꼭대기에서 오른쪽 아래 푸른 나무들 꼭대기까지 대각선을 그은 모습.

사람들은 전부 찬송가 가사가 적힌 기념식 팸플릿을 들고 있었다. 저걸 어디서들 구했지? 그걸 나눠 주는 사람을 보지 못했다. 테셀을 보았다. 그녀가 미소를 짓고 옆에 서 있는 남자 두 명에게 네덜란드 어로 이야기하자, 바로 옆에 있는 남자가 팸플릿을 주었다. 가사는 왼쪽에는 영어로 오른쪽에는 네덜란드 어로 적혀 있었다.

"어려운 일 끊이지 않을 때 주께서 우리의 파수이자 영원한 집이 되어 주소서./베스 온스 언 히즈 인 스토름 엔 나흐트 엔 에위비흐 온스 테하위스!"

대령 계급의 장교가 마이크 앞으로 나와 성경을 강독했다. 시편 121편 1-8절이었다.

"산을 향하여 눈을 든다. 도움이 어디에서 오는가? 하늘과 땅을 만드신 분, 야훼에게서 나의 구원은 오는구나⋯⋯."

셰익스피어만큼이나 오래된 말이라는 걸 제이콥은 알았다. 그 단순한 아름다움이 앰프라는 풍요의 뿔 밖으로 날개를 달고 나와서 나무들을 휘감고 공중에서 빛났다. 그러더니 갑자기 민망함이 느껴질 정도로 그는 그 말들, 난생 처음으로 자신의 모국어라고 의식적으로 단언할 수 있는 그 언어가 자랑스러웠다.

기도가 있고, 두 번째 찬송가가 이어졌다.

"제게 머무소서. 때 저물어 날이 어두우니 제게 머무소서./블레이프 메이 나베이, 반너르 헤트 다위스터르 달트, 더 나흐트 팔트 인, 바린 헨 리흐트 메르 스트랄트."

제이콥이 한 번도 좋아해 본 적 없는 찬송가였다. 가사는 신음하듯 무거웠고, 달착지근한 멜로디는 짜증스러웠다. 내용이 약간만 있어도 그는 그 노래를 좋아하고 싶었다. 하지만 그 노래는 희망을 주는 것도 위안을 주는 것도 아니고, 그저 다가오는 죽음을 기다리며 감상에 빠져 허우적이는 것 같았다. 하지만 대단히 인기 있는 찬송가였다. 다시 한 번 두 언어로 이루어진 수천 명의 목소리가 공중으로 녹아들어 하늘로 사라졌다. 그런 행사에서는 늘 그렇듯이 어떤 사람들은 진심을 담아 노래했고, 어떤 사람들은 입만 벙긋거리는 수준을 조금 넘어섰다.

피할 수 없는 설교가 이어졌다. 하지만 팸플릿에는 연설이라고 쓰여 있었다. 게다가 하나도 아니고 두 개였다. 그 생각만으로도 제이콥은 자리에 앉고 싶었지만, 그러면 어린애가 된 것처럼 사람들의 발과 무릎과 엉덩이만을 봐야 했기에 계속 서 있었다. 어쩌면 성직자들이 설교를 짧게 하는 미덕을 발휘해 줄지도 몰랐다. 영국 목사가 먼저 말했다. 그는 전투 당시 10중대에 있었다. 그러니까 적어도 경험자였다. 그 기이한 대조에 제이콥은 늙은 목사에게 관심이 생겼다. 그는 목소리도 생김도 사람들이 흔히 놀림감으로 삼는 영국 국교회 시골 목사의 전형 같았다. 부드러운 목소리, 차분한 태도, 성실하고 순종적인 분위기. 그런 그가 50년 전에 그런 엄청난 폭력을 겪은 것이다. 영국 목사는 어제 1년 동안 미뤄진 기념 낙하산 강하에 참가한 사람들의 이야기를 했다. 그것을 위해 그들이 받은 훈련, 그들 각자가 젊은 군인과 짝을 지어 그들의 무릎에 앉으라는 지시를 받은 일을 이야기했다. 우리 때는 물론 그렇게 하지 않았습니다, 목사가 가볍게 농담을 했고 제이콥은 며칠 전 카페에서 톤과 나눈 대화가 떠올랐다. 이곳에서조차 동성애에 대한 혐오가 농담의 방식으로 통용되었다. 이곳, 시신들이 서로 나란히, 죽음을 안겨 준 삶 속에서 그랬던 것처럼 죽음 속에서도 짝을 지어 누워 있는 곳에서도. 그는 제임스 심즈를 생각하고, 그와 같은 만명의 군인을 생각했다. 그중 일부는 여기 앉아 있었고, 그들이 지옥 같은 그 시절에서 건져 낸 최고의 기억은 전우애일 것이다. 그것 때문에 그들은 여기 왔다. 그리고 죽은 자들을 기억하기 위해 50년 동안 해마다 이곳을 찾은 자들 가운데 그 누가 그것을 사랑이라고 부르지 않겠는가?

설교라는 게 으레 그렇듯이 기념 낙하를 한 용감한 노인들에 대한 이야기는 도덕적인 교훈으로 이어졌다. 이 교훈의 문을 연 마법의 언어는 자신과 짝을 이룬 노병에게 "모든 걸 제 손에 맡기세요. 긴장하지 말고 즐기세요. 제가 땅에 안전하게 착륙시켜 드릴 테니, 저를 믿으세요."라고 말한 젊은 군인의 말이었다. 이것은 인생과 같고 또 하느님과 같다고 목사는 말했다. 우리는 그저 우리를 신의 손에 맡기고 물러나 앉아 인생을 즐기고, 신이 우리를 안전하게 목적지에 데려다줄 것을 믿어야 한다고 했다. 어쨌거나 대략 그런 이야기였다. 잘 알아듣기는 힘들었다. 목사의 말이 아까 노래들처럼 공중으로 사라지는 것 같았기 때문이다. 하지만 어쨌건 설교는 자비롭게도 짧았다. 그 뒤를 네덜란드의 가톨릭 사제가 즉각 이어받아서 네덜란드 어로 원고를 읽었다. 그러는 동안 테셀이 제이콥에게 몸을 기울이고 미소 띤 얼굴로 조용히 말했다.

"우리 네덜란드 사람들이 이래. 영국 사제는 아무 준비도 안한 것처럼 나와서 재미있게 말했지. 그런데 네덜란드 사제는 원고를 준비해 와서 아주 심각하게 읽어."

하지만 그것도 역시 아주 짧았다.

마지막 찬송가.

"내 영혼아 찬양하라, 주님 앞에 엎드려./로프 더 코닝, 헬 메인 베젠, 리흐트 인 헤트 다위스터, 베이스 더 베흐 옴호흐."

아까보다 활기차고 힘이 있었다. 사람들은 얼른 공식 행사가 끝나기를 기다리며 씩씩한 음률 속을 헤쳐 나갔다.

하지만 제이콥의 관심은 다른 데 있었다. 찬송가가 울리는 동안, 열한 살에서 열여섯 살에 이르는 남녀 어린이들이 손에 꽃다발을 들고 입구에서 들어와 묘지 가장자리에 서더니 무덤 앞으로 한 명씩 걸어가서 준비된 자세로 섰다. 딱딱한 격식 같은 것은 없었다. 입은 옷들은 색깔도 디자인도 다양하고 편안해 보였다. 모두가 얌전하고 조용했지만, 엄격한 대열을 이루지도 않고, 결연하거나 심각한 표정도 아니었으며, 한두 명만이 수줍은 모습을 보였다. 찬송가가 끝났을 때, 아이들은 각자 정해진 자리처럼 보이는 곳에 이르렀다. 여기저기 선생님이나 부모님 같은 사람들이 헤매거나 착각한 아이들을 바로잡아 주는 모습이 보였다. 주기도문이 낭송되는 동안 아이들은 무덤 앞에 수호천사처럼 서 있었다. 어떤 아이는 주머니에 손을 넣었고, 어떤 아이는 고개를 숙였고, 어떤 아이는 주변을 둘러보고, 어떤 아이는 가장자리에 선 군중에게 미소를 지었지만, 모두가 이 기념식에서 자신들이 차지하는 역할을 잘 알고 있었다.

제임스 심즈

이제 익숙해진 산화된 탄약 냄새가 공중을 떠돌았고, 짧고 격렬했던 교전의 현장임이 분명한 곳에 연기의 장막이 드리워져 있었다. 소총병들은 지체 없이 다음 목적지로 떠났지만, 그들의 동료 한 명은 뒤에 남아 있었다. 그는 강을 내다보는 빈터의 나무 의자에 기대어 누워 있었다. 나무 그늘이 드리워지고, 라인 강 하류의 아름다운 경치가 내려다보이는 쾌적한 장소였다. 연인들이 미래를 계획하고 노인들이 과거를 회상하는 그런 곳이었다. 하지만 오늘 그곳에는 연인도 노인도 없고, 다리가 묶이고 철모가 벗겨진 소총 중대원뿐이었다. 전투복 앞면은 피로 흥건했고, 누군가 상처를 지혈하려는 헛된 시도로 셔츠 앞자락 안쪽에 흰 수건을 넣어 두었다. 하얗게 질린 얼굴에 박힌 두 눈이 우리들 너머 허공을 응시했고, 우리는 그가 그 무서운 잠에서 깨지 않기를 바라는 듯 최대한 조용히 그 곁을 지나갔다.

『아른헴의 선봉 : 어느 사병의 이야기』, p.65.

잭 헬링고 중위, 제1낙하산 대대, 11소대

……우리는 가까운 집의 문을 열어젖히고 들어가서, 2층을 지나 곧장 다락으로 갔다. 독일군이 집들을 향해 일제히 사격을 퍼붓고 있었다. 총알이 지붕과 창문으로 날아 들어와 방 안을 횡횡 돌다가 벽에 가서 부딪혔다. 그들은 정말로 이 두 집을 벌집으로 만들고 있었다.

브렌 기관총병 테렛 이병이 브렌 기관총으로 지붕 슬레이트를 약간 날리고, 그 구멍을 통해 목표 지점을 겨냥해서 서까래에 기관총을 얹었다. 사격이 어디서 오는지는 똑바로 볼 수 있었다. 여기서 150에서 200야드(137에서 183미터)밖에 떨어져 있지 않은 높은 지대의 집과 마당에서였다. 독일군이 움직이는 모습도 잘 보였다. 아른헴의 전투 대부분은 아주 근거리에서 벌어졌다. 나는 테렛에게 발사를 명령했고, 그가 적어도 탄창 두 개를 다 쏘았을 때 독일군이 그를 겨냥해 사격을 퍼붓기 시작했다. 기관총의 가늠쇠가 나갔고, 그의 뺨 한쪽과 눈 한쪽도 날아갔다. 우리는 둘 다 쓰러져서 서까래를 뚫고 아래층 침실로 떨어졌다. 나는 총에 맞지 않았지만, 테렛은 움직이지 않았다. 누군가 그에게 드레싱을 해 주고 데리고 나갔다. 나는 그가 죽었다고 생각했지만 전쟁이 끝나고 오랜 세월이 지난 뒤 그가 살아 있다는 걸 알고서 매우 놀랐다. 눈 한쪽은 잃었지만, 얼굴은 아주 잘 복원되어 있었다.

『1944년 아른헴 : 공수 전투, 9월 17~26일』, pp.178~179.

제이콥이 할머니에게 이야기를 자주 들어서 알고 있는 순간이 다가오고 있었다. 그것은 아른헴 전투가 끝난 다음 해인 1945년 첫 기념식이 열린 이후 지금까지 해마다 실행되는, 인근 학교 어린이들이 무덤에 꽃을 놓는 의식 순서였다. 50년 동안. 첫 기념식에서 꽃을 놓은 어린이들은 지금 예순 살, 예순다섯 살 먹은 할아버지 할머니가 되었을 거라고 제이콥은 생각했다. 그리고 그들의 뒤를 이어 꽃을 놓은 그들의 아이들은 오늘 꽃을 놓는 아이들의 부모가 될 만한 나이였다. 꽃의 가계도.

그는 할아버지의 무덤 옆에는 누가 서 있는지 유심히 보았다. 가녀린 몸매에 나이는 열세 살 정도 되는 소년이었다. 짧게 자른 다갈색 머리가 예쁜 두상과 아직도 소녀 같은 타원형 얼굴을 돋보이게 해 주었고, 지퍼로 여민 차분한 녹색 조끼에, 적갈색 셔츠, 연회색 진 바지를 입고, 허쉬 퍼피 구두를 신은 차림이었다. 소년은 들꽃 다발을 아기처럼 품에 안고 있었다. 제이콥은 실잔대와 접시꽃, 할머니가 라베테리아라고 부르는 분홍색 꽃들, 분홍바늘꽃을 알아보았고, 줄기가 긴 미나리아재비와 암갈색 끝부분이 시가처럼 생긴 갈대도 있었으며, 여기 담쟁이가 더해져 있었다. 그토록 특이하고도 풍성한 꽃다발은 또 없었다. 소년은 자기 자리에 이르자 비석 주변의 흙바닥을 살펴보고, 허리를 굽혀 낙엽을 주웠다가 버릴 데를 찾지 못하자 바지 주머니에 집어넣었다. 그러고는 고개를 숙인 채 조용히 기다렸다.

또 한 명의 네덜란드 목사가 아이들에 대해 이야기를 꺼내고, 와

주어서 고맙다고 했다.

그런 뒤 기념식 최고의 순간이 다가왔다. 아이들이 허리를 굽히고 비석 앞에 꽃을 내려놓았다. 그 순간의 침묵은 지금까지 그 어느 순간보다 더 뜨거운 감정으로 팽팽하게 긴장되었다. 그 팽팽함에 공기 전체가 바르르 떨릴 정도였다. 제이콥은 자기 할아버지 앞에 선 소년에게서 눈을 떼지 못했다. 소년은 다른 아이들처럼 꽃다발을 내려놓았는데, 세심하게도 꽃들을 꽃병 안에 배치하듯 부채처럼 펼쳐 놓았다. 그런 뒤 쪼그려 앉은 자세로 뒤로 몸을 제껴 모양을 살피고는, 두세 번 고개를 숙여 다시금 꽃들을 정돈했다. 소년은 거기 혼자 와 있기라도 한 것처럼 그 일에 너무도 깊은 정성을 기울여서, 제이콥은 자신이 사적인 용무 중인 사람을 보고 있는 것 같은, 그래서 고개를 돌려야 할 것 같은 느낌을 받았다.

소년은 아직도 쪼그려 앉아 있었다. 다른 아이들은 이제 자리에서 있었다. 영국 목사가 의례적으로 전몰 군인에게 바치는 로렌스 비니언의 시를 낭송했다.

우리는 여기에 남아 늙어 가지만 그들은 늙지 않을 것이다. ……우리는 그들을 잊지 않을 것이다./제이 쿨렌 니트 아우트 보르덴, 조알스 베이, 디 헤트 벨 오베르레프트 헤벤. ……베이 쿨렌 안 헨 덴켄.

나팔수가 장례 나팔을 불었다. 그 음들이 어찌나 생생하고도 구슬픈지, 나무들이 오선지가 되고 그 위에 음표가 새겨진 것 같았다. 그런 뒤 악대가 연주하는 영국 국가 속에 기념식은 끝났다.

짧고 긴장된 고요가 흘렀다. 나서는 느낌을 주기 싫어서, 또는 더 나쁘게는 자칫 실수라도 할까 봐 아무도 먼저 움직이지 않는 아주 영국인다운 고요였다. 하지만 잠시 후 경건한 긴장이 풀리면서 집단적인 한숨 소리가 역력히 울리더니, 이어 잡담과 웃음소리가 들렸다. 사람들은 산책을 하거나 서로 인사를 했고 비문을 들여다보거나 엄숙한 태도로 기념물을 관찰하거나 사진을 찍기도 했다. 장소가 장소이고 행사가 행사이니만큼 전체적인 분위기는 여전히 조심스러웠지만, 그 파티 같은 분위기는 제이콥이 할머니가 보내서 가 본 동네의 여름 축제와도 비슷한 느낌이었다. 꽃을 놓은 아이들 주변으로는 금세 어른들, 부모들, 친척들, 그리고 또래 친구들과 영국 방문객들이 모여들었다. 아이들이 모든 이의 즐거운 관심을 한몸에 받는 모습이 마치 기념식 전체가 그들의 행사, 그러니까 외국에 사는 조부모들까지 찾아온 대규모의 공동 생일잔치 같았다. 외국인이지만 남이 아닌 사람들. 그것도 그날 행사에 고유한 분위기를 안겨 준, 기이한 한 가지 특징이었다. 영국인은 여기서 손님이지만 이곳을 자기 앞마당처럼 누리고 있었고, 네덜란드 인은 자기 땅에 있으면서도 이웃의 가족 잔치를 축하해 주러 온 사람들 같았다. 그렇게 그들은 서로에게 초대자와 초대객이 되고, 소유주와 방문객이 되었으며, 묘지는 초대 장소가, 아이들은 잔치의 여흥이 되었다.

헨드리카 판 데르 블리스트, 23세, 오스테르베크 스호노르트 호텔 주인의 딸

누군가 부르고 있다. 영국 사람들이 우리를 부른다. 의사와 부사관 의무병이 탄 지프차가 앞마당에 서 있다.

우리는 한 시간 안에 호텔을 병원으로 쓰게 준비해 달라는 부탁을 받았다.

"그러고 싶지만, 지금 호텔 안이 엉망진창이고 사람도 없어요."

"주민들의 힘을 좀 빌려 봐요."

의사가 말했다.

"좋아요. 애써 볼게요."

하지만 그때 우리는 호텔에 전기가 들어오지 않는다는 사실이 떠올랐다. 어젯밤(일요일)에 독일군이 연결 회로를 파괴했다.

아마도 몇몇 창문에서 불빛이 비친 모양이다. 그들은 불빛을 없애려면 그렇게 하는 게 좋다고 생각했던 것 같다.

하지만 상관없었다.

탁자에는 푸딩이 아무도 손대지 않은 채 남아 있었다. 우리는 해야 할 다른 일들이 있었다. 나는 먼저 길 맞은편 집들로 달려가 도움을 청했고, 그런 뒤 다른 집들도 찾아다녔다. 위트레흐트 거리를 건널 때 나는 덴넨캄프 영지 앞길에 영국 군인들이 납작 엎드려 있는 것을 보았다. 그들은 영지의 대저택에 들어앉은 독일군을 겨냥하고 있었다.

피테르스베르흐 거리(호텔은 위트레흐트 거리와 피테르스베르흐 거리가 교차하는 모퉁이에 있었다.)에서도 폭발음이 들렸다. 그곳 독일군들은 오베르지흐트라 불리는 집에 있었다. 전쟁은 우리에게 바짝 다가와 있었다.

하지만 상념에 잠길 시간이 없었다.

사람들은 도움을 줄 수 있다는 데 기뻐하며, 빗자루와 양동이와 자루걸레를 들고 모여들었다. 지난 4년 반 동안 온갖 핑계를 대며 자신들을 돕길 거부했던 우리가 이렇게 변한 모습을 독일군이 볼 수 있다면.

남녀노소 가릴 것 없이 모두가 열심히 일했다. 한 시간은 너무 짧았다! 어머니가 1층에서 사람들을 지휘했고, 나는 2층을 맡았다.

"바닥을 먼저 쓰는 게 어떨까요? 그런 다음에 자루걸레로 닦을 수 있으니까요."

"카야, 중요한 부탁을 하나 할게. 쓰레기를 모두 쓰레기통에 갖다 버리는 거야.

저 아름다운 히틀러의 초상화는 어떻게 하지?(독일군이 이 호텔을 막사로 썼다.)
혹시 가지고 싶다면 가져가도 돼. 정말 멋진 기념품 아니야? 하지만 깨부숴 버려
도 뭐라고 안 할게."

"이 더러운 양탄자들을 걷어서 다락에 넣는 게 어떨까요? 더러운 양탄자를 까
느니 아무것도 안 까는 게 나을 것 같고, 또 바닥을 자루걸레로 닦을 수 있으니까
요."

"준비됐나요? 좋아요. 가서 11호실을 청소하세요."

"14호실에 비질 좀 해 줄래요? 다른 사람한테 금방 걸레질을 부탁할게요."

"카야, 여기 쓰레기가 더 있네."

"2층의 대야를 모두 닦아 주시겠어요? 솔은 저기 있어요."

1층에 내려가 보니 어머니가 뿌듯한 얼굴로 주변을 둘러보고 있었다. 1층은 싹
바뀌어 있었다! 열의 넘치는 그 모든 손들이 그렇게 짧은 시간에 호텔을 싹 정돈
해 낸 것이다.

사람들이 짚을 들여와서 소응접실 바닥에 깔았다. 대응접실에는 침대들을 놓았
다. 베란다와 식당은 그대로 놓아두었다. 그곳은 바닥이 테라조[대리석과 시멘트를 섞
어 만든 바닥재]였다. 그런 바닥은 환자들이 눕기에는 너무 추울 것 같았다.

그때—아직 일이 끝나지도 않았는데—부상병이 밀물처럼 들어왔다.

들것에 실려 온 사람도 있고, 걸어서 온 사람도 있었다. 어떤 사람은 아주 힘들
게 걸었고, 어떤 사람은 팔이나 손을 다쳐서 걷는 데는 별문제 없었다.

이 모든 일이 아주 조용히 이루어졌다. 사람들은 별로 말을 하지 않았다. 청소
를 하던 사람들이 일을 멈추었다. 일은 거의 끝나 있었다.

우리는 부상병들이 걸려 넘어지지 않도록 얼른 양동이와 빗자루를 치웠다.

그리고 이어서 더 많은 부상병들이 계속 밀려들었다.

『1944년 오스테르베크』, pp.11~12.

"우리 할아버지 무덤에 꽃을 놓은 소년의 사진을 찍고 싶어요."

제이콥이 테셀에게 말했다. 그리고 소년이 사라지기 전에 사람들을 헤치고 그쪽으로 갔다. 테셀도 따라갔다. 제이콥이 다가갔을 때, 소년은 조끼 주머니에서 카메라를 꺼내 꽃과 비석을 찍으려고 하고 있었다.

소년이 사진을 찍자 제이콥이 말했다.

"저기, 잠깐 실례."

소년은 맑고 푸른 눈으로 그를 바라보았다.

"영어 할 줄 아니?"

소년은 고개를 끄덕였다.

"약간."

"네가 무덤 옆에 서 있는 모습을 사진으로 찍을 수 있을까?"

테셀이 네덜란드 어로 이야기해 주었다. 소년은 빙긋 웃고 제이콥에게 말했다.

"이분이 할아버지?"

"맞아."

소년이 "잠깐 기다려." 하고 말하고 돌아서서 두리번거리더니, 세 줄 정도 앞에 있는 무덤 근처에 모여 선 제이콥 또래의 사람들 가운데 누군가를 발견했다.

"힐레."

그가 어떤 소녀를 부르며 손을 흔들었다. 다가오는 소녀는 소년과 판박이처럼 닮은 모습이었다. 똑같이 둥근 두상에 짧게 친 다갈색 머리, 크고 시원한 눈, 큰 입과 탱탱한 입술, 깨끗한 타원형 얼굴, 소년이 아직 소녀 같은 것만큼이나 소녀는 소년 같았다. 소녀는 길고 헐렁한 흰색 긴팔 폴로셔츠를 청바지 속에 넣어 입었고, 자주색 스웨터는 소매를 허리에 묶은 채 나머지는 엉덩이 위로 늘어뜨리고 있었다.

소년이 그녀에게 네덜란드 어로 말했다. 그녀도 제이콥에게 밝게 미소 지어 보였다.

"여기가 너희 할아버지 무덤이라고?"

"응, 맞아."

그들은 공통된 친구의 의견을 구하듯이 비석으로 시선을 돌렸다.

제이콥은 할머니가 가진 비석 사진을 여러 번 보았지만, 실제로 그걸 눈앞에 마주하니 자신의 이름이 이렇게 비석에 박혀 있다는 게 처음으로 아주 기이하게 느껴졌다. J. 토드. 그리고 자신이 할아버지의 유해 위에 서 있다는 생각에 발이 저릿해 왔다. 할아버지가 흙을 뚫고 손을 뻗어서 그의 발목을 잡고 무덤 속 자기 몸 위로 끌어들이는 기이한 영상이 떠올랐다. 시체와 입 맞추어 본 적 있는 가? 그는 그 영상에 기겁했고, 그런 상상을 했다는 사실 자체에 죄책감이 느껴졌다.

"J.가 뭐야?"

소년이 물었다.

"제이콥. 내 이름도 제이콥이야."

둘은 다시 서로를 보았다.

"나는 힐레야."

소녀가 말했다.

"얘는 내 동생 빌프레트."

"그리고 내 이름은 테셀이란다."

판 리트 부인이 말했다.

"아, 죄송해요."

제이콥이 어른들의 예의를 떠올리고 말했다.

"이 분은 판 리트 부인이셔."

그러고는 모두가 악수를 했다. 빌프레트는 아주 정중했고, 힐레와 제이콥은 그 어색함에 장난스런 미소를 지었다.

제이콥이 말했다.

"빌프레트하고 꽃을 찍고 싶어. 할아버지가 좋아하실 거야."

"나도 빌프레트 나이였을 때 이 무덤에 꽃을 놓았어."

힐레가 말했다.

"나도 같이 사진 찍는 건 어때?"

힐레가 농담을 한 건지도 모르지만 그는 말했다.

"좋아."

"우리 어머니도 그랬어."

빌프레트가 말했다.

"어머니도 이 무덤에 꽃을 놓았어."

"학생 때. 그러니까 아주 오래 전이지!"

힐레가 말했다.

"하지만 오늘은 못 오셨어. 우리가 내일 이사를 해서 바쁘시거든."

힐레와 빌프레트가 비석 양쪽에 서서 한 손을 비석에 올려놓았다. 제이콥은 뒤로 물러서서 비석과 꽃과 두 사람이 모두 나오도록 쪼그려 앉아 사진을 찍고 평소처럼 만약을 위해 한 장을 더 찍었다.

"그래, 좋아."

테셀이 말했다.

"제이콥, 내가 네 사진도 찍어 줄까?"

그래서 힐레와 빌프레트의 자리에 제이콥이 섰고, 테셀과 빌트레트가 각각 그의 사진을 찍었다. 그러자 힐레가 자신도 제이콥과 함께 사진을 찍고 싶다고 해서, 이번에도 역시 테셀과 빌프레트가 한 장씩 찍었다. 빌프레트가 힐레와 제이콥과 함께 사진을 찍고 싶다고 해서 테셀은 양쪽이 모두 사진을 가질 수 있도록 두 대의 카메라로 한 번씩 사진을 찍었다. 그래서 테셀만 사진에서 빠지자, 힐레가 그럴 수는 없다고 해서 테셀과 제이콥이 사진을 찍고 이어서 테셀이 힐레와 빌프레트와 함께 찍었다.

네 사람은 다시 죽은 제이콥 위 잔디에 서서 웃으면서 이제 무슨 말을 해야 하는지 생각했다.

"여기 처음이니?"

힐레가 제이콥에게 물었다.

"응."

"한번 구경할래?"

"그래, 좋아."

둘은 사람들 틈을 걷기 시작했고, 빌프레트와 테셀이 네덜란드어로 말하며 뒤를 따랐다.

"나이들을 봐."

힐레가 말했다.

"열아홉, 스물둘, 스물."

"바보 같은 소리겠지만, 그리고 나도 이유를 모르겠는데, 내 마음속으로는 내가 여기 있었으면 좋았겠다는 생각이 들어. 그러니까 전쟁터에 말이야."

"남자들이란!"

힐레가 경멸스럽다는 듯 말했다.

"그래서 전쟁이 생기는 거야."

"나는 전쟁이 싫어. 사실 폭력이라면 다 싫어해."

"여기 있었기를 바라는 건 너의 남성성이야. 테스토스테론이지. 그건 어쩔 수가 없어. 불쌍한 일이야."

"만약 내가 전투에 나갔으면 나는 틀림없이 생존자가 되지 않고 죽어서 여기 무덤에 누웠을 거야. 나는 영웅이 아냐."

"그런 건 이 세상에 없어."

힐레가 말했다.

"영웅 같은 건 없어."

"하지만 다른 사람들보다 더 용감하고 용맹하고 그런 사람들이 있잖아?"

"그렇게 생각해?"

"응, 나는 그렇게 생각해. 이 전쟁에서 놀라운 일을 한 사람들에 대해 읽어 보면 말이야. 전투뿐이 아니야. 자기 목숨을 돌보지 않고 다른 군인을 구한 경우들이 있잖아. 다른 사람은 감히 하지 못하는 훌륭한 일을 했어."

"그러면 그 사람들이 집에 돌아가서는 어떻게 했지?"

"뭐라고?"

"그 사람들이 집에서는 어떻게 행동했느냐고. 아내나 애인을 어떻게 대했지? 일터의 동료들에게는 어떻게 행동했지?"

"그야 모르지."

"아무래도 상관없잖아? 그 사람들이 영웅이라면?"

그는 그 질문을, 그리고 힐레를 생각해 보았다.

"아니, 상관있다고 생각해. 나한테는 그래. 무슨 말을 하고 싶은 거니?"

"너도 바보가 아닐 텐데."

"이런, 고마울 데가!"

"내가 무슨 말을 하는지 다 알 거야. 내 말은 용기나 용맹함 같은 게 훌륭하지 않다는 게 아니야. 그냥 내가 볼 때 사람들은 대부분 용감하고 용맹하지만, 방법도 다르고 그걸 발휘하는, 뭐라고 그러지? 헬레헨헤텐gelegenheden, 상황도 다르다는 거야."

"그러니까 남들보다 특별히 더 용맹한 사람은 없다?"

"여자들은 출산을 해. 우리의 유명한 안네 프랑크가 말했듯이."

제이콥은 걸음을 멈추었다.

"너도 안네 프랑크를 알아? 그러니까, 그 책 좋아해?"

"응. 왜?"

"나도 좋아하거든! 내가 가장 좋아하는 책이야."

"그래?"

둘은 한층 더 깊어진 관심을 담아 서로를 바라보았다.

"하지만……."

제이콥이 말했다.

"나는 『안네의 일기』를 잘 아는 편이라고 생각해. 어떤 구절들은 외우고 있어. 하지만 용기라든가 여자가 출산을 한다거나 하는 대목을 읽은 기억은 없는걸."

"옛날 책에는 없어."

"옛날 책이라니, 무슨 소리야?"

"지금까지 사람들이 알던 책."

"그럼 다른 게 있다는 말이야?"

"응. 그걸 몰랐어? 네덜란드 어로는 『더 다흐부켄 판 안네 프랑크De Dagboeken van Anne Frank』야. 영어로는 『안네의 일기』 정도로 해석될 거야."

"하지만 내가 가진 책의 체목도 그런걸."

"그래? 네덜란드에서 옛날 책은 『헤트 아흐터하위스Het Achterhuis』라고 불리거든. '집 뒤편'이라는 뜻이야."

"그러면 그 다른 책이라는 건 뭐야?"

"그러니까 안네가 쓴 내용을 전부 담은 거야. 안네의 아버지가 편집한 게 아니고. 그건 알고 있지?"

"출판 전에 오토[안네의 아버지인 오토 프랑크]가 일기의 내용 일부를 뺀 것? 그래, 알아. 하지만 일기 전체가 출판된 건 몰랐어."

"아주 두꺼운 책이야. 너도 좋아할 거야. 일기의 역사에 대한 글들도 실려 있어. 그게 어떻게 보존되었는지 하는 이야기도 있고, 그게 가짜가 아니라는 걸 증명하기 위해 우리 정부가 한 과학 실험 이야기도 있어. 그 꼴 보기 싫은 네오 나치들이 자꾸 그런 헛소리를 하잖아. 아, 정말 지긋지긋한 사람들이야! 그것 말고도 여러 가지가 있어. 아주 멋진 책이야. 어머니가 생일 선물로 주셨어."

"그런 이야기는 들어 본 적도 없는걸."

제이콥이 말했다. 지금까지 생명과 직결된 정보를 차단당하기라도 한 것처럼 성난 불안이 밀려들었다.

"무슨 일 있니?"

테셀이 빌프레트와 함께 다가왔다가 물었다. 힐레와 테셀은 제이콥이 자리에 서서 분노를 다스리는 동안 네덜란드 어로 대화를 나누었다.

"나는 그 책이 필요해."

제이콥이 말했다.

"꼭 가져야 해."

"아직 영어로 안 나온 게 아닐까?"

테셀이 말했다.

"네덜란드 어로만 됐을 수도 있지."

"암스테르담에 영어 책을 파는 서점이 있어."

힐레가 말했다.

"스파위 거리에. 거기 가면 아마 알려 줄 거야. 한번 가 봐."

"그래, 꼭 가 보겠어, 꼭!"

제이콥의 말투가 어찌나 열렬했는지 두 여자가 웃음을 터뜨렸고, 그게 왜 재미있는지를 이해하지 못한 빌프레트는 계속 심각한 표정이었다.

네 사람은 다시 걷기 시작했다. 제이콥이 말했다.

"여자가 출산하는 게 남자들보다 용감한 일이라고 말했다고?"

"아주 멋진 구절이야."

힐레가 제이콥을 보았다.

"하지만 아버지가 잘라 내 버렸지."

그들은 정문의 반대쪽 끝부분인 묘지의 정점에 이르렀다. 받침돌 위에 흰색의 커다란 십자가가 서 있었다. 많은 사람이 그 십자가를 감싸고 그 아래에 화환과 꽃다발 같은 걸 바쳤는데, 그 수가 어찌나 많은지 꽃들이 피라미드를 이루고 있었다. 제이콥과 힐레가 다가가 보니, 꽃 산 너머에 푸른색 블레이저와 회색 바지의 군복 차림을 한 노인 세 명이 있었다. 한 명은 낙하산 병사의 붉은 베레모를, 다른 두 명은 푸른 베레모를 썼고, 가슴에는 모두 훈장을 주렁주렁 달고 있었다. 가운데 노인이 깃대를 들고 흰 장갑 낀 손으로 깃발을 접어 쥐고 있었다. 사람들이 옆으로 밀려들자, 그들은 고요하고 엄숙하게 차렷 자세로 섰다. 제이콥은 충동적으로 카메라를 들어 사진을 찍었다.

그랬더니 무언가를 훔친 것 같은 죄책감 비슷한 게 느껴졌다.

"할머니에게 보여 드리려고."

그는 힐레에게 사과해야 할 필요가 있는 것처럼 그녀를 보며 말했다.

하지만 힐레는 듣고 있지 않았다. 대신 그녀는 머리 위로 높이 솟은 날씬한 흰색 십자가를 올려다보고 있었다. 돌에는 십자가 자체와 크기가 맞먹는 거대한 청동 검과 손잡이와 날밑이 박혀 있었다.

"예수 그리스도의 칼과 우를로흐의 십자가야."

힐레가 말했다.

"우를로흐?"

제이콥이 최선을 다해 발음해 보았다.

"전쟁이란 뜻이야. 슬프지?"

"슬프다고?"

"십자가가. 칼이. 함께 붙어 있잖아."

그녀가 말했다.

"끝난 거야."

그리고 그녀는 천천히 걸어갔다.

무명 장교

아른헴은 나에게 가혹한 기억이다. 너무 많은 친구를 잃었다. 전쟁이 끝나고 결혼했을 때, 나는 내 들러리를 선 친구가 내가 염두에 둔 친구들 중 아홉 번째였다는 걸 깨달았다. 앞의 여덟 명은 모두 죽거나 거동이 어려워졌다. 여러 해 동안 나는 아른헴에 대한 이야기도 할 수 없었고 관련된 글도 읽을 수 없었다. 마침내 그런 글을 읽기 시작했을 때, 나는 이 모든 것이 자신이 다른 사람보다 얼마나 더 똑똑한지를 보여 주기 원했던 육군 원수 B. L. 몽고메리 같은 사람의 과시욕에서 기인했다는 결론을 내리게 되었다.

『1944년 아른헴 : 공수 전투, 9월 17~26일』, p.452.

해리 스미스 이병, 사우스 스태포드셔 연대

지금도 그 느낌을 설명하기가 힘들지만 무언가 내게 쓰인 것 같다. 나는 뒤로 물러나서 혼자 있고 싶고 며칠이고 계속 조용히 지내고 싶다. 그러고 나면 내 마음이―아니면 나 자신이라고 말해야 할까?―갑자기 아른헴으로 돌아간다. 그때 어떤 일이 일어날 수 있었을까, 또는 이런 일이 일어났으면 저런 일이 일어났으면 어땠을까를 깊이 생각해 보고 한동안 지독한 두려움에 시달린다. 그러고 나서야 천천히 나 자신에게 돌아온다.

『1944년 아른헴 : 공수 전투, 9월 17~26일』, p.452.

안스 크레메르 부인, 오스테르베크 스타티온 거리 8번지 거주

전투는 내게 크나큰 영향을 미쳤다. 나는 두려움을 느끼지는 않았지만, 여기저기 누운 사상자들과 죽음을 앞둔 사람들에게 뜨거운 감정을 느꼈다. 그 감정을 뭐

라고 해야 하는지는 모르겠다. 그러니까 총에 맞고는 "굿바이." 하고 세 번 소리치
고 죽은 사람 같은 경우 말이다. 그 때문에 나는 지금도 '굿바이'라는 말을 잘 사
용하지 않는다. 그 말은 내게는 무언가 완전히 끝나는 것 같은 느낌을 준다.

그런 사건들은 내 곁에 계속 남아 있었다. 항상은 아니고, 또 늘 의식하고 있었
던 건 더더욱 아니지만, 이따금 어떤 얼굴, 어떤 냄새, 어떤 소리나 상황이 희미한
기억 또는 선명한 영상을 떠올려 주면서 슬픈 감정을 함께 안겨 준다. 그 사람들
은 내게 친구들이다. 우리 사이에는 유대감이 있었고, 그들을 만나면 나는 그들이
즐겁고 편하게 지내도록 해 주고 싶었다. 그들은 우리에게 자유를 되찾아 주려고
왔고, 나는 고마움과 더불어 그들에게 빚을 지고 있다는 느낌을 갖는다. 우리가
혹은 알고 혹은 모르는 너무도 많은 사람들이 고통 속에 죽어 갔기 때문이다. "고
맙다."라는 건 너무도 부족한 말이다. 세상에는 말로 온전히 옮길 수 없는 감정들
이 있다.

『1944년 아른헴 : 공수 전투, 9월 17~26일』, pp.452~453.

그들은 정문에 이르렀다.

"너희 할아버지에 대해 알고 싶어."

힐레가 말했다.

"우리는 우리 식구가 대대로 꽃을 놓는 무덤의 주인이 누굴까,
어떤 분일까 늘 궁금했거든. 하지만 어머니나 내가 꽃을 놓던 시절
에는 아무도 여기 와서 자기 친족의 무덤이라고 말해 주지 않았어.
그래서 물어볼 수가 없었지. 그러다 오늘 널 만난 거야. 커피 한잔
어때? 카페에 가서 이야기 좀 해 보는 것도 좋을 것 같아."

제이콥은 그 제안이 더없이 반가웠다. 그는 힐레의 모든 것이 마
음에 들었다. 생긴 모습, 하는 이야기, 재미있으면서 이따금 약간

공격적인 말투, 그리고 안네 프랑크. 누군가에게 특별하게 이끌리면 언제나 그렇듯이 그는 그녀를 만지고 싶었다. 하지만 이 소녀에게는 만지는 것 이상의 욕심이 났다.

그는 속마음이 드러날까 봐 그 생각을 옆으로 밀치고, 대답할 시간을 벌기 위해 테셀을 찾았다. 테셀은 빌프레트와 함께 뒤에 멀찍이 처져 오고 있었다.

"그러고 싶지만……."

그가 말했다.

"나는 판 리트 부인하고 같이 왔거든. 그리고……."

"상관없어."

힐레가 그녀답게 딱 잘라서 말했다.

"아주 좋은 분 같은걸. 하지만 함께 있으면 아무래도 우리 둘이 있는 것과 같지는 않겠지."

그는 그녀를 보았고, 그녀는 아까 악수를 할 때처럼 공모자의 미소를 지었다.

"그래."

그가 말했다.

"똑같지는 않아."

"내가 여쭤 보면 어떨까?"

"너는 할 수 있을 것 같아. 평소에도 그럴 것 같아."

"맞아. 나는 그런 거 잘해."

"하지만 모르겠어. 부인이 나를 돌봐 주고 여기에도 데려왔는데, 버리고 간다는 게 좀 무례하게 느껴져서 말이야."

그는 어깨를 으쓱 들었다가 놓았다.

"그리고 복잡한 다른 문제들도 있어."

"나한테는 예의를 안 차리겠다는 거야, 엥겔스맨?"

그는 웃었다.

"어쩔 수 없어. 내 천성이야. 전갈이 개구리에게 그렇게 말했다지?"

"아이고, 우리가 어떻게 좀 해 봐야겠는걸!"

"우리가?"

"그래. 즐거운 시간을 갖는 게 어때서 그래?"

"하지만 나는 예의에 어긋나는 걸 싫어해."

"그런 것 같아."

"그러면 인생이 조금 더 편하거든. 할머니 말대로 생활에 윤활유를 바르는 거지."

"마마보이라는 말은 들어 봤어도 그랜드마마보이는 처음인걸. 너 혹시 그랜드마마보이니?"

그는 불안하게 웃었다.

"약간. 어쩔 수 없어. 할머니랑 같이 사니까."

"그러니까 군인이셨던 할아버지의 부인?"

"그래."

"그리고 네 이름도 제이콥이고."

"근친상간은 아니야."

"무슨 소리야!"

그녀는 알겠다는 표정으로 그를 보았다.

"너는 어때?"

제이콥이 말했다.

"너는 파파걸이니? 우리 누나처럼?"

이번에는 힐레가 웃으며 제이콥을 따라했다.

"약간. 어쩔 수 없어. 아빠랑 같이 사니까."

둘은 함께 웃었다. 그녀는 이건 어때? 하듯이 덧붙였다.

"그리고 안네도 그랬지."

"맞아."

제이콥이 인정했다.

"하지만 우리 누나 같은 건 아냐. 우리 누나는 그냥 약간 파파걸 정도가 아냐. 거의 정신 나간 수준의 파파걸이야."

"누나를 안 좋아하는구나."

"별로 안 좋아해."

"안됐네. 내 동생 빌프레트하고 나는 아주 잘 지내는데. 사실 나는 그 애를 아주 좋아해. 그 애는 얼마나 진지한지 몰라! 모든 일에 그렇게 진지한 걸 보면 정말 웃겨. 조금 가볍게 지낼 수도 있는데. 하지만 나는 그런 모습 그대로 그 애가 좋아."

"너희 둘은 아주 닮았어."

"사람들이 다 그래. 하지만 정말 재미있는 일이야."

"왜?"

"빌프레트는 입양한 아이거든. 어머니가 나를 낳고 더 이상 아기를 낳을 수 없게 되었는데, 부모님이 아들을 원해서 빌프레트를 입양했어. 나는 정말 기뻤어. 그 애를 고른 게 나야."

"정말?"

"정말이야! 어쨌건 어머니 말로는 그래. 나는 겨우 네 살이었지만 그 애를 보고 바로 마음에 들어 했대. 그래서 빌프레트로 결정하신 거지."

"하지만 정말 닮았는데."

"알아. 내가 봐도 그래. 하지만 기분 나쁘지 않아. 나는 그 애가 아주 예쁘다고 생각하니까."

제이콥은 그 말이 맞다고 말하고 싶었지만 자기감정을 너무 드러내게 될까 봐 참았다.

테셀이 그들에게 다가오기도 전에 힐레는 그녀에게 빠른 네덜란드 어로 이야기를 했고, 테셀은 미소를 짓고 고개를 끄덕이고 대답하며 이따금 제이콥을 보았다. 제이콥은 자기 이름과 암스테르담, 코피koffie라는 말밖에 알아들을 수 없었다.

"네가 원한다면 당연히 힐레하고 따로 이야기하는 시간을 가져도 좋아."

힐레와의 대화가 끝나자 테셀이 제이콥에게 말했다.

"나는 아무 상관없어. 어머니한테 곧장 가면 되니까. 그게 오히려 나한테 더 편할 거야. 하지만 너 혼자 단에게 돌아갈 수 있겠니?"

"문제없어요."

힐레는 자신이 대답하고는 빙긋 미소를 지으며 제이콥에게 놀라울 만큼 정확하게 읊조렸다.

"모든 걸 제 손에 맡기세요. 긴장하지 말고 즐기세요. 제가 암스테르담에 안전하게 착륙시켜 드릴 테니, 저를 믿으세요."

15

헤르트라위

베셀링 부인은 아들의 행동에 완전히 실성해 버린 듯, 며칠 동안 방 밖으로 나오지 않았다. 디르크가 죽기라도 한 것 같았다. 부인은 무슨 염불이라도 외듯 다시는 아들을 볼 수 없을 거라는 말을 계속해서 되뇌었다. 그리고 슬픔에 북받쳐서 헹크가 디르크를 꾀었다며 비난했다. 또 내가 농장에 와서 아들의 마음을 흔들었다고 비난했다. 그리고 내가 제이콥을 데리고 와서 농장을 더 큰 위험에 빠뜨렸다고 비난했다. 아들에게 좀 더 확실한 태도를 취하지 못했다고 남편도 비난했다. 이런 비난의 폭풍 가운데서도 가장 처절한 비난의 대상이 된 것은 이 모든 일이 일어나게 내버려 둔 부인 자신이었다. 헹크와 디르크가 그 집에 은신하기로 결심한 날 바로 헹크를 내쫓지 않았다고, 우리가 도착한 날 우리 셋을 내보내지 않았다고, 심지어 제이콥을 베트스테에 숨기지 말고 독일군에게 들키게 했어야 한다고, 그러면 적어도 아들은 구할 수 있었을 거라고 했다.

부인의 고통은 바라보기 딱할 지경이었다. 그리고 베셀링 씨도 나도 부인의 고뇌를 누그러뜨릴 어떤 방법도 알지 못했다. 모든 면에서 그토록 자제력 있고 굳세던, 그래서 강한 여자로만 알고 있던 어른이 고통 속에 그렇게 무너지고 어린아이처럼 되는 걸 바라보는 것은 충격이었다. 인간의 본성이 얼마나 나약한 것인지에 대해 내 평생 가장 강력한 교훈을 준 사건 가운데 하나였다. 아들이 남긴 편지를 읽던 그 짧은 순간에 성숙하고 경험 많고 통솔력 있던 부인은 부인을 이룬 피륙의 실이 풀려서 뒤엉켜 버리기라도 한 것처럼 무너졌다. 결국 나중에 디르크가 돌아온 뒤에도 부인은 본래의 모습, 그 당당하고 위압적이던 모습을 회복하지 못하고, 죽을 때까지 신경질적이고 불안하고 자기 안에 갇히고, 어지간한 일에는 기뻐하지 않고 언제나 최악을 예상하는 사람으로 살았다. 부인의 유일한 즐거움이자, 내가 볼 때 유일한 위로였던 것은 풍금 연주였다. 부인은 어릴 적에 그 소형 오르간을 배운 뒤 10대 시절에 손을 놓았는데, 이제 그것을 평생 한 번도 떠난 적 없던 것처럼 다시 연주하기 시작했다. 부인은 오직 자신을 위해서 때로는 몇 시간이나 풍금을 연주했고, 다른 사람이 듣는 것을 싫어했다. 이전까지 아들에게 쏟은 모든 열정이 이제는 풍금 연주에 들어갔다. 풍금을 연주하는 동안에는 현실에서 겪은 그런 고통이 없는 평행 인생을 사는 것 같았다. 결국 죽는 날까지 풍금을 연주하고 다른 사람의 연주 음반을 감상하는 일은 부인의 세계 전부가 되었고, 부인에게 다른 것은 아무것도 없었다. 다른 모든 것, 남편, 아들, 이전의 인생은 사라졌다. 부인은 오직 음악과 건반의 움직임만을 기억했다. 부인은 60대 초반에 암으로 죽었는데, 죽기 직전까지도 이불 위에서 손가락을 움직여 오직 부인에게만 들리는 음을 눌렀다.

하지만 너무 앞으로 나갔다. 디르크와 헹크가 떠난 날로 돌아가 보자.

베셀링 씨도 물론 화가 났지만, 아내보다는 사태를 잘 감당했고 낙관적인 태도를 유지했다. 돌아올 거다, 며칠도 안 돼서 올지도 몰라, 분노가 잦아들면 게릴라 같은 투쟁이 생각처럼 쉽지 않다는 걸 알게 될 거다, 하고 말했다. 그리고 아내에 대해서도 처음에는 부인의 은둔을 평소 같은 침착한 대응으로 여겼다. 베셸링 씨는 상상력이 풍부한 사람이 아니었고, 둔감하고 운명주의적인 편이었다. 그는 세상이 원래 그렇고, 그런 게 인생이고, 사람은 그런 인생을 잘 살기 위해 최선을 다해야 한다고 생각했다. 그는 우리 인생은 다 하느님 뜻이라는 말을 자주 했다. 게다가 그에게 여자란 도대체 이해할 수 없는 수수께끼 같은 존재였다. 여자의 영역은 집과 가축이고, 그는 그 영역을 간섭하지 않았다. 그래서 아내가 방에 칩거했을 때 베셸링 씨는 그저 나쁜 소식을 접한 여자의 반응으로만 여기고, 부인 돌보는 일을 다른 '여자 일'과 함께 나에게 맡긴 뒤 아무런 신경을 쓰지 않았다. 그저 이따금 "오빠 일이 걱정이겠지만 별일 없을 게다. 똑똑한 녀석들이니까." 하고 말해 줄 뿐이었다. 그러면서 다시 일로 돌아갔다. 가축이나 농작물은 노는 날이 없고 돌보는 자에게 휴식 시간을 주지 않는 만큼 농장 일은 끝이 없었다. 땅은 가혹한 주인이다. 내가 베셸링 씨에 대해 할 수 있는 가장 좋은 말은 그가 땅을 사랑했고 정성을 다해 그것을 돌봤다는 것이다. 그것은 그의 여러 단점을 벌충하는 큰 장점이었고, 나는 언제나 그를 좋아했으며 그와 사이가 좋았다.

하지만 베셸링 부인의 말이 옳았다. 나는 농장 생활을 경험해 본 적도 없고 거기 맞는 유형도 아니었다. 제이콥이 없었다면 내가 그 후의 며칠을 어떻게 보냈을지 모르겠다. 그가 아니었다면, 나는 그 어떤 죄책감이 닥친다 해도 우리 오빠와 디르크 못지않게 훌쩍 베셀링 부부를 떠날 수 있었다. 하지만 제이콥은 완전히 내 책임이었다. 나는 모든 사람들의 만류에도 불구하고 그를 데려왔고, 그를 버리는 것은 나 자신을 버리는 것과 마찬가지였다. 그를 버리고서는 내가 나를 용서하고 살아갈 수 없을 것이다. 제이콥 때문에 나는 베셀링 씨의 집에 남아야 했고, 아무리 힘들고 괴로워도 내게 맡겨지는 일들을 해내야 했다. 그리고 그가 살아남도록 건강을 회복할 때까지 내가 줄 수 있는 모든 도움을 주어야 했다. 도망치고 싶다는 말은 입에 담지 않았다. 왜냐면 나는 이미 마음속에 ─당시에는 제대로 인식하지 못했지만─그가 나를 떠날 날을 두려워하고 있었기 때문이다.

그렇게 베셀링 부인은 방에 칩거하고 베셀링 씨는 농장 일에 파묻히고, 나는 시간이 날 때마다 무거운 집안일에서 도망쳐 제이콥에게 갔다.

그와 함께한 시간은 대부분 저녁 식사 뒤의 저녁나절이었다. 그때면 베셀링 씨는 영국에서 송출하는 라디오 오라녜Oranje를 들으러 갔고, 나는 은신처 지붕의 채광창이 한길과 진입로를 내다보는 데 제격이라 베셀링 씨가 라디오를 듣는 동안 갑작스런 방문객을 감시할 수 있다는 핑계까지 대고서 제이콥에게 갔다. 그러면 베셀링 씨는 나중에 와서 전쟁과 관련된 최신 소식을 전해 주고, 제이콥의 상태를 점검한 뒤 우리를 그대로 두고 아내에게 갔다. 그는 영어 실력이 형편없었기 때문에 우리와 오래 머무는 일이 없었다.

제이콥이 내게 신체적으로 깊이 의존하게 된 뒤로 나는 그에게 정서적으로 깊이 의존하게 되었다. 내 이야기를 들어줄 사람은 오직 그뿐이었다. 남자들은 원래 남의 이야기를 잘 듣지 못한다.(어쨌거나 내 젊은 시절에는 그랬다. 지금은 달라졌는지?) 하지만 제이콥은 달랐다. 헹크가 떠나고 하루 이틀이 지나는 동안 나는 그에게 오빠가 떠난 괴로움, 부모님에 대한 걱정, 베셀링 부인에 대한 불만, 내 외로운 처지, 우리 두 사람 모두에 대한 두려움 같은 것을 쏟아 냈고, 그는 그 이야기를 다 들었다. 그 이야기들은 그때까지는 내 마음이 약해지지 않도록, 그리고 제이콥을 걱정시켜서 회복에 방해가 되지 않도록 굳게 묻어 두었던 이야기들이었다. 나는 나 자신을 그의 구원자, 그의 간호사, 그리고 심지어 그가 나를 부르는 대로 그의 마리아로 여긴 것 같다. 그의 마리아. 그리고 하루아침에 이것이 바뀌었다. 둑이 터지면서 내 감정이 홍수를 이루어 분출되었고 제이콥이 나의 피난처, 나의 보호자, 나의 말벗이 되었다.

그리고 그것은 너무도 큰 위안이었다! 언제나 강할 필요도 없고, 명랑하고 낙관적인 모습을 보일 필요도 없고, 단호할 필요도 없고, 어떤 일에도 기가 죽지 않는 척할 필요도 없었다. 그렇게 많은 시늉을 하지 않고, 그저 있는 그대로의 내 모습을 보이면 됐다. 나는 그 호사 속에 뒹굴었던 것 같다. 적어도 하루 이틀은 그랬다. 그리고 제이콥은 그런 나를 조금도 나무라지 않았다. 그 해방감이라니! 나는 사슬에서 풀린 죄수와도 같았다.

어느 날 저녁, 우리가 은신처의 임시 탁자를 사이에 두고 축사에서 건초 벽을 뚫고 올라오는 소 울음소리와 냄새 속에 마주 앉아 있을 때, 나는 이야기를 하다가 울었다. 답답할 만큼 비좁은 공간이었지만, 그곳에 있는 것은 먼지 가득한 집 안에서 오랜 시간을 보낸 후 빗속으로 산책을 나가는 것 같았다.

그리고 제이콥이 빗속을 함께 걷는 친구처럼 손을 뻗어서 우리 둘은 탁자 위로 손을 잡았다. 우리가 그렇게 다정하게 신체를 접촉한 것은 그때가 처음이었다. 이미 말했듯이 나는 이 남자를 가장 은밀한 부분까지 포함해서 여러 번 씻겼다. 그가 가장 심한 고통에 시달리던 지하실 시절 그를 품에 안고 재웠다. 아기처럼 한 숟갈 한 숟갈 음식을 떠서 먹였다. 그의 상처를 감은 붕대도 갈아 주었다. 심지어는 화장실에 갈 때도 도와주었다. 그의 몸 가운데 내가 알지 못하고 내 손이 닿지 않은 곳은 없었다. 하지만 그것은 성실한 간호사의 손길이었지 그의 천사 마리아의 손길은 아니었다.

물론 베트스테의 일이 있었고, 그것이 일으킨 욕망과 환상도 있었다. 하지만 나는 그것을 억누르려고 했고, 그런 생각들이 떠오르는 걸 막으려고 했다. 오늘날에는 아무도 진지하게 쓰지 않는 구식 표현을 빌리자면 나는 아직 순결했다. 그 일은 그저 우연한 사고에 지나지 않기 때문에 깊이 생각할 게 없다고 나는 스스로에게 말했다. 그래도 밤이면 그 생각을 마음에서, 아니 더 나쁘게는 꿈속에서도 떨쳐 낼 수 없었다.

하지만 이번에는 천사 마리아가 그를 만진 게 아니라 그가 탁자 위로 손을 뻗어, 이야기하다 울음에 잠긴 나 헤르트라위의 손을 잡았다. 나는 뿌리치지 않았다. 그 순간 내 손을 잡은 그의 손만큼 큰 위안이자 기쁨은 없었다. 하지만 내 괴로움과 두려움이 밤마다 나를 잠 못 들게 하던, 그러다 이제 그의 손길이라는 반응, 출구, 응답, 신체적 확인을 얻은 욕망과 소망에 뒤섞여 들면서, 내 안에는 너무도 혼란스런 감정들이 소용돌이쳤다.

그가 내 손을 잡은 순간, 나는 그를 더 이상 부상병, 패잔병, 외국인으로 생각하지 않았다. 그리고 솔직히 덧붙이면 결혼한 남자로도 여기지 않았다. 그는 그저 나의 것이고 나는 그의 것이었다. 그 거침없던 순간 나는 그에게 나를 완전히 주었다. 그것도 의식적으로, 의도적으로('기꺼이'가 아니고 '의도적으로'라는 점에 유념해 주기를). 그리고 그날부터 지금까지 그를 다른 방식으로는 생각하지 않았다.

분명히 해 두고 싶다. 물러서거나 저항하거나 항변하고 싶은 마음은 조금도 없다. 어떤 변명이나 핑계도 대지 않겠다. 후회도 하지 않는다. 오히려 반대다. 나는 그 순간과 그 결정에 대해 확고하다. 그리고 그 결과를 감내한다. 내 인생에서 제이콥에 대한 사랑만큼 확실한 것은 아무것도 없다. 그가 살아남았다면, 나는 그를 내 곁에 두기 위해 어떤 일도 마다하지 않았을 것이다.

그날 저녁 우리는 손을 잡은 채 이야기를 하면서, 태곳적부터 애인들이 서로를 처음 알아보는 달콤한 순간에 그렇듯이 서로의 눈을 들여다보았다. 그 이상은 아니었다. 우리는 키스도 하지 않았다. 하지만 우리의 모든 삶이 그 임시 비밀 거처에 우리와 함께 있는 것 같았다. 앞에서 언급한 내가 가장 좋아하는 시에 나오듯이 '짧은 눈금 속에 인생은 완벽할 수 있다.' 더 이상은 없었다. 그 이상 좋은 것은 있을 수 없었다. 제이콥과 내가 함께한 그 두 시간가량은 완벽한 눈금이었다. 그 눈금이 깨어진 것은 베셀링 씨가 아래쪽에서 시간이 늦었다고 나를 부르면서였다. 나는 제이콥에게 서둘러 인사하고 사다리 아래에서 기다리는 베셀링 씨에게 내려갔다.

나는 베셀링 씨의 방해가 언짢지 않고 오히려 고마웠다. 그는 그날 밤의 흥분을 더해 주었고, 아버지 같은 사람이 돌봐 준다는 안도감을 안겨 주었다. 그리고 그때 나는 부모님에게서 너무 오래 떨어져 있었기 때문에(내가 부모님과 그렇게 오랜 시간을 떨어져 있던 것은 그때가 처음이었다.), 첫사랑의 들뜨는 열정에 대한 기대와 소망만큼이나 듬직한 아버지의 사랑이 필요했다.

짐작할 수 있겠지만, 그날 밤 나는 거의 잠들지 못했다. 그리고 내 마음에는 새로운 희망이 꿈틀거렸다. 제이콥과 함께하는 미래는 어떨까, 우리가 어디서 어떻게 살까 하는. 새로 사랑에 빠진 순간 사람은 터널 시야가 된다. 망막은 영화의 스크린이 되고, 그것은 사랑 지상주의 이미지로 재구성된 세계를 상영한다.

다음 날 그 재구성된 세계는 전날과 똑같을 뿐 아니라 오히려 더 나빠졌다. 더 춥고 질척거리고 먼지 날리고 황량했다. 나의 곤경—베셀링 부인의 하녀로서, 베셀링 씨의 농장 일꾼이자 가정부로서—은 그 어느 때보다도 더 무거웠다. 내가 원한 것은, 내가 갈망한 것은 제이콥과 단둘이 있는 것이었다. 하지만 다행히 나는 활동적인 성품을 타고났다. 기분이 곤두박질칠수록 활달하게 움직이려는 충동이 커진다. 어머니에게서 물려받은 기질이다. 그래서 나는 좌절된 욕망이 빚은 분노로 맹렬히 내게 맡겨진 노역을 해 나갔다.

하지만 인간 본성은 또 그렇게도 변덕스러워서 그날 하루 동안 아침과 점심 식사, 씻을 물이나 빨래한 새 옷을 가져다주러 제이콥에게 갈 때마다 나는 몸에 밴 수줍음을 이기지 못해서 그의 눈도 제대로 보지 못했다. 나는 너무 바빠서 쉴 틈도 이야기를 건넬 틈도 없다는 듯이, 또 우리 사이에 달라진 것은 아무것도 없다는 듯이, 나는 여전히 그의 다정한 간호사 마리아일 뿐이라는 듯이 최대한 사무적으로 행동하려고 했다. 하지만 물론 소용없었다. 모든 것이 변해 있었다. 그를 보는 것보다 더 힘든 것은 그를 만지는 것이었고, 가장 힘든 것은 그가 나를 만지는 것이었다. 나는 대개 아침 식사를 한 뒤 제이콥의 드레싱을 갈아 주었다. 하지만 오늘 아침 그의 다리는 더 이상 환부가 아니었다. 키스하고 싶고 쓰다듬고 싶은 사랑하는 사람의 육체 일부였다. 그래서 나는 베셀링 부인에게 급한 일이 있어서 드레싱을 나중에 갈아 주겠다고 했다. 그리고 그 '나중'에는 내 마음이 좀 더 강해져 있기를 바랐다.

'나중'은 점심 식사 이후였다. 우리는 오후 일을 시작하기 전에 늘 30분 정도 함께 휴식하며 보냈다. 그날 아침 베셀링 씨는 축사에서 분뇨와 더러워진 짚을 치웠다. 제이콥은 다락을 절뚝거리고 다니면서 쇠스랑으로 새 건초를 축사의 베셀링 씨에게 떨어뜨려 주었다. 점심때가 되자 그는 먼지와 땀으로 범벅이 되고, 붕대도 더럽고 헐거워져서 불편했다. 점심을 가지고 가자 그는 내가 붕대를 갈아 주지 않으면 자신이 직접 갈겠다고 짜증스럽게 말했다. 하지만 나는 그것을 허락할 수 없었다. 내 손이 아닌 그 누구의 손도, 심지어 제이콥 자신의 손도 나의 환자, 나의 사랑을 돌보게 할 수 없었다. 대단한 질투였다! 전에는 그런 감정을 전혀 몰랐다. 그때까지 나는 질투를 추악한 약점으로 여겨 경멸했다. 이제 그것이 나를 부정할 수 없는 감정적 발작으로 몰아넣었고 그 기세는 나를 당황시켰다.

나는 아무 말도 하지 않고 따뜻한 물과 새 드레싱을 가지러 달려 갔다. 제이콥에게 돌아가 보니, 그는 속옷 차림으로 침대에 앉아 찬물로 최대한 자신을 씻어 두었다. 나는 나의 환자가 그런 모습으로 있는 걸 여러 번 보았지만, 그 전날 미묘한 시간이 있은 뒤로는 처음이었다. 나는 그의 품에 뛰어들고 싶었지만 전과 다름없이 행동하려고 노력했다. 그런데 너무 어설프게 서둘렀다. 주전자에 담아 온 물을 대야에 부을 때 마구 물을 흘렸다. 그의 발 앞에 한쪽 무릎을 꿇다가 쿵 소리를 내며 무릎을 아프게 찧었다. 나는 떨리는 손으로 무릎에서부터 붕대 끝을 잡고 풀어내기 시작했다. 하지만 손이 제대로 움직이지 않아서 푼 붕대를 제대로 감지 못하고 쩔쩔매다가 옆에 있는 대야에 빠뜨렸다. 그 대야의 물이 관으로 연결되어 내 눈으로 흘러들기라도 한 것처럼, 이런 바보 같은 행동은 내게서 눈물을 일으켰다. 하지만 나는 그걸 무시하기 위해 고개를 숙여 제이콥의 시선을 피하고, 천천히 대야로 손을 뻗어 젖은 드레싱을 건져 올린 뒤, 조심스레 드레싱의 나머지 부분을 그의 다리에서 풀어내고 더러운 드레싱을 옆으로 치웠다. 일어나서 더러운 물을 버렸다. 대야를 깨끗하게 닦고 다시 바닥에 내려놓았다. 주전자에서 이제는 미지근해진 물을 아까보다 많이 따랐다. 제이콥의 다리를 향해 고개를 숙이고 상처를 덮은 드레싱을 떼어 내려고 할 때―이 부분이 언제나 가장 힘들었다. 엉긴 피가 드레싱을 상처에 붙여놓아서 아프지 않게 떼어 낼 수가 없었기 때문이다.―제이콥의 두 손이 내 어깨를 잡고 나를 지지대로 삼아 일어선 뒤 내가 고개를 들 때까지, 그래서 그의 얼굴을, 마침내 그의 두 눈을 볼 때까지 기다렸다. 처음 본 그 순간부터 내 심장을 사로잡은 그 두 눈을.

그런 순간, 그런 상태는 오랫동안 견딜 수 있는 것이 아니다. 앞으로 나아가거나 물러서거나, 받아들이거나 거절하거나, 승인하거나 부인하거나 둘 중의 하나만이 가능하다. 앞으로 나아가 받아들이고 승인하는 것밖에 달리 어떻게 할 수 있었을까? 나는 아무 생각 없이 확고한 본능에 몸을 맡기고, 손을 들어 올려 손가락으로 그의 얼굴을 이마에서 관자놀이를 지나 입술과 턱까지 훑었다. 면도하지 않은 그의 거친 뺨이 허벅지를 짜릿하게 했다. 내가 손가락으로 그의 턱을 감쌌을 때 그는 몸을 앞으로 기울여 조심스럽고 세심하게 내 입술에 키스했다. 나는 두 손으로 그의 머리를 잡고 발끝으로 서서 감은 그의 오른쪽 눈꺼풀에 그리고 다시 왼쪽 눈꺼풀에 키스했다. 그리고 그의 목을 끌어안았다. 내 몸을, 내 모든 것을 그에게 강하게 밀착시켰다. 그리고 두 번째로 그의 성기가 이번에는 내 배 위에서 부풀어 오르는 걸 느끼고, 그가 나를 욕망한다는 사실과 그것이 내 안에 일으킨 힘을 알고 싶다는 열망에 떨리는 기쁨을 느꼈다.

우리 둘은 아무 말도 하지 않았다. 오직 사랑의 방언인 낮은 한숨과 기쁨의 탄성뿐이었다.

(이 모든 걸 다 이야기하고 있는 나는 얼마나 어리석은 노파인가! 이런 자세한 내용이 너에게 무슨 상관이 있다는 말인가? 그저 너를 민망하게 만들고 있는 건 아닌지? 게다가 사랑의 행위란 보편적으로 동일한 것이기에 상투적 표현이 아닌 어떤 말도 할 수가 없다. 하지만 커피를 앞에 두고 기념사진을 잔뜩 늘어놓는 지겨운 여행객처럼 나는 그 일을 자세히 설명하고픈 저항할 수 없는 충동을 느꼈다. 그 순간을 다시 살아 보려고? 그럴지도 모른다. 내 인생을 결정해 버린 순간을 기념하기 위해서? 그것이 현실이었다는 걸 확인하기 위해서? 무엇이라도 상관없다.)

우리는 서로에게 매달려서 꽤 한참 동안 깊은 키스를 했지만, 그 시간이 너무 짧아서 고통스러울 지경이었다. 그날은 이걸로 끝이었다. 우리는 베셀링 씨가 축사로 일하러 돌아오는 소리에 억지로 몸을 떼었다.

나는 제이콥의 상처에 얼른 새로 드레싱을 감은 뒤, 서둘러서 내가 맡은 일들을 하러 돌아갔다. 내 피는 노래하고, 생각은 뒤엉키고, 열망은 끓고 끓고 또 끓었다.

피부가 붉게 달아오르고, 유두가 제이콥의 가슴이 닿았던 것을 기억하며 일어서고, 자궁이 거의 고통스러울 정도로 경련하고, 겨드랑이와 두 다리 사이가 축축하게 젖어 온 그런 내 몸의 다른 신호들에 대해서는 길게 말하지 않겠다. 나의 혼란과 행복감을 알아챌 사람이 집에 아무도 없었다는 게 얼마나 다행이었는지 모른다. 저녁이 되었을 때 나는 어느 정도 정신을 차릴 수 있었지만, 제이콥에게 식사를 가져다주면 설령 내가 그에게서 몸을 떼어 낼 수 있다 해도 다시 한 번 흐트러질 거라는 걸 알았다. 그래서 음식 가져다주는 일을 베셀링 씨에게 부탁하고 나중에 찾아가겠다는 전갈을 보냈다.

하지만 나는 나중에 가지 않았다. 아니 정확히 말하자면 그날 나중에. 나는 불안에 사로잡혔다. 나 자신을 믿을 수 없었다. 내가 어떻게 행동할까? 어떻게 행동해야 할까? 제이콥은 어떻게 행동할까? 내가 어떻게 반응해야 하나? 닥치면 알 수 있을까? 내 열정에는 열망뿐 아니라 두려움도 있었다.

그리고 거기 더해서 갑자기 내가 그에게 어울리지 않는다고 느껴졌다. 내 몸은 더럽고 옷은 초라하고 색이 바랬고 꼴사납고 볼품없었다. 냄새는 어떨까? 그날 저녁 먹은 음식 냄새? 집 안의 먼지 냄새? 밤이 되기 전에 암탉들을 몰아넣고 잠근 닭장 냄새? 우유 가공실에서 그날 짠 우유에서 크림을 분리하는 기계를 30분 동안 가동한 달착지근한 냄새? 아니면 땀 냄새와 성적으로 흥분한 냄새? 그런 생각은 끔찍했다. 나는 나 자신을 한순간도 참을 수 없었다. 내 몸의 거죽이 역겨운 등딱지, 딱딱하고 오래 묵은 껍데기가 되어 안에서 몸부림치는 새로운 나를 가두고 있는 것 같았다. 나는 뱀이 허물을 벗고 나비가 고치에서 빠져나오듯 그것을 버리고 싶었다. 버리고 싶었다? 아니, 버려야 했다! 그건 가능성도 소망도 아니고, 명령이자 필연이었다. 생명 원리의 필요조건이었다.

나는 며칠 동안 목욕을 하지 않았다. 그건 그리 드문 일이 아니었다. 그때는 요즘처럼 목욕을 자주 하지 않았다. 그리고 샤워는 적어도 내가 살던 곳에서는 모르는 일이었다. 사람들은 몸에 대해 지금처럼 까탈스럽지 않았다. 어쨌거나 오스테르베크에 있는 우리 집에는 욕실이 있었지만 농장은 그렇지 않았다. 그래서 나는 차이를 느꼈다. 무엇보다 불편함을. 농장에서는 많은 양의 물을 끓이는 일도, 이동식 욕조를 준비하는 일도 모두 고역이었다. 욕조는 언제나 부엌 화덕 앞에 두었는데, 그것은 그곳이 따뜻하기도 하고, 보일러에서 욕조까지 물을 옮기는 것도 편리해서였다. 나중에는 욕조를 비우고 닦는 것도 문제였다. 그리고 예절과 조심성의 문제도 있었다. 여자들이 목욕을 할 때는 남자들이 자리를 비키고 반대의 경우도 마찬가지였다. 베셀링가에서 남자들은 금요일에 목욕을 하고 여자들은 토요일에 했다. 이런 규칙을 어기는 것은 중대한 경우뿐이었다. 그러니까 병에서 회복된 후라거나 특별한 경우—예를 들면 생일이나 먼 길을 떠나기 전—에만 가능했고, 단순한 변덕에 의해서는 가능하지 않았다. 그러니까 그냥 그날 목욕을 하고 싶다고 목욕을 할 수는 없었다.

그날은 목요일이었다. 내가 그날 밤 목욕을 한다고 하면 놀랄 베셀링 씨에게 어떤 핑계를 댈 것인가? 다만 그가 물어볼 가능성이 매우 적기는 했다. 그걸 물어보는 일조차 베셀링 씨에게는 너무도 민망한 일이어서, 그것에 대해 왈가왈부하지는 않을 것이다. 만약 그랬다면 나도 매우 민망했을 것이다. 그 시절의 여자들은 여자의 몸 상태에 대해, 남자가 이미 알고 있다고 해도 이야기할 수 없게 되어 있었기 때문이다. 지금은 믿기지 않겠지만, 그 시절에는 결혼한 남자들마저 여자의 몸에 대해 모르는 이가 허다했다. 여자와 남자가 대화를 할 때 여자 몸의 특정 기능은 아예 없는 것처럼 취급되었다. 그것을 터놓고 말한다는 것은 적어도 신앙심을 가진 품위 있는 집에서는 잘 봐줘야 무례였고 나쁘게 보면 엄한 벌을 받아 마땅한 사회적 죄악이었다. 내 핑계는 사실이라는 이점이 있었다. 바로 전날 생리가 끝났다. 내가 할 유일한 거짓말은 생리가 정확히 말할 수 없는 어떤 이유로 내게 불쾌했다는 암시를 가볍게 하는 것 정도일 테고, 그러면 베셀링 씨는 더는 아무것도 묻지 않고 집 밖으로 나갈 것이다. 그리고 그는 그렇게 했다. 가서 뉴스를 듣고 제이콥을 들여다보고 한 시간쯤 뒤에 돌아오겠다고 했다. 그 정도 시간이면 되겠냐고. 네, 네, 충분해요. 내가 말했고 베셀링 씨는 나갔다.

그리고 목욕을 하는 도중 내가 이 일을 하는 건 나를 위해서가 아니라 제이콥을 위해서라는 생각이 마침내 수면 위로 떠올랐다. 신부처럼 그를 내 안에 받아들이기 위해서.

"그에게 갈 테야."

나는 소리 내서 말했다.

"그를 내 안에 받아들이고 싶으니까."

이런 뻔뻔함에 나도 놀랐다. 내가 이토록 대담할 수 있다니! 그러면서도 동시에 나는 거의 차갑다고까지 할 만한 이성으로 할 일을 계획했다. 목욕을 끝내고 물기를 닦고 난로 앞에서 머리를 말리고 방으로 간다. 거기서 손톱을 깎고, 손과 발에 기름을 바르고, 몸 구석구석을 살피고, 라벤더 향을 뿌리고, 머리를 정돈하고, 간직해 둔 몇 벌 되지 않는 '예쁜' 옷을 최대한 맵시 나게 입는다. 서두르지 않고 느긋하게 마음속에서 지난 시간들의 긴장과 스트레스를 씻어 내고, 거기 오직 제이콥의 생각만을 채워 넣을 것이다. 베셸링 씨가 잠자리에 들어서 화산이 폭발하는 듯한 코골이를 시작하면(그는 잠들면 언제나 그랬다.) 그때 몰래 제이콥에게 간다.

내 방에 돌아와서 가을밤의 축축한 공기에 목욕의 온기가 금세 식고 나서야 나는 내가 그토록 간절히 원하는 낭만적인 모험이 원치 않는 결과를 빚을지도 모른다는 데 생각이 미쳤다.

섹스의 실제 면모에 대해서(굳이 말할 필요가 있을까?) 나는 거의 아무것도 모른다고 할 수 있었다. 내가 아는 건 아주 기초적인 것들과 친구들이 알려 준 불확실한 정보들뿐으로, 부모님이나 선생님 또는 책에서는 아무것도 배운 게 없었다. 학교에서 수군수군들은 이야기 가운데는 '안전한' 피임 기간에 관한 게 있었다. 생리 시작 전 7일 동안에는 섹스해도 좋다. 생리하는 사나흘 동안, 또 이후 6~7일간도 좋다. 그 밖의 경우에는 마지막 찬송가가 끝나기 전에 남자를 교회 밖으로 내보내야 한다.(질외 사정을 의미하는 그 은어를 나누며 우리가 얼마나 킥킥거렸던가. 어른들의 '지식'을 알게 되었다는 데 우리는 얼마나 자신만만하고 당당했나.)

이미 말했듯이 생리는 전날 끝났다. 하지만 내 친구들이 말한 '안전한 기간'이라는 게 확실하다는 걸 어떻게 알 수 있는가? 그리고 그 말이 맞다 해도 얼마나 안전한 게 '안전한' 것인가? 100퍼센트? 의구심이 나의 사랑 지상주의 환상에 침입해서, 나는 베셀링 씨가 화산 폭발을 시작하고 시간이 꽤 지날 때까지도 생각을 거듭했다. 그 시간 동안 나는 차분한 마음으로 위험을 각오하지 않는 사랑은 사랑이 아니라는 결론을 내렸다. 어디서 어떻게 그런 말을 들었는지는 모르겠지만, 내가 볼 때 진실한 사랑은 언제나 위험한 것 같았다. 그리고 사랑은 받는 사람보다 주는 사람에게 더욱 위험했다.

그때 이미 전쟁을 통해 인간 행동에 대한 환상이 거의 깨졌던 나는 그 못지않게 육체의 행동에 대해서도 환상이 거의 없었다. 육체는 인간 행동만큼이나 제멋대로고, 믿을 수 없고, 정해진 규범을 이탈할 수 있다고 생각했다. 규범이나 법칙 같은 것은 자연 본성에 의한 것이든 인간이 만든 것이든, 예외가 있고 일탈을 유발한다. 나는 내가 몇 가지 인간 법칙 ― 종교적(간음, 간통, 남의 남편을 탐하는 일), 법률적(승인 연령에 이르기 전에 섹스하는 일), 사회적(우리 부모님, 그리고 목숨을 내걸고 나를 받아들이고 대가 없이 보살펴 주는 사람들의 믿음을 배신하는 일) ― 을 깨려고 한다는 것을 알았다. 내 몸이 변덕을 부려 자연법칙을 깨면 안 될 이유가 어디 있는가? 발각된다면 이런 모든 규범을 어긴 데에 따른 무거운 벌이 있을 것이다. 그런 결과를 받아들일 마음의 준비가 되어 있는가? 촛불을 밝힌 차가운 어둠 속에서 거울에 비친 내 몸을 살펴보며 스스로에게 물었다. 그리고 시련을 겪지 않은 젊음의 당당하고 오만한 태도도 소리 내서 대답했다.

"그래, 준비되어 있어."

그렇게 마음이 정해지자, 나는 제이콥에게 가서 나를 그에게 주었다.

제이콥

성장이란 결국
자신의 독특하고 놀라운 경험을
다른 사람들도 모두 한다는 걸
깨닫는 것이다.

– 도리스 레싱, 「황금 노트북」

BE READY
NIETS IN
AMSTERDAM
IS WAT
HET LIJKT

"**판넨쿠크**pannenkoek 먹어 봐."

힐레가 말했다.

"그게 뭐야?"

제이콥이 물었다.

"팬케이크."

"달걀이랑 밀가루랑 이것저것 넣고 반죽해서 프라이팬에 굽는 것?"

"그럴 거야. 나는 요리 잘 몰라. 프랑스 사람들은 '크레페'라고 불러. 네덜란드 사람들은 이걸 아주 좋아해."

그녀는 웃는 얼굴로 메뉴를 훑어보며 어깨를 으쓱 들어 보였다.

"그 안에다 다른 걸 넣을 수도 있어. 예를 들면 스페크spek, 그러니까, 어……베이컨. 아니면 사과 또, 카넬kaneel?"

"미안해. 모르겠어."

"너를 대접하는 건 쉬운 일이 아니구나."

"미안해."

"아냐, 괜찮아. 나는 영어 연습하는 걸 좋아하니까."

"정말이야?"

"지금 내가 영어로 말하고 있잖아."

"그것 말고 나를 대접한다는 거."

"내가 오자고 했잖아."

"빌프레트는 오고 싶어 하지 않았어?"

"물건들을 챙겨야 해서."

"베이컨이 좋을 것 같아."

"나는 사과하고 '카넬'을 하겠어. 네가 먹어 보고 카넬이 영어로 뭔지 말해 줘. 음료수는 뭐로 할 거야?"

"백포도주?"

단 덕분에 그도 그것을 좋아하게 되었다.

"좋아."

"네덜란드식, 그러니까 더치페이로 할 수도 있어."

"뭐?"

"더치페이. 그런 표현 몰라?"

"몰라."

"각자 먹은 건 각자가 돈을 내는 거야."

"그게 왜 네덜란드식이야?"

제이콥이 웃었다.

"몰라. 그걸 왜 나한테 물어?"

"너희 나라 말이니까."

"그래? 너는 네가 쓰는 네덜란드 어의 모든 표현을 설명할 수 있어?"

"아니. 하지만 그럴 수 있으면 좋겠어."

"영어에는 네덜란드식, 그러니까 '더치'라는 말이 들어가는 표현이 많아."

"어떤 것?"

"더치 삼촌. 진짜 삼촌은 아니지만 삼촌 같은 사람을 말해. 더치 용기. 하고 싶지 않은 일을 술의 힘을 빌려서 하게 되는 용기를 가리켜. 또 뭐가 있더라? 더치 오븐, 이건 사람 입을 가리켜. 뜨거운 김이 잔뜩 나서 그런 것 같아."

"멋진걸."

"더치 경매. 이건 가격이 낮은 데서 시작해서 올라가는 게 아니라 높은 데서 시작해서 내려가는 경매를 말하지."

"그건 나도 알아. 또 더블 더치도 있어."

"헛소리를 말하지."

"그런데 왜 그렇지?"

"영국 사람한테는 네덜란드 어가 아주 어렵게 들려서 그런 것 아닐까. 그게 더블, 그러니까 두 배면 완전히 횡설수설이잖아."

"고맙기도 해라! 네덜란드 어가 스웨덴 어보다 더 어려울 건 없을 텐데 말이야. 또 중국어는 어때? 왜 더블 차이니즈라고는 안 하지? 다른 건 더 없어?"

"조금 더 있을 거야. 하지만 내가 그걸 다 아는 건 아냐."

"다 조롱하는 내용이야?"

"조롱? 거의 그런 것 같아. 왜 그런 걸까?"

"역사 때문 아닐까?"

"우리가 서로 싸웠던 때[17세기 후반 해상권을 둘러싸고 일어난 영국과 네덜란드 간의 전쟁]를 말하는 거지?"

"덴마크가 스웨덴을 조롱하는 것처럼."

"그래?"

"싸웠던 상대에 대해서는 온갖 농담과 악담을 하는 법이잖아. 우리가 독일 사람들한테 그러는 것처럼. 어쨌건 우리 할머니 할아버지는 그러서."

"미움은 오래 기억되니까."

"그것도 영어 표현이야?"

"이제 그렇게 되었어. 내가 방금 만들었거든. 어쨌건 내가 아는 한은 그래."

힐레가 소리 내서 웃자 그는 기분이 좋아졌다. 갈수록 그녀가 좋아졌다. 그녀에게서 눈을 뗄 수가 없었다. 특히 커다란 입과 경쾌한 아랫입술의 곡선이 그랬다. 그리고 피부의 진주빛 광택은 쓰다듬고 싶은 욕망을 불러 일으켰다.

여종업원이 왔고 그들은 주문했다.

종업원이 가자 힐레가 말했다.

"여기가 어딘지 알아? 그러니까 이 식당 말야."

그곳은(영국인인 제이콥의 눈으로 볼 때 술집과 카페와 식당을 합한 것 같았다.) 은퇴한 군인들이(아직도 머리에 붉은 또는 파란 베레모를 쓰고 가슴에는 메달을 단 채) 탁자들을 가득 채우고 앉아 친구들과 먹고 마시며 대부분 영어로 잡담을 나누고 있었다. 제이콥과 힐레는 두 좌석이 빈, 구석의 작은 탁자에 자리를 잡고 앉아 있었다. 여종업원을 뺀다면 그들 둘이 거기서 가장 나이가 어렸고 나이 차이도 수십 년이 넘었다. 제이콥은 힐레에게 온 신경을 쓰느라 아무것도 몰랐는데, 이제 돌아보니 벽 위쪽에는 전투 장면을 담은 그림들이 있었다.(진짜 그림인지 복제화인지 그가 앉은 자리에서는 알아볼 수 없었다.) 그 그림들 중 일부는 책에서도 본 것이었다.

"나는 전투에 대해서는 잘 몰라."

힐레가 말했다.

"그건 말하자면, 내 취향이 아니거든. 하지만 이곳은 꽤 유명해."

"이름이 뭔데? 나는 못 알아봤는걸."

"<u>스호노르트 호텔</u>."

"들어 본 것도 같아. 병원으로 사용된 곳 아냐?"

"같은 건물은 아냐. 그 건물은 너무 심하게 파괴되어서 철거했어. 이건 전쟁이 끝난 뒤 그 자리에 세운 거지. 그 호텔 주인의 딸이 전투 당시의 일을 일기로 썼고 그게 책으로 출판된 걸 읽었어. 헨드리카 판 데르 플리스트. 그때 스물두 살인가 세 살인가 그랬어. 좋은 책이야.『안네의 일기』만큼 뛰어나지는 않지만. 너도 보면 좋아할 거야. 영어로도 번역되어 있어. 길 아래편 전투박물관에서 영어로 된 책을 봤거든. 같이 사러 갈 수도 있겠다."

"그래, 좋아."

"박물관은 영국군 사령부였던 곳이야. 그러니까 어쨌건 한번 구경을 하는 게 좋을 거야."

"그렇다면 그 하트 뭐라고 하던 호텔 말하는 거야?"

"하르텐스테인. 전투 관련 영화를 상영하고, 지하실에 가면 그 시절 물건들을 사용해서 전투 당시 모습을 재현해 놓았어. 사람들은 밀랍 인형으로 만들었지. 마담 투소 박물관[1802년 마담 투소가 건립한 밀랍 인형 전시관. 전 세계 유명 인사들의 모습을 한 인형들이 전시되어 있어 관람객에게 인기가 좋다. 영국, 네덜란드, 홍콩 등에 있다.]처럼 말야. <u>스포카흐터흐</u>spookachtig[오싹]해. 하지만 흥미로워. 그 뒤편으로는 나무가 아주 많은 멋진 공원이 있어. 네가 원하면 산책을 할 수도 있어. 아주 괜찮아."

"좋아. 하지만 우리 더치페이로 하자. 네가 내 것까지 낼 필요는 없어."

종업원이 음식을 가지고 왔을 때 힐레가 말했다.

"아까 네가 할아버지 이야기를 했잖아. 이제 밥값으로 네 이야기를 해 줘."

"함정이 있을 줄 알았어."

"당연하지! 나는 네덜란드 사람이야. 우리한테 공짜는 없어."

"좋아, 좋아! 팍스[라틴어로 '평화'라는 뜻. 여기서는 '휴전'이라는 뜻으로 쓰임.]!"

그러자 힐레는 갑자기 진지한 태도가 되어 건배하듯 잔을 들고 제이콥의 눈을 가만히 들여다보며 말했다.

"프레데Vrede[평화]여 영원하라."

그때 사람이 많은 곳에서 이따금 모든 사람의 대화가 잠시 중단될 때 그러하듯이, 난데없는 침묵이 식당을 휘감았다. 그 침묵 속에 '프레데여 영원하라.'는 힐레의 말이 거기 있는 모든 사람을 향해 던진 것처럼 울렸다. 그 말이 사람들에게 인식되는 짧은 순간이 흘렀다. 그러더니 모두가 연습이라도 한 듯 잔을 들고 "프레데여 영원하라!" 하고 외쳤다. 그런 뒤 잔을 든 순간의 침묵을 깨고 노병 한 사람이 소리쳤다.

"우리가 그 일을 한 건 너희를 위해서였어!"

그런 뒤 모두가 잔을 내려놓고 웃고 박수치고 탁자를 두드리며 환호했다. 힐레는 내가 무슨 짓을 한 거지 하는 표정으로 제이콥을 바라보았고, 둘은 함께 민망한 웃음을 삼켰다.

웃음이 멈추자 힐레가 말했다.

"네 접시 이리 줘 봐. 보여 주고 싶은 게 있어. 내 팬케이크에 든

'카넬'을 먹어 보고 그게 영어로 뭔지 말해 줘. 스트로프stroop 필요해? 그러니까 영어로는……무슨 시럽이라고 하는 것 같아."

"그런 것 같아."

제이콥이 말하면서 접시를 건네주고 힐레의 접시를 받았다.

"내가 먹어 본 건 아니지만."

"향기롭고 달콤하지만 설탕 맛은 아니야. 판넨쿠켄에 넣어서 먹는다니까."

제이콥은 힐레의 팬케이크의 냄새를 맡았다.

"카넬이 뭔지 냄새만 맡고도 알겠다. 계피야."

"그래, 맞아. 계피. 먹어 봐."

그는 한 조각을 잘랐다.

"맛있어."

"그냥 먹어. 하나 더 시키면 되니까."

"아냐. 크잖아. 나는 하나면 충분해."

힐레는 시럽병을 들어 뒤집더니, 병을 이리저리 재빨리 움직여서 제이콥의 팬케이크 위에 가느다란 시럽 줄기를 뿌렸다. 마치 두꺼운 펜으로 글씨를 쓰는 것 같았다. 그런데 정말로 그랬다. 그녀가 접시를 들자 팬케이크에는 흘린 자국 하나 없는 깨끗한 시럽 글씨로 그의 이름이 쓰여 있었다. 다만 철자가 JACOB이 아니라 JAKOB이었다.

"멋진데."

그가 말했다.

"아주 훌륭해."

"너도 해 봐."

그녀는 그에게 시럽병을 주었다. 제이콥은 힐레처럼 해 보려고 했다. 하지만 *끈끈한* 액체는 생각보다 훨씬 빨리 쏟아져 나왔다. 그가 쓴 것은 HILLA를 쓰려고 하다가 실패한, 거의 읽기 어려운 낙서 같은 글씨였다.

"연습하면 돼."

힐레가 다시 접시를 바꾸며 말했다.

"하루에 판넨쿠크 하나를 처방할게. 그리고 이게 a를 쓰려고 했던 건지는 모르겠지만 a가 아니라 e여야 해."

"그렇다면……."

제이콥은 그녀의 까탈스런 체하는 말투를 흉내 내서 말했다.

"네가 쓴 k도 c여야 해."

"알아. 하지만 나는 k가 더 좋아. 그게 싫으면 먹어 버리면 없어지잖아."

"그러지. 너도 a를 그렇게 해. 나는 이 거대한 플랩잭의 한가운데 자리 잡은 보기 싫은 k에서 시작해서 밖으로 나오겠어."

"좋은 생각이야. 그런데 플랩잭이라고?"

"미국 사람들이 팬케이크를 부르는 말이야."

힐레가 칼을 둥글게 비틀어 a 부분을 잘라 내면서 말했다.

"어쩌면 모든 게 안에서 시작해서 밖으로 나오는 게 좋을지 몰라. 밖에서 시작해서 안으로 들어가는 것보다. 그러면 인생이 더 좋아질지 모르지. 어떻게 생각해?"

"팬케이크광에다 철학자이기까지 하다고 말하려는 거야?"

"하지만 사실이야. 나는 사물의 의미에 대해 생각하는 걸 좋아해. 너는 안 그래?"

"나도 좋아해. 그리고 이 팬케이크는 정말 맛있다."

"나는 모든 게 의미가 있다고 생각해. 특히 겉으로는 안 그렇게 보여 주는 것들이."

"안 그렇게 보이는 것들이라고 해야 돼."

"그래, 그래, 미안해. 제이콥Jakob 토드는 철학자 이름으로 괜찮아. 약간 아우데르베츠ouderwets해. 영어로 뭐라고 그러지? 좀 오래된?"

"구식?"

"맞아. 구식."

"내가 구식이라고? 그럴지도 모르지."

힐레는 제이콥의 것보다 세 배는 빠른 속도로 사라지는 팬케이크에서 고개를 들고 장난기 섞인 진지한 태도로 그를 보았다.

"그래, 그게 맞는 것 같아. 너는 아우데르베츠해. 시대에 뒤졌다는 게 아니야. 그냥 구식이야."

제이콥은 힐레가 무슨 이야기를 하려고 그러는 것인지 알 수가 없어서 고개를 숙였다. 그냥 농담을 하는 걸까? 아니면 정말 나한테 무언가 알려 주고 싶어서?

"그건 안 좋은 건가?"

그가 물었다.

"아니, 좋은 거야."

힐레가 팬케이크를 다시 입에 넣으며 말했다.

"나는 모든 게 신식이 되어야 한다고 생각하는 게 싫어. 신식 중에서도 최신식이 되어야 한다는 게. 그러니까 어떤 옷을 입고, 어떤 음악을 듣고 하는 그 모든 게 말이야. 나도 전에는 그런 게 중요하다고 생각했는데, 이제는 웃긴다고 생각해."

"정말?"

"정말이야."

그녀가 말했다. 그는 안도의 웃음을 웃었다.

"정말이라니까!"

힐레가 힘주어 강조했다.

"알아. 그리고 나도 그래!"

"그러면 왜……."

그러면서 힐레도 함께 웃었다.

"웃는 거야?"

"왜냐면!……너는 왜 웃는데?"

"몰라!……네가 웃으니까!"

"그러니까 우리가 웃는 건 우리가 웃기 때문이야!"

둘의 웃음이 잦아들며 미소가 되었다.

제이콥이 어깨를 으쓱 들었다 놓았다.

갑자기 할 말이 없어졌다. 할 말이 너무도 많았기 때문이다. 그리고 전에는 느껴 본 적 없는 혼란스런 감정이 그의 가슴에 밀려들었기 때문이다. 그런 감정들이 무엇인지 그는 감히 이름 붙일 수 없었다.

힐레는 팬케이크를 다 먹은 뒤 팔꿈치를 탁자에 대고 턱을 손가락 마디 위에 얹은 채 그를 응시했다. 잠시 후 그녀가 말했다.

"나는 너에 대해서 아는 게 없어. 하지만 오래 전부터 너를 알았던 것 같아."

제이콥은 아직도 먹을 게 남아 있는 게 다행스러웠다. 식욕은 이제 없었지만, 그걸 핑계로 그녀의 시선을 피할 수 있었기 때문이다.

그가 아무 말도 하지 않을 게 분명해지자 힐레가 말했다.

"누군가를 만났을 때 그렇게 느낀 적 있어?"

그녀의 목소리의 어조가 달라졌다. 공격적이고 자신감 넘치던 느낌이 사라졌다.

그는 무슨 말을 해야 할지 잠시 생각해 보았다. 둘 사이의 일을 지금까지 수준으로 묶을 수도 있고, 아니면 다른 일이 일어나게 할 수도 있다는 걸 느꼈기 때문이다. 하지만 그는 감히 이름 붙이기 어려운 그 다른 일이 그의 비밀스런 자아를 지금껏 한 번도 시도한 적 없는 방식으로 다른 사람에게 드러낼 거라는 것도 느꼈다. 시도한 적도 없고 원한 적도 없는 방식으로. 그의 수줍은 성품이 꼭 가둬 놓고 있던 그의 모든 부분. 혼자서조차 유심히 살펴본 적 없는 부분. 그의 본능이 이런 것을 이야기해 준 까닭에―그는 자신의 생각을 말로 옮길 수 없었다.―심장박동이 빨라지고 체온이 높아졌다.

그는 정신을 다잡고 어떤 말을 하건 어쨌건 진실한 말을 하자고 다짐했다. 아니면 어쨌건 그가 아직 잘 모르는 경험에 대해서 언어로 전달할 수 있는 한 가장 진실한 말을.

그는 억지로 천천히 팬케이크를 먹은 뒤, 나이프와 포크를 내려놓고 고개를 들어 마침내 힐레의 눈을 똑바로 들여다보면서 조심스럽게 조용히 말했다.

"아니, 아직까지는 느껴 본 적 없어. 하지만 오늘 느꼈어…… 이런 걸 뭐라고 말해야 할지 모르겠어. 기다렸던 사람을 만난 것 같은……평생토록이라고는 할 수 없을지 몰라도……어쨌건 오랫동안 기다렸던 사람을."

힐레는 눈도 깜박하지 않았다. 하지만 그녀의 하얀 얼굴이 붉어졌고, 그는 자신의 얼굴도 분명히 그렇게 되었을 거라 확신을 했다.

"왜 이런 느낌이 드는지 모르겠어."

그가 덧붙였다.

"어떻게 갑자기 이런 게 생길 수 있는지도 모르겠어. 뭐라고 말해야 할지도 모르겠어."

힐레는 고개를 끄덕였다.

그 순간의 강렬함이 견디기 어려운 지경에 이르려는 순간, 힐레가 오른손을 펴서 우연이라고는 할 수 없는 동작으로 탁자 가운데에 손바닥을 위로 해서 내려놓았다. 그것이 자석이고 자신은 금속이라도 된 것처럼, 제이콥은 자신의 왼손을 그녀의 손 위에 얹었다.

둘이 서로 모든 관심을 전류의 흐름에 기울이는 동안 또 한 차례의 침묵이 흘렀다. 주변에는 다른 세상의 유쾌한 소음이 흘렀다.

"무슨 말부터 해야 하지?"

제이콥이 마침내 말했다.

"할 말이 너무 많다."

"안에서 시작해서 밖으로 나가 봐."

힐레가 말했다.

"나는 이미 안팎이 뒤집힌 것 같아!"

그녀가 웃었다.

"나도!"

"아예 밖으로 나가는 건 어때? 바람 좀 쐬게."

"공원? 박물관 뒤편에 있어."

"그래."

"갈 만한 곳들이 있어."

"그래?"

"나무들 사이에."

"좋아."

"햇볕도 있고. 오늘은 날씨가 좋다."

"그래."

"가자."

하르텐스테인 박물관을 둘러보고 헨드리카 판 데르 플리스트의 일기 『1944년 오스테르베크』의 영역본과 제이콥의 할머니 새라에게 선물로 줄 낙하산 연대 티셔츠를 산 뒤, 둘은 공원으로 들어가 사람들 눈에 잘 띄지 않는 나무들 틈 사이에 자리를 잡았다.

"안네가 페터르 판 단과 첫 키스한 대목 생각나?"

제이콥이 물었다.

"머리카락 위로 한 거잖아."

힐레가 말했다.

"귀와 뺨에 절반씩 걸쳐서."

"그때 안네는 열다섯 살이 다 된 나이였어."

"처음 읽었을 때는 웃었지. 그때 나는 열세 살이었는데, 내가 키스를 아주 좋아한다는 걸 이미 알고 있었거든!"

"처음으로 정식 키스해 본 게 몇 살 때야?"

"열한 살. 카렐 로트라는 열네 살짜리 소년이었어. 모두가 카렐을 남자 친구 삼고 싶어 했지. 그때는 모두 카렐이 아주 잘생겼다

고 생각했어. 하지만 지금 그 친구는 돔코프domkop고, 카렐하고 키
스하는 건 슬라크slak하고 키스하는 거나 마찬가지야. 그게 영어로
뭔지 묻지 마. 모르니까. 땅바닥을 기어 다니는 끈끈하고 축축한
거야."

"민달팽이?"

"어쨌거나 별로 좋은 키스 상대는 아니지. 하지만 그때는 괜찮았
어. 너는 어때?"

"여자 친구가 두어 명 있었어. 나는 너처럼 키스를 잘하지 못해.
네가 나보다 실전을 많이 해 본 것 같아. 그러니까 시럽으로 글씨
쓰는 것처럼 말야."

"너도 나쁘지는 않아. 그리고 네 입술은 키스하기 아주 좋아. 네
가 원하면 실전을 더 해 볼까?"

"좋은 생각이야."

"안네가 첫 키스를 하고서 자신과 페터르의 일을 아버지한테 이
야기해야 하나 말아야 하나 고민을 많이 하잖아. 생각나?"

제이콥이 말했다.

"다락에서 서로를 끌어안고 앉아서."

힐레가 말했다.

"둘이 번갈아 서로의 어깨에 머리를 기대고서는."

"그런 다음에 열하루가 더 지나서야 정말로 입에 키스를 해. 그
렇게 오래 기다린 걸 생각해 봐! 그 일이 일어났을 때 안네가 몸을
떤 것도 놀랄 일이 아니지."

"나도 『안네의 일기』를 제법 안다고 생각했지만, 너만큼은 모르

는 것 같다."

"내가 안네의 첫 키스를 기억하는 건 한동안 페터르에게 뭐랄까, 집중적으로 관심을 가졌기 때문이야. 내가 책에 주황색으로 줄을 그어 가며 읽었다는 이야기는 했지. 페터르에게 관심이 가면서 그와 관련된 문장은 모두 초록색으로 표시했어. 그런 뒤 초록색 부분만 쫙 읽어 봤어. 안네가 페터르와 무슨 일을 했는지, 페터르를 어떻게 생각했는지 그런 데만 집중해 보려고 말이야."

"왜? 왜 그런 일을 해?"

"내가 페터르였으면 무엇을 했을까, 어떻게 행동했을까 하는 생각이 계속 들었거든. 초록색 표시가 가장 길게 된 대목 두 부분이 안네의 첫 번째와 두 번째 키스에 대한 거야. 나는 의문을 떨칠 수가 없었어. 페터르는 왜 그렇게 머뭇거리는 걸까? 왜 나아가지 않는 걸까? 나 같으면 머뭇거리지 않았을 텐데."

"네가 정말 페터르가 되었어도 그랬을지 어쩔지 모르겠다. 아니 페터르가 아니라 지금 그대로의 너 자신이 그 시절로 돌아간다고 하면, 너는 오직 너일 수 있을까? 불쌍한 페터르. 1944년은 지금과 사정이 달랐어. 특히 섹스. 2년 동안 날마다 한정된 공간에 갇혀 어른들의 감시의 눈길 아래 살았잖아. 너라고 달랐을 것 같아?"

"알아. 네 말이 맞아. 하지만 그런 생각을 했을 때 나는 열네 살, 열다섯 살 그랬어."

"그렇다면 용서해 줄게."

"다행이군! 그리고 너는 안네가 페터르와의 일을 아버지에게 이야기하려고 했던 것처럼 지금 이 공원에서 영국 남자와 벌이는 일을 네 아버지한테 이야기할 생각이 있어?"

"그럴 수도 있고 안 그럴 수도 있어. 그게 뭐 중요해?"

"네가 말하면 아버지가 뭐라고 그럴까?"

"즐거웠니?"

"그리고?"

"글쎄, 답을 알아보려면 좀 더 해 봐야 할 것 같아."

"좋은 생각이야."

"키스하는 남자 친구가 있어?"

제이콥이 말했다.

"아니."

힐레가 말했다.

"3주 전까지 있었는데, 지금은 없어."

"왜 헤어졌어?"

"아! 그 친구는 아주 잘생겼고 여러 가지로 훌륭해. 섹스도 잘하고. 재미도 있어. 나한테 아주 잘해 줬어. 꽃도 주고. 기념일이 아닌 때도 선물을 줬어. 사랑의 편지도 많이 보내고. 나는 그 편지들을 아주 좋아했지. 지금 생각하면 편지를 그 친구보다 더 좋아했던 것 같아. 어쨌거나 한 6개월 동안 정말 좋았지. 그 친구는, 말하자면 제대로 사귄 남자 친구로는 처음이었거든."

"그런데?"

"이상하게 들리겠지만, 점점 더 텔뢰르헤스텔트teleurgesteld하게 되었어. 영어로 뭐라고 그러지?……실망했다."

"실망했다고?"

"말로 옮기기 어려워. 특히 영어로는……. 안네하고 페터르의 관계하고 같았어. 안네도 똑같이 말하지. 나는 그 문장을 정확히 기억해. 왜냐면 그 말이 평범한 네덜란드 말이 아니기도 하고, 처음 보았을 때부터 마음에 들어서 아주 여러 번 읽었거든. 이렇게 말해. 다트 헤이 헨 프린트 포르 메인 베흐리프 콘 제인dat hij geen vriend voor mijn begrip kon zijn. 그건 무슨 뜻이냐면……그는 내 이해 수준의 친구가 아니었다."

"나를 이해하는 친구가 아니었다는 뜻이야?"

"아니, 그것만은 아니야. 그런 건 전혀 아니야. 그보다는 나와 정신적, 영적으로 똑같은 수준에 있는 사람이 아니라는 거야. 나라는 인간……나라는 존재의 친구가 아니다. 어려워!"

"영혼의 동반자가 아니라는 뜻 아닐까?"

"그럴지도 몰라. 안네는 그런 시적인 표현을 좋아해."

"평생을 기다려 온 사람이 아니다."

"하! 아냐! 그리고 그 친구―빌헬름 말야.―는 점점 진지해졌어. 아주 아주. 결혼 이야기까지 했다니까. 정말이야! 나보다 세 살이 많기는 했지만 결혼이라니! 내 나이에? 나는 그런 건 사양이었지. 그래서 헤어졌어."

"다른 사람은 없어?"

"아, 불쌍한 힐레! 앞으로 어떻게 살까! 없어, 아무도."

"그럼 내가 그 빈자리에 지원해도 될까?"

"지원 가능해?"

"완전히 실업 상태거든."

"그러면 어려운 시험을 봐야 돼."

"자격을 확인하는?"

"그리고 시험에 통과하면 긴 수련 기간을 거쳐야 계약을 맺을 수 있어."

"그건 너도 마찬가지야."

"그래, 좋아. 그 정도는 예상했어. 이건 상호 계약이니까."

"그러면 먼저 키스와 포옹 실기 시험을 조금 더 보면 어떨까? 그 자리가 지원할 만한 가치가 있는지 확인해 보는 게 좋을 것 같아."

"좋은 생각이야."

"인생에는 '만약'이 중요하다고 생각하지 않아?"

제이콥이 말했다.

"그게 무슨 소리야? 만약이 중요하다니?"

힐레가 말했다.

"내가 아빠하고 사이가 나쁘지 않았다면, 우리 어머니가 그때 병에 걸리지 않았다면, 그리고 그렇게 오래 입원하지 않았다면, 우리누나가 그런, 아까 네가 첫 키스한 남자애를 뭐라고 불렀지? '돔' 뭐라고 했던 것 같은데?"

"돔코프."

"우리 누나가 그렇거든. 그게 무슨 뜻인지는 몰라도. 그러니까 계속 말해 보면 어머니가 입원을 오래 하지 않고 우리 누나가 돔코프가 아니었다면, 나는 할머니 집에 가서 살게 되지 않았을 거야. 그리고 할머니가 나한테 『안네의 일기』를 주지 않았다면, 또 내가 안네를 사랑하게 되지 않았다면, 또 할머니가 허벅지를 다쳐서 네덜란드에 못 오게 되지 않았다면, 할머니가 할아버지를 돌봐 주신 분한테 나를 대신 보내지 않았다면, 우리 할아버지가 낙하산 부대원이 아니었고 아른헴 전투에서 싸우지 않았다면, 그리고 다치지 않고, 또 네덜란드 사람들에게 구조받았다가 결국 돌아가시지 않았다면, 이 모든 일이 하나도 벌어지지 않았다면, 나는 너를 못 만났을 거고, 우리는 여기 앉아서 이렇게 방종한 행위에 몰두하고 있지 않았을 거야."

"뭐라고!"

"*끈끈한 애무에.*"

"또!"

"*엽색 행각에.*"

"도대체 어느 나라 말이야, 돔코프 같으니라고!"

"당연히 영어지. 왜 네덜란드 말로 하란 말이야?"

"하면 안 돼? 왜 나만 수고해야 돼?"

"어쨌건 내가 하려던 말은 이 모든 만약에가 일어나지 않았다면 내가 너하고 만나지 못했을 거라는 거야. 그건 아주 안타까운 일이었을 거야."

"일어나지 않은 일에 대해 어떻게 안타까워할 수 있어? 일어나지 않았으면 알지도 못했을 텐데. 그러니까 일어나지 않은 일에 대해서는 안타까워할 수 없어."

"아, 똑똑한 말씀. 하지만 나의 평행 인생 어느 한 곳에서는 일어났을 거야. 있잖아 왜, 잘나가는 과학자들이 사람들은 우리가 아는 이 인생과 다른 차원에서 동시에 살고 있다고 말하는 인생들 말이야. 그러니까 그 평행 인생 한 곳에서 일어나는 일이 이따금 이 인생의 의식 속으로 스며 들어와서 거기 그 인생을 살지 못하는 걸 슬퍼하게 만들지 않는다는 법이 어디 있겠어? 가끔 이유 없이 우울해질 때가 있잖아? 나는 그래. 아마 그래서인지도 몰라. 평행 인생이 스며들어서 그 인생을 살고 싶은 거야. 어린 시절에 냉장고에 먹고 싶은 아이스크림이 있는데 엄마가 못 먹게 할 때 느끼는 그런 기분인 거지."

"너는 발동이 걸리면 말이 많구나."

"나하고 맞는 사람한테만. 이야기하고 싶은 사람을 만나면. 싫어? 입 다물까?"

"아니, 좋아. 평소에는 내가 제일 말이 많거든. 그리고 네가 말할 때 이거, 네 아담사펠adamsappel[목젖]이 오르락내리락하는 것도 재미있어."

"내가 말하고 싶은 건, 그런데 내 목젖에서 손 좀 치워 줄래? 잘못하면 판넨쿠켄 다 토하겠다, 인생에서 만약이 얼마나 중요한가 하는 거야. 만약이라는 게 없다면 인생이 어땠을까 궁금해할 수밖에."

"그러면 죽지."

"뭐?"

"죽어. 인생은 죽을 거라고. 만약이 전혀 없다면 우리는 여기 있을 수 없었을 거야. 그 누구도 있을 수 없어. 존재하지 않을 거야. 그러니까 죽은 거나 마찬가지야."

"그러니까 인생이란 하나의 거대한 '만약'이라는 말이야?"

"당연한 거 아냐?"

"아, 그래. 지금 보니 당연해. 그리고 네가 말을 해서 그런데, 인생 안에 '만약'이 있다는 거 알았어? 그러니까 글자 말야. L, i, f, e 안에 i, f가 있잖아. 그러니까 인생은 원래 '만약'과 함께 하는 거였어. 내가 몰랐던 것뿐이지. 돔코프지 뭐야!"

"네덜란드 어는 그렇지 않아."

"네덜란드 어로 인생이 뭔데?"

"레벤."

"철자가 어떻게 돼?"

"영어 알파벳 이름으로는 헷갈려. 네 손에 써 줄게."

"L. e. v. e. n."

"그래, 레벤."

"좋아. 흠, 느낌 좋은걸. 그런데 여기도 뭐가 있어. 가운데에 e, v, e가 있잖아. 네덜란드 사람들은 인생에 만약이 없는 대신 이브가 있네. 영국 사람들은 온통 만약이고 네덜란드 사람들은 아담과 이브야."

"네덜란드식 인생이 '엥겔스'식보다 좋지 않아? 그러니까 돔코프 같은 영국식 만약은 집어치우고 기분 좋은 네덜란드식 아담과 이브의 일로 돌아가자고."

"좋은 생각이야."

"죽음 이야기가 나와서 말인데."

제이콥이 말했다.

"지금은 키스하는 게 제일 좋아."

힐레가 말했다.

"심각한 이야기야."

"나도 심각해."

"정말 심각하게 말이야. 너한테 물어보고 싶은 게 있어."

"좋아, 물어봐."

"어제 병원에서 그 할머니, 헤르트라위 만난 거 이야기했잖아."

"응."

"빼먹은 이야기가 있는데 그분이 며칠 뒤에 안락사를 한다는 거야."

"야Ja. 그래서?"

"그냥……. 네가 어떻게 생각하는지 궁금해서. 딱히 그 할머니 경우가 아니라 안락사라는 것 자체에 대해서."

"우리 나라에서는 그 이야기가 끊임없이 반복되고 있어.[네덜란드는 1994년에 엄격히 제한된 안락사를 합법화했고 논란 끝에 2001년에는 세계 최초로 불치병 환자의 안락사를 법적으로 허용했다.] 거의 지겨워질 지경이야. 학교 친구 테아의 숙모 한 분이 안락사를 하셨어. 지독한 고통에 시달렸고, 해결할 방법이 전혀 없었지. 그분이 원하는 건 죽는 것뿐이었어. 그리고 모두가 그게 가장 좋다고, 그게 옳다고 동의했지. 테아도 숙모님을 아주 좋아했지만 마찬가지였어. 그런데 나중에 테아는 아주 힘들어했어. 병이 나서 학교도 여러 날 빠졌어. 죄책감과 후회가 엄청났어. 다른 방법이 있었을 거라는 생각이 자꾸 든 거야. 아니면 힘든 숙모를 지켜보고 간호하기가 힘들어서 죽기를 바란 자신들이 이기적이었다고 느낀 거지. 하지만 병이 났을 때도 테아는 그 결정이 최선이었다는 걸 안다고 그랬어. 그래도 상처는 피할 수가 없던 거야. 아직도 우울할 때면 그 일이 떠올라 고통스럽대. 하지만 사랑하는 사람이 죽으면 상처를 받는 건 흔한 일이라고 해. 어떻게 죽었는지 상관없이 죄책감을 느낀대. 그리고 그 말이 맞아. 나도 겪었거든. 작년에 할머니가 돌아가셨을 때, 그냥 갑작스런 심장 마비로 돌아가셨을 뿐인데도 괴로움에 시달렸어. 내가 죽이기라도 한 것처럼 죄책감이 느껴졌어. 아니면 할머니를 더 행복하게 해 드리지 못한 일이. 아니면 사랑한다고 말씀드리지 않은 일이. 그래서 어떤 방식으로 죽건 죽음은 친구나 가족에게는 괴로운 일이 되는 것 같아. 내 의견은 사람은 파춘러크fatsoenlijk하게 죽을 권리가 있다는 거야. 영어로는 뭐라고 그러나? 적당하게? 아니……점잖게."

"품위 있게."

"그래. 품위 있게, 그리고 더 있어. 인테흐리테이트integriteit를 갖추고서."

"온전함을 갖추고."

"그래, 품위와 온전함을 갖추고. 나는 모든 사람에게 그런 권리가 있다고 생각해. 안락사에 반대하는 사람들은 히틀러 같은 악당들이 안락사 법을 자기 마음에 안 들거나 없애고 싶은 사람들을 죽이는 데 쓸 거라고 말해. 하지만 내가 볼 때 악당들은 그런 일을 할 때 법이 필요 없을 것 같아. 그냥 하는 거지. 히틀러가 그랬고, 스탈린도 그랬어. 그리고 알다시피 연쇄 살인범도 그렇지. 그래서 그 사람들이 악당인 거야. 그리고 나는 제대로 된 안락사 법과 올바른 규칙, 그걸 뭐라고 그러니? 안정 장치가 없다고 해도……."

"안전장치."

"그러니까 언제 어떻게 실행할 것인가 등등에 대한 것 말이야, 그런 게 없어도 안락사는 일어날 거야. 사람들이 원하니까. 하지만 법이 없으면 사람들은 문제 있는 방식으로, 그리고 불법으로 할 수밖에 없고, 그 사람 주변 사람들은 모두 범죄자가 된 느낌을 갖게 되지. 그런 식은 안 돼. 우리 네덜란드에서 의사들과 정부는 거기까지는 합의를 했지만 아직 제대로 된 법은 없어. 하지만 나는 관련 법이 곧 생기기를 바라고 있어."

"사람들이 자기 죽음에 대해 결정을 내릴 권리가 있는 건 나도 맞다고 생각하지만, 문제는 그런 결정을 내릴 능력이 없는 사람도 있다는 거야. 병이 아주 심하거나 머리에 손상을 입은 사람들 같은 경우 말이야."

"그러니까 우리가 아직 젊고 능력이 있을 때 그런 결정을 내려 두어야 하는 거야. 우리의 결정을 적절한 법률 문서에 적어서 서명을 해 놓아야 돼. 나는 그렇게 했어."

"네가 언제 죽을지 벌써 결정을 했단 말이야?"

"언제는 아니야. 내가 더 사는 걸 원하지 않는 시점이라고 하는 게 더 맞겠지. 예를 들어서 내가 길에서 쓰러져서 의식을 되찾지 못하거나 어떤 병에 걸려서 생각을 못하게 되었을 때 같은 경우 말이야. 나는 외타나시파스Euthanasiepas[안락사 동의서]를 가지고 다녀. 우리 가족과 의사와 변호사는 거기 적힌 내용을 다 알고, 사본도 따로 있어."

"지금 있어?"

"물론이지. 무슨 일이 일어나서 경찰이나 의사에게 그 동의서가 필요할 때를 대비해서."

"봐도 돼?"

"물론."

"그냥 여권 같은걸. 사진도 여권 사진 같아."

"사진 보지 마. 이상하게 나왔어."

"알았어, 안 볼게. 이게 뭐야?"

"주소. 나스테 렐라치Naaste relatie, 가장 가까운 친족. 하위사르츠 Huisarts, 주치의. 헤볼마흐티흐데Gevolmachtigde, 우리 변호사. 경찰이 나 그런 사람들이 지체 없이 연락할 수 있도록."

"그리고 이건?"

"내 상태의 목록."

"예를 들면?"

"아, 그러니까, 내 두뇌가 복구할 수 없을 만큼 손상되었을 때 인 공적 방법으로 생명을 유지하지 않는다. 아니면 내가 스스로 밥을 먹지 못하거나 나 자신을 돌볼 수 없게 되었을 때. 그런 거야."

"너희 부모님이 이런 걸 허락했단 말야?"

"이게 어째서? 내 인생과 미래에 대해 결정을 내릴 만한 나이는 된 거 아닌가? 당연히 의논은 했지. 아주 중요한 일이니까. 처음에 부모님은 그렇게 찬성하지는 않았어. 하지만 내가 설득했어. 이제 두 분 다 '외타나시파스'를 갖고 계셔. 나는 그런 두 분이 자랑스러 워. 두 분은 나를 말리지는 않았지만 자신들이 그걸 만드는 건 처 음에는 반대하셨거든. 부모님께는 좀 더 어려웠지. 세대가 다르니 까. 두 분은 전쟁을 겪지는 않았지만 전쟁이 끝나고 얼마 지나지 않아서 태어났어. 그리고 우리 할머니 할아버지들은 아직도 전쟁 으로 인한 편견을 극복하지 못했어. 점령과 히틀러, 수용소와 대기 근의 겨울에 일어난 일들로 말이야. 우리 할아버지 가족은 그때 다 른 많은 네덜란드 사람들처럼 유대인을 숨겨 주었어. 그런 일을 기 억하시기 때문에 사람을 죽게 한다는 이야기에 아주 성을 내시지. 그리고 이게 우리 부모님한테 영향을 미쳤어. 나도 이해해. 하지만 그것 때문에 꼼짝달싹 못한다면 안 되잖아. 그래, 어려운 문제야.

그렇다고 노력도 해 보지 말자는 건 아니지. 내 생각에 그건 우리 세대가 풀어야 할 중요한 문제 가운데 하나 같아. 왜냐면 사람들은 점점 오래 살고, 우리 몸이 제대로 기능하지 못할 때도 과학으로 수명을 오래 연장할 수 있으니까. 그래서 나는 사람들한테 죽음에 대해 결정할 권리를 주어야 한다고 생각해. 그리고 그런 문제를 외면하지 않고 내 이야기를 듣고 마음을 바꾸신 우리 부모님이 자랑스러워. 그건 아주 용기 있는 행동이었다고 생각해."

"네가 오늘 아침에 말한 종류의 용기?"

"그래, 평범한 사람들의 용기. 내가 볼 때는 그거야말로 진짜 용기야. 하지만 그걸로 훈장을 받는다거나 기념비를 세운다거나 하지는 않지. 자, 엥겔스맨 제이콥, 이렇게 말을 많이 하다 보니 목이 마르다. 커피나 뭐나 좀 마실래? 기차 타러 가기 전에 그럴 시간은 있을 거야."

"좋은 생각이야."

둘은 출발 5분 전에 기차역에 도착했다. 제이콥은 자동판매기에서 힐레의 표를 샀다.

이야기는 멈추었다. 둘은 손을 잡고 말없이 나란히 서서 텅 빈 기찻길을 바라보았다. 승강장에는 둘뿐이었다. 검은지빠귀 한 마리가 맞은편 둑에 솟은 나무 꼭대기에서 노래했다. 자동차 한 대가 다리를 건너갔다. 머리 위에는 늦은 오후 햇빛에 물든 구름이 드리워졌다. 물러가는 여름 대기 속에 쌀쌀한 가을 느낌이 살짝 배어 있었다.

제이콥은 갑자기 몸에서 기운이 쭉 빠져나가는 느낌이었다. 그날 겪은 모든 낯선 일들이 그를 압도했다. 그는 낯선 외국에서 겨우 여섯 시간 전에 만난 외국 소녀의 손을 잡고 서 있었고, 그 소녀를 만난 것은 외국의 묘지 한편에 묻힌 할아버지의 무덤 앞에서였다. 그 모든 일을 소화할 시간이 필요했다. 힐레와 함께 암스테르담까지 간다는 생각에 머리는 무겁고 몸은 힘이 없었다. 그녀를 떠나고 싶은 것은 아니었다. 이토록 큰 행복감은 참 오랜만이었다. 그녀와 함께 있는 것만으로도 온몸 구석구석이 상쾌했다. 하지만 할 이야기는 이미 다 한 것 같았다. 암스테르담에서는 무얼 해야 하나? 힐레를 오스테르베크행 기차가 오는 대로 태워서 곧바로 돌려보낼 수는 없지 않은가? 그녀를 단의 아파트로 데리고 가야 하나? 여자를 데리고 와도 단은 상관하지 않을까? 모든 것이 만족스런 지금 이 순간 헤어질 수 있으면 좋을 것 같았다. 하지만 그 다음에는 어쩌지? 다시 만날 수 있을까? 하루 이틀 정도 지나서 마음이 차분해지고 흥분이 가라앉은 다음에도 둘이 서로 만나고 싶어 할까? 힐레는 실수했다고 생각할까? 자신은?

힐레를 본 순간부터 그의 수줍은 천성은 자취를 감추었다. 하지만 이제 그것은 남용한 마약처럼 그의 몸을 감아 흐르며 자신감을 마비시키고 우울한 의구심을 일으켰다. 그날 오후 그는 해방감을 느꼈고, 새로운 자신을 발견한 것 같았다. 눌려 있고 감추어져 있던, 밖에 나오는 게 허락되지 않던 자아가 풀려났다. 그는 이 새로운 자신이 좋았고, 그것을 다시는 가두어 두지 않겠다고 속으로 다짐했다.

그가 힘을 주어 입을 열었다.

"너를 만나서 기뻐."

"나도 그래."

힐레가 고개를 돌리지 않고 말했다.

"즐거웠어."

힐레가 고개를 끄덕였다.

"이 분위기를 망가뜨리고 싶지 않아."

"망가지다니?"

"많은 일이 일어났어. 너하고 나 사이에."

"그래."

"그리고 할아버지 무덤도 보고. 그건 나한테 예상보다 더 큰 영향을 미쳤어."

힐레는 손을 놓고 그에게 고개를 돌렸다.

"너한테 시간이 필요한 것 같다."

그는 그녀를 보았다. 초록색 눈. 그리고 이미 다른 누구의 입술보다 익숙해진 입술.

"내 일부, 그러니까, 생각하는 부분이 행동하는 부분을 따라잡아야 할 것 같아."

그녀는 빙긋 웃었다.

"그래, 무슨 말인지 알겠어."

"나 혼자서도 암스테르담에 갈 수 있어."

"그쪽이 좋아?"

"너를 떠나기는 싫어. 정말이야."

"위트레흐트까지 같이 갈까? 네가 기차를 제대로 갈아탈 수 있도록? 그러면 되겠어?"

"제일 좋은 건……."

"응?"

"지금 작별하고 나중에 다시 만나는 거야. 가능하다면, 그리고 네가 원한다면. 그러고 싶다면."

"그러고 싶어."

"나도 좋아!"

"좋아! 그런데……언제?"

기차가 보이기 시작했다.

"이번 주에는 계속 학교 수업이 있어. 그리고 이사도 해야 돼. 하지만 하루쯤은 저녁 때 암스테르담에 갈 수 있어. 아니면 네가 여기 오든가. 학교 끝나고 만나는 거야."

"좋아. 전화할까?"

기차가 승강장으로 들어오고 있었다.

"너는 내 전화번호를 모르잖아."

"아, 젠장! 맞아."

"기차에 타. 볼프헤제까지 같이 갈게. 다음 역이야. 별로 멀지 않아. 거기서 집까지는 걸어가도 돼."

두 사람은 출입문 옆에 사이를 두고 섰다. 기차가 출발했다. 힐레가 펜을 꺼냈다.

"어디다 쓰지?"

제이콥은 하르텐스테인박물관 가방에서 『1944년 오스테르베크』를 꺼냈다.

"여기. 혹시 모르니까 네 주소도."

힐레는 책을 받아서 뒤표지 안쪽에 썼다. 그 사이에 제이콥은 단의 주소와 전화번호를 적은 카드를 찾아냈다.

"여기, 이거 가져. 모든 게 좀, 뭐랄까 유동적이야. 내가 어디서 지낼지 또 여기 얼마나 있을지 모르겠어. 하지만 앞으로 며칠간은 단의 집에 있을 거야. 그리고 거기를 떠나도 단은 내가 어디 있는지 알 거야. 내가 전화할게. 하지만 네가 전화를 했으면 좋겠어. 물론 네가 원한다면."

힐레가 웃었다.

"알았어, 돔코프. 정말로 원해. 마음에 들어?"

"미안해! 나는 지금 여행 중이잖아. 여행을 하면 언제나 좀 들떠서."

"내가 같이 안 가는 걸 원하는 건 맞지? 위트레흐트까지도."

"나 혼자 갈 수 있어. 그냥……. 너하고 있다 보니까 내 상태가 좀……."

"아, 내가 너를 그런 상태로 만들었다는 거지! 모든 게 이브의 잘못이야, 메네르 아담사펠meneer adamsappel[목젖 씨. 목젖을 가리키는 영어와 네덜란드 어는 모두 '아담의 사과'라는 뜻이다.]! 다시 한 번 말이야!"

그녀가 웃었다.

"볼프헤제에 거의 다 왔어. 나한테 마지막 키스해 줄 만한 상태는 되니?"

"정말로 마지막 키스는 아니기를 바라."

"아닐 거야."

힐레가 두 손으로 그의 얼굴을 잡으며 말했다.

"지금 여기서의 마지막 키스라는 거야. 그건 괜찮아?"

"좋은 생각이야."

헤르트라위

축복의 날들—아니 좀 더 정확히 말하면 밤들—이 이어졌다고 말하지는 않겠다. 그저 그 시절은 내가 나의 인생에서 가장 소중하게 여기는 시간이라고 말하겠다. 6주. 눈 깜박하는 사이에 사라진 시간. 하지만 기억 속에서 그 시간은 훨씬 길고, 그때부터 지금까지 이어진 수십 년 세월보다 더 많은 기억을 남겼다. 죽음을 맞는 순간 나는 그 시절을 떠올릴 것이다. 그리고 그 사람을. 제이콥. 나의 사랑하는 제이콥을.

일요일 아침이 되자, 방에서 열흘을 칩거한 베셀링 부인이 교회에 갈 준비를 하고 나타났다. 부인은 남편이나 나에게 아무 말도 하지 않고 아침을 먹은 뒤, 자전거를 타고 교회로 갔다. 그런 뒤 집에 돌아와서는 평상복으로 갈아 입고 무슨 일이 있었냐는 듯 일을 시작했다. 그리고 그날 오후부터 풍금을 연주하기 시작했다. 그때도, 또 이후에도, 집 안에서 부인의 칩거는 언급되지도 않고 암시조차 되지 않았다. 하지만 부인은 완전히 변해 있었다. 예전의 베셀링 부인은 세상에 아예 없었던 것처럼 흔적 없이 사라져 버렸고, 새로 나타난 부인은 이전과는 완전히 딴판이었다. 부인에게는 이제 그 어떤 일도 중요하지 않은 것 같았다. 나를 비난하는 일도 채근하는 일도 사라졌다. 내 행동을 유심히 감시하는 일도 없어졌다.

내 행동거지에 대해 충고하는 일도 일하는 방식에 대해 간섭하는 일도 사라졌다. 아침마다 이런저런 명령을 내리는 일도 사라졌다. 나는 이런 일들이 기쁘지 않고 오히려 슬펐다. 과거의 베셸링 부인이 까다롭고 때로 나를 발끈하게 만들기는 했지만, 그래도 그때의 부인은 살아 있고 생기 넘치는 사람이었다. 새로운 베셸링 부인은 자동인형, 로봇, 그러니까 의지도 없고 생각도 없이 그저 프로그램된 대로 행동하는 기계였다. 기계라는 게 나쁜 건 아니지만, 그 기계가 한때 사람이었을 경우는 다르다.

부인의 칩거가 좋았던 점은 딱 한 가지였다. 베셸링 부인은 이제 내가 제이콥과 함께 보내는 시간을, 그러니까 언제 그에게 가는지, 얼마 동안 그의 곁에 있는지, 거기서 무슨 일을 하는지를 알아차리지 못했다. 내가 밤에 그에게 가서 아침 기상 시간 직전에 돌아오는 것을 부인이 알았다고 해도, 그에 대해 한마디 말도 없었다. 그래서 나는 주의를 끌거나 분노를 일으키지 않도록 언제나 조심하기는 했지만, 대체로 내가 원하는 대로 할 수 있었다.

나는 이 시절 동안 제이콥과 내가 사실상 부부로 살았다고 생각한다. 우리는 미래에 대해 이야기를 많이 하지 않았다. 우리가 인생을 함께 보내고 싶어 한다는 사실, 그러기 위해서 할 수 있는 모든 걸 다해야 한다는 사실 이외에는 할 말도 별로 없었다. 우리의 첫 번째 관심사는 제이콥의 건강을 되찾는 일이었고, 두 번째는 전쟁을 이기고 살아남는 것이었다.

제이콥은 이제 도피를 생각하지 않았다. 우리는 일단 해방이 될 때까지 그가 계속 은신처에 머물고, 그런 뒤에 둘이 함께 살 수 있는 방법을 찾아보기로 결정했다. 만약 그 일이 허락되지 않으면, 그러니까 제이콥에게 영국 복귀나 원대 복귀의 명령이 떨어진다면, 그 명령을 받아들이고 전쟁이 끝난 뒤 그가 내게 돌아올 때까지 기다리기로 했다. 이 약속이 깨질 거라는 의심은 추호도 없었다.

새롭게 피어난 사랑은 별과 같아서 에너지를 발한다. 젊은이들의 사랑은 창공이다. 거기에는 의심이 깃들 여지가 없다. 그리고 농장에 갇혀서 지내는 우리는 세상에서 고립되어 일종의 고치 속에 사는 셈이었다. 평범한 시절 같았으면 친구들과 가족이 곁에 있어서, 그들에게 우리가 품은 사랑과 희망과 계획을 이야기하면, 그에 대해 격려도 받고 반대에도 부닥치면서 현실이 어떤 것인지 새롭게 환기하고 냉정한 판단을 하는 데 도움을 받았을 것이다. 하지만 우리는 우리가 만든 낙원의 거품 속에 살았다. 열정의 첫 시기에 들어선 모든 연인에게 공통된 그런 능력으로, 우리는 우리가 함께하는 시간을 조금이라도 망치거나 우리의 미래에 대한 환상을 방해하는 모든 생각을 마음에서 차단했다. 사랑은 맹목이라고 말하지만, 보지 않으려고 하는 사람보다 맹목적인 것은 없다. 그래서 세상은 우리가 원하는 대로였다. 어떤 불운이 그것을 막아선다고 해도 우리 뜻대로 고치겠다고 생각했다.

하지만 거품이란 쉽게 터지기 마련이다. 우리의 거품이 그만큼이나 지속된 것조차 상당한 행운이었다.

우리가 아무리 무시하려고 해도 전쟁은 날마다 우리에게 더 가까이 다가왔다. 겨울은 춥고 습기 찼다. 점점 더 많은 사람이 진입로를 힘겹게 걸어와 음식을 구걸했다. 그 가운데는 대가로 더없이 소중한 물건을 제시하는 사람도 많아서 보는 마음이 미어졌다. 굶주림에 내몰린 사람들은 대대로 전해진 가보, 애인의 머리카락을 담은 금목걸이 함, 소중한 가족사진을 담았던 은제 사진틀, 어린 시절부터 모은 우표 수집 앨범, 심지어 결혼 금반지까지 내놓았다.

이런 슬픈 방문객들을 통해서 우리는 시내의 소식을 들었다. 독일군이 강제 징용 대상자를 계속 찾아다닌다는 것을. 아펠도른의 파버르 공장이 공습되었다는 것을. 우리가 전투 당시 영국군을 도운 데 대한 복수로 SS[나치 친위대]가 아른헴을 소개하고 약탈했다는 것을. 벤네콤 근처에 영국군 낙하산 부대가 강하해서 그 근방에서 전투가 벌어지고 있다는 것을. 헤이그에 있는 친구에게서 감자 한 자루의 가격이 180홀덴(어처구니없는 가격)에 이른다는 소식을 들은 사람도 있었다. 로테르담에서는 4만~6만 명의 남자가 독일군에게 끌려갔다. 학교는 모두 문을 닫았다. 철도 노동자들이 독일군에 반대하는 파업을 벌여서 기차도 다니지 않았다. 수선 재료가 없어서 구두도 수선할 수 없었다.(구두 뒤축으로 쓸 만한 게 아무거라도 없을까요? 농장에 찾아온 사람들이 물었다.) 피난민들이 몰려든 지역에서는 식량과 잠자리의 부족으로 인해 피난민과 지역 주민들 사이에 긴장과 언쟁과 심지어 싸움까지 일었다. 그리고 모든 지역에서 사람들은 살기 힘들어진 땅을 떠나 조금 더 편하고 안전하고 풍족하다는 소문이 들리는 곳으로 이동했다. 북쪽의 프리슬란트, 호로닝언, 드렌테에는 먹을 게 많다고 했다. 그렇게 사람들은 소문 하나만을 믿고 알량한 재산을 수레에 싣거나 자전거에 묶고서 살 곳을 찾아 떠났다. 하지만 남부 일부는 이미 해방되었기 때문에 약간의 진전은 이루어지고 있었다.

"하지만 우리에게는 언제 온다는 말인가?"

사람들은 물었다.

"우리는 언제 이 야만인들에게서 해방될까?"

"이 전쟁이 끝이 날까?"

"오 하느님, 언제까지입니까?"

그리고 사람들은 다시 돌아서서 떠나면서 원망스러운 눈초리로 우리를 돌아보았다. 우리가 좋은 것들—버터, 치즈, 과일, 빵, 고기, 밀가루, 우유 등—을 풍족하게 갖고서도 조금씩밖에 팔지 않았다고 믿었기 때문이다. 가장 안타까운 것은 어린 아기를 품에 안은 여자들이었다. 그들은 아기에게 먹을 것을 마련해 주기 위해서라면 그 어떤 일도, 그야말로 어떤 일이라도 다 할 준비가 되어 있었다.

대기근의 겨울은 농부들에게 악명을 안겨 주었다. 너무 많은 사람이 농가를 찾아와 도움을 요청해서, 요구를 모두 들어줄 수 없었기 때문이었다. 어떤 방문객은 절망에 빠져 난폭한 행동을 벌이기도 했다. 결국 그들 자신의 평화와 심지어 생명에까지 위협을 느낀 농부들은 전쟁 전이라면 놀라고 부끄러워했을 냉랭한 태도로 사람들을 내쫓았다.

그리고 날이 갈수록 더 자주, 전투기들—스핏파이어와 허리케인이라고 제이콥이 말했다.—이 요란한 소리를 울리며 낮은 하늘을 날아가는 소리가 들렸다. 그러다가 독일 차량을 보면, 아니 적과 관련되었을 가능성이 있는 물체를 보면 그게 무엇이건 폭격을 퍼부었다. 우리는 한길의 차량에 이런 일이 일어나서, 차가 박살 나고 그 안에 탄 사람들이 죽거나 다친 채 도로로 쏟아져 나오는 걸 세 번인가 네 번 보았다. 그때마다 우리는 나가서, 그 살육이 게임에서 점수를 딴 일이라도 된 것처럼 손을 흔들며 환호했다. 그리고 그때마다 우리는 차량의 잔해와 사상자들을 그 자리에 두고 왔다.

"자기들이 만든 오물에 빠져 썩으라고 그래."

베셀링 씨는 그렇게 말하고 침을 뱉은 뒤 다시 일을 하러 돌아갔다. 밤이 되기 전에 독일군이 와서 모든 걸 치워 가지 않으면, 어둠이 내린 뒤에 레지스탕스가 나타나서 혹시라도 쓸모 있는 것이 있을지 잔해를 뒤졌다.

기이한 시절 중에서도 가장 기이한 시절이었다. 낮에는 집과 농장에서 쉴 새 없이 일하고, 전쟁을 걱정하고, 베셀링 부부하고 무난한 관계를 유지하기 위해 노력했다. 그러다 저녁이 되고 밤이 되면 은신처에서 제이콥과 열정적이고 부드러운 섹스를 나누고, 내밀한 대화와 즐거운 농담을 주고받고, 서로를 위로하고, 둘이 함께하는 앞날을 꿈꾸고, 샘의 책(그건 우리가 가진 유일한 영어책이었다.)의 시들을 반복해서 읽고 서로 낭독해 주었다.

제이콥이 내게 그 책을 읽어 주거나 우리 둘이 이야기를 하는 동안, 나는 대개 바느질을 했다. 바느질! 그 시절 우리 여자들은 얼마나 바느질을 많이 했나. 남자의 양말을 깁고, 속옷과 겉옷을 만들고, 시트를 오래 쓰기 위해 가장자리와 중심부를 교체하고, 쿠션과 커튼과 식탁보와 의자보를 만들고, 남자들의 작업복을 수선하고, 셔츠 자락으로 새 셔츠 깃을 만들고. 끝도 없는 일이었다. 오늘날에는 아무도 이런 일을 하지 않는다. 그것은 지루하고 힘든 노동이었지만, 그 시절에는 긴 저녁 동안 텔레비전도 없고 비디오나 음악 CD, 컴퓨터 게임도 없었던 데다 전쟁 중에는 라디오도 없었으니, 바느질은 평화와 여유를 안겨 주는 행동이었다. 손과 눈이 익숙한 일에 박혀 있는 동안, 마음과 혀는 자유롭게 움직였다. 그리고 사람들 말대로, 몸이 한가하면 알아서 골치 아픈 일이 생기는 법이다.(이것 또한 흔히 쓰는 속담 가운데 하나였다.) 그런 필요한 일을 하지 않는 건 죄악으로 여겨졌고, 바느질은 조용한 시간에 할 수 있는 가장 덜 지루한 일이었다. 게다가 그것은 헤젤리헤이트gezelligheid를 키워 주었다.

'헤젤러흐gezellig', 이걸 영어로 어떻게 옮겨야 할지 모르겠다. 이것은 아주 네덜란드다운, 우리의 문화와 민족의식에 깊이 뿌리박힌 특성이다. 내 영어 사전에는 '아늑한, 사교적인, 단란한'이라고 나온다. 하지만 '헤젤러흐'는 그런 말들보다 훨씬 더 많은 의미를 포함한다. 요즘은 내가 젊었을 때만큼 자주 쓰이지 않는 것 같지만, 그때는 거의 신성한 단어였다. 헤젤러흐를 해치는 것은 사회적 범죄였다. 제이콥과 함께 한 이 시절은 아주 특별한 헤젤러흐를 누린 시간이었다.

그가 책을 읽어 주지 않을 때면 우리는 서로 좋아하는 책 이야기를 했다. 제이콥은 내가 들어 본 적도 없는 영국 작가와 책들을 이야기해 주었고, 나는 전쟁이 끝난 뒤 그 책들을 찾아 읽었다. 그리고 나는 내가 좋아하는 네덜란드 작가들을 이야기했다. 우리는 서로에게 대중가요를 불러 주었다. 그는 영국에서 보낸 인생에 대해, 전기 기사라는 직업에 대해, 그리고 내가 한 번도 본 적 없는 크리켓이라는 경기에 대해 이야기했다. 그는 내게 크리켓 경기를 설명해 주려 했지만 실패했다. 나는 아직도 크리켓을 잘 모른다. 나는 그에게 우리 어머니처럼 교사가 되고 싶은 꿈을 이야기했다. 그리고 친구들과 어린 시절에 대해 이야기를 했다. 그렇게 시간은 지나갔다. 물론 내가 가장 좋아한 시간은 침대에서 함께한 시간이었다.

그와 헤어져 은신처 밖으로 나오면 현실을 피할 수 없었다. 끝도 없는 집안일과 농장 일, 먹을 것을 달라고 사정하는 방문객들, 전쟁의 참혹함, 그리고 혹시라도 급습을 당해서 제이콥이 발각되고 모두가 잡혀갈지도 모른다는, 떨칠 수 없는 불안. 그 모든 일들로 인한 피로! 내 안에서 서로 덜그렁거리며 다투는 감정들. 존재의 가장 깊은 곳으로 내려보내 나 자신에게서도 감추어 둔 걱정과 죄책감들.

내가 그것을 통과한 방법, 나를 살아남게 한 유일한 방법은 밤과 낮의 한순간 한순간, 일 초 일 초를 산 것이다. 오직 지금만이 있었다. 이 순간뿐, 그밖에 다른 것은 허용하지 않았다. 기억도 없고, 내일에 대한 생각도 없었다. 제이콥과 떨어져 있는 동안, 나는 나를 내 안에 가두고 해야 할 일들 속으로 던져 넣어서 그와 떨어져 보내는 시간이 최대한 빨리 지나가고 또 무슨 일이 일어나도 그 영향이 최소화되도록 노력했다. 그런 뒤 그가 있는 은신처로 돌아가면 가두었던 나를 풀어 오직 그에게만 집중하고 나 자신을 그에게 쏟았다. 이것 말고 다른 식으로는 표현할 방법을 모르겠다. 그는 나에게 온 세상이었다.

내 인생에서 가장 기이하고도 강렬한 시절이었다. 제이콥과 함께 보낸 시간을 능가할 만한 경험이 어떻게 가능했겠는가? 아니면 그저 그와 맞먹는 경험이라도? 그리고 인생이란 것의 속성을 볼진대, 어떻게 그 시간이 오래 지속될 수 있었겠는가?

당연히 그 시간은 지속되지 않았다.

그 시간의 끝은 2주인가 3주 만에 처음으로 해가 밝게 뜬 날에 찾아왔다. 지난여름을 떠올려 주고 다가올 여름에 설레게 하는 겨울날이었다. 그날은 내가 자전거를 타고 농장에서 집으로 가다가 하늘 가득 떨어지는 낙하산을 본 9월 그날이 떠오르게 했다. 그때가 얼마나 까마득하게 느껴지는지, 또 집으로 달려가면서 혼자 "자유, 자유!" 하고 외치던 여자아이가 지금은 얼마나 다른 사람이 되었는지.

너무도 아름답고 온화하고 화창한 날이라서, 나는 아침에 침대 시트 몇 장을 말리려고 마당에 내다 널었다. 제이콥과 함께 누웠을 때 시트에서 신선한 공기 냄새가 나면 정말 좋을 것 같았다. 겨울 동안 평소에는 주로 창고에서 시트를 말렸기 때문에, 시트에는 건초 냄새가 가득 배어 있었다. 해가 지기 직전에 나는 시트를 걷으러 갔다. 베셀링 부인이 마당이 내다보이는 방에서 풍금을 연주하고 있었다. 그날은 환기를 위해 집의 모든 창문을 열어 두었기 때문에 그 방 창문도 열려 있었다. 그때까지도 부인은 연주를 오랜 세월 동안 하지 않았던 탓에 어린 시절 배웠던 방식으로 혼자서 다시 연주법을 깨우쳐 가는 단계였다. 그날 오후 부인이 연주하던 그 소박한 곡을 잊을 수가 없다. 그것은 베쿠치의 단순한 왈츠 곡이었다. 그 음악이 시트를 걷어서 개는 내 몸을 감싸 흘렀다. 나는 점심식사 후 제이콥과 함께 있었다. 그는 욕망으로 가득 차 아주 열정적이었고, 나는 아직도 그때의 쾌감으로 몸이 뜨거웠다. 그는 건강을 되찾으려고 열심히 노력했고 상처는 잘 회복되어 갔다. 그는 이제 거의 정상적으로 걸을 수 있었고 몸도 튼튼해져 갔다. 행복감에 젖어 둘이 다시 함께 있을 수 있도록 빨리 밤이 오기를 간절히 기다리던 그 마음이 아직도 생각난다.

이런 생각에 빠져 있느라 나는 그가 내 뒤로 다가오는 소리를 듣지 못했다. 그가 내 허리에 팔을 두르고 끌어당겼을 때에야 비로소 그가 왔다는 걸 알았다. 나는 놀라서 짧은 비명을 지르고, 개고 있던 시트를 떨어뜨렸다.

"뭐하는 거예요!"

내가 말했다.

"이렇게 밖에 나오면 안 돼요. 위험해."

그가 내 뒷목에 키스하며 조용히 웃었다.

"베셀링 부인이 보면 어쩌려고 그래요?"

하지만 소용없었다. 나는 그를 떼어 내려고도 하지 않았다.

"못 보실 거야."

그가 내 귀에 대고 말했다.

"악보를 보는 데 온 신경이 가 있을 테니까."

그는 내 허리를 안은 채 나를 앞으로 돌려 세우더니, 내 엉덩이에 두 손을 대고 나를 앞으로 끌어당겼다. 나는 그의 목을 끌어안고 두 손으로 그의 머리를 감싸 안았다. 그의 몸 한 곳이 부풀어 오르는 게 느껴졌다.

"탐욕스럽기도!"

내가 웃으면서 말했다. 탐욕스럽다는 말은 그가 나를 가리켜 놀리며 가르쳐 준 말이었다.

"지금 하자."

그가 말했다.

"바깥에서, 이 마당에서, 네가 빨아 말린 깨끗한 시트 위에서. 그러면 끝내줄 것 같지 않아?"

"좋아요."

내가 말했다.

"언젠가 말이에요."

그는 잠시 아무 말도 하지 않았다. 그리고 그 검은 눈으로 나를 바라보았다. 내가 그의 몸에서 가장 처음 본 부분이자, 바라본 순간 사랑에 빠졌던 그 눈. 그는 이제 웃지도 않고 농담도 하지 않았다.

그러더니 그가 말했다.

"춤추자."

그리고 우리는 춤을 추었다. 베셀링 부인의 굼뜬 손가락이 뽑아 내는 느린 박자에 맞추어 아주 조금씩 움직이며. 사실 우리의 두 발은 겨울 흙에 박혀서 거의 움직이지 않았다. 하지만 서로를 사랑 하는 두 몸의 리듬은 너울너울 춤을 추었다.

우리는 그렇게 그 자리에서 돌았다. 천천히, 아주 천천히! 태양 이 두 차례 그의 머리 뒤로 후광을 둘러 준 것을 기억한다. 그런데 아직 두 바퀴째를 다 돌지도 않았을 때, 제이콥이 갑자기 멈춰 서 더니 뒤로 한 걸음 물러섰다. 로봇처럼 뻣뻣한 걸음이었다. 그것을 나는 몸으로 느꼈다. 내가 본 것은 그의 눈이었다. 그가 나를 품 안 에서 돌려 세운 뒤로 나는 그의 눈에서 눈길을 떼지 않고 있었다. 그런데 그가 갑자기 멈춰 서는 순간 생명이 그의 눈을 떠났다. 그 가 그의 눈에서 떠났다. 내가 "제이콥?" 하고 불렀지만 대답이 없 었다. 그리고 그는 쓰러졌다. 무언가에 얻어맞은 것처럼.

내가 지금까지 위안으로 삼고 있는 것은 어쨌거나 그의 죽음이 번개처럼 빨리 왔다는 것, 그가 고통을 겪었다 해도 아주 짧은 순 간뿐이었다는 것이다. 어느 누구라도 그렇게 고통 없는 죽음은 바랄 수 없을 것이다.

그리고 나 자신에 대해 말한다면, 나의 일부는 그날 죽었다고 생각한다. 내가 소리 지르자 베셀링 부인이 달려 나왔고, 이어서 베셀링 씨도 나왔다. 두 사람은 제이콥을 살리려고 했지만, 그것은 그저 어떤 상황에서도 생명을 지속시키고자 하고 또 서로에게 우리가 최선을 다했다는 걸 증명하고자 하는 인간 본능에 의한 것이었다. 그가 죽었다는 것은 누가 봐도 분명했다.

우리는 마침내 제이콥을 시트로 덮고 그를 집 안으로 들인 뒤 부엌 식탁에 올려놓았다. 그를 이층 침실까지 들고 올라가는 건 생각할 수 없었다. 우리는 식탁에 둘러서서 시트로 감싼 그의 몸을 바라보았다.

"무슨 일이 있던 거죠?"

베셀링 부인이 말했다.

"심장 마비 같아."

베셀링 씨가 말했다.

"이제 어떻게 해야 하지?"

나는 아무 말도 할 수 없었다. 하지만 갑자기 온몸이 산산이 부서지는 것처럼 덜덜 떨리기 시작했다. 베셀링 부인이 나를 난롯가의 의자에 데려다 앉히고는 숄을 가져다 둘러 주었다.

"뜨거운 커피를 만들어 줘요."

부인이 베셀링 씨에게 말했다.

"꿀을 듬뿍 넣어서. 우리 세 사람 모두가 마시도록."

커피가 왔지만 나는 잔을 들 수 없었다. 베셀링 부인이 숟가락으로 내게 커피를 떠먹였다.

"의사를 불러야 해."

베셀링 씨가 말했다.

"의사를 왜요?"

베셀링 부인이 말했다.

"의사가 무슨 일을 할 수 있다고요?"

"그러면 목사님이라도. 장사를 지내야 하니까."

"우리는 이 친구 종교가 뭔지도 몰라요."

베셀링 부인이 말했다.

"그리고 지금 누구를 믿을 수 있겠어요?"

"그러면 어떻게 해야 할까?"

"그냥 묻어요. 그 이상은 할 수 없어요."

"어디에?"

"몰라요. 마당 한구석에."

나는 이 모든 말을 들었지만, 외국어로 하는 이야기처럼 아무 의미 없는 소음일 뿐이었다. 그렇다고 내가 무슨 생각을 한 것도 아니었다. 내 정신은 기능을 멈추었다. 내 의식을 채운 것은 내가 잠시도 눈길을 떼지 못하고 바라보고 있는, 시트에 감싸인 제이콥의 몸뿐이었다.

베셀링 부부가 조용해졌다. 베셀링 부인이 나에게 커피를 숟가락으로 떠먹였다. 스탄데 클로크stande klok[스탠드 시계]의 똑딱 소리가 온 방을 크게 울렸던 것이 기억난다.

잠시 후, 떨림이 진정될 때 베셀링 부인이 나에게 말했다.

"네가 여기 이렇게 앉아 있으면 안 되겠다. 너한테 안 좋아. 네 방으로 가라. 우리가 알아서 처리할게."

그 말을 듣자 나는 강화제 주사라도 맞은 것처럼, 갑자기 온몸에 힘이 생겼다.

"안 돼요."

내가 허리를 펴고 앉으면서 말했다.

"안 돼요. 우리는 모든 걸 함께 겪었어요. 저는 제이콥이 우리 집 지하실에 실려 왔을 때부터 그를 돌봤어요. 이제 와서 그만둘 수는 없어요."

"하지만 헤르트라위……."

베셀링 씨가 말했다.

"제이콥은 죽었어."

그는 그게 무슨 새로운 소식이라도 되는 것처럼 말했다. 내가 그에게 미소를 짓고 다행히도 차분하게 말한 것이 기억난다.

"예, 알아요. 그리고 제이콥을 묻어야 한다는 것도 알아요. 아무에게도 알리지 않고 우리끼리 다 해야 한다는 것도 알아요. 시신 준비는 제가 할게요. 두 분께서는 무덤을 파 주세요. 되도록 빨리 해야 할 것 같아요."

지금 생각하면 베셀링 부부가 열아홉 살 난 여자아이의 제안을 아무런 반박 없이 그냥 받아들였다는 사실이 놀라울 뿐이다. 베셀링 씨는 그 뒤로 몇 시간 동안 관을 만들었다. 하지만 그것은 그저 널빤지를 못질해서 길쭉한 상자로 만든 뒤, 안에 방수포를 댄 것일 뿐이었다.

베셀링 씨가 관을 만드는 동안, 베셀링 부인과 나는 함께 제이콥의 시신을 준비했다. 우리는 먼저 그의 옷을 벗긴 다음 몸을 씻겼다. 그런 뒤 다시 속옷과 흰 셔츠, 검은 바지를 입히고 검은 양말을 신겼다. 모든 게 베셸링 씨의 집에 있는 것 가운데 가장 새것으로 마련되었다. 일을 모두 마치자 우리는 부엌을 청소하고 그가 누운 식탁에 붉은 벨벳 천을 드리운 뒤, 새로 닦은 놋쇠 촛대에 하얀 초 여섯 개를 꽂아서 제이콥의 양옆에 세 개씩 놓았다. 그러고 나서는 다른 불을 모두 끄고 정확히 자정에 스탄데 클로크를 멈추었다.

그런 뒤 나는 제이콥의 얼마 되지 않는 개인 물품과 그의 군번줄을 가져다가 밀가루 통에 넣고 베셸링 부인의 리넨 벽장 바닥에 숨겨 두었다. 이 물건들이 독일군의 급습을 이기고 살아남는다면, 전쟁이 끝난 뒤 그의 가족에게 보내기 위함이었다. 그리고 결국 나는 그렇게 했다. 나를 위해서는 그의 전투복에 있던 낙하산 부대의 기장과 나중에 말할 기념품 하나를 챙겼다.

더 이상 할 수 있는 일이 없자, 나는 베셸링 부부에게 가서 주무시라고 했다. 그리고 제이콥의 곁에 앉아 밤을 샜다. 그러면서 샘이 준 책에서 우리가 가장 좋아하던 시를 소리 내어 읽었다. 그리고 울었다.

앞을 분간할 수 있을 만큼 날이 밝자, 베셸링 씨는 곧장 채마밭으로 나가 가장 구석진 곳에 무덤을 팠다. 구덩이를 안전한 깊이로 파는 데 세 시간이 걸렸다. 시간은 여덟 시가 넘어 있었다. 그동안 베셸링 부인은 집으로 다가오는 사람은 없는지 망을 보았다.

무덤이 준비되자 베셸링 씨는 손수레에 관을 싣고 현관 앞에 왔다. 그와 내가 관을 안으로 들여와서 식탁 옆의 바닥에 놓았다. 베셸링 부부는 내 사랑, 내 애인을 들어올려서 관에 넣었다. 나는 베셸링 씨의 밀폐 담배 통 하나를 옆에 넣었다. 그리고 그 안에 넣은 카드에 제이콥의 이름과 그가 죽은 날짜, 그리고 상황을 간략하게 요약한 말을 써넣었다. 해방되기 전에 우리 셋에게 무슨 일이 생겨 다른 누군가가 무덤을 발견했을 때를 대비한 것이었다.

베셀링 씨가 방수포를 충분히 남겨 두었기 때문에 그걸로 제이콥의 몸을 덮을 수 있었다.

그런 뒤 가장 가슴 아픈 순간이 왔다. 베셀링 씨가 관 뚜껑을 닫고 못질을 했다.

그 일이 끝나자 우리는 말없이 서 있었다. 다른 사람들도 나와 마찬가지로 이걸로 끝내서는 안 된다고, 무언가 할 말이 있다고 느꼈을 것이다. 어떻게 이렇게 황량한 순간이 마지막일 수 있는가? 전투에서 부상을 입고도, 농장까지 위험한 여행을 하고도, 독일군의 기습을 받고도 살아남았는데, 건강을 되찾기 위해 그 많은 노력을 기울였는데, 그토록 뜨거운 사랑을 함께 나누었는데, 그런 뒤에 어떻게 이렇게 모든 게 끝날 수 있는가? 인생이 어떻게 이렇게 잔인할 수 있는가?

"서둘러."

베셀링 씨가 조용히 말했다.

"시간이 없어."

베셀링 씨가 관 위쪽을 잡고 나와 부인이 아래쪽을 잡아서, 우리는 관을 수레에 옮겨 실었다. 그런 뒤 집에서 마당 구석까지 짧은 장례 행렬을 한 뒤, 베셀링 씨가 관을 밀었다. 그순간 독일군이 급습하건 말건 나는 상관하지 않았다. 올 테면 오라지. 와서 나를 잡아가라지. 원하는 대로 하라지. 나를 죽이라지. 제이콥이 간 마당에 내가 인생에 구애받을 게 무엇인가. 죽었어. 나는 스스로에게 그렇게 말했다. 죽었어. 무덤을 향해 가는 동안 나는 그와 함께 죽고 싶었다.

비가 온 지 오래지 않은 터라 땅은 질척했다. 무덤 바닥에는 이미 물이 넘치고 있었다. 나는 마음의 문을 닫고 일을 했다. 우리가 어떻게 관을 내렸는지도 기억나지 않는다. 그저 삽을 들고 내가 관 위에 흙을 뿌려야 한다고 주장하던 일만 기억난다. 커져 가는 분노의 힘으로 나는 점점 더 빨리 흙을 뿌렸고, 마침내 베셀링 씨가 내 팔을 잡고 말했다.

"됐다. 너무 무리하지 말거라. 내가 마저 하마."

그 말에 분노가 스르르 빠져나가면서 나는 서 있을 기운도 없어졌다. 베셀링 부인이 내 허리를 감싸 안았고, 우리는 함께 베셀링 씨가 무덤을 완성하고 남은 흙을 뿌리는 것을 지켜보았다.

"나중에 여기에 판석을 대마."

일을 마치고 베셀링 씨가 말했다.

"편히 쉬기를."

베셀링 부인이 말했다.

"슬픈 일이야."

"이곳이 해방되면 이 친구가 제대로 된 무덤을 가질 수 있게 해 보겠어."

베셀링 씨가 말했다.

"우리가 지금 할 수 있는 건 아무것도 없다. 가축들도 돌봐야 하고."

그는 돌아서서 수레를 밀고 일을 하러 갔다. 그리고 베셀링 부인은 나를 데리고 집 안으로 들어갔다.

그날 하루 종일 나를 괴롭힌 것은 우리가 무덤 앞에서 아무 말도 하지 않았다는 것이다. 그런 사소한 일에 신경 쓰는 것은 이상해 보일 수도 있지만, 비통의 시간에 사람의 정신은 여러 가지 방법으로 자신을 보호하는 법이다. 그래서 저물녘에 나는 혼자 나가 제이콥의 무덤 앞에 서서 샘의 책에서 그가 좋아하던 시 한 편을 읽었다. 벤 존슨의 시였다. 그는 특히 마지막 두 행을 좋아했다. 그가 아는 어떤 말보다 인생을 더 잘 요약한다며.

사람이 훌륭해지는 것은
나무처럼 크게 자라는 것과는 다르다.
삼백 년을 버티던 오랜 참나무가 결국
잎도 없이 메마른 통나무로 쓰러지는 것보다는
하루 만에 피고 지는
오월의 백합이 더 아름답다.
그날 밤에 바로 떨어져 죽는다 해도
빛의 식물이자 꽃으로 살았으니.
작은 균형 속에 우리는 아름다움을 보고
짧은 눈금 속에도 인생은 완벽할 수 있다.

제이콥

인생의 커다란 목표는 감각이다.
우리가 존재함을 느끼는 것이다.

– 바이런 경

제이콥은 죽은 사람처럼 깊은 잠을 자고서 다음 날 느지감치 일어났다. 열 시 반에. 그것도 오줌이 마려워서 깬 것이다. 다시 침대로 돌아가 자려고 했지만, 화장실에 가는 길에 힐레와 공원에서 키스를 하며 나눈 대화가 너무도 생생하게 떠오르고, 볼일을 보고 나자 그 감각들이 피부에 너무도 짜릿하게 느껴져서, 그리고 욕망이 너무도 절실히 끓어올라서, 그는 결국 참지 못하고 손을 이용해서 본능을 다스려야 했고, 그것은 정말로 오랜만에 아주 큰 만족을 가져다주었다. 그건 실제 존재하는 사람을 생각했기 때문이야. 그래, 손댈 수 없는 환상이나 가상이 아니고 진짜로 만질 수 있는 진정한 실체라서, 라고 그는 생각했다.

그런 대체 행위를 마치고 나서 그는 거울에 비친 자신의 모습, 잠에서 막 깬 부스스한 머리에 자위로 인해 땀에 젖은 얼굴을 보고는 미소를 짓고 윙크를 하며 소리 내서 말했다.

"살갗, 살갗, 나는 살갗이 너어어어어무 좋아."

그는 네덜란드에 오고 나서 처음으로 행복감을 느꼈다. 어제 힐레와 만난 뒤로 계속 행복했을 테지만, 그때는 행복이 눈앞에 펼쳐지고 있어서 자신이 행복한지 어쩐지 생각하지 못했다. 행복은 과거에 있어야만 행복하다는 걸 아는 걸까? 행복의 원인은 적극적인 상태이고 행복의 인식은 성찰적인 상태인 걸까? 할머니가 토론하기 좋아하는 질문들이었다. 힐레도 할머니처럼 토론을 좋아할까? 그는 답이 '그렇다'는 걸 알았고 그래서 기분이 좋았다. 아침을 먹고 나서 힐레에게 편지를 써야 한다. 아니, '써야 한다'는 아니다. 쓰고 싶었다. 그렇게 생각하자 죄책감이 들었다. 할머니에게도 편지를 써야지. 할머니한테는 '쓰고 싶다'보다는 써야 한다가 맞았다. 얼른 무언가, 그냥 엽서 한 장이라도 보내지 않으면 할머니는 상처받고 무시당한다고 느낄 것이다. 첫날 잘 도착했다고 전화로 알린 걸 빼면, 그는 할머니에게 아무런 연락도 하지 않았다. 할머니는 그런 일에 신경 쓰지 않는 척하겠지만 사실은 신경 쓴다는 걸 그는 알았다. 그리고 전화보다는 글을 더 좋아할 거라는 것도.

어쨌거나 그는 행복감에 들떠 이를 닦으며 다시 한 번 행복하다고 생각했다. 그는 행복하게 샤워기 아래 서서 행복하게 머리를 감고, 행복하게 비누칠을 하고, 행복하게 샤워기를 내려 위로 아래로 옆으로 구석구석 몸에 물을 뿌리고, 행복하게 샤워실 밖으로 나와 행복하게 물기를 닦고, 어머니가 여행 선물로 준 휴대용 세면용품 가방에서 작은 손톱깎이를 꺼내 행복하게 손톱과 발톱을 깎은 뒤 행복하게 머리를 빗으면서 여행 전에 머리를 바짝 자른 게 정말 다행이라고 기뻐했고, 깨끗하게 닦아서 반짝이는 몸을 거울로 행복하게 바라보았다.

거울아, 거울아.

세상에서 누가 가장 예쁘니?

나라고 대답하지 않으면

널 깨 버릴 거야.

그는 처음으로 거울에 비친 자기 모습에 어느 정도 만족을 느꼈다. 특히 자신의 페니스가 만족스러웠다. 흥분한 상태의 그것은 더욱 많은 관심을 촉구했다. 하지만 그는 아니라고 판단했다. 그보다 더 중요한 게 있었다. 그의 위장은 그보다 더 많은 관심을 촉구했다.(어제 오스테르베크에서 돌아왔을 때 그는 너무도 피곤하고 생각할 것도 많아 아무것도 먹지 않고 잠자리에 들었다. 피곤하기도 했지만 혼자 있고 싶었고 또 단과 이야기해야 하는 상황을 피하고 싶었기 때문이다. 그때는 나중에 일어나서 무언가 먹을 생각이었지만, 자리에 눕자마자 그대로 잠이 들어서 아침이 될 때까지 자버렸다.)

옷을 갈아입으면서 그는 힐레를 생각했다. 전에는 여자에게 이런 느낌을 가졌던 적이 없었다. 성욕을 느낀 여자애가 몇 명 있었고, 흥분하는 일은 없는 친구사이일 뿐인 여자애들도 있었다. 하지만 어떤 여자애도 힐레처럼 그의 몸과 마음을 '뒤흔든' 경우는 없었다. 오늘 아침 그가 느낀 것과 행복감을 가져다 준 여자애라면 더 말할 것도 없다.

"무서울 정도야."

그는 부엌으로 내려가면서 혼자 중얼거리다가, 오늘 아침 힐레는 그에 대해 어떤 감정을 가질까 하는 생각을 했다.

부엌에는 단이 커다란 노란색 종이에 써 놓은 메모가 싱크대 위 램프 갓에 깃발처럼 늘어져 있었다.

제이콥에게

계획이 바뀌었어.

우리 할머니 :

오늘이 아니라

내일 11:00에

너를 만나고 싶대.

나 :

요양원에 있어.

18:00 무렵에 돌아올 거야.

돌아가면 어제 무슨 일이 있었는지

전부 이야기해 줘.

너 :

편히 지내.

하고 싶은 대로 해.

친구가 필요하다면?

네가 전화하면

톤이 좋아할 거야.

재미있게 지내.

단

  그는 만세를 부르고 아침 식사를 준비하기 시작했다. 냉장고에는 갈리아 멜론 반 토막이 비닐 랩에 싸여 있었다. 그는 그걸 껍질째 들고 숟가락으로 속을 파내 먹었다. 차갑고 싱그러운 시작이었다. 다음 : 네덜란드에서는 네덜란드 방식을 따르라. 아침 식사로 네덜란드 인은 얇은 치즈와 역시 얇게 썬 햄을 먹는다. 냉장고에는 치즈와 햄이 많았다. 그리고 빵 상자에는 입자가 거친 빵이 있었다. 아주 신선하지는 않지만 토스트용으로는 무리 없었다. 버터. 그리고 치즈와 햄 다음으로는, 마멀레이드가 없지만 어쨌건 그는 네덜란드식으로 하기로 했기 때문에 이 쥐똥처럼 보이는 초콜릿 거시기, 하헬슬라흐hagelslag를 하기로 했다. 도착한 다음 날 그는 판리트 부인이 아침 식사 때 빵에 그걸 뿌리는 것을 보고는, 티타임 케이크의 토핑을 연상하고 이상하게 여겼다. 차? 그는 네덜란드 인이 마시는 커피의 양에 놀랐는데, 어제 힐레에게 그 말을 했더니 힐레는 한때 네덜란드의 식민지였던 인도네시아와의 역사적 연관에 대해 설명해 주었다. 네덜란드 인이 차를 마시게 된 건 아마도 인도네시아에서 배운 습관이고, 그건 영국인이 같은 습관을 얻게 된 게 영국이(그는 인도 식민 지배가 자신과 어떤 관련이 있다고는 느껴지지 않았고, 관련을 갖고 싶지도 않았다.) 인도를 지배하던 시절이었던 것과 마찬가지라고 했다. 하지만 찾을 수 있는 건 그가 별로 좋아하지 않는—향이 너무 강해서—얼 그레이뿐이었다. 괜찮아. 여기서 좌절할 것 없어. 네덜란드 커피 다오베 에흐베르츠가 음침하면서도 보기 좋은 검은색 봉지에 담겨 있었고, 흐흐흐, 럼주도 한 병 있었다. 커피를 그릇 건조대 위에 있는 말끔한 두 컵짜리 은제 커피 여과기에 넣자. 하지만 네덜란드 인들, 아니면 어쨌건 단이라는 이 네덜란드 인은 왜 전기 주전자를 안 쓰고 항상 스토브에서 천천히 찻물을 끓이는 걸까?(어쩌면 떠날 때 감사의 선물로 전기 주전자를 사 줄 수 있을지도 모른다. 할머니는 그에게 감사의 표시로 그런 일을 해야 한다고 귀에 못이 박히게 말했다. 하지만 살림 도구는 좀 바보 같은 선물이 아닐까? 그러니까 결혼하는 사람에게 하는 게 더 어울리는? 그는 사람들에게 무얼 선물할지 생각하는 일이 어려웠다. 오늘은 생쥐 기분이 들어서는 안 돼. 물러가라,

내 마음에서 썩 물러가라. 힐레가 고르는 걸 도와줄 수 있을지도 몰라.)

힐레 밤베 씨 보시기 바랍니다

키스하는 남자 친구를 구한다는 귀하의 최근 광고에 응답해서 제가 어제 치른 면접과 시험의 결과가 만족스럽게 나왔기를 바랍니다. 2차 면접과 추가 시험이 필요하다면, 대담한 제안이지만 날을 되도록 빨리 잡는 것이 어떨까요? 제가 네덜란드에 머무는 시간이 매우 짧기 때문입니다.

밤베 씨에게

우리가 어제 논의한 자리에 대한 1차 시험을 귀하가 무사히 통과했다는 것과 귀하의 점수가 다른 어떤 지원자보다 월등히 높았다는 사실을 기쁜 마음으로 알려 드립니다. 사실 귀하는 점수가 너무 높아서 우리 기준 밖으로 벗어났습니다. 이런 사실을 근거로 나는 귀하에게 즉각 계약을 제안합니다. 하지만 이 자리를 받아들이는 데 아직 망설임이 있다면, 제가 제공할 수 있는 고용 조건에 대해서 언제라도 더욱 자세히 알려 드릴 수 있습니다. 귀하에게 편리한 시간을 알려 주셔서 또 한 차례 만나 뵐 수 있기를 간절히 바랍니다.

힐레에게

네가 이 편지를 받을 때면 우리는 아마 전화 통화를 했을 것 같다. 하지만 너는 지금 학교에 있을 테니 나는 전화를 할 수 없고, 그래서 하고 싶은 이야기를 여기 적기로 했어.(지금은 열한 시고 나는 방금 일어났어.) 어쨌건 그걸 빼고도 전화로는 할 수 있는 이야기가 있고 할 수 없는 이야기가 있잖아. 또 어떤 이야기는 편지로만 할 수 있고. 그렇다고 이 편지가 편지로만 할 수 있는 이야기를 담고 있다는 건 아니야. 내가 편지를 쓰는 건 그저 지금 네 곁에 있을 수 없기 때문이니까. 나는 네 곁에 있기를 간절히 원해. 이야기를 할 필요도 없이 그저 같이 있는 것만으로 충분해.

어제 이후로 나는 어제 하루를 끊임없이 생각하고 있어. 아니, 그게 완전한 진실은 아니지. 예를 들면 잠을 자면서도 그 일을 생각했을까?(몰라, 기억 안 나. 사람은 잠자면서도 생각하나? 그게 꿈인 건가? 자면서 하는 생각. 어젯밤에 나는 죽은 듯이 잤고—너는 어땠니?—꿈은 하나도 생각나지 않아. 너는 어땠니? 그리고 기억나는 꿈이 있다면 어떤 꿈이니?) 또 나는 아침 식사로 무얼 먹을까도 생각했어.(너는 무얼 먹었니? 그리고 제일 좋아하는 아침 메뉴는 뭐니?) 그리고 너 없는 하루를 어떻게 보낼까도 생각했어.(나 없는 너의 하루는 어땠니? 대답이 '너하고 있는 것보다 좋았어.'라면 알려 주지 마.) 하지만 그래도 이런 일상적인 생각들 아래에는 (아니 그 위, 옆, 나란히, 곁에, 기타 등등) 마음 한편으로 어제 하루를 생각하고 있었어. 아니, 좀 더 정확히 말해 보자. 어제가 아니야. 너를 생각했어. 왜냐면 아침에 일어난 다음부터 나는 '행복하다'는 말이 의미하는 게 뭔지를 느끼고 있으니까.

너와 보낸 어제가 오늘 나를 행복하게 만들었어.

그런데 행복 이야기를 하니까 말인데, 방금 이 아파트의 책꽂이에 있는 영어 사전에서 happy라는 말이 고대 스칸디나비아 어인 happ에서 비롯됐다는 걸 알게 됐어. 이 말은 행운이라는 뜻이고,

적절하다는 뜻의 고대 영어 gehaeplic, 그리고 운명을 의미하는 고대 슬라브 어 kobû와 관련되어 있지. 그러니까 너를 생각하면 나는 전에 없이 happ-y하다는 느낌이 들어. 네가 나의 운명이라는 게 나의 적절한 행운이라고 생각하니?

너한테 묻고 싶은 게 백만 개도 넘지만, "너는 앞으로 인생을 어떻게 살 생각이니?" 같은 간단한 질문에서 "흐름에 뛰어드는 것과 그냥 흘려보내는 것 가운데 어느 게 더 좋을까?", "로렐과 하디 영화와 찰리 채플린 영화 가운데 어떤 게 더 재미있니(아니면 둘 다 재미없니)?", "영원이라는 시간은 내가 너와 하고 싶은 모든 것을 할 만큼 충분히 길까?"처럼 정말로 중요한 질문도 있어.

더 황당한 소리를 하기 전에 이 편지는 여기서 마무리해야겠다. 편지를 고쳐 쓰면 내가 얼마나 황당해질 수 있는지 너한테 감출 수 있겠지만, 그러지 않겠어. 우리가 서로를 잘 알고 친구가 된다면 — 그건 내 희망이고, 사실 이 편지의 목적이기도 해. — 처음부터 내가 얼마나 황당할 수 있는지를 알아 두는 게 좋을 것 같아서 말이야.

그냥 짐작 하나 해 볼게. 너는 시를 좋아할 것 같아. 나도 그래. 그래서 너를 위해 특별한 시를 썼어.

힐레에게

> 너를 위해
> 흙은 뛰놀고
> 하늘은 연주하고
> 물은 노래하고
> 돌은 흔들리고

시간은 불타고
불은 꺼진다.
내 안에서.

　　　　　제이콥

"톤? 안녕, 나 제이콥이야."

"자크! 안녕!"

"내가 깨웠니?"

"아냐, 괜찮아."

"있잖아……."

"응?"

"내가 오늘 혼자 있거든."

"헤르트라위 할머니한테 가지 않아?"

"아니, 계획이 바뀌었어. 할머니한테는 단이 가 있어. 그런데 내가 편지를 한 통 부쳐야 하는데 해 본 적이 없어서. 그러니까 네덜란드에서 말야. 그래서 네가……. 그래, 그때 말했던 것처럼, 기억나? 나한테 암스테르담을 좀 구경시켜 주는 거야."

"지금 몇 시니?"

"열두 시 반 정도. 그게 좀 그렇다면……."

"아냐, 괜찮아. 좋은 생각이네. 생각을 좀 하느라고. 두 시에 단의 집 앞에서 만나는 건 어때?"

"두 시, 좋아."

"비가 안 오면 그렇게 하고, 비가 오면 아파트 안에서 기다려."

"비가 안 오면 단의 집 앞에서 두 시. 지금 비는 안 와. 날이 아주 좋은걸. 햇빛이 반짝여."

"그래? 잘됐네. 좋아. 내가 갈게. 깜짝 선물을 가지고."

"깜짝 선물? 어떤 깜짝 선물?"

"다리가 없는 거야. 그리고 자크……."

"응?"

"네가 전화해 줘서 기뻐. 토트 진스Tot ziens."

할머니께

시간이 얼마나 빨리 가는지 모르겠어요! 엉덩이는 어떠세요? 같이 오셨으면 정말 좋았을 텐데. 저는 여기 온 게 기뻐요. 킬고어 트라우트가 늘 말하듯이 인생은 계속되는 법이에요. 안네 프랑크의 집에 가 보았고(제가 예상했던 것과는 전혀 달랐지만, 이것을 포함한 여러 가지 자세한 이야기는 나중에 할게요.), 하를렘도 조금 보고, 암스테르담도 조금 보고, 렘브란트도 보고(좋았어요.), 판 리트가 사람들, 그리고 여러 네덜란드 젊은이들을 만났어요.

가장 좋았던 건 어제예요. 기념식은 훌륭했어요. 눈물이 날 것 같은 순간이 여러 차례 있었어요. 사람이 수천 명이나 모였는데, 그 지역 어린이와 젊은이도 많았어요. 하지만 할머니는 이미 와 보셨으니 다 아시겠죠. 날씨도 좋았고요. 제가 예상했던 어색하고 촌스러운 일은 없었어요. 애국주의적 선동도 없고 영웅주의도 없었어요. 제가 얼마나 그런 허풍을 싫어하는지 아시잖아요. 그리고 놀랍게 찬송가도 불렀어요. 찬송가 말이에요. 보통은 찬송가라면 두드러기가 생기는데, 이번에는 조용히 미소를 지었어요. 하지만 슬프고도 행복한 그런 종류의 미소였죠. 어제 행사는 죽은 자들을 위한 애도라기보다는 대규모 가족 잔치 같았어요. 할아버지를 아는 분도 분명히 계셨을 거예요. 이제 모든 게 끝나고 보니, 그런 분 한 분을 찾아서 이야기를 해 보았더라면 좋았겠다는 생각이 드네요. 왜 저는 늘 이렇게 나중에야 생각이 나는 거죠?

할아버지 무덤 앞에 가 섰어요. 가장 울고 싶었던 순간이 그때예요. 할아버지 무덤에 꽃을 놓은 네덜란드 사람 두 명을 만났어요. 힐레 밥베라는 여자애하고 그 동생 빌프레트예요. 할머니에게 보여 줄 사진도 찍었어요. 식이 끝나고 힐레하고 밥도 먹었어요.(열일곱 살이에요.) 그 애를 다시 만나고 싶어요. 너무 건너뛰어서 생각하지는 마시고요. 그래도 아주 멋진 애예요. 그래요, 조심할게요. 알아요. 말 안 하셔도 돼요. 너무 충동적인 행동은 하지 마라. 할머니 말씀은 안 들어도 다 들은 것 같아요. 그대의 얼굴은 이상한 일들을 읽을 수 있는 책과 같도다. 저는 언제나 저를 위해서 할머니 말씀을 들으려고 해요. 하지만 이번에는 할머니 생각이 옳은지 잘 모르겠어요. 아니면 할머니 말씀이 옳지만, 제가 이제 거기 상관을 안 하는 건지도 모르죠. 이유는 모르겠어요. 이 여행과 관련이 있어요. 헤르트라위 할머니를 만난 일, 어제의 기념식. 자신의 깊은 감정을 언제나 다른 사람들에게 보여 주는 게 좋다는 건 아니에요. 하지만 지금 드는 생각으로는 우리가 감정을 참 많이, 자주 감추는 것 같아요. 자신의 감정과 상대방이 중요할 때는 과감하게 자기가 무얼 느끼는지를 보여 주는 게 더 좋지 않나요? 숨기는 것, 억제하는 것, 실제 감정이 아닌 다른 감정인 척하는 것. 그런 건 좋을 수가 없어요. 어쩌면 제가 혼란에 빠진 건지도 모르겠지만, 어쨌건 제가 시도하고 있다는 것, 그건 인정해 주셔야 돼요. 할

머니는 언제나 그렇게 해야 한다고 말씀하시잖아요!(그런데 지금
까지 왕생쥐 기분은 없었어요. 그냥 물러가는 꼬리만 잠깐 보였어
요.)

오늘 오후에 지금 제가 지내는 아파트 주인인 단 판 리트하고(사
실은 헤르트라위 할머니 아파트예요. 아주 좋아요. 여기서 지내게
된 이유는 나중에 말씀드릴게요. 편지로 말씀드리기에는 좀 복잡
해요.) 친구 사이인 게이 소년이 제게 암스테르담을 구경시켜 줄
거예요. 제가 얼마나 잘 지내고 있는지 아시겠죠?

집에는 오늘 오후에 엽서를 보낼 거예요.(저한테 엽서 계속 보내
고 계시나요? 그렇게 오랫동안 이어진 역사가 끊기면 안 돼요. 이
번 주 엽서는 판 리트 씨 댁으로 보내면 될 것 같아요.)

이제 그만 쓰고 놀러 가야겠네요. 여행객들이 어떤지 아시잖아
요. 환락의 연속이죠. 이 편지의 목적은 할머니께 제가 무사하고
즐겁고 신 나게 지낸다는 걸 알리려는 거예요. 돌아가면 여행담 많
이 들려 드릴게요.

사랑하는 손자, 제이콥

암스테르담의 시계들이 딸랑거리는 멜로디로 두 시를 알렸을 때,
제이콥은 아파트 바깥의 나무 계단에 섰다. 밝고 서늘한 날이었고,
부드러운 바람이 좁은 길로 불어 들어왔다. 그가 좋아하는 날씨였
다. 안온하게 따뜻하면서도, 상쾌하게 서늘했다. 몇몇 사람이 눈에
띄었다. 겉모습을 보건대 대부분 주민이었지만 관광객도 있었다.
그들은 관광객을 즐겁게 해 줄 상점도 명소도 없는 이 거리를 길
잃은 영혼처럼 배회하고 있었다.

톤이 그의 이름을 부르는 소리가 들렸다. 제이콥의 발밑에서 들리는 것 같았다. 그리고 그 생각은 맞았다. 톤이 운하에서 올라오고 있었기 때문이다.

"거기서 뭐하고 있던 거야?"

톤이 제이콥의 어깨를 잡고 그 3연속 키스를 할 때 제이콥이 물었다. 세 번째 키스는 그의 입술을 살짝 스쳤고, 그것은 제이콥에게 약간 혼란스러운 쾌감을 안겨 주었다.

"너를 데리러 왔지."

인사가 끝나자 톤이 말했다.

"다리 없는 깜짝 선물을 가지고."

끝에 멋진 외부 모터가 달린 널찍한 보트였다. 나무랄 데 없이 깔끔한 데다 밤색 선체는 니스로 반짝거리고, 놋쇠 장구들도 반짝거리고, 진청색 방수 쿠션들이 배 중앙 부분의 벤치를 소파로 만들어 놓은 배였다. 뱃머리에는 암스테르담의 문장이 그려진 삼각 깃발이 펄럭였다. 바탕 가운데를 검은 줄 하나가 가로지르고 그 위에 흰색 X 세 개가 나란히 그려진 문장. X 모양 십자가들은 옛날에 이 도시가 시달린 세 가지 재난인 불, 흑사병, 홍수를 상징했다. 보트의 이름은 흰색 뱃머리에 검은 글씨로 쓰여 있었다. 테디에.

"우아!"

제이콥이 말했다.

"끝내주는데. 네 거야?"

"그랬으면 좋겠지만! 돈 많은 친구 거야. 모쿰mokum을 돌아보는 최고의 방법이지."

"모쿰?"

"암스테르담 사람들이 이 도시를 부르는 베이남bijnaam이지. 별명?"

"애칭? 예전에 런던 사람들이 런던을 스모크라고 불렀던 거하고 같구나."

"아! 지금 생각났는데, 너 수영할 줄 알아?"

"운하 정도는 건널 수 있을 것 같은데."

"좋아, 가자."

톤은 제이콥이 길을 잘 이해하도록 지도를 가지고 왔다. 둘은 먼저 아우데제이즈 운하의 좁은 물길을 빠져나가서, 눈물의 탑을 지나, 프린스 헨드리카데 거리에 연결된 다리 밑을 지나, 왼쪽으로 돌아 넓은 물길로 접어든 뒤, 전차와 버스와 자전거와 사람들이 복닥거리는 중앙역 앞 성당을 지나(제이콥은 그들의 편리한 여행에 우쭐함을 느꼈다.), 손님을 기다리는 말끔한 유리 지붕 유람선들 앞을 지나, 왼쪽으로 돌아 거미집 운하의 첫 물길인 싱겔에 접어든 뒤 곧바로 다리 밑을 지나, 브라우베르스 운하로 들어갔다. 제이콥이 지도를 보니 브라우베르스 운하는 구 도시 서쪽 지역에 있는 모든 운하의 시발점들을 한 데 연결하고 있었다. 그런 뒤 헤렌 운하와 케이제르스 운하 어귀를 지나 왼쪽으로 도니, 프린센 운하가 나타났다.

"내가 제일 좋아하는 곳이야."

톤이 말했다.

"여기가 제일 편해. 평범한 사람들을 위한 곳이지. 이 끝에는 수상 주택도 많고 저쪽, 우리 오른쪽에 있는 요르단 지역에는 예전에 노동자, 하인, 그런 사람들이 살았고, 지금은 내가 살아. 친구 집에서 방 두 개를 써. 그리고 왼쪽 앞에 교회 탑 보여?"

"응."

"베스테르케르크야."

"안네 프랑크의 집 근처구나."

"단이 말해 줬어. 네가 안네를 무척 좋아한다고. 그 집을 운하에서 보여 주는 것도 좋을 것 같았어."

그 앞을 지나가며 보니, 언제나처럼 서너 겹을 이룬 사람들 줄이 따뜻한 오후 거리를 따라 150미터 가량 뻗어서 교회 너머 라드하위스 거리 옆 광장까지 길게 이어져 있었다. 라드하위스 거리는 제이콥이 안네의 집에서 도망쳐 나와 들어갔던 길로, 담 광장으로 이어지는 복작거리는 큰길이었다. 겨우 나흘 전 일인데, 벌써 일 년은 지난 것 같았다.

"그리고 반대편, 저기."

톤이 가리키며 말했다.

"작은 가게가 있는데 최고로 신선한 커피를 팔아. 이 근처에는 작은 가게가 많아. 치즈만 파는 가게, 포도주만 파는 가게, 그렇게 한 종류만 파는 가게들. 내가 암스테르담을 좋아하는 이유 하나는 온갖 물건을 파는 조그만 가게가 사방에 있다는 거야. 이 근처 가게 중 하나는 올리브유만 팔아. 그 가게 사람들은 올리브유가 무슨 포도주나 되는 것처럼 여겨. 그러니까 꼭 맛을 보고 사야 하는 것처럼 말이야. 그리고 또 모든 게 뒤섞여 있어. 중고 옷가게 옆에 고급 미술 상점이 있고, 포르노 서점 옆에 자전거 수리점이 있고, 특정한 금속 제품만 파는 상점 옆에 수제화 상점이 있지. 암스테르담 전체, 그러니까 여기 이 거미집은 원하는 모든 걸 살 수 있으면서도 평범한 사람들이 계속 살아가는 커다란 마을 같아. 다른 도시 중심부처럼 부유한 사람들만 살거나 호텔 투숙객만 있거나 아예 아무도 살지 않거나 하지 않고 말이야.

사실 나는 암스테르담이 도시가 아니라고 생각해. 도시이기도 하고 아니기도 해. 그런데 여기서는 사실 모든 게 다 그래. 그리고 여기는 현대적이지 않아. 그러니까 건물들은 그렇지 않다는 뜻이지. 대부분 수백 년 전에 지어졌어. 하지만 그래도 현대적인 도시지. 사람들이 사는 방식이나 우리가 누리는 자유를 생각하면."

제이콥은 이제 파란 쿠션이 가득한 소파에 편안히 자리를 잡았다. 그곳에 앉으니 시야가 탁 트였고, 뒤쪽에서 덜덜거리는 엔진 소리도 귀에 거슬리지 않았다. 톤은 제이콥의 오른쪽에 앉아 반짝이는 작은 놋쇠 레버를 조정해서 엔진을 조절하고, 작은 놋쇠 운전대를 당겨 선체에 달린 방향타를 움직였다. 보트가 밝은 햇살 아래 잔잔한 물 위를 미끄러져 가는 동안, 그는 오직 지붕 없는 작은 배에서만 누릴 수 있는 여유를 만끽하며 뒹굴었다. 전에 가족과 함께 노포크 브로즈 지역[영국 노포크와 서포크 지방에 걸쳐 있는, 많은 강과 호수가 연결되어 있는 지역]으로 휴가 여행을 가거나 영국 수로를 오가는 옛날식 롱보트를 탔지만, 모두 시골을 지나는 것이었다. 이렇게 도시 거리 사이를 누비고 다니며 여유를 부린 적은 없었다. 시골을 지날 때는 풍경의 일부가 된 것처럼 자연스러운 기분을 느꼈다. 하지만 여기서는 톤의 말대로 이것도 아니고 저것도 아니었다. 시골도 아니고 도시도 아니고. 물이지만 강은 아니고, 도시를 지나는 길이지만 도로는 아니다. 강도 아니고 도로도 아니지만 동시에 그 두 가지이기도 하다. 그는 운하 양편으로 승용차와 트럭과 자전거와 사람들이 오가는 것을 보며 여유를 만끽했다. 인생의 두 가지 면, 두 가지 삶의 방식이 서로 스치고 있는 것 같았다. 물이 벽돌에 스치고(운하 벽면은 벽돌로 이루어졌고, 건물도 대부분 벽돌이었고, 심지어 운하 옆 도로들도 벽돌로 덮여 있었다.) 그와 톤은 수상의 여유에, 두 사람 양편은 도로의 번잡함에 싸여 있었다. 다른 배들이 곁을 지나갔다. 입을 벌린 승객이 가득한 대형 유람선들, 작고 못생긴 흰색 플라스틱 페달 보트(대개 두 명의 젊은 관광객이 탔고, 그들은 다른 사람들에게 요란한 인사를 건넸다.), 순찰하는 운하 경찰 보트, 이런저런 종류의 덩치 큰 작업선들. 배들의 뱃머리가 일으키는 물결이 테디에호를 흔들었다.

프린센 운하를 계속 내려가니, 몇 채의 수상 주택이 있는 직선 구간에서는 운하가 더 넓고 탁 트이고 반짝이는 것처럼 보였다. 어쩌면 태양의 각도와 그 위로 빛나는 파란 하늘과 초가을 나뭇잎을 들까부르는 산들바람 때문인지도 모르고, 물 위에 떠서 양편의 빌딩 계곡을 올려다보기 때문인지도 몰랐다. 하지만 제이콥은 처음으로 운하 양편에 나무들이 늘어섰다는 걸 알아차렸다. 나무들은 양편에서 운하를 감싸고 있었다. 키도 크고 건장한 나무, 작고 부드럽고 어린 나무, 그 중간쯤 되는 나무로 이루어진 대가족이 흰 창틀에 세로로 길쭉한 창문이 달린 건물들의 붉은색, 갈색, 회색에 초록색을 섞어 넣고 있었다. 나무들은 딱딱한 건물 정면에 부드러운 느낌을 주었다. 건물은 4, 5층 이상 솟은 게 없었는데, 꼭대기에는 장식 탑과 박공[지붕 끝머리에 'ㅅ' 모양으로 붙여 놓은 널빤지]을 얹고, 표면은 흰색이나 미색을 칠한 것이 많았다. 제이콥은 처음에는 다 비슷한 줄 알았는데, 이제 보니 물결 모양과 곡선 무늬, 계단 모양과 소용돌이무늬, 급경사면 등 아주 다양했다. 그들은 18세기 신사들이 썼던 가발과 모자와 두건처럼 건물을 완성시켜 주었다. 그리고 어깨와 어깨, 뺨과 뺨을 맞대고 선 건물들의 행렬은 책꽂이에 빼곡히 정렬된, 두께도 다르고 높이도 많이는 아니지만 각기 다양한 책들 같았다. 집의 도서관. 그건 아름다웠다. 그것은 이전까지 별로 관심도 없고 좋아하지도 않던 사람을 갑자기 다시 바라보고 그가 얼마나 매력적인지를 깨닫는 것 같았다.(그 사람은 남자일까, 여자일까? 위로 강하게 솟은 벽돌 건물의 남성성과 부드럽게 흐르는 곡선의 여성성. 그리고 톤은 어느 쪽도 아니면서 둘 다이고 전부이다. 암스테르담은 겉으로 보이는 것과는 다르다.)

"네가 이곳에 대해서 한 말이 조금 이해되는 것 같아."

제이콥이 말했다.

"아주 매력적인 곳이야."

그러고는 웃었다.

"나도 이곳을 사랑할 수 있을 것 같아. 아니 이미 사랑하고 있는지도 몰라."

"그 말을 들으니 기쁜걸. 모쿰은 이렇게 보는 게 최고라니까."

"너는 계속 여기 살았어?"

"아니. 하지만 어렸을 때 아마 다섯 살인가 여섯 살 때 여기 와보고 그때부터 계속 여기 살고 싶어 했어. 나는 남부의 작은 도시에서 태어났어."

"너희 부모님은 아직 거기 사시고?"

"누이 두 명과 형제 네 명도."

"형제자매가 모두 일곱이야?"

"신실한 가톨릭 집안이거든."

"그중에 몇째야?"

"막내야."

"아버지는 무슨 일 하셔?"

"새끼 치는 것 말고 말이지? 탄다르츠tandarts, 치과 의사야. 그리고 직업적 동성애 혐오가이기도 해."

톤은 웃으며 덧붙였다.

"두 마르 헤본, 단 두 예 알 헤크 헤누흐Doe maar gewoon, dan doe je al gek genoeg."

"무슨 뜻이야?"

"대충 이래. 정상적인 길을 가라. 그것만으로도 충분히 미친 짓이니까. 다른 사람과 다르게 되려고 하지 마라. 모든 사람은 다 똑같다. 네덜란드 사람들이 가진 최악의 면이지. 우리 아버지의 좌우명이야."

"그러면 너는 정상이 아니라는 거야?"

"우리 아버지가 볼 때는. 아버지는 게이를 낳은 자신의 죄를 절대 용서하지 않았어. 어머니에게 우리가 무슨 잘못을 저질렀기에 나를 낳았느냐고 끊임없이 묻고 있지. 내가 집을 떠날 때 나만큼이나 기뻐했어. 자기 친구들이 나를 만날까 봐 전전긍긍하고 있거든. 그런 일은 아버지한테 거의 사형 선고니까. 아버지는 나한테 계속 떨어져 살라고 돈까지 주셔."

"집에 오지 말라고 돈을 준다는 말이야?"

"집? 집이 어디 있어? 평생토록 내가 어딘가 속해 본 곳은 이곳이 유일해. 암스테르담이 내 집이고 고향이야. 이 거리와 운하들이 내 집이야. 그리고 맞아, 우리 멋진 아버지는 내가 여기 계속 살도록 많은 돈을 주셔. 그만한 능력이 되거든. 모든 일에는 대가가 있는 법이잖아. 게이를 혐오하는 대가는 최대한 커야 마땅하지."

"너희 어머니는 어떠셔?"

"가끔 찾아오셔. 서너 주에 한 번씩 오셔서 함께 주말을 보내. 재미있게 놀고 쇼핑도 하고 나이트클럽이나 영화관, 음악회도 가. 어머니하고는 사이가 좋아. 옛날부터 그랬어. 내가 처음으로 커밍아웃한 사람이 바로 어머니야."

"몇 살 때?"

"열네 살 때."

"뭐라고 그러셨어?"

"즐겁게 살아가렴."

"말도 안 돼!"

"왜?"

"보통 어머니들은 그렇게 말 안 하잖아. 어쨌건 너희 집 같은 집 안에서는."

"우리 어머니는 보통 어머니가 아니야."

"하지만 너희 아버지는……."

"어머니는 아버지를 사랑해. 이유는 나한테 묻지 마."

"왜 그런 사람과 결혼하는지 이해하기 어려운 사람들이 있어."

"결혼이라!"

"너는 결혼 싫어해?"

"너는 좋아하니?"

"싫어할 건 없잖아? 적절한 상대를 만난다면."

"이상하다고 생각하지 않니? 두 사람이 평생토록 함께 살고 다른 사람은 사랑하지 않겠다고 맹세한다는 게……."

"그런 방식이 아니라……."

"그 방식이 어떤 방식이건!"

"나한테 묻지 마."

"그런 방식이라는 게 따로 있다고 생각하지 않아. 넌 다르게 생각하니? 친구. 친구 없이는 살 수 없어. 애인, 좋지. 서로가 잘 맞는 동안 함께 사는 사람. 좋아. 하지만 영원히? 그럴 수는 없어. 영원한 건 없어."

지도를 보니, 그 순간 그들이 지나고 있는 다리는 제이콥이 기억하고 있어야 하는 다리였다. 그리고 그 운하를 계속 내려가다 보면 그가 현관 앞에서 비를 피하고 알마가 그를 구해 준 집이 나오게 되어 있었다.

"여기 멈춰서 잠깐 기다려 줄 수 있어?"

그는 톤에게 알마의 일을 설명했다.

운하에서 눈으로 그 집을 찾기는 쉬웠다. 현관이 안쪽으로 움푹 들어가 있고 그 앞에 계단이 있는 집은 그 집과 옆집뿐이었다. 다른 집은 모두 계단이 집 밖에 옆으로 나 있었다. 그리고 알마의 지하실 창문에 넘쳐 나는 식물들.

"운하 이쪽 끝도 살기 좋아."

톤이 말했다.

"하지만 비싸지."

"알마 할머니가 준 돈을 갚고 도움 주신 걸 고맙다고 말해야 할 것 같아."

"그래? 지금 바로 해. 그리고 선물을 하는 게 좋을 것 같다."

"그래."

"초콜릿은 어때?"

"괜찮을 것 같아."

"이리 와."

둘은 보트를 묶고 알마가 그를 데려간 카페를 지나 페이젤 운하로 걸어 들어갔다.

"파니니야."

톤이 말했다.

"여기 사람들은 모두 이곳을 알아."

그리고 바깥에 회전 진열대에 엽서가 꽂힌 문구점.

"기다려."

제이콥이 말했다.

"우리 집에 보낼 엽서를 사야겠어. 그리고 그 엽서랑 같이 부칠 편지도 있어."

그것은 쉬웠다. 엽서는 대개 그 도시의 유명한 풍경들이었다. 하지만 제이콥의 눈길을 끄는 게 한 가지 있었다. 암스테르담 경찰 두 명이 밝은 햇빛 아래 셔츠 바람으로 서 있는 걸 뒤에서 찍은 모습이었다. 경찰 한 명은 땅딸막한 여자였는데, 우람한 허리를 강조한 허리띠가 권총, 전화 등의 경찰 장비들로 무겁게 늘어져 있었다. 동료 경찰이 그녀의 엉덩이를 찌르고 있었다.

그 상점에서 우표도 살 수 있었다. 그는 엽서에 짧은 글을 썼다.

잘 있어요. 재미있어요. 모두 저를 잘 돌봐 주고 있어요. 모두 잘 지내시길. 사랑을 담아. 제이콥.

그러는 사이 톤은 프린센 운하에서 우체통을 찾아냈다.

그러고 나서 케이크와 초콜릿 상점인 홀트캄프스에 갔다. 제이콥의 할머니가 좋아할 만한 곳이었다. 흰 단이 둘린 검은 원피스를 입은 약간 구식 느낌의 여자 점원들이 아주 공손했다. 손님이 네댓 명밖에는 들어갈 수 없었다. 톤이 네덜란드 어로 주문을 했다. 꽃과 리본 장식이 된 작고 예쁜 상자였다. 온갖 종류의 달콤한 초콜릿. 진갈색 몇 개, 연갈색 몇 개, 흰색, 네모, 세모꼴 몇 개, 작은 공 모양 하나, 위에 설탕 절임 과일 조각을 얹은 것 하나, 암녹색 하나, 선명한 주황색 하나, 밝은 레몬색 하나. 모두 열다섯 개였다. 파니니에서 한 끼 식사를 할 만한 가격이었다. 가격이 금전 등록기에 반짝거리자 제이콥은 놀라 숨을 삼켰다.

"너무 비싸?"

톤이 웃으면서 물었다. 제이콥은 고개를 저었다.

"괜찮아. 이 정도는 해 드려야 해."

둘은 배로 돌아가 운하 건너편, 알마의 집에 가까운 정박소로 배를 몰고 갔다. 이제 날은 무더워지고 하늘은 흐린 안개에 싸여 있었다.

"나는 여기서 기다릴게."

톤이 말했다.

"네덜란드 사람들은 연락 없이 불쑥 찾아가지 않아. 어쨌건 나이 든 분들을 그래. 하지만 그분은 너를 보면 분명히 기뻐하실 거야."

톤의 말이 맞았다. 제이콥은 방범 창살 안으로 손을 뻗어 알마의 집 유리문을 두드렸다. 문을 연 알마의 얼굴에 밝은 미소가 번졌다.

"아! 너로구나. 또 도둑맞았니?"

그는 웃었다. 만나자마자 기분이 좋아지는 사람이 있다.

"그냥 지나는 길에 들렀어요."

그는 알마에게 초콜릿 상자를 건네면서 말했다.

"그리고 도와주신 데 대한 답례로 이걸 가지고 왔어요."

"그럴 필요 없는데."

그녀는 기쁜 표정으로 상자를 받아들었다.

"홀트캄프스에서 샀구나. 들어오렴."

"아뇨. 친구가 같이 있어요. 친구는 배에서 저를 기다리고 있어요. 저한테 운하 구경을 시켜 주고 있거든요."

"친구도 사귀었네. 잘됐다. 그리고 그 어려움은 다 이겨 냈니?"

"지금은 아무 문제없어요. 단의 집에서 지내요. 기억나세요? 할머니가 전화해 주신 사람이오."

"기억난다. 아직 가지 말고 잠깐 기다리렴."

알마는 깊은 동굴 속으로 사라졌다. 제이콥은 허리를 굽혀 알마의 집 안을 살펴보았다. 연갈색 나무 널을 깐 네모진 작은 방이었다. 벽에는 책장들이 있고, 큼직한 검은색 텔레비전과 사운드 시스템, 둥글고 고풍스런 암갈색 나무 식탁, 검은 금속제 배불뚝이 스토브를 흉내 낸 모양의 난방기와 그 옆의 편안한 안락의자가 보였다. 깔끔하게 정돈된 안락한 둥지였다.

알마가 돌아와서 초콜릿 네 개가 든 종이봉투를 내밀었다.

"너하고 네 친구 거야. 같이 나눠 먹을 수 있게 말이야."

"하지만 할머니 건데요."

"나 혼자 다 먹을 수는 없어. 그건 욕심이지. 너희도 먹으면 좋겠구나."

"아, 잊을 뻔했네요."

제이콥이 말하며 청바지 주머니에 손을 넣었다.

"그때 빌려 주신 돈이오."

"아냐. 그건 아무것도 아니야. 너한테 그 돈이 필요 없으면, 필요한 사람에게 주거라. 그 빨간 모자를 쓴 아이라든가."

둘은 서로를 보고 웃었다.

"그리고……"

알마가 말했다.

"영국에 돌아가기 전에 한번 들러서 커피나 한잔하자. 네가 겪은 모험 이야기를 듣고 싶구나. 내 전화번호를 적어 줄 테니 전화하렴."

그는 기쁘고 고마웠다.

"고마워요."

그가 말했다.

"이제 가야겠어요."

"잘 가라. 구경 잘 하렴."

그는 충동적으로 알마를 향해 몸을 기울였고, 알마는 아주 잠깐 망설인 뒤 뺨을 내밀었다. 그는 그 어색한 자세―몸을 거의 반으로 접어서 창틀에 몸을 지탱하는―에서 할 수 있는 최대한 정중한 자세로 정식 3연속 키스를 했다. 하지만 실수 없이 잘 해냈고 그 사실이 기뻤다.

다시 톤에게 돌아온 뒤, 둘은 보트 엔진이 허락하는 가장 느린 속도로 움직이며, 생각에 잠겼다가, 농담하고 희롱하다가, 서로의 개인사에 대한 지식에 새로운 이야기를 더해 가다가 했다. 그리고 이따금 말없이 앉아서 톤은 제이콥을 보고 제이콥은 풍경을 눈으로 빨아들였다.

그들은 따뜻한 오후의 볕 아래에서 프린센 운하에서 레휠리어스 운하를 지나 케이제르스 운하로 흘러들어 갔고, 케이제르스 운하에서 다시 브라우베르스 운하를 지나 헤렌 운하로 갔고, 헤렌 운하를 내려가 암스텔 강으로 들어간 뒤, 강을 빙 돌아 싱겔 거리로 나와 다시 단의 집으로 돌아왔다.

"미로를 누볐어."

아우데제이즈 운하로 다시 들어섰을 때 제이콥이 말했다.

"거미집을 훑은 거야."

톤이 말했다.

둘은 함께 웃었다.

마치 어떤 평행 인생에서 단짝 중의 단짝 친구로 살았던 것처럼, 전부터 이미 알고 있었던 것 같은 친구를 알아 가는 것보다 더 좋은 일이 있을까, 하고 제이콥은 생각했다.

제이콥이 죽고 두 달이 지난 뒤, 내가 아기를 가졌다는 게 분명해졌다. 나는 아무에게도 말하지 않았다. 그랬다가는 내 인생은 아주 견디기 힘들게 되었을 것이다. 베셀링 부인은 분명히 나를 내쫓았을 것이다. 그리고 아이는 태어나자마자 바로 빼앗겼을 것이다.

요즘 사람들은 여자가 결혼하지 않고 임신하는 것이 얼마나 큰 치욕인지 알지 못하고, 아마 상상도 하지 못할 것이다. 그것은 최고의 죄악으로 여겨졌다. 여자가 가톨릭 신자라면, 수녀들이 운영하는 기관에 들어가야 했다. 거기서 계속해서 자신의 죄를 뉘우치고, 아기는 태어나자마자 빼앗긴다. 처음 며칠 동안은 모유 수유를 위해 아기를 데려다 준다. 때로는 여자가 아기를 보지 못하게 눈가리개를 하고, 아기를 안지 못하게 두 손을 침대에 묶기도 했다. 그러고 나서 수녀가 아기를 젖가슴에 대고 젖을 빨게 했다. 어머니가 되어 본 사람만이 이것이 얼마나 잔인한 일인지 안다. 아이는 가능하면 입양되거나 고달픈 인생이 기다리는 고아원으로 보내졌다. 아이는 평생토록 사생아라는 저주와 낙인을 달고 살아야 했다. 물론 남자들, 아이 아버지들은 이런 치욕을 겪지 않았다. 아비의 죄로 아이가 벌을 받는다는 말이 이보다 더 진실된 경우는 없다. 단지 벌을 받는 사람에 어미도 포함될 뿐이다.

개신교 여자들은 그만큼 폭력적이지는 많지만 그 못지않게 가혹한 인생을 겪는다. 그들은 이웃의 소문을 피해 멀리 사는 친척 집으로 보내지는 경우가 많았다. 아기가 입양되거나 고아원에 가지 않으면, 어머니의 친척이 아기를 양육한다. 부모님인 줄 알았던 사람이 자라서 보니 조부모님이었다든가, 이모나 언니, 누나인 줄 알았던 사람이 사실은 어머니였다는 사람들을 나는 여럿 안다.

그래서 생각보다 많은 여자들이 그 대안으로 스스로 유산을 시도하거나, 생명을 위협하고 육체와 정서와 정신과 영혼에 치명적인 상처를 남기는 불법 낙태를 시도했다. 이런 고난을 겪고 살아남은 사람들은 평생토록 운명과 주변 사람들이 안겨 준 죄책감과 자기 모멸감을 불치병처럼 지니고 살았다.

나는 이런 도덕규범을 신성화하고 사람들에게 강제하는 사회나 민족, 종교는 어디에 있건 어떤 것이건, 그것을 바꾸지 않는 한 문명화되었다고 불리거나 충성을 받을 자격이 없다는 생각을 떨칠 수 없다.

평화로운 시기일지라도 나는 내 자신이 그런 대접을 받는 것을 허락하지 않았을 것이다. 하지만 해방 직전 시기의 커져 가는 혼돈 속에서 부모님과도 소식이 닿지 않고, 믿을 만한 의사도 없고, 도와줄 친구도 없고, 제이쿱의 죽음에 따른 슬픔이 아직도 나를 무덤으로 끌어당기는 상황에서, 나는 길 잃고 버려지고 무력한 사람의 절망과 공포를 느꼈다. 그리고 아기가 제이쿱의 아기였기 때문에, 나는 아기를 다른 사람에게 넘긴다거나 태어나지도 못하고 죽게 하는 일은 생각할 수 없었다. 이제 내가 그를 곁에 둘 수 있는 방법은 이것뿐이었다. 그리고 가장 캄캄하던 시기에 내가 생명을 유지하고, 두 발로 땅을 걷고, 나 자신을 제이쿱 곁에 묻지 않은 것은 오직 그의 일부였던 이 아이 때문이었다.

제이콥이 죽은 뒤 슬픔에 잠겼던 나는 우리가 '결혼' 생활을 했던 은신처를 치울 엄두가 나지 않아서, 베셀링 씨에게 내가 기운을 차려서 내 손으로 치울 때까지 그곳을 그냥 두어 달라고 부탁했다. 그는 내가 더 힘들어할까 봐 걱정되어서 그랬는지 그 제안에 동의했다. 나는 그곳에 가서 때로는 몇 시간씩, 일종의 눈 뜬 혼수상태에서 제이콥이 사용하던 작은 물건들—그가 물을 마시던 머그 컵, 나이프와 포크, 면도 솔—을 들고, 또 우리가 함께 사랑한 시를 읽으며 앉아 있었다. 그리고 그에게 길고 긴 편지도 썼다. 그가 마치 어떤 미지의 여행지로 떠나서 어느 날 돌아오기라도 할 것처럼, 돌아와서 내가 그동안 무엇을 했는지, 우리가 떨어져 있는 동안 내가 무슨 생각을 했는지 물어보면 내가 그에게 이 편지들을 읽으면 알거라고 말하며 건네주기라도 할 것처럼.

임신 사실을 알았을 무렵, 이런 식으로 은신처는 나의 성소가 되었다. 그곳은 나의 피난처이자 평온의 장소이자 잃어버린 사랑의 성소였고, 그곳에서 나는 신에게 도움과 평화를 달라고 기도했다. 하지만 그때 나는 이미 나의 기도 대상이 일반적인 신이 아니라, 뭐라 부를 수도 없고 알 수도 없는 우리라는 모든 연약한 존재의 근원이라는 걸 알았다.

나는 성격 때문에 슬픔을 겉으로 표현하지도 못했을 뿐 아니라(나는 개인적 감정을 사람들 앞에 드러내는 걸 싫어한다.), 내 몸의 상태를 내가 날마다 마주치고 식량과 거처 등 필요한 모든 것을 의지하는 사람들에게서 감추어야 했다. 그리고 은신처는 집 전체에서 내가 자신을 숨기지 않고 긴장을 풀고 감정을 드러낼 수 있는 울고

통곡하고 생각에 잠기고 침대에, 제이콥의 침대에, 아직도 그의 냄새가 남아 있는 '우리의' 침대에 웅크려 울 수 있는, 그러면서도 누가 나를 보거나 갑자기 침입하지 않을 거라고 안심할 수 있는 유일한 장소였다. 그곳이 그토록 소중하게 된 까닭에, 내가 평생 살았던 여러 방을 생각할 때 그 방만큼 따뜻하게 기억되고 다시 보지 못하는 것이 안타까운 방이 없다. 그렇게 엉성하고 춥고 가구랄 것도 없이 건초 냄새 가득하고 소 울음소리가 들리는 그 은신처만큼.

아버지와 내가 함께 공부한 영어 속담 가운데 새벽 직전의 어둠이 가장 깊다는 표현이 있었다. 내 경우가 바로 그랬다.

1945년 3월의 어느 황량한 저녁, 은신처에 앉아서 나의 출구 없는 곤경을 무겁게 생각하고 있을 때 누군가 사다리를 타고 올라오는 소리가 들렸다. 나의 어리석은 마음은 소망과 현실을 착각하고 제이콥이 왔다고 생각했다. 하지만 곧바로 그럴 리 없다는 걸 깨닫고 누구일까 의아해했다. 베셀링 부인은 이제 축사에조차 나오지 않았고, 베셀링 씨는 내가 필요하면 언제나 아래쪽에서 불렀기 때문이다. 탁자 위 유리병에 꽂힌 촛불 빛에 음영이 졌다. 나가 보려고 몸을 일으키니 문 앞에 디르크가 서 있었다. 그의 얼굴은 너무도 반갑고 친숙하면서도 또 너무도 낯설었다. 시간과 공간 못지않게 사건들도 사람을 갈라놓는다. 서로의 부재중에 겪은 일은 양자를 서로 낯선 이로 만든다. 디르크와 내가 마지막으로 보고 나서 몇 주가 지나는 동안 각자가 겪은 일은 우리를 변화시켜 놓았다. 두 사람 다 이제는 철없는 젊은이가 아니었다. 우리는 새로운, 성인의 단계로 들어서 있었다. 서로의 눈을 본 순간 우리는 말 한마디 나눠 보지 않고도 그 사실을 알았다. 그래서 우리의 인사는 이전보다 조용하고 약간 조심스럽기도 했지만, 더 깊은 애정이 담겨 있었다.

우리는 서로를 끌어안았다. 내가 힘들 때 도움이 될 친구가 왔다는 생각에 깊은 안도감을 느끼며 "집에 돌아왔군요!" 하고 말하고, 디르크가 "그래, 왔어." 하고 말한 게 기억난다.(이럴 때 우리가 하는 말들이란 얼마나 뻔한 말들뿐인가!) 그리고 팔을 풀고 그에게서 물러서서 "헹크도 같이 왔어요?" 하고 묻자, 디르크는 "아니, 먼저 와 있을 줄 알았는데." 하고 대답했다.

둘은 레지스탕스에서 모종의 일―그게 무언지는 나중에 말하겠다.―을 했다. 그런데 그 일이 잘못되었다. 그들은 간신히 달아나서, 일단 헤어진 뒤 나중에 디르크의 집에서 다시 만나자고 했다는 것이다. 그로부터 몇 달 뒤 우리는 헹크가 잡혀서 총살되었다는 소식을 들었다. 하지만 디르크가 돌아온 날, 그리고 진실이 전해지기 전까지 우리는 희망을 놓지 않고 헹크가 어디엔가 숨어 있을 거라고, 살아 있을 거라고, 전쟁이 끝나면 곧바로 돌아올 거라고 서로에게 말했다. 그런 시기에 사람은 자기 자신조차 속이지 않으면 삶 자체가 불가능해진다. 너희 나라 시인 한 명이 그렇게 말했다지? "인간은 그렇게도 많은 현실을 감당할 수 없다."[T. S. 엘리엇 〈네 개의 사중주 1 : 번트 노턴〉의 한 구절]라고.

그런 뒤 우리는 제이콥과 내가 자주 앉았던 대로 탁자에 앉았고, 디르크는 여기 올라오기 전에 부모님을 먼저 만났다고 했다.

"하지만 헤르트라위, 어머니가 어떻게 되신 거지?"

기쁨에 넘쳐 그를 맞아 아기처럼 끌어안고 어르고 할 것이라는 예상과 달리 부인은 차분하고 거의 냉정하기까지 했다.

"아, 이제 돌아오기로 마음먹었구나."

부인은 그렇게 말했다.

"우리한테 네가 필요할 때는 저버리고 가더니, 문제가 생기니까 아니면 너한테 뭔가 필요해지니까 돌아왔어. 그렇지?"

그는 대화를 시도했지만, 부인이 들으려고 하지 않았다. 그가 말을 끝내지도 않았는데, 부인은 풍금으로 돌아가 연주를 시작했다. 그리고 디르크는 내가 부인의 풍금 연주를 보며 혼자 자주 생각하던 그 말을 했다.

"어머니는 우리랑 같이 사는 게 아니라 다른 세계에 사는 분 같았어."

내가 볼 때 디르크는 언제나 마마보이였다. 그것은 내가 그를 진지한 남자 친구로 받아들이지 못한 한 가지 이유였다. 아마 그는 자신이 그런 줄 몰랐을 것이다. 하지만 어머니가 마음의 문을 닫아 버린 모습에 그가 겪은 괴로움은 모든 것을 분명하게 해 주었다. 나는 어머니가 신경 쇠약을 겪으시는 것 같다는 말로 그를 위로하려고 했다. 참담한 일들이 있었다. 그의 어머니가 대응하는 방법은 자기 안으로 칩거하는 것이었다. 점령 기간 내내 부인이 받은 스트레스는 이루 말할 수 없었다. 우리가 여기 찾아오는 바람에 스트레스는 가중되었다. 거기다 인생에서 가장 소중한 존재인 아들이 돌연 떠나 버렸다. 아들을 다시 볼 수 없을지도 모른다는 건 부인이 감당할 만한 수준의 고통이 아니었다. 그래서 부인은 자신을 보호하기 위해 마음의 문을 닫았다. 부인이 그에게 그런 행동을 한 것은 그를 다시 잃는 고통을 참을 수 없기 때문이다. 풍금을 연주할 때 부인은 정말로 다른 세상에, 그러니까 처음으로 그 악기를 배우던 유년의 행복한 세계, 이런 끔찍한 일들이 없는 세계에 살고 있는 건지도 모른다. 전쟁이 끝나면 부인도 회복되고 디르크도 어머니를 되찾을 것이다, 라고.

디르크는 마침내 평정을 되찾고 제이콥에 대해 물었다. 아버지에게 간략하게 소식을 들었지만 그것뿐이라고, 나더러 자세히 이야기해 달라고 했다. 디르크가 제이콥의 이름을 말하는 순간 눈물이 차올랐다. 나는 우리에 대해 또는 제이콥의 죽음에 대해 아무에게도 말하지 않았다. 말할 사람이 없었기 때문이다. 그것은 내 안에 봉인되어 있었고, 봉인이 풀리자마자 우리 사이에 있었던 모든 일이, 세게 흔들어 코르크를 딴 샴페인처럼 쏟아져 나왔다.

우리 인간에게는 얼마나 고백이란 게 필요한가. 사제에게, 친구에게, 정신 분석가에게, 친척에게, 적에게, 심지어 아무도 없을 때는 자신을 고문하는 사람에게도. 마음속에 들끓는 것을 말할 수 있다면 상대는 중요하지 않다. 가장 비밀스런 사람들도 이런 일을 한다. 그게 자기 일기에 글을 쓰는 것에 지나지 않는다 해도. 나는 소설과 시를 읽을 때, 특히 시를 읽을 때면, 작가의 고백이 예술을 통해 우리 모두를 위한 고백으로 변신한 것에 지나지 않는다는 생각을 자주 한다. 실제로 내가 평생토록 책을 그렇게 좋아한 걸 돌아보면─독서는 나를 지탱해 준 취미고, 내 인생의 기쁨 가운데 가장 크고 유일하게 지속적이었던 행동이다.─, 바로 그것이 독서가 내게 그렇게 중요했던 이유가 아닌가 싶다. 가치 있는 책과 작가들은 내게 말을 거는 사람들이고, 내가 나 자신의 고백으로 삼고 싶은 인생 이야기를 해 주는 사람들이다.

하지만 그건 옆길로 벗어난 이야기이고, 내가 말하고자 한 것은 내가 그날 밤 디르크에게 내가 제이콥의 아이를 임신하게 된 과정까지 포함해서 모든 것을 말했다는 것이다. 그는 끼어들지도 않고 움직이지도 않고, 어떤 감정도 보이지 않고 이야기를 들었다. 디르크가 바로 몇 달 전에 나를 사랑한다고 공언하고 내게 청혼했다는 사실을 기억하는 게 좋을 것이다. 내 이야기는 그에게 커다란 고통이 되었을 것이다. 나는 그가 그 이야기에 특별히 상처 입을 게 없는 친구라도 보여 주기 힘든 연민 어린 마음으로 내 이야기를 들어 준 것을 영원히 감사할 것이다.

이야기를 마치자 침묵이 흘렀다. 아래쪽에서 소 한 마리가 기침하던 게 생각난다. 그리 멀지 않은 곳에서 커다란 대포 소리가 쿵하고 울렸다. 저급한 전시 밀랍에서 새어 나온 물이 옆 탁자에 세워 둔 촛불 속으로 들어가자, 불꽃이 깜박거리더니 지지직거리며 끓는 소리를 냈다. 세상이 정지했다거나 내 심장이 멈추었다거나하는 말은 상투적인 표현일 것이다. 그런 순간을 표현하는 새롭고 참신한 어휘를 찾아내려면, 내가 말하던 최고 수준의 작가가 필요할 것이다. 어쨌건 나는 작가가 아니라 독자일 뿐이니 내가 이 지친 마지막 날들에 대해 겨우 찾아내는 표현들을 참아다오. 아마 내게 필요한 말은 우리 말로는 '하펑gaping'이고 영어로는 '간극hiatus'일 것이다. (그리고 어리석은 말장난이지만―네 할아버지는 말장난을 좋아하셨단다.―이 간극이 우리를 향해 입을 벌리고 있었다[영어로 '입을 벌리다'라는 gape는 간극이라는 뜻의 네덜란드 어 gaping과 철자가 비슷하다.]!) 내가 말할 수 있는 건 잠시 동안 무언가가 공중에 붕 떠 있었고, 우리,

그러니까 디르크와 나도 함께 그렇게 허공에 매달려서 그것의 뜻, 그것의 의미를 찾으려고 노력했다는 것이다.

침묵을 깬 것은 디르크, 언제나 믿음직한 나의 디르크였다.

"나랑 결혼해 줄래?"

그가 말했다. 나는 진심으로 놀라 입을 벌리고 그를 보았다.

"그러지 말아요."

내가 말했다.

"장난치지 말아요. 적어도 오늘은요. 그리고 이 일로는 앞으로도 영원히요."

그는 탁자 위로 손을 뻗어 내 얼굴에서 눈물을 닦아 준 뒤, 입술에 대고 있던 내 손을 자신 쪽으로 잡아끌며 말했다.

"나랑 결혼해 줄래?"

내가 말했다.

"진심이 아닐 거예요."

"진심이야."

그가 말했다.

"왜요?"

내가 말했다.

"이런 일이 있었는데."

"두 가지 조건이 있어."

그가 말했다. 그는 언제나 그렇게 일처리가 분명했다. 그의 건설 회사가 그렇게 잘된 것도 그리 놀라운 일이 아니다.

"우선 너는 그 아이가 제이콥의 아이라는 걸 누구한테도 말하면 안 돼. 그 아이는 내 아이가 될 거야. 그리고 둘째는 우리는 오늘부터 함께 살아야 돼."

나는 그의 눈을 보았다. 어린 시절부터 알았던 이 남자, 네덜란드
인다운 정직성을 갖춘 남자, 내 사랑하는 오빠의 단짝, 그를 들여
다보다가 나는 그때까지 미처 모르던, 내가 알고 싶지 않던 나의
본성 하나를 발견했다. 계산할 줄 안다는 것이었다. 감정들―그게
무엇이건, 얼마나 강렬하건―의 바깥에서 냉정하고 차분하게, 수
학자가 숫자를 다루듯 내가 처한 현재 상황에서 어떤 것이 내게 가
장 좋은지를 계산하는 내가 있었다. 내가 그런 일을 할 줄 안다는
걸 나는 그때 처음으로 의식했다. 그런 나의 계산이 이것이 최선의
기회라고 말해 주었다. 어쩌면 유일한 기회인지도 몰랐다. 나는 다
른 것도 계산해 냈다. 나에게 디르크가 필요한 만큼 그도 내가 필
요하다는 것이었다. 어머니의 집착적 성격 때문에, 그는 내가 그날
밤 나의 계산적 성격을 깨닫듯 그 사실을 깨달았다. 그는 거기서
벗어날 필요가 있었고, 나는 그를 도와줄 수 있었다. 그렇게 되었
다. 나는 그를 좋아했고, 그와 함께 있는 것도 좋았고, 그는 유능하
면서도 강하고 또 나를 깊이, 내가 되돌려 줄 수 있는 이상으로 사
랑했다.

그러나 내가 나중에 메프라우체 아위트헤콕트라고 부르게 된 나
의 계산적인 부분이 즉답을 피하게 만들었다. (아위트헤콕트
Uitgekookt는 '영악한' 심지어 '간교한'이라는 뜻도 있으며, 메프라우
[부인] 뒤에 붙은 체tje는 작다는 뜻의 접미사다. 그러니 메프라우체
아위트헤콕트란 작은 영악 부인이라는 뜻이다. 아니면 내 손자 단
이 말했듯이 작은 메프라우 스마트애스Smartass[영어 : 똑똑한 체하는 사람]
이든가. 그 애는 인생에 혹은 영어에 도움이 되는 것 이상으로 미

국 텔레비전 프로그램을 너무 많이 봤어.) 망설이는 모습을 보여야 돼, 메프라우체 아위트헤콕트가 내게 말했다. 네 생각을 그렇게 빨리 그렇게 쉽게 내보이는 건 현명하지 않아. 네가 좀 더 위엄을 보이고 그에게서도 똑같은 위엄을 요구하면 이 남자는 너를 더욱 높이 볼 거야. 그래서 나는 디르크에게 고맙다고 하고, 그 제안이 매우 놀라우면서도 기쁘다고 말했다.(둘 다 사실이었다.) 하지만 그 자리에서 그런 일을 결심할 수는 없다고 했다.(그건 거짓이었다. 나는 내가 그의 청혼을 허락할 것을 알았다.) 우리 둘 다 24시간 동안 그 일을 생각해 보는 게 어떨까요? 어쨌건 그것은 우리 둘 다에게 큰일이 될 거예요. 디르크에게는 특히 더 그래요. 남의 아이를 자기 아이로 받아들이고, 자신을 1순위로 선택하지 않은 여자를 아내로 받아들여야 하니까요.

디르크는 동의했다. 그리고 나는 그가 내 말에 만족했다는 걸 알았다. 결혼하고 얼마 지나고 나서야 나는 내가 디르크의 마마보이 사업가 기질을 알고 있던 것처럼, 디르크 또한 나의 메프라우체 아위트헤콕트에 대해 처음부터 알고 있었다는 걸 발견했다. 그는 그 점 또한 나한테서 특히 마음에 든 것 가운데 하나였다고 했다.

"스헤르프지니흐scherpzinnig하지 않은 여자하고는 결혼할 생각이 없었어."('머리가 좋은', '똑똑한' 정도의 뜻일 거다.)

그것은 나의 디르크가 내게 바칠 수 있는 최고의 찬사였다. 그가 2년 전 죽을 때까지 우리가 어떻게 해서 그렇게 좋은 동반자로 지냈는지를 제이콥, 네가 조금이라도 이해할 수 있으면 좋겠다. 48년 동안 우리는 언제나 서로에게 정직하려고 노력했고, 어쨌건 서로를 너무도 완벽하게 꿰뚫고 있어서 거짓이 들어설 자리가 없었다.

다음 날 밤, 우리는 은신처에서 만났다. 그때까지 작은 메프라우 스마트애스는 늦게까지 계산을 거듭했다. 나는 디르크에게 그와 결혼하겠다고, 기쁘고 감사한 마음으로 하겠다고 말했다. 하지만 나 또한 몇 가지 조건이 있다고.

첫 번째 조건은 그가 전쟁이 끝날 때까지 다시는 싸우러 나가지 도, 레지스탕스 일을 하지도 않고 농장에 남아 있어야 한다는 것이 었다. 그동안 일어난 모든 일, 결별과 죽음과 아직도 우리를 둘러 싸고 있는 그 많은 위험을 생각하면 더 이상은 견딜 수 없었다. 만약 내 남편이 되고자 한다면 내 곁을 떠나지 말아야 한다고 했다.

두 번째 조건은 해방이 된 후에 그가 무슨 일을 하더라도 나에게 농장에서 살 것을 요구하지 않는 것이었다. 나는 내가 농부의 아내가 될 수 없다는 걸 알았다.

세 번째 조건. 나는 그가 왜 나와 자고 싶어 하는지 이해한다고 말했다. 실제로 그렇게 해야 우리가 함께 갔다고 정직하게 말할 수 있을 것이다. 정확히 언제인지는 말할 필요가 없을 테고, 사람들은 태어날 아이를 그의 아이로 여길 것이다. 우리는 그걸 두고 아무 말도 할 필요가 없을 것이다. 나는 그와 같은 침대에 누워서 말 그대로 함께 잘 것이다. 하지만 그 이상은 안 된다. 아이가 태어날 때까지 그 이상의 행동을 하는 것은 제이콥과 우리 아기에 대한 내 감정을 모욕하는 것이 될 것이다. 그리고 내가 볼 때 그것은 디르크에 대한 모욕이기도 하다. 그리고 여기 은신처에서 자는 것도 안 된다. 나에게 이곳은 언제까지나 제이콥과 함께 산 공간으로 남을 것이기 때문이다. 그러므로 나의 세 번째 조건은 내가 제이콥과 관련된 일을 정리하는 걸 그가 도와주고 함께 은신처를 철거하는 것이었다. 내 인생의 이 대목은 내가 그와 함께 새로운 인생을 시작하기 전에, 우리 두 사람 모두의 손으로 정리되어야 한다고 했다.

내가 그에게 조건을 내걸 처지가 아니라는 걸 잘 알지만, 내가 그와 결혼하려면 이 세 가지 조건에 동의를 해 주어야 한다고 했다. 그가 여기 동의하지 않으면 우리가 서로를 존중하지 못하고, 함께 행복하게 살 수 없을 게 분명하기 때문이라고.

그런 뒤 우리는 오랫동안 이야기했다. 아마 서너 시간 정도 이야기한 것 같다. 디르크가 망설였다거나 내 조건을 받아들이지 못해서가 아니었다. 그는 즉각 조건들을 받아들였다. 우리가 오랫동안 이야기한 건 우리에 대해 물을 것도 많고 우리의 미래에 대해 의논할 것도 많았기 때문이다. 그리고 우리 둘 다 말수가 적은 사람이 아니었으니, 그렇게 될 수밖에! 그때 한 이야기에 대해서는 적지 않겠다. 그것은 나 자신과 네 할아버지에 대해 들려주어야 할 이야기와 아무런 상관이 없으니까. 하지만 상상할 수 있으리라 생각한다. 그리고 우리가 밤새 이야기를 할 수도 있었지만, 즉시 잠자리를 함께 해야 한다는 디르크의 조건과 은신처를 치워야 한다는 나의 조건을 충족시키려면 여기서 그만하고 얼른 일을 시작해야 한다고 말했다. 그 일을 하는 데는 두세 시간이 걸렸다. (무언가를 만드는 데 드는 시간에 비하면 해체하는 데 걸리는 시간은 얼마나 짧은지. 디르크와 헹크가 이 은신처를 만드는 데는 꼬박 이틀이 걸렸다. 이곳을 좀 더 편안하게 고치는 데 들인 시간은 차치하고라도 말이다.)

그리고 난 뒤 우리는 집에 돌아가 준비를 했다. 베셀링 부인은 이미 잠들어 있었다. 베셀링 씨는 잘 시간이 훨씬 지났는데도 벽난로 앞에 앉아 있었다. 그는 조는 척했지만, 디르크를 다시 보려고 기다린 게 분명했다. 나는 내 방으로 갔다. 두 남자는 한 시간 동안 이야기를 했다.(나는 초조한 가운데 거실에 있는 큰 시계가 울리는 소리를 들었다.) 그러더니 두 사람의 발소리가 계단을 올라왔다. 그리고 잘 자라고 속삭이는 인사와 각자의 방문이 열리는 소리가 들렸다. 나는 시계가 30분이 지난 걸 알리는 종을 울릴 때까지 조금 더 기다렸다.

그러는 동안 나는 침대를 따뜻하게 하려고 계속 자리에 누워 있었다. 밤은 무시무시하게 추웠다. 그리고 누군가를 애타게 기다릴 때 흔히 그렇듯이 나는 초조했고, 그렇게 기다리게 된 데 화가 났다. 그러다가 결국 그 사람은 오지 않을 거라고 생각하며 잠이 든다. 그날 밤 내가 그랬다. 그러다 정신이 들어 보니, 디르크가 내 어깨를 부드럽게 흔들고 있었다. 나는 깜짝 놀라서 깨었다. 침대가 어찌나 요란하게 끼익 소리를 냈는지 온 집 안에 그 소리가 울렸을 것 같았다. 우리는 터져 나오는 웃음을 참아야 했다. 그렇게 해서 디르크와 나의 새로운 생활은 웃음 속에 시작되었고, 기쁘게도 그 후로도 오랫동안 그렇게 이어졌다.

디르크와 나는 이 주일 뒤 믿을 만한 사람인 우리 시의 시장을 주례로 세우고 비밀 결혼을 했다. 비밀 결혼을 할 수밖에 없던 것은 그러지 않으면 디르크가 독일군에게 잡혀서 징용을 가야 했기 때문이다. 우리 지역은 그런 뒤 곧, 그러니까 4월에 해방되었고, 제이콥의 아이인 내 딸 테셀은 8월에 태어났다. 네가 알고 있는 단의 어머니, 판 리트 부인이 바로 그 아이다. 너의 네덜란드 어머니라고 할 수 있겠지. 그리고 단은 네덜란드 형이 되는 셈이다. 제이콥의 시신은 그해 말 오스테르베크의 전투 묘지로 이장되었다.

나는 남편 디르크와 한 약속을 지켜서 그가 살아 있는 동안에는 누구에게도 테셀의 진짜 아버지를 밝히지 않았다. 하지만 그가 2년 전에 죽자, 나는 테셀이 알아야 한다고 생각했다. 테셀에게 감당하기 쉬운 일은 아니었다. 하지만 나는 옛날부터 아무리 힘들고 아프더라도 진실을 아는 게 최선이라고 믿었다. 나는 내 딸이 자기 출생의 진실을 알기를 원했다. 자신이 어디서 왔는지, 그 인생을 시작시킨 사람이 누구인지 하는 것은 나중에 다른 사람이 아버지 역할을 하게 되었다고 해도 중요한 일이다. 그건 자신이 이 세상에서 차지한 자리를 아는 게 중요한 것과 마찬가지다. 게다가 우리에게는 고백의 욕구, 우리의 가장 비밀스런 이야기를 하고픈 욕망이 있다. 그리고 거짓은, 비록 침묵에 의한 거짓, 가톨릭 이웃들이 말하는 생략에 의한 거짓이라고 해도 암처럼 우리 영혼을 부식시킬 수 있다. 나는 몸에 있는 암만으로도 충분하다. 말하지 않은 진실의 암을 죽기 전에 내 양심에서 들어내고 싶었다.

내가 고백해야 할 사람이 또 있다. 네 할머니 새라다. 물론 내가 새라에게 죄를 지었다는 걸 안다. 네 할아버지 제이콥과 내가 젊었다는 것도, 전쟁이 가져다 준 긴장과 여러 가지 상황이 힘들었다는 것도, 또 전쟁이 끝나면 우리가 새라에게 최대한 솔직하고 조심스럽게 행동하기로 합의했다는 사실도 변명이 될 수 없다. 이런 것들은 다 사실이지만, 그렇다고 우리 죄가 없어진다거나, 변명하거나 합리화할 수 있는 건 아니다.

네 할머니를 초대했을 때 나는 이 모든 이야기를 털어놓을 생각이었다. 나는 제이콥 네가 지금 알고 있는 내 병과 임박한 죽음에 대해 아무 말도 하지 않았다. 그랬더니 새라는 자신이 올 수 없으니 너를 대신 불러 달라고 했다. 네가 이제 여러 가지 사정을 이해할 만한 나이가 되었으니, 네가 가서 제이콥의 무덤을 방문하고 할아버지의 마지막 나날의 이야기를 '말의 입에서'[from the horse's mouth, '당사자의 입에서'라는 뜻](네 할머니가 그렇게 말했지. 이것도 우리 아버지와 내가 공부한 흔히 쓰는 속담 가운데 하나였다.) 직접 듣기를 바란 것이다.

나는 새라에게 직접 고백을 할 수 없게 된 데 화가 났다. 편지를 쓸 수도 있겠지만, 글로 고백을 하는 건 똑같지가 않다. 얼굴을 맞대고 이야기를 하는 것은 아무런 방어 수단도 없이 격렬한 감정을 공유하는 것이다. 그 정제되지 않은 생생함을 피할 수 없다. 숨을 곳은 없다. 죄를 지은 고백자는 그 죄의 상대가 된 청자의 분노, 슬픔, 비애, 원한, 눈물, 경멸을 참아야 한다. 그리고 청자가 이해하고 용서해 준다면, 그것을 겸손히 받아들여야 한다. 두 사람이 행하는 이런 최악의 고행만큼 불같은 정화의 힘을 지닌 것은 없다. 상대의 분노는 어떻게 해서인지 우리를 변화할 필요가 없는, 있는 그대로의 모습으로 받아들여 주며, 스스로 도덕적이고 정당하다고 느끼게 하고, 옳은 일을 했다고 증명해 준다. 하지만 차분한 용서와 조용하고 관대한 이해는 우리의 실수를 확인시키고, 잘못을 되새기게 하며, 출구를 닫고, 개선을 기대하게 한다. 자기 이야기를 글로 써 보내서, 상대방이 나를 해칠 수 없는 거리에서 읽도록 한다면 이 모든 것을 피할 수 있다.

너에게 고백을 하라는 건 단의 제안이었다. 새라 할머니에게 말할 수 없다면 그 손자에게 하세요. 조상의 죄의 대가를 후손에게 물으세요. 할머니의 죄가 나 자신의 죄인 것처럼 그건 그 친구가 받은 유산이에요. 그리고 그 친구가 원하는 대로 하게 하세요. 내가 그랬던 것처럼 그 친구도 해낼 거예요. (지금쯤이면 너도 단의 독특한 유머 감각을 알게 되었을 거라고 생각한다.)

처음에는 그렇게 하려고 계획했다. 글을 쓰기 시작한 것은 내가 하고 싶은 말을 영어로 제대로 정돈하기 위해서였을 뿐이다. 내 영어는 처음에는 조금 거칠었다. 그동안 영어를 읽는 건 계속 해 왔지만, 노년에 이르면서 영어로 글을 쓴 일은 별로 없었기 때문이다. 하지만 글을 쓰다 보니 이야기가 점점 하나의 형태를 갖추게 되었다. 그래서 너한테 제대로 쓴 할아버지의 이야기를 전해 주는 것도 좋을 거라고 생각했다. 앞으로 네가 간직하고 어쩌면 먼 훗날 네 아이들에게 전해서 그 아이들이 자기 역사의 한 부분을 당사자의 입에서 듣게 할 수도 있을 거라고 생각했다.(물론 그 아이들에게 아주 먼 옛날의 역사가 되겠지만!)

그래서, 여기 이 글을 준다.

그리고 이것과 더불어 너에게 줄 것이 세 가지 있다.

하나는 네 할아버지가 우리 집 지하실에 처음 왔을 때 내가 그의 낡은 군복에서 떼어 낸 낙하산 부대의 기장으로, 나중에 전쟁이 끝나고 새라에게 유품을 전해 줄 때 내가 따로 간직하고 있던 것이다. 그것은 네 할아버지를 기억하고 푸르디푸른 하늘에서 낙하산이 떨어지던 걸 본 날을 기억하기 위한 물건이었다.

두 번째는 가엾은 샘이 준 시집이다. 그것은 우리에게 있던 유일한 영어책이었고, 네 할아버지와 나는 함께 살던 시절 서로에게 매일 그 책을 읽어 주었다.

세 번째는 내가 나중에 말하겠다고 한 기념품이다. 제이콥과 내가 서로 사랑을 확인했을 때, 우리는 다른 사람들이 흔히 그러듯 징표를 교환하고자 했다. 제이콥은 반지로 하자고 했다. 하지만 나는 안 된다고 했다. 우리가 서로에게 어떤 의미건 상관없이 우리는 결혼한 사이가 아니었다. 그래서 제이콥은 똑같이 생긴 작은 부적을 두 개 만들자는 제안을 했다. 그리고 농장에서 흔히 보는 옛날식 장식물에서 아이디어를 얻었다. 그것은 악한 기운을 몰아내고 좋은 기운을 받고자 나무나 밀짚, 또는 금속으로 만들어 헛간 박공 끄트머리나 건초 더미 꼭대기에 부착해 놓는 일종의 부적이다. 제이콥은 군용 주머니칼로 건초 다락에서 발견한 양철 조각을 잘라 냈다. 그리고 내 손톱 줄로 가장자리를 다듬고 은식기를 닦는 크림으로 윤을 냈다. 그리고 맨 위에 끈을 꿸 작은 고리를 만들어, 목걸이로 옷 속에 걸고 다닐 수 있게 했다.

이 헤벨테켄스geveltekens, 다시 말해 용마루 장식은 종류가 많고 의미도 각기 다르다. 제이콥이 우리 사랑을 위해 선택한 도안은 천둥을 쓸어 내는 빗자루, 생명의 나무, 태양의 바퀴, 성스런 술잔을 의미하는 무늬가 들어 있다.

"너에 대한 나의 사랑과 나에 대한 너의 사랑을 나타내는 이 상징이……."

징표를 교환하는 소박한 의식에서 그가 말했다.

"네가 나를 사랑해서 받을 천둥 같은 분노를 몰아내고, 빛나는 생명의 나무의 열매를 먹게 하고, 황금 태양이 늘 네 위에 빛나게 하고, 내 사랑하는 헤르트라위로 살아가는 기쁨이 네 잔에 넘치게 하기를."(그리고 이때쯤, 그는 내 이름을 거의 정확히 발음했다.)

제이콥이 내게 주었던 부적은 단에게 주었다. 내가 제이콥에게 주었던 부적을 이제 너에게 준다.

여기 그것들이 있다. 너의 할아버지가 참가한 전쟁. 우리가 서로에게 해 주었던 말들. 나를 위한 그의 사랑의 부적. 이것들은 내가 너희 나라 말로도 우리 나라 말로도 표현할 수 없을 만큼 내게 소중한 것들이다.

이것들을 모두 주마.

너의 네덜란드 할머니
헤르트라위

제이콥

무슨 일이 일어나도 그 일은 전에 있던 일이요,
앞으로 있을 어떤 일도 전에 있던 일이라,
하느님께서 하시는 일은 그저 그 일의 되풀이에 지나지 않는다.

— 「전도서」

"**내가** 오늘 왜 너를 보고 싶어 했는지 단이 말해 줬니?"

헤르트라위가 말했다. 제이콥은 전과 똑같은 병원 의자에 역시 전과 똑같이 어색하고 불편하게 앉아 있었다. 헤르트라위는 깨끗한 침대에 기대 앉아 역시 전과 다름없이 강렬한 눈을 천장에 고정하고 있었다. 제이콥이 말했다.

"아뇨."

침묵. 손가락을 대면 공기가 팅 하고 튕길 것 같았다.

"너한테 줄 게 있다."

헤르트라위의 숨이 목에 걸렸다. 그러자 잠시 말을 멈추었다가 그에게 눈길을 돌렸다.

"그러면 이제 작별 인사를 해야겠구나."

제이콥의 목이 갈라졌다. 그는 아무 말도 할 수 없었다.

"캐비닛 서랍을 보렴."

그는 관절이 굳고 근육이 녹는 것 같았지만 힘겹게 서랍을 열었다.

"거기 꾸러미."

반짝이는 핏빛 종이에 싸서 하늘색 리본을 가로세로로 묶은 노트북만 한 크기의 꾸러미였다.

"가지고 가렴."

그는 그걸 침대 위 헤르트라위의 옆에 내려놓았다.

"너한테 주는 거야."

그는 여전히 아무 말도 하지 못했다.

"아파트에 가서 보렴. 그 전에는 말고. 약속하지?"

그는 고개를 끄덕였다.

"내가 너에게 하고 싶은 말은 모두 거기 있다."

그는 꾸러미가 이야기라도 시작할 것처럼 들여다보았다.

다시 한 번 침묵. 공기가 유리처럼 부서질 것 같았다.

헤르트라위가 말했다.

"오래 힘들게 하지 말자."

침대 위에서 무언가 움직였다.

제이콥이 고개를 들었다. 헤르트라위가 생쥐 같은 손을 내밀고 있었다.

그는 일어섰다.

헤르트라위의 손이 어찌나 연약한지 잘못하다가는 부러뜨릴 것만 같아, 그는 두 손을 모아 그 손을 감쌌다.

"파르벨Vaarwel."

헤르트라위가 말했다.

"잘 가렴."

그는 무언가 말하고 싶었지만 아무 말도 할 수 없었다.

대신 그는 본능적으로 헤르트라위에게 고개를 숙이고, 몸이 자동적인 반사 반응을 보이지 않도록 조심하며 헤르트라위 뺨의 오른쪽, 왼쪽에 키스했고, 마지막으로는 더없이 부드럽게 얇은 입술에 키스했다.

헤르트라위의 손이 바르르 떨렸다.

그가 허리를 펼 때 그 손은 아래로 떨어졌다.

그는 헤르트라위를 차마 보지 못하고, 침대에서 꾸러미를 집어
들어 가슴에 안고 문 쪽으로 갔다.

문 앞에 이르자 헤르트라위가 "제이콥." 하는 소리가 들렸다.

그녀의 눈은 눈물로 가득했지만, 얼굴은 미소를 짓고 있었다.

그는 그녀를 돌아보았다. 무슨 말인가 하고 싶었다.

하지만 그가 할 수 있는 건 그저 고개를 끄덕이고 그 미소에 미소
로 답하는 것뿐이었다.

제이콥

xxxxxxxxxxx x xxxxxxxxxxxx

xxxxxxxxx x xxxxxxxxxx

xxxxxx x xxxxxxx

BE READY
NIETS IN
AMSTERDAM
IS WAT
HET LIJKT

"그래."

단이 말했다.

"내가 도와 드렸어."

그들은 헤르트라위의 아파트에 앉아 있었다. 언제나처럼 단은 소파에 앉고 제이콥은 운하를 향해 난 창을 등지고 안락의자에 앉았다. A4 용지 125쪽 분량의 헤르트라위 이야기가 주황색 링 파일에 묶여 둘 사이의 커피 탁자에 놓여 있었다.

"도와 드려?"

"타이핑해 드렸어. 너는 할머니 글씨를 못 읽었을 거야. 그리고 너무 아파서 글을 쓸 수 없을 때도 많았고, 그럴 때면 구술을 했지. 할머니는 계속 영어 공부를 했어. 영어책을 꾸준히 읽고 BBC도 많이 봤어. 그래서 영어를 잘하시지만, 그래도 어떤 때는 도움이 필요했어. 표현을 고르는 것. 사전에서 단어를 찾는 것. 그리고 어떤 부분은……약물 때문에."

그는 어깨를 으쓱했다.

"그러니까 말하자면 내가 편집자였던 셈이야."

"하지만 전부 헤르트라위 할머니 이야기야? 그러니까 진짜로 있었던 일들이냐고?"

"이런 이야기를 지어냈을 거 같니?"

"너무 놀라워서 말이야. 형의 할머니랑 우리 할아버지랑."

"내가 대신 써 드린 대목도 한 곳 있어. 너무 힘들어하셔서. 구술도 못 하시더라고."

"어느 부분?"

"할아버지가 돌아가신 뒤의 이야기."

"그래서 형이 지어 넣은 거야?"

"아니, 할머니가 나한테 네덜란드 어로 이야기했어. 이유는 모르겠지만, 가장 괴로운 일은 모국어로 말하는 게 쉬운 법이니까."

"그래서 할머니가 말해 주고 형이?"

"그래. 내가 영어로 썼지. 최대한 할머니식으로. 그런 뒤 읽어 드렸고, 할머니가 몇 군데 수정을 했어."

"어떤 거?"

"그러니까, 시계 부분. 시계가 똑딱거린 것. 자정에 시계를 멈춘 것. 그런 말씀은 안 하셨거든. 그러다가 내가 쓴 걸 읽어 줄 때 생각이 나신 거야. 글을 들으면서 다시 본 것처럼. 그런 일이 가능하지 않을 것 같지만, 그 많은 세월이 지난 뒤에도 할머니는 아직도 할아버지의 죽음을 애통해하셔서."

헤르트라위를 보고 돌아온 뒤 제이콥은 곧바로 자기 방으로 들어가 꾸러미를 풀고 내용물을 살펴본 다음 적힌 이야기를 모두 읽었다. 세 시간 뒤, 숨이 막혀서 수면을 뚫고 나왔다. 가만히 앉아 있을 수가 없었다. 감정이 뒤죽박죽이 되어서 어떻게 생각해야 할지도 몰랐지만, 그래도 이야기할 상대가 필요했다.

제이콥이 말했다.

"헤르트라위 할머니는 형이 나의 네덜란드 형이라는 농담을 했어. 하지만 형의 어머니는 실제로는 내 고모가 되는 거잖아. 그러면 우리는 사촌인 거지."

"그래서 싫어?"

"아니, 좋아."

"나도 좋아."

제이콥은 가슴이 오그라들었다.

"아, 이런!"

"왜 그래?"

"우리 할머니."

"왜?"

"우리 할머니는 아무것도 몰라."

"아는 사람은 너하고 나하고 우리 부모님뿐이야."

"하지만……."

"걱정할 것 없어."

"우리 할머니한테는 할아버지가 우상이야."

"우상?"

"거의 그런 셈이야. 할아버지는 할머니의 전부야. 인생 전체. 할머니는 우리 부모님한테 내 이름을 할아버지 이름을 따서 지어야 한다고 우기기까지 했어! 나는 말하자면 환생한 할아버지야."

"그렇다면 좀 문제로군."

"헤르트라위 할머니가 아직도 애통해한다고 그랬잖아. 음, 우리 할머니는 재혼하지 않았어. 다른 어떤 사람도 할아버지에 미치지 못했다는 거야. 할머니는 두 분의 결혼 생활은 더없이 완벽했다고 믿으셔."

"그런 건 이 세상에 없어."

"우리 할머니는 그렇게 생각하신다니까."

"그래, 좋아. 어쩌면 그분한테는. 그런데 두 분은 얼마 동안 함께 사셨지?"

"3년."

"그런 뒤 우리 호로트파더르grootvader[할아버지]가 독일 용을 물리치러 왔는데, 처음 본 네덜란드 처녀가 격렬한 사랑에 빠져서 50년이 지난 뒤에도 아직 뜨거운 마음을 품고 있는 거로군. 우리 할아버지라는 멘스[mens, 남자]는 정말 대단한 멘쉬[Mensch, 위인을 가리키는 영어 속어]였던 것 같다. 우리한테도 그 유전자가 전해졌기를 바라자."

"그 유전자에는 20대에 심장 마비를 당할 가능성도 있는 것 아닐까?"

단이 어깨를 으쓱했다.

"갈 때가 되면 가는 거지."

"그런 일을 가지고 농담하지 마."

"농담하는 것 같아?"

"나는 진지해."

"그래, 얼굴에 다 쓰여 있어! 너는 정말 진지해. 사촌인지 동생인지, 하여간 너는 진지해! 마음을 좀 가볍게 가져 봐."

"마음을 가볍게 가지라는 말 하지 마. 나는 그 말을 싫어해. 너무 멍청한 말이야. 할머니가 이 일을 아시면 어떻게 될지 모르겠어."

"이봐, 잠깐! 설마 새라 할머니한테 이야기를 하려는 건 아니겠지?"

"하지만 해야 돼."

"안 돼. 그건 잘못이야."

"잘못이라고? 이야기를 하는 게 잘못이라는 거야?"

"당연하지! 말해서 무슨 소용이야? 뭐 좋아지는 게 있어? 아니, 나빠지는 것만 있을 뿐이야. 그분은 노인이야. 그냥 두는 게 좋아."

"하지만 헤르트라위 할머니는 우리 할머니한테 이야기를 하려고 하셨어. 그게 옳은 일이라고 하셨어."

"우리 할머니도 노인이야. 그리고 이제는 우리 할머니 이름을 좀 제대로 발음할 때가 되지 않았니? 게다가 할머니는 깊은 병에 걸렸고 곧 돌아가실 분이야. 지금도 자신이 어디 있는지 자기가 무슨 말을 하는지 모를 때가 많아."

"하지만 무슨 말을 하는지 아실 때는 우리 할머니에게 알리고 싶다고 했어."

"그래. 하지만 그건 직접 얼굴을 맞대고 말하려고 했던 거지. 안 그래?"

"그렇긴 해."

"봐, 이건 모두 두 분의 일이야. 우리 할머니하고 새라 할머니하고. 할머니들의 일, 처지가 같은 사람들의 일이라고. 그분들은 우리하고는 다른 시절, 어쩌면 다른 시대의 분들이야. 어쨌거나 세대는 분명히 다르지. 세상은 변했어. 이건 우리 일이 아니야. 네 일도 아니고 내 일도 아니야. 그리고 그분들의 노년을 더 괴롭게 만드는 건 우리가 할 일이 아니야. 노년이라는 건 아무리 좋은 환경에서도 충분히 괴로운 거라고 생각하니까."

"그러면 거짓이 영혼을 상하게 한다는 헤르트라위 할머니의 말은 어떻게 되는 거야? 진실을 감추는 것만도 거짓이 된다고 하셨잖아. 형은 영혼이 상해도 괜찮아?"

"영혼? 영혼이라는 게 있는지 어떻게 알아? 그리고 할머니가 말한 건 거짓말의 장본인이 다른 사람이 아니라 자기인 경우야. 다른 사람의 경우라면 우리는 모두 태어났을 때부터 상했을 거야. 우리 할머니의 경우 거짓말은 할머니 안에 있어. 거짓말을 품고 인생을 살았어. 그건 할머니 인생의 일부야. 그리고 맞아, 너의 주장대로라면, 그건 할머니를 상하게 했을 수 있어. 하지만 너하고 나한테 그건 외부의 일이야. 이야기로 들은 것뿐이야. 그냥 정보일 뿐이지. 그게 우리한테 피해를 줄 수는 없어. 우리가 피해를 받고 싶어한다면 달라지겠지만."

"그럴 수 있어. 내가 그 문제로 고민한다면."

"내 말이 바로 그거야! 그러니까 그 문제로 고민하지 마."

"어쩔 수 없어. 나는 천성이 고민쟁이야."

운하에서 남자들의 외침과 여자들의 비명이 들렸다. 제이콥은 일어나서 창가로 갔다. 웃기는 모자와 요란한 여행복 차림의 이십대 관광객 무리가 페달 보트를 타며 놀고 있었다. 그들의 소동을 바라보는데, 왜가리 한 마리가 그의 눈높이에서 운하를 따라 기차역과 강이 있는 방향으로 날아갔다. 날개가 느리게 펄럭였고, 다리는 기다란 깃발처럼 늘어지고, 긴 목은 구불구불 접히고, 콩코드 비행기 같은 부리는 하늘을 찌르는 듯했다. 모든 이에게 모든 것인 이 낡고도 새로운 도시를 삼층 높이에서 새의 눈으로 보는 것은 얼마나 멋질까. 그건 어저께 배를 타고 물고기의 눈높이에서 본 것만큼이나 훌륭할 것이다. 그러자 그는 톤이 생각났다. 톤이라면 헤르트라 위와 새라에 대해 뭐라고 말할까 하는 게 궁금했다. 힐레는 또 뭐라고 할까? 톤과 힐레가 여기 있었으면. 하지만 둘이 함께는 안 돼. 그러면 감당할 수 없어.

그 돔코프들이 다음 다리 너머에 있는 홍등가를 향해 장난꾸러기들처럼 페달을 밟으며 경주를 시작했다. 갈매기들이 울면서 선회했다. 예전에는 바깥에 범선들이 정박하고, 돛대들이 건물 위로 솟아 있었을 것이다. 쌍발 네덜란드 항공 비행기가 머리 위로 날면서 스히폴 공항을 향해 하강 비행에 들어갔다. 그는 목요일에 영국으로 돌아갈 것이다. 이틀이 남았다.

그때 갑자기 돌아가고 싶지 않다는 생각이 들어서 그는 깜짝 놀랐다. 더 있고 싶어. 나한테는 거기보다 여기가 더 맞아. 나는 거기보다 여기서 더 나답게 지낼 수 있어.

그는 고개를 돌려 소파에 편하게 늘어져 있는 단을 보았다.

"메네르 스마트애스."

그가 말했다.

단이 웃었다.

"야Ja, 야! 하지만 고민쟁이 영국 사촌, 형 말을 좀 들어."

"노인네들은 젊은이한테 충고하기를 좋아한단 말이야."

"이런! 너희 할머니의 말년을 망치고 싶어? 그렇다면 그 무서운 비밀을 말해. 하지만 아냐, 너는 안 그럴 거야. 너는 망치는 걸 잘하는 사람이 아니니까."

"그건 욕이야 칭찬이야?"

"원하는 대로 생각해."

그는 다시 앉았다.

"형의 어머니는 어떻게 생각하셔?"

"어머니는 전혀 좋아하시지 않지. 할머니가 이 일을 말하지 않은 편이 낫다고 생각하셔. 어머니한테는 불편한 진실이야. 어머니는 할아버지를 사랑했거든. 그러니까 디르크 할아버지 말야. 자신은 토드가의 후손이 아니라 베셀링가의 후손이라고 말하지. 할아버지가 어머니를 키웠고, 그것도 잘 키웠어. 나도 할아버지를 아주 좋아했어. 어머니는 자신이 제이콥이 아니라 디르크의 딸이라고 말하셔. 이 모든 일을 모르는 듯이 살고 싶어 하지만, 그게 마음대로 되나. 할머니가 돌아가시면······어쩌면."

"그러면 내가 이 일을 아는 것도 안 좋아하시겠네."

"실수라고 생각하시지. 그 일과 관련된 모든 걸 싫어해. 우리가 이 일을 두고 이야기하는 것도 싫어하고, 지금은 이 일이 네게 어떤 영향을 미칠지 걱정하시지. 네가 여기 오는 것도 싫어했어. 하지만 일요일에 너를 좋아하시게 됐어. 네 이야기를 계속 하시던 걸."

그가 웃었다.

"자기 아들이 너 같으면 얼마나 좋았을까 싶었나 봐."

"말도 안 되는 소리."

"원하는 대로 생각해."

그는 뭐라고 해야 할지 몰랐다. 너무 많은 것이 있었고, 그가 자기 생각을 말로 형성한다고 느끼는 부위인 머리 앞쪽까지 그 어떤 것도 이르지 않았다. 심장이 바짝 조여들었다.

오랜 침묵이 흐른 뒤 단이 말했다.

"전화를 해야겠어."

그리고 전화를 하러 부엌으로 갔다.

제이콥은 움직이지 않았다. 그의 몸은 아직도 헤르트라위와 함께 보낸 마지막 순간에 머물러 있었다. 머릿속에서는 계속 헤르트라위가 쓴 글의 내용이 영화처럼 흘러갔다. 게다가 더 한층 심란하게도 힐레가 젊은 헤르트라위로 나왔고, 제이콥 할아버지는 제이콥 자신이었다.

그는 이러다가는 생쥐 기분이 올지도 모른다는 생각이 들었지만, 멈출 방도를 몰랐다.

단이 돌아왔다.

"밤새 이야기한다고 무슨 수가 생기는 건 아니야. 지금 우리한테 필요한 건 이 일에서 물러서는 거야."

단의 기운찬 태도에 제이콥은 놀랐다. 하지만 그는 단이 옳다는 걸 알았다.

"미안해. 지루하게 해서."

"아냐, 괜찮아. 다 이해해. 우선 뭘 좀 먹자. 톤을 불렀어. 식사를 하러 올 거야. 그러고 나서 같이 영화를 보러 갈 수도 있어. 내가 준비하는 동안 음악이라도 듣고 있는 게 어때?"

"더 좋은 게 있어. 지금까지는 형하고 톤이 나한테 먹을 것과 마실 것을 사 주고 여러 가지 일을 해 주었잖아. 이제는 내 차례야. 내가 요리를 할게."

"너 요리할 줄 알아?"

"별로 놀란 목소리가 아닌걸. 송아지 고기 좋아해?"

"네덜란드 사람에게 송아지 고기를 좋아하느냐고? 그걸 질문이라고 해?"

"좋아. 그러면 얇게 저민 송아지 고기하고 크루도 방식의 프로슈토 햄, 신선한 세이지, 토마토, 고급 올리브유, 백포도주 식초, 마늘, 그리고 다량의 신선한 바질이 필요해. 가만, 또 뭐가 있지? 아, 그래. 그린 샐러드와 파스타, 그리고 브레드 스틱을 만들 재료가 필요하군."

"이탈리아 요리라. 좋아. 몇 가지는 있고, 몇 가지는 같이 사야겠다."

"아니야, 내가 살 거야. 후식으로는 아이스크림이 어때?"

"톤하고 친해지겠는걸. 그 애는 아이스크림을 아주 좋아하거든."

"나는 아이스크림 없이도 이미 톤하고 친해. 앞장서시오, 맥더프[〈맥베스〉에 등장하는 인물로 맥베스를 죽음으로 이끄는 역할을 한다.]."

"메인 헬레 레벤 조흐트 이크 야우."

계단으로 함께 걸어가면서 단은 과장된 라크리모소['눈물겹게, 비통하게'라는 뜻의 음악 용어]로 노래했다.

"옴—에인덜러크 헤본덴—터 베턴 바트 엔잠 이스."

"알았어, 알았어. 그만해."

얇은 카펠리니 스파게티가 익자, 따뜻하게 먹을 수 있도록 스파게티와 거기 얹을 살사 소스—다진 토마토에 다량의 신선한 바질, 올리브유, 포도주로 만든 식초 약간, 소금, 후추, 설탕을 넣어 만든—가 모두 냄비로 돌아갔다.

요리가 성공적인 데다 포도주도 지나치게 빨리 마신 바람에 들뜬 제이콥은 장난기가 발동했다.

그는 톤에게 순진한 척 말했다.

"단이 저번에 박물관에 가서 티튀스 그림을 보여 줬어."

톤과 단이 식탁 맞은편에서 서로를 마주 보며 미소를 주고받았다.

"단이 이야기해 줬어."

톤이 말했다.

"좋았어?"

"좋았어. 갈색이 조금 많기는 했지만."

"하지만 예쁘잖아."

"단이 티튀스가 나를 닮았다던걸."

"너는 아니라고 생각해?"

"내가 예쁘다고는 생각 안 해."

"정말이야?"

"그리고 티튀스의 입에서 립스틱 자국이 발견되었다는 이야기도 해 줬어. 누가 키스를 한 것처럼."

단은 파스타에 얼굴을 대고 킥킥거렸다. 톤은 제이콥의 천진한 눈길을 마주 보면서 말했다.

"알아."

그가 말했다.

"나도 그 이야기 들었어."

"하지만 립스틱의 주인은 못 찾았다며?"

"그래?"

"누가 그런 일을 했는지 모른대. 단이 그렇게 말했어. 하지만 이상하게 나는 단이 알 것 같아."

"단!"

톤이 말했다.

"나한테는 말 안 했잖아."

"아냐!"

단이 포도주를 들여다보고 웃으면서 말했다.

"나는 아무것도 몰라."

"예술 작품을 그렇게 파괴하다니!"

제이콥이 말했다.

"그런 데다가 왜 그런 일을 하지?"

"그래, 그런 일은 이해하기 힘들지."

톤이 말했다.

"어쩌면 그 여자는⋯⋯."

"여자인지 남자인지 어떻게 알아?"

톤이 말했다.

"남자일 수도 있나?"

"아니란 법 있어?"

"좋아. 어쨌건 그 남자건 여자건 간에 미쳤던 게야. 제정신이 아니었던 거지. 그림에 키스를 하다니 말이야!"

단이 말했다.

"가톨릭 신자들은 십자가에 키스해. 정교회 사람들은 도상에 키스하고. 나는 사람들이─애국자나 축구 팬이─깃발에 키스하는 것도 봤어. 운동선수들은 자기들이 받은 트로피에 키스를 해."

"윔블던 대회[테니스의 4대 메이저 대회 중 하나]를 생각해 봐."

톤이 말했다.

"그 사람들이 모두 미친 거니?"

"그 말은 그러면⋯⋯."

제이콥이 말했다.

"그 사람이 남자건 여자건 하여간, 그 그림을 너무 사랑해서 성물이나 트로피나 그런 것에 키스하듯이 키스했다는 거야?"

톤이 말했다.

"키스를 받는다는 건 그림에게는 상당한 찬사 아닌가? 열렬하게 사랑하는 대상이라면 키스 못할 게 뭐야? 밤낮 없이 박물관 벽에 단정하고 깔끔하게, 니스를 반짝반짝 칠하고 걸려 있는 것보다 그게 낫지 않겠어? 그림은 아무도 만질 수 없게 되어 있어. 사람들은 그걸⋯⋯뭐라고 그러지? (단에게) 스하위펠렌트schuifelend, 그러니까 이렇게 하는 거."

그는 일어나서 직접 동작을 해 보였다.

"어기적어기적 걷다?"

제이콥이 말했다.

"그래, 어기적어기적."

톤이 다시 앉으며 말했다.

"어기적거리면서 지나가지. 대부분은 가엾은 티튀스에게 눈길 한 번 주지 않아. 단 한 번도 말이야. 가엾은 아이는 거기 매달려 있어. 예쁘고 슬픈 미소로 아래를 내려다보면서 아무것도 신경 쓰지 않는다는 듯. 얼마나 외로울지 생각해 봐. 그래서 누군가 가엾게 여긴 거야. 그 남자는⋯⋯."

"아니면 그 여자는."

제이콥이 말했다.

"아, 그래! 여자일 수도 있지. 하여간 그 사람은 자기가 그에게 마음을 쓴다는 걸 보여 주었어."

"그리고."

단이 톤의 말투를 흉내 내서 말했다.

"잡힐지도 모르는 위험을 감수하고 말이야. 만약 잡혔으면 얼마나 큰 소동이 벌어졌겠어. 메인 호트, 헤트 레이크스뮈쥠Mijn god, het Rijksmuseum! 거참! 대단한 용기야!"

"그래!"

톤이 기원하듯 두 팔을 들고 말했다.

"미친 거하곤 아무 상관없어."

"알겠어."

제이콥이 말했다.

"사랑하는 사람의 항의라는 거로군."

"그랬을 수 있어."

톤이 말했다.

"뭐라고 할까? 마우솔레움화[mausoleumisation, 마우솔레움mausoleum은 페르시아 제국 카리아의 총독 마우솔로스의 묘이다. 마우솔레움화는 무덤과 같이 기념비적인 존재로만 남는 것을 뜻하기 위해 톤이 만든 조어.]에 반대하는 거지. 그런 말이 있나?"

"이제 생겼어."

제이콥이 말했다.

"좋아. 그러니까 예술의 마우솔레움화에 반대하는 항의야."

"그 남자가 그 일로 즐거웠기를."

제이콥이 말했다.

"여자였을 수도 있어."

톤이 말했다.

"그렇지."

제이콥이 말했다.

"잊었어. 그 남자 아니면……."

"그 남자 '와'."

톤이 말했다.

"그 남자와?"

제이콥이 말했다.

단은 터져 나오는 웃음을 참지 못했다.

"그 남자와 그 여자."

톤이 말했다.

"그렇다면……?"

"아, 무슨 말인지 알겠어."

제이콥이 말했다.

"두 사람이 한 거야."

톤이 어깨를 으쓱 치켜들었다. 단이 말했다.

"이제 그만! 요리사 어디 갔지? 송아지 고기를 먹고 싶다."

얇게 저민 송아지 고기를 살짝 튀겨서 아직 부드럽고 촉촉할 때 팬에서 꺼낸 뒤, 사이사이에 신선한 세이지 잎을 한두 개 곁들이고 꼭대기에는 프로슈토 햄을 꼬챙이로 꽂았다. 제이콥이 송아지 고기를 준비하는 동안 단은 그린 샐러드에 드레싱을 얹었다. 그리고 물론 포도주도 더 나왔다. 단이 고른 오르비에토였다.

"이렇게 요리하는 건 누구한테 배웠어?"

톤이 제이콥의 음식을 맛있게 먹으면서 물었다. 단이 말했다.

"가만, 내가 맞혀 볼게. 너희 할머니 새라."

"맞아."

제이콥이 말했다.

"내가 도대체 그걸 어떻게 알았을까!"

단이 놀렸다.

"그러고 보니까……."

제이콥이 말했다.

"어제 톤이랑 구경 나갔을 때, 톤하고 결혼에 대한 이야기를 했어. 톤은 나더러 형에게 사랑과 섹스에 대해 어떻게 생각하는지 물어보라고 그랬어."

단이 톤에게 네덜란드 어로 말하자, 톤은 웃으면서 미안하다는 듯한 어깻짓을 해 보였다.

"그러지 말고……."

제이콥이 말했다.

"콩을 쏟아 봐[spill the beans, '털어놓다'라는 뜻]."

"뭘 쏟아?"

"콩."

"콩? 왜 콩이야?"

"몰라. 그냥 그렇게 말해."

"홍게르 마크트 라우베 보넨 주트Honger maakt rauwe bonen zoet."

톤이 말했다.

"똑같지는 않지."

단이 말했다.

"콩이 들어간 것만 같잖아."

제이콥이 말했다.

"뭐라고 말한 거야?"

톤이 말했다.

"배가 고프면 날콩도 달다."

"그래 어쨌건……."

제이콥이 말했다.

"쏟건 달건, 단, 피하지 말고 말해 봐."

"들으면 지루해."

단이 말했다.

"지루하다고?"

제이콥이 말했다.

"사랑과 섹스가 지루하다고? 하긴 형처럼 이미 세상을 다 산 노인네한테야 지루하겠지만 아직 시작도 안 한 젊은이한테는 절대 지루할 수가 없어."

톤이 말했다.

"단에게 결혼은 끝난 이야기야."

"끝나? 시작했다는 말도 못 들었는데?"

"의미 없다는 거야. 오래 전부터 그랬어."

단이 말했다.

"우리 나라는 안 그래."

제이콥이 말했다.

"그걸 두고 언제나 시끄러워. 정치인들도 그렇고 국민들도. 가정 생활의 중요성. 경악스런 이혼율 어쩌고 하면서."

"여기도 그래."

톤이 말했다.

"물에 빠진 자의 마지막 몸부림이지."

단이 말했다.

"그래서?"

제이콥이 말했다.

단은 포크를 내려놓았다.

"강의라도 듣고 싶어?"

그리고 포도주를 한 잔 들이켰다.

"좋아, 그럼 강의를 시작하지. 그러면 그걸로 끝이다. 알았지? 좋아?"

제이콥이 말했다.

"무슨 이야기를 들을지 아직 모르잖아."

"모르지만 들으면 그걸로 끝이 될 거야. 그리고 나서 아이스크림을 먹는 거야. 그게 조건이야."

"대단한 독재인걸. 형이 정치인이 아니라서 다행이야."

"남편이 아닌 것도 다행이지."

톤이 말했다.

"해? 말아?"

단이 말했다.

"좋아, 해 줘."

제이콥이 말했다.

단은 냅킨으로 입을 닦았다.

"너도 벌써 이야기를 많이 들었을 거야. 뇌사 상태로 살고 있지 않다면 말이야. 결혼은 낡은 시대의 사회 제도야. 앞으로의 삶과는 다른 방식이지. 거기에 압솔뤼트absoluut한 건 아무것도 없어. 그저 인구를 조절하는 하나의 방법일 뿐이야. 재산과 토지 소유권과 관련되고. (톤에게) 오베레르빙overerving?"

"상속."

톤이 말했다.

"상속. 그리고 순수한……. 젠장! (톤에게) 헤슬라흐트geslacht?"

"가만……. (제이콥에게) 계통?"

"혈통."

제이콥이 말했다.

"가문의 혈통."

"그래."

단이 말했다.

"가문의 혈통. 남자는 결혼 상대인 여자가 순수하고 남자에게 소유되어 있어야 아이가 정말로 자기 아이라는 걸 확실히 알 수 있지. 그리고 자기가 그 여자하고 섹스하는 유일한 사람이어야 여자를 자기 것이라고 말할 수 있고. 결혼은 유전자와 소유권을 보호하기 위한 거야. 너도 이런 이야기를 다 들어 봤을 거야. 그렇지? 그래, 이제 그런 건 별 상관없어. 중요하지 않다는 말이야. 일부 공룡들, 그러니까 왕실이라든가 편집광적 백만장자들, 또는 결혼 사업에 이해관계가 있는 성직자, 법률가, 정치가들을 빼면 말이지."

"그 사람들한테도 이제 안 중요해. 하는 행동을 보면 말이야."

톤이 말했다.

"너희 영국 왕실 사람들을 봐. 그런 엉망이 어디 있어? 완전 위선이지!"

그들은 웃었다.

단은 말을 이었다.

"영원한 사랑, 한 사람을 영원히 사랑하는 일, 한 사람과 영원히 함께 사는 일. 그보다 더 진실과 어긋나는 게 있을 것 같아? 그건 환상이야."

"우리 할머니하고 헤르트라위 할머니의 생각은 달라."

제이콥이 말했다.

"하!"

단이 비웃었다.

"그분들을 봐. 우리의 두 분 <u>흐로트무더르</u>_{grootmoeder}께서 사랑하는 대상이 무엇인 거 같아? 누구가 아니라 무엇. 우리의 영국인 할아버지께서 두 분 말씀만큼 그렇게 훌륭하셨다고 생각해? 정말 더 없이 완벽했던 것 같아? 우리 할머니가 말하는 그런 낭만적인 영웅이었던 것 같아? 절대 그렇지 않아. 현실은 틀려, <u>야코브</u>_{Jakob}."

"현실은 다르다고 말해야 돼. 그것도 덜떨어진 표현이야."

"덜떨어진?"

톤이 말했다.

"몰라."

제이콥이 답답해서 말했다.

"'멍청한, 한심한, 바보 같은'이라는 뜻이야."

"현실이 틀리건 다르건 무슨 상관이야!"

단이 말했다.

"우리 할머니의 제이콥은 환상이야. <u>페르벨딩</u>_{Verbeelding}, 허깨비라고."

제이콥은 당혹스러웠다.

"형 말을 믿을 수 없어. 헤르트라위 할머니가 장밋빛 안경을 쓰고 옛날의 할아버지를 회상하시는 걸 수는 있어. 하지만 당시 두 분 사이에는 커다란 일이 있었어. 크고 진실한 일이. 환상이 아닌 일이 존재했다고. 두 분이 그 일을 거짓으로 만들어 낸 건 아냐. 그건 부정할 수 없어."

"당시에는 그래. 하지만 얼마나? 몇 달이냐? 만약 할아버지가 살아남았다면?"

"그건 만약이잖아. 아무도 알 수 없어."

"좋아, 그래! 그랬을 거야. 두 분 모두 뜨거운 사랑을 했어. 그리고 제이콥은 훌륭한 남자였어. 그야 당연하지. 손자인 우리가 이렇게 훌륭한 남자들이니 말이야."

그들은 웃었다. 단이 말을 이었다.

"하지만 두 분이 지금 어떻게 되었을지는 아무도 몰라. 내가 하고 싶은 말은 그거야. 너도 공감하지. 그건 아무도 몰라. 분명한 건 그렇게 오랜 세월이 지난 뒤 이제는 두 분 사이에 그렇게 큰 사랑은 없어졌을 가능성이 더 많다는 거야. 압솔뤼트한 건 없어. 영원한 것도 없어. 그러니까 그런 게 있는 것처럼 꾸미지 마. 그것에 대한 규칙도 만들지 마. 아니면 거기에 토대한 법칙도. 사람들이 영원에 대해 이야기하고 싶다면, 좋아 그러라고 해. 하지만 나는 아냐. 사랑에 대해 아무런 규칙도 없는 것과 마찬가지야. 누구를 사랑하느냐, 얼마나 많은 사람을 사랑하느냐. 사랑은 무슨 상품처럼……. (톤에게) 에인더흐_eindig?"

"에인더흐, 에인더흐······."

"젠장! 영어로 말하려니 재미가 없군. 꼬마 동생, 네덜란드 어를 좀 배우지 그래?"

톤은 일어나서 책장 앞으로 갔다. 단은 포도주를 더 따랐다. 톤이 네덜란드 어―영어 사전을 넘기며 돌아왔다.

"에인더흐."

그가 사전에서 말했다.

"한정된."

"한정된?"

단이 말했다.

"좋아, 한정된. 그런데 내가 무슨 말을 하고 있었지?"

제이콥이 말했다.

"사랑은 한정된 게 아니다."

"맞아, 그래. 사랑은 한정된 게 아니야. 우리 각자한테 한정된 분량밖에 없어서 한 번에 한 사람에게만 줄 수 있는 게 아니야. 아니면 사랑이 한 종류밖에 없어서 평생 동안 한 사람한테만 줄 수 있는 것도 아니야. 그건 웃기는 생각이야. 나는 톤을 사랑해. 우리가 같이 원할 때 나는 톤이랑 자. 때로는 한 사람만 원하고 다른 사람은 원하지 않을 때도. 나는 시모네를 사랑해."

"시모네?"

제이콥이 물었다.

"네가 오스테르베크에 간 날 아침에 여기 있던 여자애. 너한테 뭐라고 소리쳤잖아. 시모네는 여기서 두 블록 거리에 살아. 나를 만나기 전에 톤과 시모네는 친구였어. 우리는 이야기를 많이 했지.

톤은 여자하고는 안 자. 그건 톤의 방식이야. 시모네는 나하고만 자. 그건 시모네의 방식이지. 나는 두 사람 모두하고 자. 그건 내 방식이야. 두 사람 모두 나하고 자기를 원해. 그건 우리의 방식이고, 우리가 원하는 방식이야. 그게 아니라면, 적어도 우리 셋 중 하나라도 그런 방식을 원하지 않는다면 그래, 거기서 끝이야. 젠더와 관련된 그 많은 이야기, 남자, 여자, 게이, 바이, 페미니스트, 뉴맨[마초와 반대되는. 섬세하고 여성을 배려하는 남성], 뭐 어떤 거라도, 의미 없어. 영원한 결혼처럼 시대에 뒤떨어졌어. 그런 이야기 듣는 거 나는 아주 지겨워. 우리는 그런 수준을 넘어섰어."

"형은 그럴지도 모르지."

제이콥이 말했다.

"하지만 모두 그런 건 아니야. 대부분이 그런 것도 아니야. 적어도 우리 나라에서는."

"알아, 하지만 한꺼번에 완전히 변하는 건 아무것도 없어. 혁명이 언제나 실패하는 것도 그런 이유야. 사람들이 한순간에 어떤 거대한 걸 이루리라 기대할 수는 없어. 하지만 그렇다고 해서 옛날 관습에 갇힌 사람들하고 보조를 같이 해야 한다는 건 아냐. 그게 자신의 방식과 다르다면 말이야. 만약 그렇다면 이 세상에 변화란 없겠지. 그리고 계속 말하지만 나는 이런 이야기하는 게 지겨워. 새로운 방식에 맞추어 살 수 없는 사람들은 그냥 원하는 대로 옛날 방식으로 살면 돼. 하지만 나는 앞으로 나갈 거야. 붙잡혀 있지 않을 거야. 낡은 제도를 유지시키는 그런 거짓의 인생을 살지는 않아."

제이콥이 말했다.

"모르겠어. 나는 형처럼 간단하게 정리가 안 돼."

"간단한 거야."

단이 말했다.

"나는 내가 사랑하는 사람을 사랑해. 그리고 서로가 원할 때 사랑하는 사람하고 같이 자. 남자건 여자건 상관없어. 비밀도 없어. 관계가 끝나면 끝나는 거야. 인생은 그런 거야. 고통도 그 일부야. 고통이 없으면 우리는 죽은 존재지. 나한테 정말 중요한 건 내가 사랑하는 사람들이야. 그리고 우리가 어떻게 함께 살까 하는 것. 우리가 어떻게 서로를 살아 있게 해 줄까 하는 것."

단은 의자에 기대앉아 손가락 마디로 식탁을 두드렸다.

"됐어."

그가 씩 웃으며 말했다.

"이제 다 끝났어. 아이스크림 먹자. 그래도 돼?"

식탁을 둘러싼 침묵을 제이콥이 깼다.

"형이 원한다면."

단이 일어섰다.

"내 말에 동의한 거지? 오늘 밤은 더 이상은 곤란해."

제이콥은 움직이지 않았다. 단의 격렬한 주장이 이어지는 동안 톤은 제이콥을 유심히 보았다. 그러다가 이제 손을 내밀어서 제이콥의 팔을 부드럽게 문질렀다.

제이콥이 말했다.

"형의 엄마가 일요일에 한 말이 무슨 뜻인지 알겠어."

단이 말했다.

"뭐라고 그러셨는데?"

"여기서 형이랑 지내는 게 불편하지 않았으면 좋겠다는 식으로 말씀하셨어. 형의 삶의 방식이 어쩌고 하셨는데 정확히 뭔지는 말하지 않으셨지."

단이 입을 다물고 웃었다.

"내가 너를 나쁜 길로 꾈까 봐 걱정이 되신 거야. 어머니는 내가 사는 방식을 좋아하지 않으시니까."

제이콥은 고개를 들어 빙긋 웃으면서 단을 보았다.

"그렇게 할 거야?"

"뭘?"

"나를 나쁜 길로 꾈 거냐고?"

단은 인상을 쓰고 부엌으로 가면서 말했다.

"나는 선교 행위를 싫어해."

세 종류의 아이스크림이 나왔다. 바닐라, 레몬, 초콜릿. 그리고 집어 먹을 체리도 한 그릇. 다시 포도주.

"형이 톤을 사랑하고……."

제이콥이 포기하지 않고 말했다.

"시모네도 사랑하고, 또 톤과 시모네가 형을 사랑하면, 셋이 모두 같이 살면 안 돼?"

단은 아이스크림을 먹으면서 톤에게 피곤한 표정을 지어 보였다.

"우리는 각자 돌아갈 집이 있는 쪽을 좋아해."

톤이 말했다.

"독립적으로 사는 게 좋아."

"그래서……."

단이 인내심 가득한 표정으로 말했다.

"우리는 만날 때마다 새롭지. 지루해지지 않아."

"우리는 매번 서로의 손님이 돼. 더 이상 만나고 싶지 않으면 안 만나는 거야."

"우리는 서로를―뭐라고 그러지?―핀덴 디 안더르 판젤프스프 레켄트vinden die ander vanzelfsprekent?"

"당연하게 여기다."

톤이 말했다.

"서로를 당연하게 여기다."

"맞아. 우리는 서로를 당연하게 여기지 않아."

"우리는 서로를 위해서 만나. 하지만 서로가 원할 때만 만나. 위급한 상황은 예외지만."

"어쨌건……."

단이 말했다.

"톤의 집은 두 사람 이상이 살기에는 너무 좁아. 이 집은 아직 할머니 집이야. 시모네는 혼자 사는 걸 좋아해. 누구하고도 오래 못 지내. 언젠가 달라질 수도 있지."

"그럼, 우리는 젊어."

"하지만 지금은 이대로가 좋아."

"네가 볼 때도 좋은 것 같지 않아?"

톤이 말했다.

"좋아."

제이콥이 진심으로 말했다. 마음속에서 그들에 대한 부러움이 느껴졌다.

"너도 우리 팀에 들어올래?"

톤이 웃으며 말했다.

"나쁘지 않지."

제이콥이 말하고 얼굴을 붉혔다. 자신도 그걸 바란다는 게 말투에서 드러났기 때문이다.

옛사람들 말로 천사가 지나간다고 하는, 갑작스럽고 어정쩡한 침묵이 흘렀다.

단이 일어나서 화장실에 갔다. 톤은 세 번째로 덜어 낸 아이스크림을 다 먹었다. 제이콥은 생각에 잠겼다.

그가 들은 이야기가 몸속을 뒤바꾸기 시작한 것 같았다. 심장이나 위, 간, 내장 같은 장기가 아니라, 그의 몸속에 거주하던 내적 자아의 부품들을. 그의 자아가 말랑말랑한 조각으로 이루어진 3차원 퍼즐 같은 것이어서 여러 개의 다른 존재, 여러 명의 제이콥으로 조합될 수 있기라도 한 것 같았다. 이제 그 조각들이 이리저리 움직여서 새로운 자아를 만들어 갔고, 그 사람은 제이콥을 놀라게 했다. 그 사람이 낯설어서는 아니었다. 반대였다. 그 사람의 모습은 열다섯 살 때 처음 본 이후 시간이 갈수록 점점 더 자주 보였다. 대낮의 공상과 한밤의 꿈에 나오는 주연 배우, 제이콥의 머릿속에서 비밀스런 소망과 함구해 둔 욕망을 연기하는 그의 또 다른 자아였다. 놀라웠던 건 이제 그 다른 자아가 어두운 그늘에서 밝은 빛으로 걸어 나오듯이 완전히 모습을 보였다는 것이다.

하지만 언제나처럼 그는, 그러니까 식탁에 앉은 제이콥은 그게 무슨 의미인지 알 수 없었다. 알 수 있는 건 그게 심각하게 느껴졌다는 점뿐이었다. 그걸 알아내려면 혼자만의 시간이 필요했다. 어쨌건 그가 헤르트라위의 이야기를 읽고 알게 된 것과 그날 그녀의 곁을 떠날 때 느꼈던 감정이 뒤섞여 있었다. 그리고 톤이 있고 힐레가 있었다. 그는 그 모든 것을 소화할 시간이 없었다. 그리고 목요일에는 집으로 떠나야 했다.(떠난다는 말을 생각하는 것조차 괴로웠다.) 이걸 정리할 시간이 있었으면. 여기서.

단이 식탁으로 돌아와서 술을 더 따랐다.

"생각해 봤는데……."

사실은 그 자리에서 떠오른 생각이었지만, 제이콥은 그렇게 말했다.

"여기 월요일 지나서까지 있고 싶어……."

그는 차마 '헤르트라위 할머니가 돌아가실 때까지'라고 말할 수 없었다.

"그때까지 있고 싶어. 그리고 장례식에 참석하고 싶어."

"안 돼."

단이 말했다.

제이콥은 스스로를 말릴 겨를도 없이 말했다.

"왜 안 된다는 거야?"

그것은 투정 부리는 어린애의 목소리 같았다.

"너는 환영받지 못할 테니까."

"아, 고마워."

"너하고는 상관없는 일이야."

"상관없다고! 이렇게 많은 일이 있었는데? 어떻게 그렇게 말할 수 있어?"

"그건 불가능해. 이미 다 준비됐어. 조용히 가족끼리만 치를 거야."

"나는 남이라는 거야?"

"우리가 원하지 않아."

"우리? 우리가 누구야?"

"할머니, 어머니, 나."

"어떻게 알아? 그분들한테 물어봤어?"

"그냥 알아."

"아냐, 형은 몰라. 내가 직접 물어보겠어. 나는 여기 있고 싶어. 있어야 돼. 헤르트라위 할머니도 내가 여기 있는 걸 원하실 거야. 나한테는 그럴 권리가……."

단이 벌떡 일어섰다. 식탁이 흔들렸다.

톤이 의자를 뒤로 밀고 "단!" 하고 외친 뒤 네덜란드어로 빠르게 말했다.

격렬한 대화가 이어졌다. 그러더니 단이 성큼성큼 방을 나가 버렸다. 계단을 쿵쿵 내려가는 발소리가 들려왔다.

제이콥은 땀이 줄줄 흘렀고 몸도 덜덜 떨렸다. 너무 떨려서 일어설 수가 없었다. 너무 당황스러워서 톤을 똑바로 볼 수도 없었다.

소동의 여진이 가라앉자 톤이 식탁을 치우고 설거지를 했다.

제이콥은 도와야 한다는 걸 알았지만, 돌처럼 무거운 공기가 몸을 가득 채운 것 같았다.

"같이 산책 가자."

톤이 말했다. 제이콥은 꼼짝할 수 없었다.

"너한테 보여 주고 싶은 데가 있어. 관광지는 아니야. 그리고 별로 안 멀어. 소리를 꽥꽥 질러도 아무도 못 들을 거야. 아니면 휘파람을 불어도 돼. '휘파람은 불 줄 알지, 자크? 입술을 모으고 숨을 내쉬면 돼 [영화 〈소유와 무소유〉에서 메리 브라우닝(로렌 바콜)이 해리 모건(험프리 보가트)에게 하는 말]."

그 말은 미소를 일으켰다. 톤이 무언가 유명한 말을 인용하고 있다는 건 알았지만, 그 이상은 알 수 없었다. 어쨌거나 재미있었다.

그는 속이 울렁거리는 것을 느끼며 일어서서, 잠시 탁자를 짚고 균형을 잡은 뒤 톤을 따라 집을 나섰다.

어스름이 깊어 가는 초저녁이었고, 3/4 정도 부푼 밝은 달이 흩어진 구름들 밖으로 나오고 있었다. 쌀쌀한 산들바람에 오감이 날카로워졌다.

톤은 제이콥을 데리고 기차역으로 가서, 승강장 아래 상점과 군중으로 복닥거리는 길쭉한 중앙 통로를 지나 강과 나란히 뻗은 도로로 나왔다. 건너편 주거 지역으로 사람들을 실어 나르는 소규모 순환 여객선이 막 출발하고 있었다.

톤은 왼쪽으로 돌았다. 짧은 나루들에 정박된, 아마도 소형 예인선으로 보이는 철제 작업선 곁을 지났다. 그 너머로는 버려져서 쓰이지 않는 것 같은 길쭉한 땅과 볼품없는 네모꼴 건물이 몇 채 있었다. 깨진 콘크리트 틈으로 풀과 덤불이 비죽비죽 자라 있었다.

길이 철길과 멀어져 강을 따라 이어졌다. 자동차들이 이따금 부웅 하고 지나갔다. 가로등 불빛이 도로에 더욱 더 우울한 느낌을 더해 주는 것 같았다. 걸어다니는 사람은 한 명도 보이지 않았다.

20분이 지났다. 도로와 강 사이로 좁게 이어지던 땅이 넓어졌고,

높다란 철조망이 나타났다. 그리고 철조망에 걸린 낡은 표지판에는 페르보덴 투강Verboden toegang이라는 번역이 필요 없는 경고가 적혀 있었다. 누군가 표지판 근처의 고리들을 끊고 늘어진 사슬을 뒤로 구부려서, 고개를 숙이고 들어갈 수 있을 만한 구멍을 만들어 놓았다. 하지만 저녁 어스름 속에서 그 안에 보이는 것이라고는 불룩하게 솟은 땅과 사납게 자란 덤불뿐이었다. 망각의 정원으로 향하는 불법 출입구.

톤은 망설이지 않고 허리를 숙여 들어갔다. 지나가는 자동차가 일으킨 먼지 소용돌이가 제이콥의 얼굴과 입에 끼얹어졌다. 물기를 잃은, 진흙의 형제. 구멍을 통과할 때 삐죽 튀어나온 철망 끝에 소매가 걸렸다.

톤이 손을 잡았다. 둘은 그 작은 황야를 지나 조심조심 내리막길로 들어섰다. 언덕 아래에 이르러 보니, 강물 속으로 폭이 1미터가량 되는 벽의 잔해가 뻗어 있었다. 제이콥은 그것이 테니스 코트 두 개 정도 되는 크기의 직사각형 한쪽 면이라는 걸 알 수 있었다. 안에는 수영장처럼 물이 차 있었고, 바깥에는 황폐한 콘크리트 덩어리 대여섯 개가 여기저기 튀어 나와 있었다.

"여기가 어디야?"

"스테넌호프트라고 해. '스톤헤드'라는 뜻이야."

"원래 뭐였어? 무슨 건물이었어?"

"창고였던 것 같아. 옛날에 여기서 배들이 짐을 내렸을 때."

"강물 속으로 뻗어 있는걸."

"끝까지 가 볼래? 벽 폭은 별로 넓지 않지만."

"좋아."

제이콥은 물속으로 좁게 뻗은 벽 위로 올라섰다. 강물은 왼쪽으로 1~2미터 아래에서 흘렀다. 안으로 들어갈수록 바람이 강해져서, 어느새 거침없는 강풍이 되었다. 그는 한번 아래를 내려다보다가 균형을 잃을 뻔했다. 발이 저릿저릿했다. 고개와 눈을 들어야 했다. 넓게 펼쳐진 어두운 물 저편에 맞은편 건물들의 불빛이 보였다. 마치 다른 세상에 있는 것처럼 보였지만, 거리는 7백~8백 미터 정도밖에 되지 않을 것이다.

그는 모서리를 이룬 끝부분에 멈추어 섰다. 앞쪽에는 강이 아주 넓게 펼쳐져서 바다처럼 보였다. 그리고 자신은 바람과 물을 가르며 나아가는 배에 서 있는 것 같았다.

톤이 위태롭게 그의 팔을 잡았다.

"나 혼자라면 여기까지 나오지 못했을 거야!"

"겁나?"

제이콥이 계속 강물에 시선을 둔 채 물었다.

"조금. 너는 겁 안 나?"

제이콥은 충동을 누르지 않고, 톤의 어깨에 팔을 둘렀다.

"멋져. 바다에 뜬 배 같아."

"네가 좋아할 줄 알았어."

어느덧 밤이 되었다. 하지만 달빛이 그들을 비쳤다. 달빛이 만든 그림자가 물 위를 미끄러졌다.

톤이 두 팔을 제이콥의 허리에 두르고 그를 꼭 끌어안았다. 둘은 쌀쌀한 바람 속에서 온기를 찾아 서로를 부둥켜안았다.

"아주 상쾌한걸."

제이콥이 말했다. 작지만 튼튼한 다인승 모터 보트가 유령처럼 지나가면서, 항해등으로 가는 길을 표시했다. 불빛에 비친 강이 유리병 바닥에 남은 붉은 포트와인 같았다.

"저런 보트가 있으면 얼마나 좋을까?"

"언젠가 가질 거야. 그걸 타고 에이셀메르 호수를 항해할 거야. 너하고 나하고 같이. 안 될 거 있어?"

"좋아. 찬성이야. 보트 이름을 뭐라고 할까?"

"티튀스."

톤이 망설이지 않고 말했다.

"어때? 티튀스라는 배 이름."

제이콥은 웃었다.

갑자기 문이라도 닫힌 듯이 바람이 그쳤다. 둘도 잠잠해졌다.

"앉을래?"

톤이 말했다.

그들은 팔을 풀고 자리에 앉아서, 다리를 강물 위로 늘어뜨린 채 한동안 새로 닥친 침묵에 귀를 기울였다. 잠시 후 톤이 말했다.

"단 때문에 속상해하지 마. 할머니 때문에 스트레스가 많아서 그래. 식구들하고 언쟁도 많았고. 겉으로 보여 주는 것보다 속으로는 더 많은 걸 겪고 있어. 아주 힘들어하고 있어. 그리고 그날이 다가오면서 점점 더 힘들어지고."

제이콥은 불평이 아닌 아쉬움을 담아서 말했다.

"그저 조금 더 있고 싶다고 말했을 뿐인데."

"그뿐이 아냐. 단은 질투하고 있어. 조금."

"질투?"

"너를 말이야."

"나를? 나를 왜?"

"단은 할머니하고 사이가 아주 가까워. 그래서 할머니한테 아주 지극했어. 할머니를 위해서라면 어떤 일이라도 꺼리지 않을 거야. 그런데 네가 왔어. 할머니는 너를 위해서 회고록도 썼어. 단은 많은 시간을 들여 그 일을 도왔어. 물론 단에게도 네 할아버지 이야기를 해 주었지만, 너한테처럼 글로 써 보여 주지는 않았잖아."

"그래서 나를 싫어하는 거야?"

"싫어하는 건 아냐. 널 좋아해. 싫어한다면 너를 집에 계속 데리고 있지 않을 거야. 하지만 그래서 더 나빠지고 있어. 단은 경쟁심이 강한 편이거든. 안 그런 척하지만 그래."

"나는 경쟁심 같은 거 별로 없고, 단하고 그 무엇을 놓고도 경쟁하지 않아."

"단도 알아. 원래는 오늘 할머니 병원에 갈 예정이었지만, 일부러 너한테 온 거야. 알지?"

"아니, 몰랐어."

"네가 걱정돼서."

"걱정?"

"할머니의 회고록을 읽고 네가 심란해할까 봐."

"그건 맞아. 심란해."

"너를 혼자 두고 싶어 하지 않았어."

"너한테 그런 이야기를 했어?"

"아까 전화했을 때. 내가 네 곁에 있어 주겠다고 했지만, 자기가 하고 싶다고 했어. 그래도 내가 도움이 될지도 모른다고 나더러도 와 달라고 부탁한 거지."

"그러면 왜 그렇게 화를 내고 밖으로 나가 버린 거야?"

"단은 성미가 불같은 데가 있어. 화가 나면 때로는 아주 과격해져. 나는 그런 모습을 꼭 한 번 봤는데, 정말 무서웠지. 그런데 단은 자신의 그런 성미를 싫어해. 폭력을 싫어하니까. 그래서 그런 기분이 느껴지면 나가는 거야. 마음이 가라앉을 때까지 상황을 피해서. 시모네는 그럴 때 단을 어떻게 대해야 하는지 알아. 아마 시모네한테 갔을 거야."

"그러면 나한테 화가 난 게 아니라는 거야?"

"너한테가 아니라 자기한테 화가 난 거야. 내가 아는 사람 가운데 단처럼 너그러운 사람은 없어."

제이콥은 깊은 숨을 들이켰다. 강 쪽에서 희미한 엔진 오일 냄새가 나서 콧물이 흘렀다.

그는 코를 훌쩍이고 말했다.

"너 나한테 더 말하고 싶은 게 있는 거지?"

톤은 제이콥의 팔짱을 끼고 말했다.

"나는 너를 다시 만나고 싶어. 너를 알고 싶어. 그리고 네가 나를 알았으면 좋겠어. 어떤 식으로건. 우리 사이에는 무언가 있어. 내가 굳이 말 안 해도 알 거야. 그게 무언지 찾아보는 건 좋은 일이지만, 지금은 때가 아냐. 앞으로 몇 주일 동안 시모네하고 나는 단한테 온 신경을 기울여야 해. 나는 가족이나 친구가 안락사를 겪은 사람들을 좀 알아. 그건 아주 힘든 일이야. 일이 끝난 뒤에도 많은 고통을 겪어. 일을 치르기 전보다 더 힘들어하는 사람들도 있어. 할머니하고 친했던 만큼 단은 무척 힘들 거야. 안 봐도 뻔하지. 많이 무너질 거야. 어느 정도일지는 모르겠지만. 그게 다 끝나고 시간이 지나서 단이 회복되었을 때 돌아와. 그때도 오고 싶다면. 그때는 우리 모두가 괜찮을 거고, 네가 우리를 새롭게 출발시킬 수 있을 거야."

제이콥은 달빛 어린 강물을 응시했다. 어둠이 주변을 감싸고 있는 게 다행이라고 여겨졌다. 그리고 자신이 톤의 얼굴 대신 흘러가는 강물을 바라보고 있다는 게.

잠시 후 톤이 말했다.

"잊지 마. 여기를. 오늘 밤의 모습을. 그리고 다음에 다시 와서 보는 거야. 멈춘 지점에서 다시 시작하는 거지."

그는 팔짱을 풀고 고개를 돌려 제이콥을 바라보았다.

"응?"

"그래."

제이콥이 힘겹게 말했다. 콧물이 흐르는 게 오일 냄새 때문인지 어쩐지 알 수 없었다.

"하지만……모든 게 너무도……나는 그다지, 뭐랄까, 강하다거나 용감하지 않아. 너나 단하고는 달라."

톤은 잠깐 기침하는 것처럼 웃었다.

"용감하다, 그런 게 아냐! 우리는 그냥 인생은 그래야 한다고 믿는 것뿐이야. 모든 사람이 그런 건 아냐. 하지만 우리는 그래. 그리고 우리처럼 생각하는 사람들도 그렇고. 우리는 살면서 사는 법을 배우잖아. 세상에 그것만큼 가치 있는 일이 또 있을까?"

"여기서 이런 며칠을 겪고 보니, 지금까지 내 인생은 아무 생각 없이 동물처럼 냄새만 쫓아다니며 살아왔던 것 같아."

"그렇다면 아주 훌륭한 후각인걸."

톤이 말했다. 그러더니 다시 진지하게 덧붙였다.

"내가 단을 사랑하는 이유 하나는 나 혼자라면, 아니면 다른 사람하고라면 하지 않았을 생각을 단과 함께 있으면 하게 된다는 거야. 섹스는 우리가 그러는 방법 중 하나지."

"알아."

제이콥이 말했다.

"생각하는 거에 대해 말이야. 단이 며칠 전 국립박물관에 데리고 갔을 때 나도 그랬어."

"단은 렘브란트에 완전히 빠졌어. 세계적인 전문가가 되고 싶어 하는 것 같아."

"시모네는 어때? 뭐 하는 사람이야?"

"미술을 해. 시모네도 완전히 빠졌어."

"뭐에?"

"미술에. 그리고 단한테. 시모네는 지금 단을 사람이 상상할 수 있는 온갖 자세의 그림과 사진으로 만드는 계획을 실행 중이야. 전부 누드로. 1,080점의 작품을 만드는 걸 목표로 삼고 있어."

"왜 1,080점이야?"

"원은 360도잖아."

"그래."

"하지만 그건 평면상의 원이야. 일차원이지. 시모네는 단을 삼차원으로 만들고, 모든 각도에서 본 모습을 넣고 싶어 해. 그래서 360도 곱하기 3을 하면 1,080점이 나오지. 사진도 역시 1,080점으로 하고."

제이콥은 웃었다.

"엄청난걸! 전에도 그런 일을 한 사람이 있어?"

"내가 아는 한은 없어."

"몇 년은 걸릴 것 같아."

"2년 예정이고, 지금이 2년째야. 작업이 마무리되면 전시회를 할 거야. 그러고 나면 시모네가 가장 좋아하는 그림을 토대로 해서 스물여섯 점의 유화를 그릴 거래."

"스물여섯 점?"

"그때 단이 스물여섯 살이 되니까."

"그야말로 완전한 주의 집중이로군."

"헤르트라위 할머니가 말하는 진정한 사랑?"

제이콥은 고개를 끄덕였다.

그는 일어섰다.

"돌아갈까? 조금 추워지네."

톤은 제이콥이 일어나는 걸 도와주려고 그의 손을 잡았다. 그리고 그가 일어선 뒤에도 손을 놓지 않았다.

"우리는 여기서 헤어지는 게 좋을 것 같아. 어둠 속의 강물을 바라보면서 말이야. 강물과 우리를 함께 기억하면서."

"내일 또 만날 수 없을까?"

"내일은 한 달에 한 번 어머니가 오시는 날이야. 같이 있어 드려야 돼."

"알았어. 좋아. 그럼……."

톤이 손을 뻗어서 한 손으로 제이콥의 머리를 감싸 쥐더니 입술에 키스를 한 번, 살짝 오래 했다.

"안녕, 자크. 다음에 여기서 만날 때까지."

제이콥은 톤이 했던 것처럼 손으로 톤의 머리를 감싸고 키스를 돌려주었다.

"안녕, 톤. 다음에 만날 때까지."

톤은 그를 잠시 꼭 끌어안았고, 그런 뒤 둘은 좁은 벽 위를 걷고 황야를 지나 도로로 돌아왔다.

제이콥

노래를 부르는 게 언제나
행복해서만은 아니다.

– 피에르 보나르

BE READY
NIETS ZN
AMSTERDAM
IS WAT
HET LIJKT

아래층의 소음이 그를 깨웠다. 8시 반, 잿빛 구름 가득한 수요일이었다.

그는 화장실에 가려고 일어났다가 단이 나갈 준비가 된 것을 발견했다.

"너한테 쪽지를 써 두려던 참이야."

단이 말했다.

"오늘은 주로 할머니랑 같이 있어야 해. 어머니하고도. 처리해야 할 일들이 있어. 변호사도 만나야 하고, 의사들도. 저녁때는 돌아올 거야. 일곱 시쯤에. 괜찮겠어?"

"걱정 마."

"미안해. 하지만……."

"알아. 걱정할 거 없어. 하지만 어젯밤 일은……."

"괜찮아."

"별로 생각이 없었어. 술도 너무 많이 마시고. 어쨌건 그렇게, 그러니까, 사태를 악화시키려고 그런 건 아니었어. 미안해."

"미안할 거 없어."

"하고 싶은 말이 있어."

"빨리 말해. 기차를 놓치지 않으려면 바로 나가야 하니까."

"그냥 형이 지금 아주 힘든 시기라는 걸 안다는 거야. 그리고 형이 나를 돌봐 주려고 애쓴 것도 알고. 그래서 고맙고 지난 며칠 동안 형하고 헤르트라위 할머니하고 톤하고……."

"나중에 말하자. 어때?"

"좋아."

둘은 서로의 모습을 살펴보았다. 제이콥은 흰 티셔츠에 밤새 자느라고 구겨지고 지저분해진 파란색 사각 팬티 차림이었다. 단은 깨끗한 블랙 진을 입고 단추를 꼭 채운 흰색 셔츠 위로 파란색 데님 재킷을 걸친 깔끔하고 단정한 차림이었다. 하지만 그의 눈은 충혈되고 피곤해 보였다.

"가야 돼."

그가 말했다. 그리고 제이콥의 어깨를 잡고 3연속 키스를 했고, 마지막 키스를 입술에 했다. 모포를 덮는 듯한 감촉을 주는, 남자 사이의 거친 키스.

"뭐가 어디 있는지는 다 알지? 네가 알아서 해 먹어. 마지막 날이구나. 잘 지내."

단이 나갈 때 제이콥이 말했다.

"할머니께 선물 정말 고맙다고 전해 드려 줘. 고맙다는 말은 사실 너무 미약한 표현이지만."

단의 발이 계단을 탁탁 내려갔다.

"전해 드릴게."

아침 식사를 마쳤을 때 테셀이 왔다. 헤르트라위에게 필요한 물건을 가지러 왔다고 말하더니, 위층으로 올라가서 제이콥이 들어가 본 적은 없지만 헤르트라위의 침실이 아닐까 생각했던 닫힌 방으로 들어갔다. 그러더니 금세 작은 가죽 가방을 들고 내려와, 제이콥이 어젯밤의 잔존물과 오늘 아침 식사 설거지를 하고 있는 부엌으로 돌아왔다.

"같이 커피 한잔해도 되겠니?"

테셀이 말했다.

"하지만 오래 있지는 못해."

테셀은 커피를 준비하며 불안이 깃든 목소리로 말했다.

"우리 어머니 회고록에 너무 놀랐거나 기분이 상하지 않았기를 바란다."

부인이 여기 온 건 혹시 그것 때문인가? 제이콥은 의아했다.

"기분 상하지 않았어요. 제가 느끼는 감정이 뭔지 아직 잘 모르겠어요. 하지만 기분 상한 건 아니에요."

"우리 어머니가 이 일을 너한테 알리는 걸 내가 반대했다는 거 단이 말해 줬니?"

제이콥이 고개를 끄덕였다. 단을 떠버리로 만들고 싶지는 않았지만 거짓말을 할 수도 없었다.

"그래 사실이야. 나는 반대했어."

테셀이 커피에 뜨거운 물을 부으며 말했다.

"네가 모르기를 바라서가 아니야. 내가 볼 때는 이제 와서 그 아득한 옛날 일, 그런 일을 아는 게 무슨 소용이 있느냐는 거야."

"그게 소용이 있는지 없는지는 모르겠어요. 하지만 단이 내 사촌 형이고, 아줌마가 제 고모라는 걸 알게 된 건 좋아요."

테셀은 이 집에 온 뒤 처음으로 제이콥을 똑바로 바라보았다.

"그래?"

테셀은 미소를 지었다.

"그 말을 들으니 기쁘구나. 솔직히 말하면 나도 네 고모가 된 게 기쁘단다."

그녀는 다시 고개를 돌리고 찻잔에 커피를 따르며 덧붙였다.

"지난 몇 달 동안 우리 집에는 기쁜 일이 별로 없었단다."

그녀는 커피를 방 앞쪽으로 가지고 가서, 탁자에 찻잔을 놓고 창문이 마주 보이는 의자에 앉았다. 제이콥도 따라 소파에 앉았다. 어쩌다 보니 자신이 단의 자리에 앉았다는 게 의식되었다.

"우리와 함께 있을 마지막 날이로구나."

테셀이 말했다. 그는 커피를 마시고 말했다.

"이런 상황에서 이상하게 들리겠지만, 저는 이번 여행도 좋았고 또 아줌마네 식구들을 만난 것도 좋았어요. 그리고……."

"우리는 너를 제대로 돌봐 주지 못했어."

"제가 볼 때는 그렇지 않아요."

테셀이 그를 보았다.

"우리 어머니의 고백에 놀랄 사람은 너뿐이 아닐 거라고 생각해서 그래."

"우리 할머니요?"

테셀이 고개를 끄덕였다. 일요일에 본 모습보다 훨씬 더 늙어 보였다. 얼굴 전체가 일그러지고 피곤했다. 그녀는 커피를 약간 마시고 잔을 내려놓은 뒤 말했다.

"할머니한테 그걸 보여 드릴 거니?"

"그러면 안 된다고 생각하세요?"

"그건 너한테 달린 일이지. 네가 하고 싶은 대로 해."

"단은 보여 주지 않는 게 좋대요."

"하지만 그러기 어려울걸."

"그것만이 아니에요. 저는 올바른 일을 하고 싶어요."

테셸이 흥, 하고 콧바람을 들이켰다.

"아, 그래!"

그리고 커피를 조금 더 마셨다.

"올바른 게 무언지 알기가 언제나 쉬운 건 아니지."

"올바른 행동을 하기도 언제나 쉬운 건 아니에요."

그는 덧붙여서 한 말이었는데, 하고 보니 비난하는 것 같은 느낌
이 들었다.

테셸이 그를 예리하게 바라보았다.

"내가 피하고 있다고 생각하는구나. 아니면 옳은 일을 하지 못하
게 하려고 한다고."

제이콥은 약간 당황해서 말했다.

"아니, 아니에요. 그런 뜻으로 한 말은 아니에요. 저는 그저 할머
니한테 얼른 이야기하고 싶어 좀이 쑤시는 않는다는 것뿐이에
요. 할머니가 어떻게 받아들일지 걱정도 되고요."

"그것 때문에 말을 하지 않는 건 일종의 비겁한 행위가 되겠지."

"그런가요?"

"그리고 겁쟁이가 되지 않기 위해 너는 말을 하겠지."

"그렇게는 생각하지 않았어요. 그렇게 되는 건가요?"

"아니면 말하는 게 더 큰 비겁 행위인가?"

"어떻게요?"

"그걸로 마음의 짐을 덜어 내니까."

"무슨 짐요?"

"책임."

"무슨 책임요?"

"누군가에게 큰 상처를 줄지도 모르는 일을 알고 있다는 책임. 게다가 그 누군가란 실제로 네가 사랑하고 또 네게 사랑과 헌신을 기울인, 자기 인생의 많은 부분을 바친 사람이지. 상처를 주지 않기 위해서 알고 있는 것을 말하지 않을 책임."

"그렇다면 말하는 것보다 말하지 않는 게 더 어렵다는 말씀인가요? 그리고 말하지 않는 게 더 좋을 거라는?"

"말하지 않는 편이 더 좋다고, 솔직히 말하자면 나는 그렇게 생각해."

제이콥은 가만히 앉아서 혼자 그 질문을 생각해 보려고 했지만, 마음속에 의식되는 건 오직 상황의 어색함뿐이었다. 테셀은 두 손으로 의자 팔걸이를 가볍게 두드리고, 치마를 문지르고, 얼굴을 만지고, 커피 잔을 들었다가 마시지도 않고 내려놓았다.

마침내 그가 말했다.

"모르겠어요. 저는 아직도 놀라움이 가시지 않은 것 같아요. 회고록을 다시 한 번 읽어 봐야 할 것 같아요. 아직 제대로 소화하지 못했어요. 그리고 저는 제 감정이 어떤 건지, 이런저런 일들이 저한테 무슨 의미인지 알아내는 데 시간이 좀 오래 걸리는 편이에요."

테셀은 깊은 숨을 쉬었다.

"내가 볼 때 그건 나쁜 게 아니야. 서두른 행동은 두고두고 후회한다는 영국 속담도 있지 않니?"

제이콥은 미소를 지으며 고개를 끄덕였다.

"그 비슷해요."[본래는 "서두른 결혼은 두고두고 후회한다."]

테셀은 커피를 마저 마시고, 의자 가장자리에 걸터앉아 무릎에 포갠 두 손을 내려다보며 말했다.

"사실은 너한테 작별 인사를 하러 왔어. 내일 너를 공항에 데려다 주지 못할 것 같아서. 단은 너 혼자 공항까지 갈 수 있을 거라고 하지만."

"네, 갈 수 있어요. 걱정 마세요. 사실, 저도 그 편이 좋아요."

"그래도 누구 한 명은 배웅을 가야 할 것 같은데."

"그러실 필요 없어요. 정말이에요."

"그리고 네가 나중에 다시 와 주었으면 좋겠어. 그러니까……나중에."

"네, 저도 그러고 싶어요. 진심으로요."

"단도 그러길 바랄 거야."

"약속할게요. 가능한 한 일찍 올게요."

그녀는 가벼운 미소를 시도했다.

"어쨌거나 우리는 너의 네덜란드 친척이잖니. 너도 우리 가족이야. 우리의 일부지."

그는 진심으로 기쁜 웃음을 웃었다.

"다음에 오면 좀 더 오래 있다 가야 해. 그리고 네덜란드 어도 좀 배우고."

"단도 그렇게 말해요. 단은 벌써 저더러 꼬마 동생이래요. 듣는 꼬마 동생 기분 나쁘게 말이에요."

테셀이 일어섰다.

"가야겠다."

그녀는 코트와 가방을 집어 들었다. 그리고 문 앞에 서서 제이콥을 마주 보았다.

"잘 가렴."

그녀가 말했다.

"걱정 많은 고모의 말에 헷갈려할 것 없어. 시간이 지나면 어떤 게 올바른지 알게 될 거야. 그러면 누가 뭐라고 해도 너한테 옳다고 여겨지는 일을 해. 그러면 네덜란드 고모의 키스를 받아 주겠니?"

그녀는 몸을 기울여 3연속 키스를 아주 가볍게 했다.

"할머니께 내 안부를 전해 드리렴. 그리고 네가 어느 쪽으로 결정을 내렸는지도 알려 줬으면 좋겠어. 네가 말을 한다면 그 일과 관련해서 내가 편지를 드려야 할 것 같아서. 그렇게 해 주겠니?"

"네."

"고맙다. 다시 한 번 잘 가렴. 다음에는 고모 노릇을 제대로 할게. 재미있게 놀 수 있을 거야. 시골에 가면 간척지에 가 볼 만한 곳들이 있어. 진짜 네덜란드지. 암스테르담하고는 달라."

"저는 암스테르담이 좋아요. 날마다 더 좋아져요."

"젊은 사람들은 다 그래."

그는 테셀이 조심조심 계단을 내려가는 모습을 지켜보았다. 그녀가 와 준 게 기뻤다. 그녀는 자신과 비슷한 점이 있었다. 일종의 조심성이. 다른 사람에 대한 걱정이. 새라가 예의범절이라고 부르는 고집이. 제이콥 할아버지가 물려준 유전자인가 아니면 어쩌다 보니 그런 것인가? 우연인가 유전인가? 그게 중요한가? 그들은 그런 사람들이었고, 그는 그게 좋았다.

테셀이 다녀간 뒤 그는 불안해졌다. 아무것도 할 수 없었다. 책도 읽을 수 없고, 음악을 들으면 짜증만 났고, 글을 쓴다는 건 불가능할 뿐 아니라 생각만 해도 토할 것 같았다. 그는 헤르트라위에게 편지를 쓰고 싶었고, 그래야 할 것 같았다. 사정을 알게 된 지금, 아직 시간이 있을 때 자기가 할 수 있는 말을 해야 한다고 느꼈다. 하지만 무슨 말을? 할 말이 너무 많았다. 그러나 그중에 말할 수 있는 건 너무도 적었다. 닷새 뒤에 스스로의 결심으로 죽기로 된 여자한테, 아니 그 누구에게라도 무슨 말을 할까?

결국 그런 답답함을 벗어나기 위해 그는 외출했다. 처음에는 '스톤헤드'로 다시 가 보려고 했다. 그곳이 낮에는 어떤 모습인지도 보고 싶었고, 그곳에는 사람이 없었기 때문이다. 하지만 기차역 앞에 이르자 그는 강물 속으로 뻗은 좁은 벽 위에 혼자 앉아 있고 싶지가 않아졌다.

그는 한동안 역 광장에서 공연하는 한 무리를 바라보았다. 페루나 그 비슷한 지역 출신이었다. 그중 두 사람은 병으로 저글링을 했다. 역 광장의 소음 위로 이따금 전차의 출발을 알리는 종소리가 들렸다. 그는 암스테르담 전차의 생김새도 좋고(연필처럼 가는 차체, 뭉툭한 앞뒤 끝), 소리도 좋았다(딸랑거리는 종소리, 폐병 환자 같은 문소리와 브레이크 소리, 그르릉거리는 엔진 소리, 철로에 바퀴가 굴러 가는 쇳소리). 겉모습은 옛날식이고 튼튼했지만, 느낌은 현대적이면서도 장난기가 다분했다. 그것들이 지나다니는 도시와 똑같이. 저 전차를 타고 종점까지 갔다가 다시 돌아오는 건 어떨까?

하는 생각이 들었다. 전차의 눈높이로 누벼 보는 도시.

그는 암스테르담 지도가 그려진 안내판 앞으로 갔다. 전차 노선이 붉은색으로 표시되어 있었다. 그는 25번을 타기로 했다. 암스텔 강이 급격하게 굽은 곳에 잇닿은 전차의 종점에는 그가 발음할 수 있는 이름들이 있었다. 마틴 루서 킹 공원, 프레지던트 케네디 대로. 그곳에 가면 분명히 카페도 있어서 거기 앉아 강 위의 일들을 구경하다가 돌아올 수 있을 것이다.

그는 전차를 타고 떠났다. 딸랑딸랑 역 광장을 벗어나 딸랑딸랑 물 위를 지나고, 관광객들이 잘 빠지는 함정인 싸구려 상점과 술집들―섹스박물관, 고문박물관―이 줄지어 선 담락 대로로 들어서, 한때 증권 거래소였다가 이제는 전시와 강연장이 된 뵈르스 판 베를라헤를 지나고, 담 광장과 왕궁을 마주 보는 화려한 백화점 더 베옌코프르를 지나고(그런데 둔탁한 회색 돌담에 둘러싸인 왕궁은 왕궁이라기보다는 감옥 같았다. 왜 깨끗하게 청소하고 좀 더 경쾌한 분위기로 바꾸지 않는 걸까?), 어디나 넘치는 사람들을 지나, 딸랑딸랑 관람객이 줄지어 선 마담 투소 박물관을 지나, 딸랑딸랑 한쪽에는 좀 더 괜찮은 상점들―골동품점, 옷 가게, 식당, 단이 안경을 산, 그리고 일가족이 대대로 운영하는 아름다운 가게라고 말한 안경점―이 있고, 다른 쪽에는 유람선이 대기 중인 운하가 있는 로킨 거리로 들어섰다가, 딸랑딸랑 붐비는 굽이를 돌아 베이젤 거리로 들어섰다.

그때 그는 지난 목요일에 알마와 처음 만난 뒤, 이 길을 반대 방향으로 지나갔다는 게 생각났다. 그날은 그가 이 도시에 온 첫날이자 그의 지난 인생의 마지막 날이기도 했다. 이제 그는 곧 알마와 이야기를 나눈 카페와 월요일에 톤과 함께 들어가 초콜릿을 산 가게 앞을 지나갈 것이다. 그 월요일은 (혼자 웃으며) 그가 이 도시와 사랑에 빠진 날이었다. 내가 사랑에 빠진 날, 아닌가? 사람과 사랑에 빠지는 것과 똑같다. 헤어지기 싫고, 관련된 모든 걸 알고 싶고, 좋은 모습도 나쁜 모습도 있는 그대로 사랑하고, 아름다운 것뿐 아니라 그다지 예쁘지 않은 것도 사랑하고, 소음, 냄새, 색깔, 모양, 온갖 기벽을 사랑한다. 다른 어떤 곳과도 다른 차이를 사랑한다. 현재와 더불어 과거도 사랑하고, 그 수수께끼도 사랑한다. 아직 그가 이해하지 못하는 것이 많았기 때문이다. 그리고 그곳을 보는 법을 처음 알려 준 단과 톤 같은 사람들도. 그리고 물론 이곳이 가진 재미도. 도시가 이렇게 재미있을 수 있다고는 생각한 적이 없었다. 하지만 암스테르담은 그랬다. 지금 이 순간까지 그는 암스테르담을 바라보기만 해도 미소가 떠오른다는 사실을 몰랐다. 거기다 거리에서 보는 것은 어떤가. 예를 들어서 사람들 틈을 비집고 바쁘게 지나가는 저 남자. 모두가 길을 비켜 주는 그 남자는 키가 크고 날씬한 데다 길디긴 다리에 구릿빛 근육질 몸매를 자랑하는 흑인인데, 입은 옷이라고는 성기를 가리는 작은 주머니가 달린 검은 가죽 끈 팬티와 역시 검은 가죽으로 된 어깨 끈, 그리고 가죽 조각을 붙여 만든 검은 모자뿐이었다. 그러니까 그는 그냥 걸어가는 게 아니라 자신을 전시하며 지나간다. 예술 작품이다. 박물관에 있는 작품들에 뒤지지 않을 만큼 아름답다. 살아서 움직이는 조각.

케이제르스 운하가 가까워졌다. 다음은 프린센 운하다. 그는 이제 운하들의 순서를 알았고, 그렇게 도시를 익혀 가는 게 즐거웠다. 프린센 운하, 알마가 사는 곳. 그는 떠나기 전에 자신이 겪은

'모험'을 말해 주겠다고 알마에게 약속했다.

프린센 운하 너머 파니니 카페 옆 도로 중간의 정류장. 약속. 문제될 거 없잖아? 그는 충동적으로 일어나서 문이 끼이익 소리를 내며 닫히기 직전에 아슬아슬하게 빠져나왔다. 포장된 도로를 걷다 보니 다리에 꽃 가판대가 있었다. 그는 붉은 장미꽃 한 다발을 샀다. 네덜란드 사람을 찾아갈 때의 예의에 대한 할머니의 가르침 때문이기도 했지만, 미리 전화로 약속을 잡지 않은 것에 대한 무마책이기도 했다. 그런데 혹시 집에 안 계시면 어떻게 하지? 창살에 꽃다발을 꽂고 다시 전차를 타고 딸랑딸랑 가는 거지.

하지만 알마는 집에 있었고, 그가 우쭐해질 만큼 따뜻하게 그를 맞았다. 방범 창살이 열리면서, 그는 꽃줄이 걸린 유리문을 지나 작은 배의 선실 계단처럼 경사가 급한 계단을 세 칸 내려가 깔끔한 사각 동굴 같은 거실로 들어섰다. 유리문이 닫히자 안쪽은 따뜻하고 아늑했다. 이파리들 틈을 뚫고 들어오는 부드러운 빛은 녹색으로 물들어 있었고, 책장 구석에 세워진 지구본 스탠드는 알마가 그의 노크에 답하려고 책을 펼친 채로 내려놓은 의자 주변에 노란빛을 뿌리고 있었다. 더 이상 바랄 수 없을 만큼 우아하면서도 허세라고는 조금도 없는 방이었다.

문 뒤쪽 어딘가에 있는 부엌에서 커피와 힐레를 생각나게 해 주는 카넬 맛 비스킷 냄새가 났다. 문 안쪽으로는 거실 절반 정도 크기의 방과 수선화 무늬의 노란 이불에 덮인 일인용 침대가 살짝 보였다. 알마는 제이콥과 마주한 의자에 앉았고, 제이콥은 길가 쪽 벽에 놓인 물컹거리는 검은색 린넨 소파에 앉았다. 소파 위로는 입구와 짝을 이루는 창문이 나 있었다.

커피가 마련되는 동안 그는 불쑥 찾아와서 미안하다고 했다. 장미는 여러 차례 감탄을 받았고, 고풍스런 느낌의 둥근 식탁 위 꽃병에 꽂혀, 오래 묵은 밤나무 식탁을 배경으로 핏빛을 환하게 뿌렸다. 그의 다음 날 출국에 대한 이야기가 나왔다. 출발 시각, 몇 시 기차를 타야 스히폴 공항에 가서 수속하는 데 무리가 없는지, 비행 시간은 얼마나 걸리는지(1시간 20분), 공항에 마중 나오는 사람은 누구인지(어머니), 브리스톨 공항에서 집까지는 얼마나 걸리는지 (차로 1시간) 등등.

그런 뒤 알마가 말했다.

"이제 안네 프랑크의 집에 가 봤겠지? 어떻든?"

이제 이야기를 할 시간.

"사실 그때 할머니랑 처음 만났을 때, 저는 이미 거기 다녀온 참이었어요."

"그래? 그런 말은 안 했잖아."

"네. 그 이야기를 할 기분이 아니었거든요. 날치기를 당해서 그랬던 게 아니에요. 그전에 있었던 일들 때문이죠. 그러니까 제가 그 전날 와서 여기 단의 부모님 집에 갔어요. 그 이야기는 했죠. 그랬더니 단의 어머니인 테셀 아줌마, 실제로는 아주 친절한 분이고, 저는 그분을 아주 좋아해요. 하지만 그날은 집안에 문제가 있다면서 그게 뭔지는 말하지 않고 헤르트라위 할머니한테 신경 쓸 일이 아주 많다고만 그랬어요. 그래서 저는 어쨌건 환영받지 못하는 손님이 된 것 같았어요."

"지난주에는 그런 건 이야기 안 했잖니."

"네. 제가 그날 암스테르담으로 보내진 건, 그 집 식구들이 할 일이 있는데 제가 방해가 되면 안 되기 때문이었어요. 어쨌거나 저는 그렇게 느꼈어요. 그래서 기분이 별로 유쾌하지 않았죠."

"충분히 이해할 수 있다."

"그리고 저는 낯선 장소에 혼자서 그렇게 잘 있는 편이 아니에요. 사실 저는 도시를 별로 좋아하지 않아요. 암스테르담은 정말로 사랑하게 되었지만, 그건 다른 이야기고요. 그래서 우울한 기분으로 안네 프랑크의 집에 갔어요. 암스테르담에서 내가 아는 곳도 가고 싶은 곳도 그곳뿐이었으니까요."

"물론 일기 때문이었겠지."

"사람들이 줄을 서 있었어요."

"늘 그렇지."

"줄이 아주 길었고, 그것도 제 침울한 기분에 전혀 도움이 되지 않았어요. 저는 줄 서는 걸 아주 싫어하거든요. 하지만 어쨌건 줄을 섰고, 그건 꼭 놀이 공원에 가서 머리 둘 달린 남자나 수염 난 여자를 보려고 줄을 선 것 같았어요. 그리고 안에 들어가 보니, 앞에도 사람, 뒤에도 사람, 온통 사람이었어요. 사람들이 계단을 쿵쿵 올라가서 방들을 구경했어요. 안네가 살던 곳에 가 보니 이미 사람이 가득했고, 모두가 입을 벌리고 어기적어기적 걸었어요. 사람들이 무례했다는 게 아니에요. 오히려 반대예요. 모두 예의를 잘 지켰어요. 경건하고 조용했고, 떠드는 사람도 없이 조용히 속삭이거나 여기저기 가리키며 구경하는 게 전부였어요. 모르겠어요. 저는 그냥 우리가 안네의 개인 공간을 침입하고 있다는 생각이 들었어요. 안네를 짓밟고 있다는. 하지만 그것 말고, 정말 어처구니없던 건……."

"그래, 어처구니없던 건?"

"말도 안 되는 일이지만 그 많은 사람을 보니까, 내 또래가 대부분이었고 모두가 성지 순례자들 같았는데, 그런 모습을 보니까 갑자기 안네가 이제는 나만의 안네가 아니라는 생각이 들었어요."

"너만의 안네?"

"네. 여기 이 많은 사람들도 모두 안네가 살던 곳을 찾아왔어요. 안네가 일기를 쓰던 곳을요. 저는 혼자 말했죠. '저 사람들도 안네를 자신의 안네로 생각해.'"

"하지만 제이콥, 안네가 얼마나 유명한지는 알았을 거 아냐."

"물론 알았어요. 하지만 그건 다른 이야기였어요. 그냥 아는 거하고 정말로 아는 건 다르잖아요. 머리로는 통계 수치처럼, 사실처럼 알았죠. 하지만 마음으로는 몰랐어요. 그래, 안네는 유명해. 그래서? 그래서 어쩌라고? 나는 『안네의 일기』를 늘 곁에 두고 읽어요. 전에 말했듯이 줄을 쳐 가면서요. 그런 생각은 안 해 봤던 것 같아요. 그러니까 마치 안네가 내 단짝 친구고, 뭐랄까 나를 위해 일기를 썼다고 생각하고, 믿고, 그걸 당연하게 여겼던 거예요. 오직 나를 위해."

"그러다가 그 비밀 은신처에 모여든 사람들을 보았고."

"특히 침실이 그랬어요. 그 방이 얼마나 작은지, 또 안네가 그 방 벽에 그림을 어떻게 붙여 놨는지 아시죠. 엽서들, 잡지에서 오린 그림들."

"알아."

"그런 게 아직도 다 벽에 있어요. 가구는 없어요. 역시 바보 같지만, 저는 안네가 거기 살던 시절과 똑같은 공간을 보게 될 거라고 생각했어요. 하지만 그렇지 않았어요. 아무것도 없었어요. 텅 비어 있었죠. 그 시절의 모습을 보여 주는 인형 집 같은 전시 모형을 빼면요. 저는 기분이 아주 나빴어요. 나중에 그곳이 똑같은 모습으로 있을 수 없었다는 걸 깨달았어요. 사람들이 체포된 뒤 독일군이 모든 걸 싹 치웠으니까요. 하지만 그때는 그 의미가 머릿속에 들어오지 않았어요. 예외는 안네가 침대 옆 벽에 붙여 놓은 그림들뿐이었어요. 그것 때문이었던 것 같아요. 그 그림들을 보니까 안네가 아직도 거기 있는 것 같았어요. 아니면 안네의 영혼이라도. 그걸 보니 마음이 무너지기 시작했어요. 내가 일기를 읽은 그 많은 시간. 그것이 내게 가졌던 모든 의미. 특히 너무나 중요해서 줄을 그어 둔 대목들. 나에게 말을 걸던 안네. 내 머릿속에 있는 걸 표현해 준 안네. 내 생각과 감정을 말해 준 안네. 그리고 그 텅 빈 방들, 나와 안네 사이에 서 있는 그 많은 사람들. 그 사람들도 내가 안네를 생각하는 것과 다름없이 안네를 생각한다는 사실. 그게 잘못은 아니죠. 그게 바로 안네가 원한 거니까요. 유명한 작가가 되고 싶어 했잖아요. 안네의 소원은 그게 전부였고, 실제로 유명해졌어요. 아직도 유명하고요."

"그래서 뛰쳐나왔다고?"

"아뇨. 곧바로 나오지는 않았어요. 마음을 다잡으려고 했어요. 그런 식으로 생각하는 게 웃긴다는 건 저도 알았어요. 기쁘고 뿌듯해야 한다는 걸 알았어요. 그렇게 많은 사람이 나처럼 안네를 사랑한다는 걸 기뻐해야 했어요. 간신히 창문 옆 모퉁이로 가서 마음을 가라앉히려고 했어요. 온몸이 가랑잎처럼 떨리면서 식은땀이 흘렀죠. 제 옆에서 어떤 남자가 창밖을 내다보고 있었어요. 중년의 영국 사람이고, 우리 아빠랑 조금 비슷했어요. 그 남자 옆에 여자가 있었는데 남자가 요케라고 부르는 걸 보니까 네덜란드 사람인 것 같았어요. 거기 서서 정신을 차리려고 하고 있는데, 남자가 말했어요. '마당 건너편의 집들 있지?' 그러자 여자가 말했어요. '케이제르스 운하로의 집들이야.' 그러자 남자가 말했어요. '데카르트가 저기 어딘가에 살았다는 거 알아?' '나는 생각한다, 그러므로 나는 존재한다.' 여자가 말했죠. 그러자 남자가 말했어요. '나는 생각한다, 그러므로 나는 존재한다. 나는 존재한다, 그러므로 나는 관찰된다.' 그러더니 둘은 웃었고, 여자가 남자에게 키스했어요."

그는 알마를 보았다.

"나는 생각한다. 그러므로 나는 존재한다."

알마가 읊조리더니 말했다.

"그리고?"

"나는 존재한다. 그러므로 나는 관찰된다."

"그런 말은 들어본 적 없는걸."

알마가 말했다.

"저도 처음이었어요."

제이콥이 말했다.

"데카르트의 말은 아니지."

"그런데 제가 그 말을 정확하게 기억한다는 게 이상하지 않아요?"

"그럴지도 모르지. 그런데 정신을 차린 다음에는 무얼 했니?"

"사람들을 따라갔어요. 은신처를 나와서 내려가면 박물관이 나오잖아요."

"안네의 이야기가 그림으로 설명된 곳."

"그리고 안네의 물품이 유리 상자 속에 진열되어 있는 곳이오."

"진짜 일기도 있고."

"네, 그 일기도 있고요. 일기를 봤더니 더 이상 견딜 수가 없었어요. 안네 방의 그림도 괴로웠지만, 그건 안네가 아니었어요. 안네 자신이 아니었다고요. 하지만 일기! 생각해 보면, 그 일기는 안네 자신이에요. 그게 안네의 존재죠! 일기가 바로 안네예요. 안네가 쓴 그 일기. 안네의 필체, 펜으로 쓴 단어들. 나는 계속 들여다보았어요. 눈을 뗄 수가 없었어요. 유리를 부수고 집어내고 싶었어요. 손에 들고 싶었어요. 냄새 맡고 싶고, 키스하고 싶었어요. 훔치고 싶었어요! 정말이에요! 그런데 사람들이 이리저리 밀치면서 서로 가까이 보려고 애썼어요. 저도 그랬죠. 그 사람들한테 소리치고 싶었어. '저리 가! 안네를 그냥 둬! 당신들은 여기 아무 권리가 없어! 나가!' 하지만 당연히 그런 말은 안 했죠. 그냥 나왔어요. 어떻게 나왔는지는 기억이 안 나요. 전혀요. 기억나는 건 터덜터덜 걷다가 전차에 치일 뻔했다는 것뿐이에요. 그렇게 하다가 레이제 거리에 도착했어요. 그때는 거기가 어딘지 몰랐지만요. 그리고 그 앞 광장에서 날치기를 당한 거예요."

"그 뒤에 나를 만났고."

알마가 말하면서, 긴 이야기가 끝났을 때 사람들이 흔히 그러듯 한숨을 내쉬었다.

"그렇게 얼이 빠져 있던 것도 당연한 일이었구나. 아마 날치기 당한 것보다 안네의 집에서 받은 충격이 더 컸을 것 같은데."

"맞아요."

"도둑이야 돈만 훔쳐갔을 뿐이지. 안네의 집에서 잃어버린 건 훨씬 더 소중한 거니까."

"그래요. 제 느낌도 그래요. 하지만 그게 뭔지는 아직 모르겠어요. 계속 생각을 해 봤는데도요."

"어쩌면 천진한 어린 시절의 일부를 잃은 건 아닐까. 인생에 중요한 교훈을 얻을 때마다 우리는 어떤 상실감을 겪게 돼. 내가 경험한 걸로는 그래. 무언가를 얻을 때는 그 대가가 있지."

알마의 말을 듣자 제이콥은 자신이 왜 알마를 찾아왔는지 또렷이 알 수 있었다. 그래서 아무런 서두도 없이 또 허락도 받지 않고 헤르트라위의 회고록 이야기를 했다. 자신의 할머니 새라가 그 소식을 어떻게 받아들일지 걱정된다고 했다. 단과 톤과 테셀이 모두 그 이야기를 하지 않는 게 좋다고 생각한다는 말은 하지 않았다. 그리고 알마에게 자신이 어떻게 해야 할 것 같으냐고 내처 물으며 이야기를 끝냈다. 할머니께 말을 할까요, 말까요?

알마는 말이 없었다. 그는 두 사람의 머리 위에 걸린 질문의 무게가 느껴졌다.

질문이 너무 무례해서 알마가 대답하고 싶지 않은 걸까 하는 의문이 막 들었을 때, 그녀가 말했다.

"네 할머니가 그 일을 전혀 모르고 계시는 게 확실하니?"

그 질문은 그를 놀라게 했다. 그런 가능성은 전혀 생각해 보지 않았다.

"그러면 저한테 말씀을 해 주셨겠죠."

그가 가까스로 말했다.

"그렇게 생각하는 근거는?"

"할머니하고 저는 모든 걸 이야기하거든요."

"모든 걸 이야기한다고. 할머니가 이번에 너더러 할아버지 무덤에 가 보라고 보낸 거지?"

"네."

"왜 이제야 보낸 걸까?"

"이제 이해할 만한 나이가 되었다고 말씀하셨어요."

"무얼 이해해?"

"할아버지가 돌아가신 사연이겠죠."

"할아버지가 어떻게 돌아가셨는데?"

"전쟁에서 부상을 입었어요. 하지만 돌아가신 건 심장 마비 때문인 것 같아요."

"그래, 심장 마비. 그리고 너를 할아버지 무덤에 보냈구나. 아니면 헤르트라위에게 보낸 건지도 모르지."

"헤르트라위 할머니가 우리 할머니를 초대했는데, 할머니가 오실 수 없게 됐어요."

"초대 편지를 봤니?"

"아뇨."

"그러면 헤르트라위가 뭐라고 했는지 어떻게 아니?"

"몰라요. 그냥 할머니가 해 주신 말씀만 알아요."

잠시 침묵이 흐른 뒤 알마가 다시 말했다.

"왜 젊은 사람들은 그렇게 자주 노인들이 자신들만큼 인생을 감당할 줄 모른다고 생각하는 걸까? 어쩌면 자신들이 진실을 감당할 수 없어서가 아닐까?"

제이콥은 잠시 알마를 바라보며, 그 말이 무슨 뜻일지를 헤아려

보았다. 하지만 그녀의 두 눈은 차분했고, 얼굴에서는 어떤 생각도 읽히지 않았다.

"그 말은 우리 할머니가 이 일을 몰랐다고 해도 받아들일 수 있다는 뜻인가요?"

"나는 네 할머니를 몰라. 결정하는 건 너지."

"할머니가 알고 계신다면 내가 말하기를 기다리실까요?"

"어려운 딜레마로구나."

알마가 부드럽게 웃으면서 말했다.

알마는 관절염이 있는 노인처럼 무릎을 짚고 일어서서 커피 잔을 부엌으로 가지고 갔다.

그리고 돌아와서는 밝고 상냥한 목소리로 말했다.

"꽃이 정말 예쁘구나."

이제 떠나야 했다. 제이콥은 일어섰다.

"가야겠어요."

"다시 암스테르담에 올 거니?"

"네, 다시 올 거예요. 꼭요."

"나도 그럴 거라 생각했어. 그때 다시 나를 찾아와서 어떻게 결정했는지 이야기해 주겠니?"

"네, 그럴게요."

알마가 손을 내밀었다. 그는 악수를 하고, 그녀에게 더없이 조심스럽고도 공손한 키스를 세 번 뺨 위쪽에 했다.

"우리식을 빨리 배우고 있구나."

알마가 웃으면서 말했다.

단이 말하더구나. 내가 죽을 때까지 네가 여기 있고 싶다고 했다고.

하지만 그건 내가 안 된다고 말해야겠구나.

그 일은 쉽지 않을 거야, 특히 테셀과 단에게. 두 사람은 그 일이 지난 뒤에도 살아야 해. 테셀과 단에게 신경 쓸 사람이 또 하나 있어서는 안 돼.

내가 다 계획을 했어.

내 곁에 있을 사람은 테셀과 단이면 돼. 그리고 의사.

하지만 너도 나를 생각해 주렴.

월요일 정오란다.

테셀과 단은 금요일부터 계속 여기 있을 거야.

이제 마지막 작별 인사를 하자꾸나.

의사가 내게 주사를 놓는단다. 내가 잠이 들면, 생명을 끝낼 주사를 놓게 돼.

고통은 없어. 그걸로 가장 끔찍한 고통이 끝나게 돼.

작별 인사를 하고 나서 끝이 올 때까지 테셀과 단이 나에게 내가 사랑하는 글들을 읽어 줄 거야. 그중 하나는 영시란다.

모든 게 조용히 치러질 거야.

장례를 치르고 나면 내 시신은 화장될 거란다.

테셀과 단은 내 유골 가루를 오스테르베크의 하르텐스테인 공원에 뿌릴 거야.

디르크의 유골 가루가 거기 있어. 거기서 우리는 함께 자라면서 헹크와 함께 유년을 보냈지.

네 할아버지의 무덤도 그리 멀지 않아.

그곳은 아름답단다.

우리 가족은 그곳에 와서 우리를 기억할 거야.

너도 그래 주기를 바란다.

네 인생에 축복이 함께하길.

사랑을 담아
헤르트라위

"힐레?"

"제이콥이구나."

"잘 지내?"

"잘 지내. 너는?"

"너를 만나야겠어."

"하지만 너 내일 떠나잖아."

"오후에."

"편지 쓰려고 했는데."

"내 편지 받았어?"

"응."

"네가 날 좀 도와줘야겠어."

"도와줘?"

"내가 알게 된 일들이 좀 있거든. 너를 꼭 보고 싶어."

"여기는 난장판이야. 이사며 뭐며 해서."

"너를 꼭 보고 싶어."

"언제?"

"내일. 내가 오스테르베크에 들렀다가 스히폴로 갈게."

"학교에 가야 돼."

"오전만 시간을 내 줘."

"시간표를 보고 있어."

"오후에는 돌아갈 수 있어."

"가능할 것 같아."

"중요한 일이야."

"좋아. 하지만 내가 너한테 갈게."

"좋아. 언제?"

"열 시쯤."

"아파트에서 기다릴게. 어딘지 알지?"

"응."

"고마워. 그러면 내일 봐."

"토트 진스."

제이콥

인간이 쾌락의 선물을 받은 이유는
최초의 수수께끼다.

— 존 버거

"**우리** 할아버지에 대해 궁금해했지."

제이콥이 말했다.

"이제 읽었으니 알겠지."

힐레는 제이콥과 마주 앉은 탁자에 헤르트라위의 글을 내려놓았다.

"내가 그 시절이 아니라 지금 살아서 다행이다."

그녀가 말했다.

"하지만 어떻게 생각해? 우리 할아버지하고 헤르트라위 할머니 말이야."

"그런 일은 많이 일어났어. 특히 전쟁 말기에는. 올해는 그걸 기념하는 날도 있었는걸."

"뭘 기념해?"

"우리를 해방시켜 준 군인 자녀들의 날. 화해의 날이라고 불렀어. 군인의 아이를 낳고 그 사실을 숨겼던 사람들이 처음으로 자녀들에게 털어놓았지."

"공개적으로?"

"원하는 사람들은. 그리고 주변 사람들이 도와주었어."

"놀라운걸."

"왜? 나는 좋다고 생각했어."

"영국에서는 절대 그런 날을 만들지 않을 거야."

"그럴 필요가 없잖아. 너희 나라는 점령당했다가 해방된 적이 없으니까."

"그랬다고 해도 그런 날은 없을 거야."

"좀 네덜란드식인지는 모르지."

"우리 할아버지가 네덜란드에서 애인을 두고 딸을 낳고 손자까지 두었다는 사실을 알게 된 것만도 괴로워. 자기 아버지가 그동안 알고 있던 사람이 아니라는 것과 어머니가 그동안 내내 거짓말을 했다는 걸 알게 되면 그 기분이 어떨지는 아무도 모를 거야."

"어떤 사람은 감당하지 못하겠지. 어떤 사람은 잘 받아들일 거야. 어떤 사람은 전혀 신경 안 쓰는 것 같겠지. 사람들이 엄청난 이야기에 어떻게 반응할지는 아무도 몰라. 어쨌건 나는 몰라. 우리 할머니가 돌아가셨을 때처럼 말이야. 전에는 내가 죄책감을 느낄 거라고는 생각 못했거든. 그럴 이유가 없잖아? 내가 할머니한테 잘못한 것도 없고, 할머니는 늙고 병들었어. 늙고 병든 사람은 죽어. 그건 자연스러운 일이야. 할머니가 늙고 병든 게 내 잘못은 아니었어. 그래도 죄책감을 느꼈어."

"이상한 일이야, 왜냐면, 너한테 그 이야기도 하고 싶었어. 어제 이후, 그 일을 생각하면 나는 죄책감이 들어. 할아버지 일이."

"왜? 그분하고 헤르트라위 할머니하고 애인이 되어서?"

"그건 대단치 않아."

"그 할머니가 아이를 가져서?"

"그게 일어나게 된 과정을 이해해. 그렇게 된 이유도. 그분들이 처했던 현실도. 나도 어쩌면 똑같았을지 몰라."

"그러면 뭐가?"

"내가 그걸 알고 있어서 그래."

"하지만 그건 오래 전 일이야. 그리고 너한테는 그렇게 나쁜 일도 아니잖아. 훌륭한 네덜란드 친척이 생겼으니까 말야."

"나쁘지 않지. 그건 괜찮아. 아니, 좋아."

"그러면 뭐야?"

"우리 할머니가 그걸 알고 어떻게 생각하실지 모르겠어."

힐레는 자기 허벅지를 때렸다.

"할머니는 모르시잖아! 돔코프! 내가 생각한 건 네 일이었어."

"고마워. 하지만 그래서 죄책감이 느껴져. 나는 알고 할머니는 모르니까. 내가 할아버지고 할머니가 내 아내라도 되는 것처럼 말이야. 바보 같지?"

초조감에 가만히 있을 수가 없어서 그는 일어섰다. 그리고 자기는 왜 항상 이 의자에 앉을까 하고 생각하며 일어나서 창가로 갔다. 물닭 가족이 유유히 운하를 헤엄치고 있었다. 이해 봄에 태어난 새끼들도 제법 어른 티가 났다. 호텔에는 침대를 정돈하는 객실 청소원 한 명을 빼고는 아무도 보이지 않았다. 우중충한 교회 창문들은 언제나처럼 텅 비고 캄캄한 모습으로 철망을 두르고 있었다.

그는 힐레가 소파에서 일어나는 소리를 들었다. 그녀는 타일 위로 구두를 또각거리며 걸어와서 그의 뒤에 서더니 그의 허리를 안았다. 그는 셔츠 위로 자신의 등에 그녀의 가슴이 부드럽게 와 닿고, 그녀의 딱딱한 골반이 자기 엉덩이에 닿는 것을 느꼈다.

"너희 할머니가 그 일로 많이 속상해하실까?"

그녀의 숨결이 그의 뒷목을 간질였다. 그는 잠시 기다렸다가 대답했다.

"말씀드려야 할까?"

그녀는 얼른 대답하지 않았다.

"말씀 안 드릴 거야?"

"단은 하지 말래. 단의 엄마도 마찬가지고."

그는 이야기가 너무 복잡해질까 봐 톤과 알마는 거론하지 않았다. 그리고 또 모두가 안 된다고 했을 때 힐레가 어떤 쪽을 선택할지가 궁금했다.

좀 더 오랜 침묵이 흘렀다. 그는 상관하지 않았다. 그녀가 그를 이렇게 끌어안고 있는 게 좋았다. 섹시하면서도 포근했다. 이대로 계속 있고 싶었다.

"방금 말한 대로 다른 사람들이 어떻게 반응할지는 아무도 몰라. 특히 나쁜 일에 대해서는."

"네가 내 결정에 도움을 주기를 바랐어."

그녀는 물러섰다. 그는 뒤로 돌아서서 그녀를 마주 보았다. 그녀는 그의 손을 잡아 두 손으로 감쌌다. 그리고 입술을 오므리며 얼굴을 찡그렸다가 말했다.

"내가 너라면 나는 말하겠어. 하지만 나는 네가 아니고, 너희 할머니에 대해서도 몰라."

그는 안타까운 미소를 보이고 말했다.

"그러니까 '제이콥, 이건 네 문제야.'라는 거지?"

그녀는 미소를 짓고 고개를 끄덕였다.

"네가 말한 대로는 아니지만, 결국 그건 사실이잖아."

그는 깊은 숨을 내쉬었다.

"나는 여섯 살 때 혼자서 글을 깨쳤어. 그걸 축하해 주려고 할머니—새라—는 나한테 그림엽서를 보내 주셨지. 토끼가 책을 읽는 그림이었어. 뒤에 이렇게 쓰여 있었어. '잘했다! 이제 너는 세상의 모든 비밀을 캘 수 있겠구나.' 다음에 만났을 때 할머니는 나더러 마음에 들었냐고 했어. 나는 이렇게 말했어. '아주 마음에 들어요, 할머니. 이런 그림엽서를 일주일에 한 번씩 받으면 좋겠어요.' 그 뒤로 할머니는 매주 내게 그림엽서를 보냈어. 한 번도 거른 적이 없어. 아프거나, 휴가를 떠나거나, 기타 등등의 일이 있을 때도. 할머니는 매주 내게 엽서를 보냈어. 내가 할머니랑 살고 있는 지금도 엽서를 보내셔. 우편으로. 우체국에서 파업을 해서 우편배달이 안 된 적이 한 번 있었는데, 그때는 직접 우편함에 엽서를 넣어 주셨어. 그림은 언제나 할머니가 내게 보여 주고 싶어 하는 것들이야. 유명한 그림이나 건물이나 사람, 풍경 같은 것들. 그리고 뒤에 쓸 말이 생각나지 않을 때는 책에서 읽거나 텔레비전에서 들은 말을 쓰고, 그도 아니면 신문이나 잡지에서 오려 낸 글을 붙이지. 늘 심각한 건 아니야. 농담이나 만화일 때도 있어. 나는 처음부터 그걸 다 모았어. 지금까지 711개야."

힐레는 한동안 그를 찬찬히 바라보았다. 그러더니 그의 손을 놓고 소파로 돌아갔다.

"정말 진지한 할머니로구나."

그녀는 자리에 앉으면서 말했다. 제이콥은 그녀를 따라가서 옆에 앉았다.

"그리고 우리 할아버지는 할머니 인생 최고의 사랑이었어. 할머니는 재혼하지 않으셨거든. 그런데 이제 우리 할머니가 그토록 홀륭하다고 여긴 남자, 아직도 사랑하고 계시는 그 남자가 어떤 일을 했는지를 말해야 돼. 할머니는 몸져누울지도 몰라."

"그러면 말하지 마."

"그러면 나는 평생토록 마음에서 짐을 덜어 내지 못할 거야. 그건 분명해. 게다가 할머니 말로는 나는 생각을 얼굴에 다 그리고 산대."

"그 말은 맞아. 넌 정말 그래."

"고마워라! 자신감이 불끈 솟는걸. 어쨌건 할머니는 내가 여기 있는 동안 무슨 일이 있었는지 궁금해하실 거야. 나는 할머니한테는 모든 걸 이야기해. 지금까지 아무것도 숨기지 않았어. 내가 무언가를 숨긴다면 금세 알아차리실 거야."

"그러면 문제로군."

"그래, 문제라니까! 알고 있는 걸 가르쳐 줘서 고마워."

다시 한 번 불안이 치솟으면서 가만히 있기가 어려워졌다.

"화장실에 가야겠어."

그가 말했다.

"네가 그 글을 읽는 동안 커피를 너무 마셨어."

그가 돌아왔을 때 힐레는 벽을 가득 메운 책을 보고 있었다. 그녀의 뒷모습은 앞모습만큼이나 강렬하게 그를 끌어당겼다. 부드럽게 떨어지는 어깨선, 청바지 안에 부드럽고도 팽팽하게 솟은 엉덩이, 상체의 비율. 그는 시계를 보았다. 정오가 가까워져 갔다. 그는 그녀의 등 뒤로 다가가 몇 분 전에 그녀가 그에게 한 것처럼 그녀의 허리에 팔을 둘렀다.

"서두르지 않으면……."

그가 말했다.

"오늘 학교로 못 돌아가겠는걸."

"벌써 늦었어."

"그럼 안 간다는 거야?"

그는 목소리에 지나치게 흥분한 기색을 담지 않으려고 했지만 실패했다. 어쨌거나 그녀는 그의 몸을 통해 그 기색을 느꼈을 것이다.

"사람들에게 어려운 소식을 전하는 건……."

"그 이야기는 그만하자. 그리고 내가 떠나기 전까지 우리끼리 재미있게 보내자."

"언제 가는데?"

"여기서는 네 시쯤 나가."

"너한테 하고 싶은 말이 있어. 이리 와서 앉아."

그녀는 그의 팔을 풀고 소파로 갔다. 그녀의 행동에서 그는 소파 대신 의자에 앉으라는 명령을 읽었다. 그는 일부러 한 번도 앉아 본 적 없는, 창문을 마주 보는 의자를 택했다.

힐레가 앞으로 몸을 기울여 무릎에 팔꿈치를 얹고 한쪽 주먹을 입술에 댔다.

"키스하는 남자 친구 자리에 대해서 말이야."

"아!"

그는 안 좋은 이야기가 나올 것을 예견할 수 있었다.

"다른 사람한테 주었구나."

"아니."

"그러면 뭐야?"

"내가 생각 못했던 자격 조건이 있었어."

"뭔데?"

"키스할 만한 거리에 살아야 한다는 거지."

"그런데 나는 그렇지 않고."

"그래."

"그래서 나는 탈락인 거야?"

"곁에 없는 남자 친구의 여자 친구는 될 수 없어. 나는 못 버텨."

그는 아무 말도 안 했다.

"이해하겠니?"

"그럼. 설명할 필요도 없어. 그런 내용으로 답장을 쓰려고 했니?"

"응. 그리고 너하고 친구로 지내고 싶다고. 네가 원한다면."

"그래, 원해. 하지만 다른 건? 만약 우리가 가까이 산다면?"

"그러면 네가 그 자리에 올 수 있어."

"정말?"

"정말."

"확인하기 위해 키스해도 좋을까?"

그녀가 웃었다.

"좋은 생각이야."

"저기……."

그가 말했다.

"다른 데 가자. 같이 구경을 좀 하자. 배고프니?"

"배고파."

"팬케이크는 어때?"

"네덜란드 어로 해야지."

"잘zal⋯⋯ 헤트 제인het zijn⋯⋯ 어르er⋯⋯ 레이켄lijken⋯⋯ 언 판넨쿡een pannenkoek⋯⋯?"

그녀가 킥킥 웃었다.

"어쨌건 웃음을 줄 수 있어서 기쁘군."

"미안! 정말 애썼어. 안네 프랑크의 집 근처에 좋은 곳을 한 곳 알아. 이름도 영어야. 팬케이크 베이커리. 그러니까 적어도 네가 발음은 제대로 할 수 있어."

"그러면 너를 그렇게 재미있게 웃기지는 못할걸."

"그래도 한번 감수해 보지 뭐."

"나가기 전에 준비를 해 놓아야 될 것 같아. 얼른 떠날 수 있도록."

그는 헤르트라위의 회고록을 집어 들었다.

힐레가 말했다.

"그분이 너한테 준 물건들을 좀 볼 수 있겠니? 너희 할아버지가 그분한테 주었다는 책하고 목걸이 말이야."

"좋아. 이리 와 봐. 내가 짐을 싸는 동안 옆에서 봐."

그녀는 그를 따라 그의 방으로 갔다. 이번 여행을 하는 동안 생겨난 물품은 베엔코르프 쇼핑백에 들어 있었다. 그는 할아버지의 기장과 샘의 책과 목걸이를 꺼내서 침대에 내려놓았다. 힐레는 그 옆에 앉아 목걸이를 집어 들더니 손가락으로 어루만졌는데, 그 동작이 아주 감각적이라서 그의 마음이 흔들렸다.

그는 고개를 돌리고 큰 가방에 여벌 옷을 싸기 시작했다. 그리고 세면용품을 가지러 화장실로 내려갔다. 돌아오니 힐레가 샘의 책을 뒤적이고 있었다.

이제 베옌코르프 쇼핑백만 넣으면 되었다. 그는 그것을 가지러 침대로 갔다.

"또 뭐가 있어?"

힐레가 말했다.

"내가 봐도 돼?"

"보고 싶으면."

그는 가방 안에 든 것을 쏟았다. 힐레는 그것들을 하나하나 살펴보았다.

"이게 뭐야?『석 달 만에 배우는 네덜란드 어』."

그녀는 웃었다.

"어젯밤에 단이 준 거야. 작별 선물로. 아니 그보다는 다시 만날 걸 기다리는 선물이라고 그랬어."

"그러면 그렇게 할 거야?"

"당연하지."

"내 말은, 석 달 만에 네덜란드 어를 배울 거냐고?"

"시도는 해 볼 거야. 진지하게 생각해 봤는데, 내가 여기서 공부하겠다고 하면, 그걸 막을 수 있는 건 아무것도 없어. 그러니까 대학 말이야. 단 말로는 영어로 된 강의가 아주 많대. 외국 학생들을 유치하려고 그런 거래. 그리고 여기서 자기랑 같이 살아도 된대. 그러니까 지낼 곳은 문제가 안 돼. 여기는 나의 또 하나의 집이라고 단이 그랬어."

"훌륭한 네덜란드 친척이 생긴 건 좋은 일이라고 그랬지?"

그녀가 책을 내려놓고 제이콥이 오스테르베크에서 찍은 필름 통과 기념식 팸플릿을 옆으로 치우자 티튀스와 렘브란트의 엽서가 나타났다.

"이건 왜?"

"단이 내가 티튀스를 닮았대."

그는 티튀스 그림 한 장을 들고 제이콥의 얼굴 옆에 대 보았다.

"조금 그런 것 같기도 하다."

"그림을 봐야 돼."

"렘브란트 좋아해?"

"응, 많이 좋아하는 편이야."

"나는 페르메르가 더 나은 것 같아."

"그래?"

"아니, 더 낫지는 않지. 그런 건 바보 같은 소리야. 하지만 옛날 화가들 중에는 그 사람이 제일 좋아. 지금 가서 보는 게 어떨까?"

"원한다면."

그런 뒤 알마가 준 파니니 카페 냅킨이 나왔다.

"이건 뭐야?"

그가 설명해 주었다.

"하지만 왜 이런 문구를 써 주었을까?"

"내가 날치기 당하기 전에 어떤 친구가 내 옆에 앉아서 나랑 이야기를 나눴어. 알고 보니 그 친구는 단의 친구였는데, 그때는 물론 그런 사실을 몰랐지. 어쨌거나 나더러 다시 만나고 싶으면 전화하라고 하면서 여기다 번호를 적어 주었어."

그는 톤의 종이 성냥갑을 집어 들었다.

"하지만 전화번호 밑에 짧은 글도 하나 적어 줬지. 내가 그걸 알마 할머니한테 보여 주고 무슨 뜻이냐고 물었더니 재미있어 하시더라고. 그러다가 헤어질 때 이 냅킨을 주면서 거기다 이 네덜란드 속담을 써 준 거야."

힐레는 성냥갑을 받아 뚜껑을 들추어 보았다. 그리고 그게 무언지 보고 웃으면서 말했다.

"그러니까 그 친구가 게이였구나."

"맞아. 게이야."

"그리고 너한테 호감을 품은 거고."

"그래, 나한테 호감을 품었어."

그녀는 제이콥 앞에서 엄지와 집게손가락으로 성냥갑을 잡고 흔들었다.

"하지만 안 썼네."

그는 미소 띤 얼굴로 고개를 저었다.

"써야 된다는 생각 안 들어?"

"그런가?"

"집까지 갖고 가고 싶지는 않을 거 아냐."

"하지만 누구하고?"

"나는 어때?"

"이것도 키스하는 남자 친구 자격과 관련된 시험이라면."

"맞아."

"좋은 점수를 받을 수 있을지 모르겠는걸."

"한번 알아보지 뭐."

"나 별로 잘하지 못해. 실망할 거야. 경험이 별로 없어."

그녀는 그의 허리띠를 풀면서 말했다.

"현장에서 배우는 거야."

"왜 이러는 거야?"

"네가 원하니까."

"너는?"

"나도 원해."

"시간이 충분할지 모르겠네. 비행기를 놓치면 안 되는데."

힐레가 키득거린 뒤 야무지게 흉내 내며 말했다.

"모든 걸 제 손에 맡기세요. 긴장하지 말고 즐기세요. 제가 시간에 맞춰 비행기에 태워 드릴 테니, 저를 믿으세요."

노맨스랜드

초판 인쇄 ㅣ 2009년 12월 20일
초판 발행 ㅣ 2010년 1월 1일

지은이 ㅣ 에이단 체임버스
옮긴이 ㅣ 고정아

펴낸이 ㅣ 황호동
편집 ㅣ 윤희정
디자인 ㅣ 큐리어스 권석연
펴낸곳 ㅣ (주)생각과느낌
주소 ㅣ 서울 마포구 서교동 468-3 대진빌딩 3층
전화 ㅣ 02-335-7345~6 팩스 ㅣ 02-335-7348
전자우편 ㅣ tfbooks@naver.com
등록 ㅣ 1998.11.06 제22-1447호

ISBN 978-89-92263-09-2 (03840)